MAX BENTOW

DER
EISJUNGE

AF178899

Buch

Nils Trojan ist eben zurück von seiner Auszeit auf einer Insel, da wird er schon an einen neuen Tatort gerufen. Im ersten Moment glaubt er, in einen absurden Albtraum geraten zu sein: Es sieht aus, als würde ein Tier über dem Opfer kauern, denn der Mörder hat das Fell eines Rehs über die getötete junge Frau drapiert. Wenig später ereignet sich der zweite Mord, und wieder sind Mensch und Tier auf makabre Weise ineinander verschlungen. Aber was will der Täter mit seiner grausamen Botschaft mitteilen? In einem verlassenen Haus im Umland von Berlin stößt Trojan auf eine Fährte – und erkennt zu spät, dass er in eine mörderische Falle geraten ist…

MAX BENTOW

DER EISJUNGE

PSYCHOTHRILLER

GOLDMANN

Penguin Random House Verlagsgruppe FSC® N001967

1. Auflage
Taschenbuchausgabe September 2022
Copyright © der Originalausgabe 2021
by Wilhelm Goldmann Verlag, München,
in der Penguin Random House Verlagsgruppe GmbH,
Neumarkter Str. 28, 81673 München
Dieses Werk wurde vermittelt
durch die Literarische Agentur Michael Gaeb
Umschlaggestaltung: UNO Werbeagentur, München
Umschlagmotiv: 2/3 U1 (Hirschkopf, Auge, Eisstruktur): FinePic®,
München; 1/3 U1 (Eis): Arcangel / Tim Robinson
LK · Herstellung: ik
Satz: Uhl + Massopust, Aalen
Druck und Bindung: GGP Media GmbH, Pößneck
Printed in Germany
ISBN: 978-3-442-49349-4

www.goldmann-verlag.de

ERSTER TEIL

Seine Verwandlung begann, als er sechzehn Jahre alt war. Der Winter damals war streng, doch der Frost störte ihn nicht. Es war die Kälte in seinem Innern, die ihn erschreckte. An manchen Tagen hatte er das Gefühl, sein Herz sei nichts weiter als ein Klumpen Eis.

Nach der Schule trieb er sich auf den Straßen herum, denn er wollte nicht nach Hause. Eines Nachmittags entdeckte er einen Ort, an dem er es warm hatte und wo er allein sein konnte. Es war eine Bibliothek, still, nahezu menschenleer. Er wanderte an den Regalen entlang, seine Schritte wisperten über den Linoleumboden. Es roch nach Staub und Papier. Er griff sich wahllos ein Buch heraus, setzte sich an die Heizung, schlug es auf und las.

Er blieb, bis geschlossen wurde. Anderntags kam er wieder. Es wurde ihm zur Gewohnheit. Er lieh sich die Bücher nicht aus, sondern stellte sie ins Regal zurück. Meistens fand er sie am folgenden Tag wieder. Wenn nicht, fing er einfach mit dem nächsten an. Er las alles, was ihm in die Hände fiel. Thriller, Krimis, aber auch Liebesromane, Klassiker, Abenteuergeschichten, selbst Märchen und Sachbücher. Bald darauf entdeckte er die Sparte der Fantasy-Literatur.

Er fand Trost in den Geschichten, die von Dämonen erzählten. Besonders in denen, die von Rache handelten. Sie versprachen ihm Erlösung von seinem Zorn und der Einsamkeit. Immerzu hoffte er, auf einen Helden zu stoßen, der ihm ähnlich war. Ein Jugendlicher, der feststellen musste, anders zu sein als die anderen.

Ein Sechzehnjähriger, der von seinen Mitschülern gemieden wurde. Sie tuschelten hinter seinem Rücken. Sie machten Witze über ihn.

Ein Junge, der von seinen Eltern kalt und vorwurfsvoll angestarrt wurde.

Sie gaben ihm die Schuld am Tod von Zoe.

Sie taten ihm Unrecht.

In den Büchern gab es Wendungen, die ihn faszinierten. Die Helden entwickelten unheimliche Kräfte. Sie entstanden aus ihrer Wut. Bei ihm war das auch so. Zumindest glaubte er das. Zunächst ängstigte es ihn. Doch schließlich wollte er lernen, mit dieser dunklen Energie umzugehen und sie für seine Zwecke einzusetzen.

Nachts, wenn seine Eltern schliefen, stellte er sich vor den Spiegel. Er betrachtete sein Gesicht, es war erstaunlich weich und rein. Nicht von Pickeln entstellt wie bei den anderen Jungs aus seiner Klasse. Er sah auch sehr viel jünger aus, eher wie zwölf oder dreizehn. Das war wohl der Grund, warum ihn niemand ernst nahm.

Er zog sein T-Shirt aus, strich sich das halblange Haar aus der Stirn und spannte die Muskeln an. Er gestattete sich, weder zu atmen noch die Lider zu bewegen. Allmählich lief er rot an, und seine Augen brannten. Er stellte sich vor, dass seine Haut aufplatzte. Darunter würde eine fremde Gestalt zum Vorschein kommen.

Ein Wesen, vor dem sich alle fürchteten.

Der Junge malte sich eine entsetzliche Fratze aus, die seine Gegner erschrecken würde.

Das war zu der Zeit, als auch die Bücher nichts halfen. Er ging nicht mehr in die Bibliothek. Er mied diesen Ort wie die Pest. Wieder hatte man ihm Unrecht getan.

Oftmals drückte ihm sein Zorn die Kehle zu. An anderen Tagen schaffte er es morgens nicht aus dem Bett. Die Decke, unter der er lag, schien ein Gletscher zu sein. Kein Gespür in den Gliedern, und sein Atem gefror.

Auf einmal erinnerte er sich an längst vergangene Ferientage. Dunkelheit auf einer Landstraße, sein Vater am Steuer. Plötzlich ein dumpfer Aufprall, der Wagen schleuderte.

Als er zum Stehen kam, sahen sie das Reh auf der Straße liegen. Der Kotflügel hatte es erwischt. Sie stiegen aus und blickten auf das Tier hinab. Es lebte noch.

»Fass mit an«, sagte sein Vater.

»Ich kann das nicht.«

»Solltest du aber. Deine Mutter macht uns einen Braten daraus.«

»Bitte nicht.«

»Was bist du nur für ein Schwächling.«

Die großen braunen Rehaugen starrten den Jungen an. Sie hievten das Tier in den Kofferraum.

Zu der Hütte, die sie gemietet hatten, gehörte ein Schuppen. Dort wuchteten sie das Reh auf einen Tisch. Die Mutter des Jungen weinte, doch der Vater sprach von einigen leckeren Abendessen.

»Jetzt sieh genau hin«, sagte er zu ihm.

Der Junge schaute auf das Jagdmesser in der Hand

des Vaters. Er hielt die Luft an. Er zuckte nicht mit den Lidern. Er wartete, bis die Augen tränten.

Verschwommen sah er, wie das Messer bis zum Schaft im Tier verschwand. Der Vater weidete es aus. Die Innereien dampften.

In dem Winter, als Zoe starb, musste er oft an das Blut denken, das aus dem Reh hervorquoll. Er fand es merkwürdig, dass ihn die Gedanken daran trösteten. Andererseits leuchtete es ihm ein: Das Blut war warm, die Kälte brachte den Tod.

Seitdem Zoe im Eis verschwunden war, gab es kein Lachen mehr im Leben des Jungen. Und dennoch hoffte er, dass es gut für ihn enden würde. Seine hasserfüllten Fantasien sollten verschwinden.

Er wehrte sich gegen die Verwandlung.

Schließlich war er beinahe noch ein Kind.

EINS

Die junge Frau fuhr schnell. Sie schaltete in den fünften Gang hoch und jagte in ihrem Mietwagen über die Landstraße. Felder im fahlen Licht, davor entlaubte Bäume in einer Reihe am Straßengraben, in der Ferne türmten sich dunkle Wolken auf.

Die eine Hand am Lenkrad, griff sie mit der anderen nach ihrer Kamera auf dem Beifahrersitz. Sie hob sie vors Gesicht, blickte durch den Sucher und drückte den Aufnahmeknopf. Der Wagen schlingerte, sie versuchte, die Spur zu halten und gleichzeitig durch die Windschutzscheibe zu filmen. Nur ein Experiment, ein paar Probeaufnahmen. Noch waren die Lichtverhältnisse geeignet, die tief stehende Sonne brach aus der Wolkenwand hervor, ein Bündel hellweißer Strahlen überflutete den Horizont.

Sie überprüfte die Bilder auf dem Display, während sie im hohen Tempo weiterfuhr.

Laut hupend raste hinter ihr ein anderes Fahrzeug heran. Rasch legte sie die Kamera ab und umklammerte beidhändig das Steuer. Das Auto hinter ihr scherte aus und schoss dicht an ihr vorbei.

Das war knapp, sie atmete durch.

Sie warf einen Blick aufs Navi. Es war nicht mehr weit, und doch war sie ungeduldig. Zuvor hatte sie sich verfahren und dabei viel Zeit verloren.

Vor der nächsten Siedlung drosselte sie das Tempo. Der Asphalt war voller Schlaglöcher. Das Dorf wirkte verlassen, keine Menschenseele weit und breit. Unscheinbare Backsteingebäude, Flachdächer. Auch hier machte sie ein paar Aufnahmen durch das Wagenfenster, absichtlich verwackelt und schräg im Gegenlicht.

Sie passierte das letzte Haus. Hinter der nächsten Biegung begann der Wald, und sie beschleunigte. Um noch vor Anbruch der Dunkelheit am Ziel zu sein, musste sie sich beeilen.

Bald darauf näherte sie sich einem Abzweig und setzte den Blinker. Sie bog ab und fuhr zügig weiter. Ein dichter Kiefernwald, der bis an die Straße heranreichte. Wieder rissen die Wolken auf, Lichtreflexe tanzten auf der Windschutzscheibe.

Doch dann verschattete sich der Weg. Wenig später fielen erste Regentropfen, und sie schaltete die Wischer und die Scheinwerfer ein.

Sie vergewisserte sich auf dem Navi, ob sie hier richtig war. Plötzlich machte sie eine Bewegung aus. Etwas schoss zwischen den Bäumen hervor und sprang auf die Straße.

Sie erschrak, trat energisch aufs Bremspedal. Der Wagen schleuderte, die Reifen quietschten.

In Sekundenbruchteilen brachte sie das Auto zum Stehen.

Dunkle Tieraugen starrten sie an.

Stille, der Motor war abgewürgt. Sie hörte bloß ihren keuchenden Atem und das schurrende Geräusch der Scheibenwischer.

Das Tier stand nur einen halben Meter von der Kühlerhaube entfernt.

Es war ein Reh.

Sie verschnaufte. Schließlich griff sie vorsichtig zur Kamera und filmte.

Lange Zeit verharrte das Tier.

Dann duckte es sich, setzte an und stob durchs Dickicht davon.

Nach einer Weile startete sie den Motor neu und fuhr weiter. Diesmal langsamer, bis sie sich halbwegs beruhigt hatte.

Das nächste Dorf war bloß eine Ansammlung verwahrloster Gehöfte.

Noch etwa zwei Kilometer Landstraße. Ein Schwarm Krähen flog von den Baumwipfeln auf, als sie in einen schmalen Schotterweg einbog.

Sie kam nur im Schritttempo voran, wich Unebenheiten im Boden aus. Der Pfad versandete allmählich.

Er führte in einem Bogen um eine Gruppe von Schwarzpappeln herum und endete dort.

Vor ihr lag das verlassene Haus.

Sie stellte den Motor aus. Sie blieb eine Weile sitzen und ließ den Anblick auf sich wirken. Es war die ideale Kulisse für ihr Videoprojekt.

Lange Zeit hatte sie im Internet gesucht, spezielle Websites durchforstet, auf denen geheimnisvolle Orte im Umland Berlins vorgestellt wurden. Die genauen Geodaten verrieten die Betreiber jedoch nie, das war eine Art Sport von ihnen.

Nur durch den Vergleich von Details auf zahlreichen Fotos, Texten und Satellitenaufnahmen im Netz war es ihr gelungen, diese Adresse aufzuspüren.

Zwei Stockwerke, das Backsteingemäuer baufällig, das Schrägdach vermoost und halb eingestürzt. Ein verrußter Schornstein, leere Fensterhöhlen.

Sie schnappte sich ihre Kamera und die Umhängetasche und stieg aus. Langsam ging sie auf das Haus zu. Die Gartenmauer bestand nur noch aus ein paar losen Steinen, dahinter wucherten Brennnesseln und Disteln. Der Giersch stand hüfthoch. Efeu rankte beinahe bis zum Dach hinauf.

Für die Aufnahmen war es eigentlich schon zu dunkel. Sie bevorzugte natürliches Licht. Dennoch versuchte sie es mit ein paar Schwenks in der Dämmerung. Das Auge ihrer Kamera strich durch den verwilderten Garten und wanderte an der Fassade entlang. Zum Glück hatte es aufgehört zu regnen.

Schließlich näherte sie sich dem Eingang.

Die Tür war mit Holzlatten verrammelt, darum musste sie durch eine der Fensteröffnungen ins Innere klettern. Sie nahm das LED-Licht aus ihrer Tasche, schraubte es auf die Kamera und filmte.

Schutt und zerbrochenes Glas. Mit Graffiti besprühte Wände. Zertrümmerte Möbelstücke. Tapetenreste, stockfleckig. Vor ihr huschte etwas über den Boden. Sie hielt das Licht der Kamera darauf gerichtet.

Es war eine gut genährte Ratte. Es schüttelte sie.

Sie filmte in den beiden vorderen Räumen, dann schritt sie durch den kleinen Flur nach hinten in die Küche. Der altertümliche Backofen war noch vorhanden, die Klappe geöffnet. Darin lag ein Knäuel, das wie ein Mäusenest aussah. Ein Tisch, das Holz wurmstichig, ein zerbrochener Stuhl. In einem altmodischen Küchenschrank steckte noch eine einzige Schublade.

Sie zog sie auf. Der Boden war mit vergilbtem Zeitungspapier ausgelegt, der Schein ihrer LED-Lampe fuhr über die uralte Schrift, die Buchstaben in Fraktur.

Sie wandte sich um, ließ die Kamera sinken und schaute durch das zersprungene Fensterglas in den hinteren Garten hinaus. Eine weitverzweigte Eberesche versperrte ihr die Sicht.

Zurück im Flur, verharrte sie an der Treppe ins Obergeschoss. Die Holzstufen wirkten morsch, das Geländer bestand nur noch aus ein paar losen Streben.

Vorsichtig ging sie hinauf. Sie setzte Schritt für Schritt. Manche Stufen gaben sofort nach, wenn sie sie mit ihren Stiefelspitzen berührte. Dann überstieg sie die Stelle und tastete sich an der Wand entlang.

Oben angelangt, filmte sie die anderen Räume. In einem stand ein Schaukelstuhl, noch ziemlich intakt. Sie setzte sich und wippte hin und her. Die Kufen scharrten auf dem nackten Steinboden, während sie die Kamera auf die Fensteröffnung richtete. Auch hier war das Glas zerbrochen. Kalte Luft wehte zu ihr herein.

Sie schwenkte die Kameralinse hoch zur Zimmerdecke. Durch ein Loch sah sie direkt in den Dachstuhl. Über dem Gerippe der Balken schimmerte der trübe Novemberhimmel.

Der Ort war perfekt für ihren geplanten Kurzfilm.

Noch hatte sie nur eine grobe Vorstellung davon, aber das Haus inspirierte sie.

Sie stand auf und schaltete Kamera und LED-Licht aus, um Akku zu sparen.

Sie trat ans Fenster und sah hinunter in den Garten. Sie erkannte die Esche und dahinter ein verkrautetes Rasenstück, das bis zu einem Zaun reichte. In der Ferne ein Feld, aus dem Nebel aufstieg.

Ihr Blick wanderte die Zaunlatten entlang, als sie plötzlich zusammenzuckte.

Da stand jemand.

Direkt am Zaun.

Eine Gestalt grinste zu ihr herauf.

Reflexartig hob sie die Kamera, doch mit einem Mal verkrampfte sich ihre Hand.

Sie trat zurück, stieß gegen den Schaukelstuhl und schrie leise auf. Sie drehte sich um und verließ das Zimmer. Kurz darauf war sie an der Treppe und stieg hinunter. Eine Stufe brach ein, und wieder entfuhr ihr ein erstickter Schrei.

Ruhig, ganz ruhig. Vielleicht hatte sie sich ja getäuscht.

Unten angelangt, hielt sie inne.

Sollte sie wegfahren oder noch mal nachsehen?

Unruhig irrte sie umher. Da entdeckte sie im Halbdunkel eine Tür am Ende des Flurs. Offenbar führte sie nach hinten in den Garten hinaus.

Sollte sie sich vergewissern, ob dort wirklich jemand war?

Nach einigem Zögern drückte sie die verrostete Klinke. Die Tür gab leicht nach, das Holz war verzogen, doch schließlich gelang es ihr, sie einen Spaltbreit zu öffnen und sich hindurchzuzwängen. Drei Treppenstufen führten hinunter in den Garten.

Sie näherte sich der Esche und lauschte. Nichts war zu hören, nur ihr Herzschlag und das leise Säuseln des Windes. Ängstlich spähte sie hinter dem Stamm hervor.

Das Licht war jetzt schon so schwach, dass sie eine Weile brauchte, um die Umrisse am Zaun auszumachen.

Doch da war die Gestalt.

Ein blutroter Kopf. Eine Fratze in der Dämmerung.

Ein Gesicht, das nichts Menschliches an sich hatte.

Augenblicklich war sie wie erstarrt.

Schließlich hatte sie ihre Kraft wieder und rannte los.

Sie stürmte an dem Haus vorbei und durchquerte den vorderen Garten. Sie riss die Wagentür auf, warf ihre Kamera und die Tasche auf den Beifahrersitz, startete den Motor und fuhr los.

In diese Gegend wollte sie nie wieder zurück.

Niemals.

Denn sie kannte das Gesicht.

Sie hatte die Fratze schon einmal gesehen.

ZWEI

MONTAG, 23. NOVEMBER, ABENDS

Marta klatschte den Tonklumpen auf die Drehscheibe und begann mit ihrer Arbeit. Der Elektromotor surrte, mit dem Fuß auf dem Pedal kontrollierte sie die Geschwindigkeit. Kalt und feucht schmiegte sich der Ton in ihre Handwölbung. Weich und erdig fühlte er sich an. Das erinnerte sie an ihre Kindheit, wenn sie an verregneten Nachmittagen durch Pfützen gesprungen war und selbstversunken im Matsch gespielt hatte.

Mit starkem Druck zwang sie das Material in eine gleichmäßig umlaufende Kegelform. Breitbeinig und vorgebeugt saß sie da, die Unterarme auf den Drehscheibenkasten gestützt. Nur manchmal ließ sie los, um die Fingerspitzen kurz in die bereitstehende Schale mit Wasser zu tauchen, um danach gleich wieder die Form zu umfassen. Tief atmend zentrierte sie den Ton, der sich kühl und glatt unter ihren Handflächen im Kreis bewegte.

Marta war ganz bei sich, sie nahm nur wenig von dem geschäftigen Treiben in der öffentlichen Töpferwerkstatt wahr. Die Gesprächsfetzen der Kursteilnehmer aus dem Nebenraum, die Frau, die den Ofen ausräumte, der junge Mann an der Drehscheibe links von ihr, der sich von einer Kursleiterin ein paar Kniffe erklären ließ, all das drang wie aus weiter Ferne zu ihr.

Die Kugel war nun gut zentriert. Marta bohrte mit den Fingern ein Loch in die Mitte. Allmählich entstand eine Höhlung, etwa so groß wie eine Kirsche. Sie setzte den Daumen senkrecht an und drückte ihn fest in das Material. Es war, als würde sie einen Korken in einen Flaschenhals zwängen. Sie presste den Daumen so tief in den rotierenden Ton, bis sie beinahe den Scheibenkopf berührte.

Der junge Mann neben ihr lachte über eine Bemerkung seiner Lehrerin, doch Marta ließ sich davon nicht irritieren. Sie war nun dabei, den Boden ihrer Vase auszugestalten. Eine hübsche, bauchige Blumenvase sollte es werden, die sie ihrer Mitbewohnerin Lea schenken wollte.

Marta lehnte sich noch weiter vor und drückte den Daumen im Innern des Gefäßes nach außen und weg von ihrem Körper. Sie arbeitete ruhig und stetig. Den Boden zu setzen war nicht ganz einfach, doch sie hatte einige Übung darin, und es glückte ihr.

Nun konnte sie die Wandung hochziehen, dazu nahm sie alle Finger zu Hilfe, die eine Hand innen, der gekrümmte Zeigefinger der anderen außen. Mal im Sitzen, mal halb im Stehen, bearbeitete sie die feuchte, sich drehende Form, und der Ton unter ihren Händen wuchs höher und höher.

Es war ein fantastisches Erlebnis, aus einem unscheinbaren Klumpen etwas Einzigartiges zu erschaffen, denn jedes Gefäß war ein bisschen anders. Oftmals war es gerade das Unvollkommene, kleine Dellen, eine nicht allzu perfekte Rundung, später winzige Schäden bei der Glasur, die den besonderen Reiz der Keramik ausmachten.

Vergnügt, mit einem Lächeln auf den Lippen, strich Marta dann und wann den Schlicker ab, diese schleimige Masse, die sich zwischen dem Ton und ihren Händen bildete. Dabei bespritzte sie ihre Arbeitskleidung und zuweilen auch ihr

Gesicht, doch das störte sie nicht. Wiederum erinnerte sie sich an selbstvergessene Kindheitstage, als sie im Garten ihrer Eltern mit Eimer und Gießkanne hantierte, sich schmutzig machen durfte und aus Erde und Wasser Matschkugeln formte.

Insgesamt viermal zog sie die Wandung hoch, bis sie eine gleichmäßige Zylinderform geschaffen hatte. Nun konnte sie an der feineren Ausgestaltung arbeiten. Sie feuchtete ihre Hand an, schob sie in das sich drehende Gefäß und drückte von innen nach außen, sodass sich die Vase wölbte.

Sie war hochkonzentriert. Unbewusst schob sie die Zungenspitze zwischen ihre Zähne. Während sie bei mittlerer Drehgeschwindigkeit weiterhin den Bauch der Vase formte, blies sie sich eine Haarsträhne aus der Stirn.

Als es ihr schließlich gelang, die Außenwölbung allmählich nach oben einzuschließen, sodass der Hals der Vase unter ihren Fingern entstand, seufzte sie leise auf. Sie engte den Hals ein. Geschmeidig glitt das leicht triefende Material durch die Innenflächen ihrer beiden Hände und schmeichelte ihrer Haut. Warm durchströmte sie ein Glücksgefühl.

Nun musste sie den Rand gut ausführen, dazu nahm sie zwei Finger, von jeder Hand einen. Mit den Mittelfingern gelang es ihr am besten. Es war Maßarbeit, der Rand durfte nicht zu fein werden, sonst könnte er reißen. Marta spürte den glitschigen Ton unter ihren Fingerspitzen. Mit dem angefeuchteten Stück eines Ledertuchs versuchte sie, dem Hals der Vase eine besondere Struktur zu geben.

Marta hob den Kopf, und für einen Moment glitt ihr Blick aus dem Fenster hinaus in den Neuköllner Hinterhof. Grau und trist erstreckte er sich vor ihr im Halbdunkel. Es war ein diesiger Abend im Spätherbst.

Schon war sie wieder in ihr Werk vertieft. Die Zeit verstrich. Beim Töpfern konnte sie alles um sich herum vergessen.

Sie befühlte den Vasenrand, gab der Form den letzten Schliff, legte den Lederfetzen beiseite, befeuchtete ein letztes Mal ihre Hände, ließ das Gefäß kreisen, verlangsamte die Geschwindigkeit der Scheibe und hielt sie schließlich an.

Der erste Arbeitsschritt war getan. Morgen nach Feierabend könnte sie weitermachen. Doch vorerst musste der Ton trocknen.

Mit einem Draht schnitt sie ihn von der Scheibe. Vorsichtig hob sie die Vase an und stellte sie auf einem sauberen Tragbrett ab.

Sie kennzeichnete das Brett mit ihrem Namen, wusch sich am Spülbecken die Hände und betrachtete sich in dem kleinen Spiegel davor. Notdürftig wischte sie sich die feinen Tonspritzer von den Wangen. Zu Hause müsste sie dringend duschen.

Sie nahm ihre Jacke vom Haken, zog sie über ihre Arbeitskluft und schlenderte in den Vorderraum, wo Paula, die Werkstattleiterin, hinterm Tresen stand.

»Wie war es heute, Marta?«

»Ich bin zufrieden.«

»Woran arbeitest du?«

»An einer Vase. Ich möchte sie meiner Mitbewohnerin Lea schenken.«

»Wie nett von dir.« Paula lächelte sie an. Sie war eine hochgewachsene Dunkelhaarige, wohl ungefähr in ihrem Alter, Mitte dreißig. Zunächst hatte sie ihr Unterricht gegeben, nun zahlte Marta nur noch einen monatlichen Betrag für das Material und die Nutzung der Räume. »Du bist sehr fleißig. Und ziemlich begabt.«

Marta spürte, wie sie leicht errötete. »Danke. Ich hatte eigentlich schon als Jugendliche den Traum, Keramikerin zu werden, mein Hobby zum Beruf zu machen. Aber letztlich habe ich mich nicht getraut. Nun hab ich einen Job, der mich nicht gerade erfüllt, und freue mich auf die Abende, wenn ich hier sein kann.«

»Was machst du beruflich?«

»Ach, das ist so eine Stelle beim Bezirksamt. Nicht der Rede wert.«

»Selbstständig zu arbeiten ist auch nicht immer ein Vergnügen. Die Werkstatt läuft zwar ganz gut, aber die Angst vor der nächsten Mieterhöhung sitzt mir ständig im Nacken.«

»Ich bin froh, dass es diesen Laden gibt. Bis morgen, Paula.«

»Bis dann.«

Marta nickte ihr zu, klinkte die Tür auf und trat hinaus.

Kühle Herbstluft schlug ihr entgegen. Fröstelnd zog sie die Schultern hoch. Ihre Schritte hallten pochend im Hofeingang. Sie bog nach rechts in das südliche Ende der Pannierstraße ein. Nach einigen Metern hatte sie die Sonnenallee erreicht.

An der Fußgängerampel überquerte sie die Straße und bog abermals nach rechts ab. Die Sonnenallee war um diese Zeit noch äußerst belebt. Sie kam an Gemüseläden, Import-Export-Geschäften, Shisha-Bars und Schawarma-Imbissen vorbei, schnappte arabische Gesprächsfetzen auf und musste immer wieder hektisch gestikulierenden Passanten ausweichen.

Sie erreichte die Weichselstraße, in der es weitaus ruhiger war. Dunst waberte unter den weiß leuchtenden Straßenlaternen. Der Wind rauschte in den Linden, die nur noch spärlich belaubt waren. Auf dem Gehweg schimmerten gelb verfärbte Blätter.

Das Novemberwetter stimmte sie melancholisch. Doch wenn sie an ihre Keramik zurückdachte, wurde ihr leichter zumute. Sie überlegte, welche Glasur sie für die Vase auswählen sollte. Der Blauton, den sie neulich für ein anderes Gefäß verwendet hatte, gefiel ihr sehr gut. Ja, der könnte auch etwas für Lea sein.

Vor dem weiß getünchten Altbau an der Ecke Weserstraße blieb sie stehen und nahm den Schlüssel aus ihrer Jackentasche. Sie schloss die Haustür auf und stieg die Treppe zum dritten Obergeschoss hinauf. Sie öffnete ihre Wohnungstür, trat ein und warf den Schlüssel in die bereitstehende Schale auf der Flurkommode, auch ein selbst getöpfertes Werk von ihr.

Sie zog ihre Jacke aus und schaltete überall in der Wohnung das Licht ein, damit ihr die Räume nicht so verlassen vorkamen. Lea war beruflich unterwegs und würde erst in zwei Tagen zurückkehren.

Marta hatte sich vor einem Jahr nach längeren Streitereien von ihrem Freund getrennt, da er sich partout nicht auf ihren Kinderwunsch einlassen wollte. Für sie aber war ein Leben ohne Kinder undenkbar. Nun war sie vierunddreißig und hatte noch immer nicht den richtigen Mann getroffen, der bereit war, mit ihr eine Familie zu gründen.

Sie durfte nicht wieder daran denken, dass ihr die Zeit davonlief. Nur nicht ins Grübeln geraten. Die Angst vor der Einsamkeit, die Frage, ob sie sich vielleicht von Gerald vorschnell getrennt hatte, ihn womöglich noch immer liebte, die ewigen Selbstzweifel, die Vergleiche mit anderen Frauen, die in ihrem Alter bereits ein zweites Baby erwarteten, all das tat ihr nicht gut.

Positiv denken, nach vorne schauen.

Das Leben musste irgendwie weitergehen.

Seitdem sie eines der drei Zimmer ihrer Wohnung über eine Anzeige im Internet an Lea vermietet hatte, war es wenigstens nicht mehr so still hier. Lea war ein lebensfroher Mensch. Marta ließ sich gerne von ihrem herzlichen Lachen und ihrer Fröhlichkeit mitreißen. Mittlerweile bedauerte sie es, dass ihre Mitbewohnerin oft auf Geschäftsreisen war. Sie hoffte sehr, dass sich aus ihrer Zweckwohngemeinschaft bald eine tiefe Freundschaft entwickelte, denn sie mochte Lea. Vielleicht war dieses Zusammenleben ein dauerhafter Ersatz für ihre romantischen Familienpläne.

Verdammt, dachte sie, bin ich wirklich so einsam und desillusioniert?

Ich bin doch noch jung. Das große Glück liegt vor mir, bestimmt.

Bis dahin musste sie sich eben mit dem kleinen begnügen.

Und wieder stellte sie sich eine besondere Glasur für das Geschenk vor, mit dem sie Lea bald nach ihrer Rückkehr überraschen wollte.

Marta nahm eine heiße Dusche, trocknete sich ab und schlüpfte in bequeme Sachen. In der Küche überlegte sie gerade, was sie sich zum Abendessen kochen sollte, als es an der Tür läutete.

Sie runzelte die Stirn. Um diese Zeit erwartete sie keinen Besuch.

Im Flur schaute sie durch den Spion. Im Treppenhaus stand ein Junge. Sie schätzte ihn auf vierzehn Jahre, vielleicht sogar jünger.

»Was willst du?«, fragte sie durch die Tür hindurch.

»Helfen Sie mir. Bitte.«

Sie öffnete. »Was ist denn los?«

Sie musterte ihn. Schmale Gesichtszüge. Dunkelblondes Haar. Traurige braune Augen. Er trug Jeans und ein ausgewaschenes Sweatshirt. Er hatte keine Jacke an.

»Kann ich mal bei Ihnen telefonieren?« Er sprach sehr leise, kaum hörbar.

»Wieso?«

Keine Antwort.

Der Junge schien zu keinem ihrer Nachbarn zu gehören. Er war ihr unbekannt.

»Wie bist du ins Haus gekommen?«

»Die Tür war offen. Mir ist so kalt.« Er zitterte.

»Hast du denn keine Jacke?«

Er schüttelte den Kopf, offenbar den Tränen nah. »Die haben mir alles weggenommen. Auch mein Handy.«

»Wer?«

»Sie waren zu fünft. Ich konnte mich nicht wehren.«

»Du bist ausgeraubt worden?«

Er nickte.

»Auf der Straße?«

»Ja.«

Marta prüfte ihn mit Blicken. Er war vielleicht eher zwölf, dreizehn Jahre alt. Ein hübsches Gesicht. Etwas blass. Halblanges Haar.

»Du bist ja völlig durchgefroren.«

Er senkte den Kopf.

Marta griff zum Festnetztelefon auf der Kommode. »Wie ist die Nummer deiner Eltern?«

Er zitterte am ganzen Körper, seine Zähne schlugen aufeinander. Wie lange war der Junge wohl schon ohne Jacke unterwegs?

Marta musste an die Besonderheiten ihres Viertels denken. Einerseits war es bei jungen Leuten sehr beliebt, die Mieten stiegen ständig, die Gentrifizierung war weit vorangeschritten. Andererseits galt Neukölln noch immer als sozialer Brennpunkt. Dass ein wehrloser Junge von anderen Jugendlichen auf offener Straße ausgeraubt wurde, überraschte sie nicht.

Sie musste helfen.

Der Junge schaute sie an. Er war ungefähr so groß wie sie, ein Meter siebzig, schmale Schultern. Er tat ihr leid.

»Wie heißt du?«

Er schlug die Augen nieder.

»Wo wohnst du? Hier in der Nähe?«

Was hatten sie nur mit ihm angestellt? Er wirkte völlig verstört.

Auf einmal presste er die Beine zusammen.

»Ich muss dringend auf die Toilette.« Wieder sprach er so leise, dass sie ihn kaum verstand.

Marta war kurzzeitig überfordert. Der Junge verzog das Gesicht. Augenscheinlich war er in großer Not.

»Na schön, aber beeil dich.«

Sie wies auf die Tür zum Badezimmer.

Der Junge verschwand darin und schloss sich ein.

Verlegen wartete sie ab, bis sie endlich gedämpft das Rauschen der Spülung vernahm. Die plötzliche Nähe war ihr unangenehm. Doch was sollte sie tun? Sie konnte nur helfen.

Mit hängenden Schultern kam er wieder heraus.

»Wir rufen jetzt deine Eltern an, ja? Sag mir die Nummer.«

Er verschränkte die Arme vor der Brust.

»Ich will nicht mehr nach Hause.«

»Aber warum denn nicht? Was ist passiert?«

»Haben Sie ein Glas Wasser für mich?«

Sie zögerte.

»Bitte.«

Ich bin zu gutmütig, dachte sie. Schon war sie in der Küche und füllte ein Glas an der Spüle. Als sie zurückkam, drückte er sich an der Wohnungstür herum.

Sie reichte ihm das Glas. »Hier.«

Er trank.

»Sag mir deinen Namen.«

Sein Zittern verstärkte sich.

»So kalt«, murmelte er. Er schüttelte sich. Dabei glitt ihm das Glas aus der Hand. Ein leiser Aufschrei. Es zersprang am Boden.

Marta starrte auf die Scherben.

Als sie aufblickte, riss der Junge die Tür auf und verschwand im dunklen Hausflur.

»Warte doch«, rief sie ihm nach.

Sie hörte bloß noch seine eiligen Schritte auf der Treppe. Danach war es still.

DREI

DIENSTAG, 24. NOVEMBER

Am nächsten Abend war sie wieder in der Werkstatt. Sie war mit dem Abdrehen der Vase beschäftigt. Dafür musste sie das getrocknete Gefäß kopfüber auf die Drehscheibe stellen, um den Boden zu bearbeiten. Sie ließ die Scheibe rotieren und schabte mit einem scharfen, rechtwinkligen Werkzeug allen überflüssigen Ton von der Unterseite weg. So entstand allmählich ein Fußring, auf dem die Vase mehr Halt haben würde.

Marta war müde. Sie hatte schlecht geschlafen. Die halbe Nacht hatte sie wach gelegen und über die seltsame Begegnung mit dem Jungen nachgedacht. Schon bei der Arbeit im Büro war sie unkonzentriert gewesen, und während sie nun mit dem Werkzeug hantierte, stellte sie fest, dass ihre Bewegungen immer fahriger wurden.

Sie schnitt zu tief in den Ton. Wenn sie so weitermachte, würde sie den Vasenboden ruinieren. Bei mäßiger Drehgeschwindigkeit versuchte sie krampfhaft, ihren Fehler auszumerzen.

Wie es dem Jungen jetzt wohl erging? Warum wollte er nicht zu seinen Eltern zurück? Und warum hatte er ausgerechnet bei ihr geklingelt? War das ein Zufall?

Sie dachte an sein Missgeschick mit dem Wasserglas. Der arme Junge. Sie hätte doch nicht mit ihm geschimpft. Wahrscheinlich wurde er von seinen Eltern geschlagen.

Eine weitere unkontrollierte Bewegung, und die Vase rutschte ihr von der angefeuchteten Scheibe.

Nun hatte sie den oberen Rand zerstört.

»Mist!«

Paula kam zu ihr.

»Probleme beim Abdrehen?«

»Ich bin so ungeschickt.«

»Ach, nicht doch, das passiert mir auch manchmal.«

»Ist die Vase noch zu retten?«

»Ich denke nicht. Versuch es lieber mit einer neuen.«

»Ich mache Schluss für heute«, murmelte Marta.

»Wirklich?«

»Ist nicht mein Tag.«

Paula half ihr dabei, den Arbeitsplatz zu säubern und den angetrockneten Ton in eine Kiste zu werfen.

Das also war aus ihrem Geschenk für Lea geworden

Sie unterhielten sich noch eine Weile, dann verließ Marta die Werkstatt.

Als sie in der Weichselstraße ihre Wohnung aufschloss und den Schlüssel in die Schale warf, musste sie wieder an den Jungen denken.

Die Glasscherben waren aufgekehrt, nichts deutete mehr auf seinen rätselhaften Besuch hin. Sie hatte sogar das Badezimmer gesäubert. Und doch war ihr, als schwebte noch immer etwas von seiner Anwesenheit in den Räumen.

In der Küche war sie für einen Moment irritiert. Unwillkürlich begann sie zu schwitzen. Etwas war anders als sonst. Lea und sie waren nicht besonders penibel, was das Aufräumen betraf, und doch erschien ihr die Küche ordentlicher als noch am Vorabend.

Sie ließ die Blicke schweifen.

Nein, sie täuschte sich wohl.

Alles war wie immer.

Es wurde Zeit, dass Lea heimkam. Das Alleinsein tat ihr nicht gut.

Marta duschte, aß zu Abend, dann ging sie früh zu Bett.

In der Nacht träumte sie von dem Jungen. Er klingelte an der Tür, und diesmal ließ sie ihn herein wie einen Bekannten.

Sie fragte ihn, wie es in der Schule gewesen sei.

Er zuckte mit den Schultern.

Sie strich ihm sanft über den Kopf.

Er wich vor ihr zurück.

»Was ist passiert?«, fragte sie ihn. »Was hat man dir angetan?«

Er öffnete den Mund. Er sprach zu ihr.

Doch sie verstand ihn nicht.

Auf einmal hatte sie das Gefühl, dass Wasser in ihre Ohren drang. Sie sank tiefer. Das Gesicht des Jungen verschwamm vor ihren Augen.

Plötzlich war sie hellwach.

Jemand war im Zimmer.

Da saß jemand an ihrem Bett.

Sie wollte schreien. In diesem Moment presste sich eine Hand auf ihren Mund. Die Hand roch nach Gummi.

Die Nachttischlampe wurde eingeschaltet. Marta war für eine Sekunde geblendet. Abermals wollte sie schreien. Es war ein roter Latexhandschuh, der sich fest auf ihren Mund drückte.

Eine Fratze beugte sich über sie. Eine leise Stimme sprach zu ihr: »Wenn du schreist, bist du tot.«

Dann spürte sie eine Messerspitze an ihrer Kehle.

»Willst du leben?

Sie keuchte.

»Willst du weiter atmen?«

Ihr war schwindlig vor Angst.

»Sag schon.«

Sie nickte schwach.

Die Fratze war ein einziges dunkelrotes Grinsen. Etwas stimmte mit den Augen und dem Mund nicht. Sie waren tief ausgehöhlt. Darin glänzte etwas, triefend rot.

Marta bäumte sich auf, doch die Gestalt drückte sie zurück aufs Kissen.

Sie sah das Messer aufblitzen. Es war lang und scharf.

»Nur atmen. Weiter atmen. Ganz ruhig.«

Sie rang nach Luft. Ihr war, als würde ihr Herz für einige Schläge aussetzen.

Entsetzt blickte sie in dieses entstellte blutrote Gesicht über ihr. Es war so unheimlich, dass sie kaum hinsehen konnte.

Große Augenhöhlen, in denen es rot schimmerte. Was war das? Was steckte darin? Auch der weit aufgerissene Mund war voll von diesem dunklen Zeug.

»Ich lege das Messer weg«, sagte die Gestalt zu ihr. »Wenn du still bist, lege ich es weg. Aber du darfst dich nicht rühren. Und du musst leise sein. Verstanden?«

Marta nickte schwach. Ihr Nachthemd klebte klatschnass an ihrer Haut. Sie roch ihren eigenen Angstschweiß.

Sie sah, wie die Gestalt das Messer auf den Nachttisch legte. Die Fratze näherte sich ihr.

»Nein«, wimmerte sie, »nein, bitte, tun Sie mir nichts.«

»Sei leise.«

Ihr entkamen kehlige Laute.

»Gib mir deine Hand.«

Sie war wie erstarrt.

»Mach schon.«

Zögernd gehorchte sie.

»Nein, die linke.«

Zittrig streckte sie die andere aus.

Ihre Handfläche wurde betastet. Danach jeder einzelne Finger. Sie spürte den Latex auf ihrer Haut.

Es schüttelte sie.

Sie blickte auf. Der gesamte Kopf der Gestalt war knallrot. Das Gesicht schien aufgeschlitzt zu sein. Diese blutroten Stummel in den Augenhöhlen und im klaffenden Mundraum schimmerten feucht. Der Anblick verursachte ihr einen Brechreiz.

»Deine Hand ist so kalt«, sagte die Gestalt leise. »Eiskalt.«

Sie begann zu stammeln: »Bitte, wir können doch …«

»Schsch. Kein Wort. Du musst still sein.« Die Fratze kam ihr sehr nah. »Ich will nur hören, wie du atmest. Einatmen. Ausatmen.«

Sie sog die Luft in ihre Lunge und stieß sie aus.

»Gut.«

Was hatte es mit diesen Stummeln auf sich? Was war das für ein Gesicht über ihr? Träumte sie etwa?

Nein, das war kein Albtraum.

Es war Wirklichkeit.

Plötzlich ließ die dunkel gekleidete Gestalt von Martas Hand ab.

»Warum starrst du mich so an? Gefällt dir mein Gesicht nicht?«

Sie hechelte.

Die Gestalt richtete sich ein wenig auf. Dann fuhr sie sich mit Daumen und Zeigefinger in die breit grinsende Fratze.

Sie zog sich einen der blutroten Stummel aus der Augenhöhle und hielt ihn Marta hin.

»Hier, koste mal. Schmeckt süß.«

Der Stummel wurde vor ihren Lippen hin- und herbewegt. Marta schrie.

VIER

Nils Trojan erwachte noch vor Sonnenaufgang. Nur mit T-Shirt und Boxershorts bekleidet, trat er hinaus auf die Terrasse der kleinen Finca. Der Horizont war in Pastellfarben getaucht, mattrosa, ein helles Blau. Über dem Atlantik stand die Mondsichel. Das Meer war ruhig, glatt, in den Farben des Himmels.

Er sog die Luft ein. Würzig war sie, erdig, mit einem Hauch von Salz und Jasmin. Barfuß stieg er die Stufen aus Felsstein in den Garten hinab und näherte sich der Dattelpalme.

Er schloss für einen Moment die Augen und lauschte. Es war ein sanftes Flüstern, wenn der Wind durch ihre Blätter fuhr.

Trojan schaute auf und beobachtete, wie der Mond allmählich verblasste. Das Meeresblau wurde tiefer, und der Himmel begann zu leuchten.

Unten im Dorf krähte ein Hahn. Die Hunde schlugen an.

Er wandte sich um. Über der Hügelkette würde gleich die Sonne aufgehen. Zunächst war es wie ein Lodern in den Pinien, die die Bergspitze säumten, dann erschien der Feuerball, warf seine Strahlen hinunter ins Tal und wärmte Trojans Gesicht.

Dieses Schauspiel hatte er seit drei Monaten an jedem Morgen beobachtet, und es beglückte ihn auch heute, auch wenn es diesmal mit einer Prise Wehmut verbunden war, denn es war der Tag seines Abschieds.

Zwölf Wochen unbezahlten Sonderurlaub hatte ihm sein

Chef Hilmar Landsberg nach langem Hin und Her gewährt. Selbst eine Kündigung hatte Trojan in Betracht gezogen, da er nach der Aufklärung der letzten Mordfälle so ausgebrannt war, dass er kurz vor einem Zusammenbruch stand.

Er hatte einen seiner Kollegen im Zuge der Ermittlungen verloren, und das hatte ihn mehr mitgenommen, als er sich anfangs eingestehen wollte.

Trojan betrachtete die roten Blüten der Bougainvillea, die sich im Sonnenlicht entfalteten, dann glitt sein Blick hinunter, über den Weinberg, auf dem sich gerade ein Taubenschwarm niederließ, und wanderte hinaus aufs Meer. Auf dieser kleinen Kanareninsel, die vom Massentourismus verschont geblieben war, herrschten auch Ende November noch frühlingshafte Temperaturen.

In Berlin hingegen erwartete ihn nasskaltes Wetter, wie ihm Steffie gestern Abend am Telefon gesagt hatte. In drei Stunden würde sein Flugzeug abheben, doch vorher hatte er noch etwas Dringendes zu erledigen.

Er duschte, zog sich an, trank einen letzten Kaffee auf der Terrasse, verstaute seinen Koffer im Mietwagen und fuhr los.

Beinahe im Schritttempo nahm er die Schotterpiste mit den vielen Schlaglöchern, die von dem abseits gelegenen Haus wegführte. Als er die nächste Kreuzung erreichte, ignorierte er die Route zur Ostseite der Insel, wo sich der kleine Flughafen befand, sondern wählte die Straße durch die Ortschaft, die sich steil den Hang hinunterwand. Ein paar hundert Meter weiter bog er in einen schmalen, asphaltierten Weg ab, der vorbei an Vulkangestein und Bananenplantagen in Haarnadelkurven hinunter zum Meer führte.

Seine ersten beiden Wochen auf der Insel hatte er überwiegend schlafend verbracht, so erschöpft war er gewesen. Vormittags ruhte er auf der Gartenliege im Schatten der Dattelpalme, mittags hielt er Siesta im Schlafzimmer der Finca, dann fuhr er am Spätnachmittag zum Strand hinunter, um kurz zu baden, danach döste er unter seinem Sonnenschirm ein. Hierzulande ging die Sonne früh unter, darum hatte er auch Grund, frühzeitig zu Bett zu gehen.

In der dritten Woche schloss er Bekanntschaft mit Jan, einem Deutschen, der öfter im Jahr einige Wochen auf der Insel verbrachte. Er war ihm aufgefallen, weil er beinahe täglich auf dem Volleyballfeld oberhalb des kleinen Strands anzutreffen war, an dem Trojan regelmäßig schwimmen ging. Eines Nachmittags fragte er Nils, ob er nicht Lust auf ein Match hätte, und er willigte ein.

Fortan spielten sie öfter in wechselnden Teams, mal waren es mehr Deutsche, mal mehr Spanier. Jan war immer dabei. Braun gebrannt, muskulös, gut gelaunt, schmetterte und pritschte er Trojan die Bälle zu, der immer mehr Gefallen an dem Spiel fand.

Anfangs war er noch etwas aus der Übung, er hatte zuletzt in seiner Schulzeit gespielt, doch schon nach einigen Nachmittagen machte es ihm große Freude, auch nach den schwierigen Bällen zu hechten und sie übers Netz zu jagen.

Jan war in Trojans Alter, ebenfalls geschieden. Er leitete ein Sportstudio im Frankfurter Raum. Durch geschickte Organisation und einen sparsamen Lebensstil gönnte er sich viele Auszeiten auf der Insel und mietete stets das gleiche preiswerte Appartement in der Nähe vom Strand.

»Ich nenne das Lebenskunst«, sagte er nach einem Match zu ihm.

»Die entdecke ich auch gerade«, erwiderte Nils.

»Was machst du, wenn du nicht hier bist?«

Trojan schwieg lange. Dann erzählte er ihm von seinem Beruf.

Jan blickte nachdenklich aufs Meer hinaus. »Harter Job?«

»Sehr hart.«

»Hast du noch Feuer in dir?«

»Um das herauszufinden, bin ich hergekommen.«

Im zweiten Monat sprach Trojan bereits ein paar Brocken Spanisch. Wenn die Brandung zu stark war, um schwimmen zu gehen, unterhielt er sich mit den Männern von der Wasserwacht. Sie lachten ihn freundlich an, auch wenn sie ihn nicht immer verstanden, und schon bald winkten sie ihm zu, wenn er sie am Strand traf. Sie warnten ihn vor den Strömungen, erklärten ihm, dass das Vulkangestein steil ins Meer abfiel und die Dünung darum sehr hoch steigen konnte.

An ruhigen Tagen schwamm Trojan bis zur letzten Boje hinaus und ließ sich dann auf dem Rücken treiben. Er träumte davon, sich auf der Insel für immer niederzulassen. Er überlegte, ob er Steffie, mit der er jeden Abend telefonierte, davon erzählen sollte, doch er ließ es vorerst bleiben.

Oftmals skypte er mit seiner Tochter Emily, die nach ihrem Abitur für ein Jahr in Kanada jobbte. Auch ihr erzählte er nichts von seinem Traum.

Vormittags joggte er in einem Naturschutzgebiet einen schmalen Weg oberhalb der Steilküste entlang. Keine Menschenseele weit und breit. Nur gelegentlich kam ihm ein Kleinlaster entgegen, der Bananen aus den Plantagen transportierte. Trojan lief und lief. Er hörte nichts außer seinem Atem. Links von ihm die Pinienwälder auf der Hügelkette, rechts von ihm das Meer, vor ihm nur der Himmel.

Vor der nächsten Kurve breitete er die Arme aus und stellte sich vor abzuheben.

Er war frei, endlich frei.

Ende Oktober besuchte ihn Steffie für eine Woche. Sie hatten vereinbart, nicht über die Arbeit zu reden.

Sie schliefen lange, frühstückten auf der Terrasse. Sie liebten sich leise im Schatten der Dattelpalme. Sie wanderten durch die Vulkanschlucht und schnorchelten in der Badebucht. Abends betrachteten sie den Sonnenuntergang. Einmal übernachteten sie auf der Terrasse, eingehüllt in Decken. Als Trojan mitten in der Nacht die Augen aufschlug, war der Himmel voller Sterne.

Am Flughafen sagte sie zu ihm: »Und? Wirst du überhaupt wiederkommen?«

»Wieso fragst du?«

»Du wirkst so tiefenentspannt. Du lächelst immerzu.«

»Könntest du dir vorstellen, hierher auszuwandern? Mit mir?«

»Wovon sollten wir leben?«

»Von Ersparnissen.«

»Hast du ein Vermögen angehäuft?«

»Eher nicht«, sagte er. »Um ehrlich zu sein, bin ich so gut wie pleite.«

»Ich mag Berlin«, sagte Steff. »Und ich mag meinen Job. Wie ist es bei dir?«

»Gib mir noch ein paar Wochen.«

»Landsberg erwartet dich Ende November zurück. Er hat dich fest eingeplant.«

»Ich weiß.«

»Du bist sein leitender Ermittler. Er zählt auf dich. Er hat mich gebeten, dir das auszurichten.«

An der Absperrung vor der Sicherheitskontrolle drehte sie sich noch einmal zu ihm um: »Auch wenn wir die Dinge unkompliziert halten, Nils: Du fehlst mir.«

»Du fehlst mir doch auch.«

Trojan hatte sich angewöhnt, nach dem Joggen für eine halbe Stunde auf einem Felsstein im Garten zu sitzen und aufs Meer hinauszuschauen. Ohne sich zu bewegen. Ganz still. Tief atmend.

Er nannte es Meditation, ohne genau zu wissen, was das eigentlich war.

Anfangs fiel es ihm schwer. Die Gedanken prasselten auf ihn ein. Er sah die Geister der Ermordeten vor sich. Sie sprachen zu ihm. Sie beklagten sich. Er sah ihre Leichname, die Ströme von Blut, er war wieder an den Tatorten.

Aber er gab nicht auf. Wieder und wieder setzte er sich auf seinen Stein und hörte den Toten bei ihren Klagen zu.

Allmählich beruhigten sich seine Gedanken, und er sah klarer.

An manchen Tagen war sein Geist so ruhig wie das Meer, an anderen aufgewühlt, tobend, wie auch der Atlantik zuweilen. Gelegentlich meldete sich die Angst zurück. Die Furcht, in seinem Job nicht bestehen zu können, die Sorge vor der nächsten Panikattacke.

Doch je länger und öfter er dasaß, desto mehr Raum war in ihm.

Ja, er hatte Angst.

Aber da war auch Mut.

An einem Nachmittag im November sagte er zu Jan: »Ich denke, es brennt noch ein Feuer in mir.«

»Du willst also gehen?«

»Ja.«

Am Abend sprach er mit Steffie am Telefon darüber. Er hatte einen einfachen Plan. Etwas sollte sich ändern.

Es hatte nichts mit dem Außen zu tun.

Es war in ihm.

Er besaß es bereits.

Nur hatte er zeitweilig den Zugang dazu verloren.

Er parkte den Wagen oben an der Straße, stieg aus und ging langsam den Pfad zu der kleinen Badebucht hinunter.

Der Strand war um diese Zeit noch menschenleer. Trojan schlüpfte aus seinen Flip-Flops und ging barfuß weiter. Er spürte den warmen Sand unter den Füßen. Schwarz war er, wie überall auf der Insel, vulkanischen Ursprungs.

Dunkler, schwerer Lavasand.

Achtsam setzte er Schritt für Schritt. Er kam an dem verlassenen Volleyballfeld vorbei. Von Jan hatte er sich bereits am Vortag verabschiedet. Sie wollten in Kontakt bleiben.

Trojan ging weiter.

Der Ozean war so klar und ruhig, dass sich der Himmel darin spiegelte. Leise klatschten die Wellen an den Ufersaum.

Er blieb stehen, schloss die Augen und breitete die Handflächen aus.

Er atmete tief. Er nahm den Meeresduft in sich auf.

Dann holte er das Glas mit dem Schraubdeckel aus seinem Rucksack, öffnete es, kniete nieder und häufte Sand hinein.

Es war ein schlichtes Olivenglas, das er ausgewaschen hatte.

»Wie sieht denn nun dein Plan aus?«, hatte ihn Steffie am Telefon gefragt.

»Wenn sich der Stress zurückmeldet, wenn mich die Arbeit überfordert und ich während der Ermittlungen das Gefühl habe, nicht mehr zum Atmen zu kommen, berühre ich den schwarzen Lavasand dieser Insel. Sie ist mein Kraftort. Ich nehme mir eine Handvoll davon mit.«

»Wirst du den Sand immer bei dir haben?«

»Das wird wohl nicht möglich sein. Aber ich kann das auch in meiner Vorstellung tun, weißt du? In diesem Sand ist das Feuer eines Vulkans gespeichert. Es kommt tief aus dem Erdinneren. Eine Energie, die ich schon immer in mir hatte. Jeder Mensch hat sie. Ich hab nur die Verbindung zu dieser Kraft verloren.«

»Gut, dass du sie wiedergefunden hast.«

»Ja.«

»Dann kann es ja losgehen. Das Team wartet auf dich.«

»Danke, Steff.«

»Wofür?«

»Für deine Geduld mit mir.«

Er hörte sie in den Hörer atmen. »Ich freue mich jedenfalls auf dich.«

»Und ich mich auf dich.«

Er schraubte das Glas zu und steckte es ein. Er schaute noch einmal aufs Meer hinaus.

Dann ging er zurück zu seinem Mietwagen und fuhr direkt zum Flughafen.

FÜNF

Der ICE aus Köln hatte sechzig Minuten Verspätung. Als er endlich den Berliner Hauptbahnhof erreichte, war Lea so müde und gereizt, dass sie beschloss, sich ein Taxi nach Hause zu nehmen, obwohl ihr das bei ihrem Anfangsgehalt in der Probezeit eigentlich zu teuer war.

Sie nannte dem Fahrer die Adresse, und sie fuhren los. Es war kurz nach zwanzig Uhr, als der Wagen vor dem Haus in der Weichselstraße hielt. Lea zahlte und stieg aus.

Im Treppenhaus spürte sie ihre schmerzenden Füße. Drei Tage lang war sie auf einem Kongress für Softwareentwicklung von Termin zu Termin gehetzt. Sie war noch neu in der Firma, musste vieles lernen. Von ihr wurde Mobilität verlangt, und sie sollte sich ständig fortbilden. Längst kamen ihr Zweifel, ob der Job das Richtige für sie war. Jedenfalls hatte sie sich den Einstieg in ihr Berufsleben anders vorgestellt.

Nicht einmal eine eigene Wohnung konnte sie sich bisher leisten.

Vermutlich war Marta wieder sehr anhänglich. Sie kannte das bereits. Kam sie von einer Dienstreise heim, spielte ihre Mitbewohnerin die gute Freundin. Sie wollte etwas für sie kochen, mit ihr reden, sie mit einem kleinen Geschenk überraschen, während Lea einfach nur ihre Ruhe brauchte.

Sie schloss die Wohnungstür auf.

Das Erste, was ihr auffiel, war der beinahe klinische Geruch. Ein Hauch von Chlorreiniger, als hätte Marta gründlich geputzt.

Sie schaltete das Licht ein und schloss hinter sich die Tür.

Der Dielenboden im Flur glänzte.

Lea stellte den Rollkoffer in ihrem Zimmer ab und blickte sich überrascht um.

Ihr Bett war gemacht, der Schreibtisch aufgeräumt, die Papiere waren zusammengestapelt. Der Stuhl war nah an den Tisch herangerückt. Die Kleidungsstücke, die sie vor ihrer Abreise achtlos aufs Sofa geworfen hatte, waren akkurat zusammengelegt.

Lea öffnete den Schrank. Auch hier herrschte eine für sie verblüffende Ordnung.

Empört streifte sie sich die Jacke ab und warf sie aufs Bett.

»Marta«, rief sie und ging zurück in den Flur.

Die Zimmertür ihrer Mitbewohnerin war geschlossen. Eigentlich war das ein klares Zeichen dafür, dass sie zu Hause war. Wenn sie zur Arbeit musste oder ausging, ließ Marta die Tür immer offen.

Lea klopfte an.

Keine Reaktion.

»Warst du in meinem Zimmer? An meinem Schrank?«

Keine Antwort.

Sie sah im Wohnzimmer nach. Ihr Blick wanderte über das Bücherregal. Die Bücher waren nach Farben sortiert. Auf dem oberen Brett standen die mit den roten Einbänden, gefolgt von den blauen und den grünen. Die übrigen Farben waren weiter unten einsortiert.

Auch in der Küche roch es penetrant nach Putzmittel. Der Boden war blitzblank gewischt. Sie betrachtete die Obstschale auf der Anrichte. Bananen, Orangen, Mandarinen und Kiwis waren in vier exakt bemessenen Kreisen angerichtet. Ein Obstmesser lag im akkurat rechten Winkel auf dem Schneidebrett. Das war eigentlich nicht Martas Art.

Lea inspizierte das Badezimmer. Kein Wasserspritzer am Spiegel. Das Waschbecken blank. Die Pflegeprodukte auf dem Bord umsortiert und farblich aufeinander abgestimmt.

»Marta!«

Wieder klopfte sie an die Tür.

Schlief sie schon? Um diese Zeit?

Vorsichtig drückte sie die Klinke und trat ein.

Das Zimmer war dunkel, die Vorhänge waren zugezogen. Sie tastete nach dem Lichtschalter.

Das Deckenlicht flammte auf.

Ihr Blick fiel aufs Bett. Dann auf die Tapete dahinter.

Sie trat einen Schritt vor, dann noch einen.

Ihr fiel das Atmen schwer.

Auf einmal drehten sich die Wände um sie herum.

Das Flugzeug durchstieß die Wolkenwand, und Trojan blickte aus dem Fenster. Unter ihm tauchten die Lichter seiner Heimat auf. Ein funkelndes Netz, Häuser klein wie Spielzeug, beleuchtete Straßenzüge, winzige Laternen wie glitzernde Perlenschnüre. In der Ferne erkannte er den Fernsehturm am Alexanderplatz, rot blinkend die Spitze.

Ringsherum die Wälder, die Seen.

Spätestens jetzt wurde ihm bewusst, wie verwurzelt er doch mit dieser Metropole war.

Wolkenfetzen versperrten die Sicht, die Turbinen dröhnten. Kurz darauf setzte die Maschine auf dem Rollfeld auf. Eine leichte Wehmut beschlich ihn, es war vermutlich seine letzte Landung hier. Das Großareal in Schönefeld sollte nun tatsächlich bald eröffnet und der Betrieb in Berlin-Tegel eingestellt werden. Er würde diesen beinahe provinziellen, kleinen Flughafen mitten in der Stadt vermissen.

Er ließ sich Zeit beim Aussteigen, wartete am Gepäckband geduldig auf seinen Koffer.

Als er ins Freie hinaustrat, musste er sich erst an den Gestank der Abgase gewöhnen. Und dennoch lächelte er.

Trojan war wieder zu Hause.

Er verzichtete aufs Taxi und nahm den Bus. Ein mürrischer Fahrer, dichtes Gedränge, Rippenstöße. Eine Baustelle auf der Stadtautobahn, Stau. Selbst die Busspur war verstopft. Ja, dachte er schmunzelnd, das ist Berlin.

Er stieg am Jakob-Kaiser-Platz aus und nahm die U-Bahn. Diese hässlich gemusterten Sitze, die grauen Gesichter der Menschen. An fast jeder Station stieg ein Bettler ein, machte seine Runde und stieg wieder aus.

Am Hermannplatz wartete er auf die U8. Der Bahnsteig war überfüllt. Er fuhr eine Station bis zur Schönleinstraße und steuerte auf den Ausgang zu. Eine Urinlache vor einer Wartebank, auf der ein Obdachloser schlief. Dealer vorm verrammelten Kiosk, die Rolltreppe defekt. Den kleinen Blumenladen gab es noch immer, vor welken Chrysanthemen in einem Plastikeimer spielte jemand Saxofon, herzzerreißend schief. Die ausgetretenen Treppenstufen hinauf zum Kottbusser Damm.

Lichter, Lärm, Gelächter.

Er war zurück in seinem Kiez.

Pop-up-Stores in der Bürknerstraße, betrunkene Amerikaner auf dem schmalen Gehsteig. Der Trödelladen in der ehemaligen Apotheke Ecke Friedelstraße hatte während seiner Abwesenheit dichtgemacht. Plakatfetzen hingen an der Schaufensterscheibe. Trojan zog seinen Rollkoffer hinter sich her und überquerte die Kreuzung. Auf der Brücke über dem Landwehrkanal blieb er stehen.

Lichtreflexe tanzten auf dem dunklen Wasser, zwei Schwäne zogen gemächlich dahin, wohl auf dem Weg zu ihrem Schlafquartier weiter östlich, wo sich der Kanal nach Treptow hin zu einem größeren Becken öffnete.

Er ging weiter. Vor einer Kneipe saß eine Gruppe von jungen Leuten in Decken eingehüllt, der Novemberkälte trotzend. Am Bouleplatz war eine einsame Gestalt damit beschäftigt, im Schein der Straßenlaterne ein paar späte Würfe zu üben.

Nils erkannte den wohnungslosen Mann mit dem Zottelbart auf der Parkbank wieder. Er hatte seit über einem Jahr sein Quartier an dieser Stelle aufgeschlagen. Seine Habseligkeiten lagen auf der Bank verstreut. Das Zelt, in dem er schlief, stand nur ein paar Meter weiter von ihm entfernt, unten am Kanal. Trojan warf ihm eine Münze in den Becher, und der Alte bedankte sich mit einem heiseren Gruß.

Er bog in die Forster Straße ein. Noch ein paar Schritte, und er war daheim. Nils sperrte das Treppenhaus auf, trug den Koffer ins vierte Stockwerk hinauf, öffnete seine Wohnungstür und trat ein.

Nachdem er die Heizung aufgedreht hatte, wandelte er eine Zeit lang durch die Räume, strich mit der Hand über sein Bett, setzte sich für einen Moment aufs Sofa, ging in die Küche, schaute in den Hof hinaus. Danach betrat er seinen Balkon, ließ den Blick durch das spärliche Laub der Straßenbäume schweifen, ging wieder hinein und klopfte auf die Tischplatte seines Schreibtischs.

Er war zufrieden. Es war gut, wieder hier zu sein.

Er packte seinen Koffer aus und füllte die Waschmaschine mit seinen Sachen. Als er Emily und Steffie eine Nachricht

schicken wollte, stellte er fest, dass sein Handy noch im Flug-
modus war. Er aktivierte es, und schon wurde ihm ein Anruf
in Abwesenheit angezeigt.

Es war Landsberg.

Er hörte die Mailbox ab.

Trojan zögerte etwa eine Minute lang, dann rief er zurück.

Der Chef klang abgehetzt. »Nils? Bist du angekommen?«

»Vor ungefähr einer Stunde, ja.«

»Gut. Kannst du uns helfen?«

»Mein Urlaub endet erst morgen früh.«

»Bitte. Es ist dringend.«

»Was ist passiert?«

Landsberg nannte ihm eine Adresse in der Weichselstraße.

SECHS

Trojan nahm das Fahrrad. Er hatte es nicht weit. Er radelte am Kanal entlang, über die Brücke nach Neukölln, fuhr die Pannierstraße hinunter und bog links in die Weserstraße ab.

Nur knapp zwanzig Minuten nach dem Telefongespräch war er in der Weichselstraße.

Er schloss das Rad an einem Laternenpfahl an und näherte sich den Absperrbändern. Die Blaulichter der Einsatzfahrzeuge zuckten durch die Nacht.

Er zeigte einem uniformierten Beamten seinen Dienstausweis, und dieser ließ ihn passieren.

Trojan wollte sich nicht mehr hetzen lassen, und doch eilte er im Laufschritt die Treppe hinauf.

Grelles Licht drang aus der Tatortwohnung. Die Kollegen von der Spurensicherung waren längst vor Ort und hatten ihre Scheinwerfer aufgestellt. Er schob sich an zwei Technikern in weißen Overalls vorbei. Ein Mann Mitte, Ende dreißig trat auf ihn zu, streng gescheiteltes Haar, breite Schultern, kantiges Kinn.

»Sind Sie Hauptkommissar Nils Trojan?«

»Hmm.«

Ein übertrieben kräftiger Händedruck. »Olaf Maas. Ich bin neu in der fünften Mordkommission. Der Nachfolger von Dennis Holbrecht.«

»Alles klar.«

»Hab viel von Ihnen gehört, Herr Trojan. Ich hoffe auf gute Zusammenarbeit.«

Trojan musterte ihn und versuchte sich an einer ersten Einschätzung. Noch recht jung, sehr ehrgeizig. Möglicherweise übereifrig.

»Wir duzen uns im Team. Also sag Nils zu mir, okay?«

Maas nahm eine beinahe militärische Haltung ein. »Natürlich. Hier entlang, Herr …«, er unterbrach sich, »Entschuldigung, Nils, meine ich …«

Er muss seine Unsicherheit kaschieren, dachte Trojan, hat Angst davor, Fehler zu machen. Nach den tragischen Umständen von Holbrechts Tod ist das sicherlich kein leichter Start für ihn.

Maas führte ihn in eines der beiden Schlafzimmer der Wohnung. Hier war das Licht noch greller.

Trojan begrüßte seine Mitarbeiter mit einem Kopfnicken. Seinen Chef Hilmar Landsberg, schlank, hochgewachsen, mittlerweile angegrautes Haar, den bulligen Ronnie Gerber, ihren Tatortmann Albert Krach, der hager und ziemlich blass war, Max Kolpert mit seiner vernarbten Gesichtshälfte und Stefanie natürlich.

Sie hatte sich das Haar zu einem Pferdeschwanz zurückgebunden. Ein kurzes Lächeln, das alles besagte: Freude über das Wiedersehen und Einvernehmen über die Geheimhaltung, was ihre Beziehung betraf, auch wenn Landsberg längst Verdacht geschöpft hatte. Schon war sie wieder ernst, professionell, aufrecht.

Trojan nickte auch Dr. Carsten Semmler zu, ihrem Rechtsmediziner.

Sie standen gruppiert um das Bett und versperrten ihm die Sicht.

Ein, zwei Sekunden verstrichen, ohne dass jemand ein Wort sagte.

Schließlich räusperte sich Landsberg. »Bist du bereit?«

»Ja.«

Der Chef trat zur Seite und gab den Blick frei.

Trojan verschlug es für einen Moment den Atem.

Das Gefühl der Tiefenentspannung schwand schlagartig. Seine Schultermuskulatur verkrampfte sich, und er presste unwillkürlich die Lippen zusammen.

War das etwa ein Tier, das auf dem Bett kauerte?

Entsetzt schaute er auf das braune Fell.

Er schloss die Augen, blickte erneut hin.

Es kann nicht sein, durchfuhr es ihn. Es darf nicht sein.

Um sich halbwegs zu beruhigen, fokussierte er sich zunächst auf das Bettlaken. Es war straff gezogen, keine einzige Falte darauf, allerdings war es mit feinen Blutspritzern übersät. Die Decke befand sich am Fußende, mehrfach zusammengefaltet, der weiße Bezug akkurat glatt. Ein helles Nachthemd darauf, blutbefleckt, aber ebenso ordentlich zusammengelegt wie der dunkle, transparente Slip in Frauengröße.

Das Kissen war aufgeschüttelt worden und sorgsam am Kopfende drapiert.

Über dem Bett prangte ein Schriftzug an der Tapete. In dunkelroten Lettern. Ungefähr einen halben Meter groß.

Die Buchstaben waren zerlaufen. Waren sie mit Blut geschrieben?

Wieder schloss Trojan die Augen. Dann nahm er das Fell ins Visier.

Hellbraun war es, grotesk schimmernd im grellen Licht der Scheinwerfer.

Das Fell von einem wilden Tier. Vielleicht von einem Hirsch oder einem Reh. Es war vernäht. Trojan erkannte das Kreuzstichmuster. Das Tierfell war mit der Haut der Toten vernäht, die lang hingestreckt auf dem Bett lag.

»Wie ist ihr Name?«, fragte er heiser.

»Marta Giesner, vierunddreißig Jahre alt«, antwortete Landsberg. »Alleinstehend. Ihre Mitbewohnerin hat sie heute Abend gefunden.«

»Das ist gespenstisch.«

»Ja.«

Die Tote war unbekleidet. Offensichtlich war sie erstochen worden. Trojan zählte sechs Einstiche in den Brustkorb. Ihre Haut war bleich. Das Fell reichte ihr vom linken Brustansatz über die Schulter und den linken Arm bis hinunter zur Hand. Die Finger steckten darin wie in einem Handschuh.

»Das Fell ist auf ihre Größe zugeschnitten worden«, sagte Trojan.

»Ja«, erwiderte Stefanie, »das heißt, der Täter muss sie genau beobachtet haben.«

»Er kannte ihre Maße.«

»So ist es.«

»Was ist das für ein Fell?«

»Wir müssen es im Labor untersuchen lassen.«

»Könnte ein Rotwild sein«, meldete sich Olaf Maas zu Wort.

Trojan warf ihm einen kurzen Blick zu. »Ich glaube, es ist ein Reh.«

»Wie kommen Sie darauf?«

»Nur eine Vermutung.« Er streifte sich Latexhandschuhe über und berührte das Fell. Halb Mensch, halb Tier, dachte er. Halb Reh, halb Frau.

Er betrachtete das Gesicht der Toten. Auch hier hatte der Mörder mit Nadel und Faden gearbeitet. Ein paar grobe Stiche. Die Wangenmuskulatur war beidseitig am Gewebe über dem Jochbein festgenäht.

Die Tote schien zu lächeln.

Es war ein groteskes Lächeln, das der Täter ihr ins Gesicht genäht hatte.

Der linke Arm, der in dem Fell steckte, war nach oben gestreckt, der andere nach unten. Die Beine waren leicht geöffnet, das linke Knie war angewinkelt, das rechte Bein nach unten gedehnt. Es sah aus, als würde sich die Tote in sinnlicher Pose rekeln.

Dazu dieses Grinsen, die Zähne entblößt. Die Augen weit aufgerissen.

Trojan lief ein Schauer über den Rücken.

»Todeszeitpunkt?«, fragte er.

»Nach meinem ersten Eindruck vor mehr als vierundzwanzig Stunden«, erwiderte Semmler.

»Also in der Nacht zu gestern.«

»Ja.«

»Die Mitbewohnerin, eine Lea Sabinsky, neunundzwanzig Jahre alt, war für drei Tage beruflich unterwegs und ist erst heute Abend zurückgekehrt«, sagte Gerber. »Wir konnten vorhin kurz mit ihr sprechen. Sie wartet in einem der Einsatzfahrzeuge unten vorm Haus.«

»Okay. Ich rede gleich mit ihr. Gibt es Einbruchsspuren?«

»Nein.« Olaf Maas machte einen Schritt auf ihn zu, seine Wangen waren gerötet. Er sprach schnell und um Aufmerksamkeit heischend. »Das Schloss der Wohnungstür war völlig unversehrt. Auch an sämtlichen Fenstern finden sich keinerlei Spuren, die auf ein gewaltsames Eindringen hinweisen.«

»Hat die Wohnung einen Balkon?«

»Nein, Herr Trojan. Zudem befindet sie sich ja im dritten Stockwerk, also ist es unwahrscheinlich, dass ...«

»Langsam«, unterbrach er ihn, »eins nach dem anderen.«

Er blickte sich im Zimmer um. Auf einer Wäschekommode lagen exakt drei Gegenstände. Ein Handspiegel, eine Schmuckdose und ein Kamm. Sie waren so ausgerichtet, als handelte es sich um Museumsstücke. Trojan ging langsam auf die Kommode zu. Er öffnete die oberste Schublade. Unterhosen. Dann die zweite. Socken. Die dritte. Büstenhalter. Alle nach Farben sortiert.

»War Marta Giesing ein auf Ordnung fixierter Mensch?«

»Nach Aussage von Lea Sabinsky nicht«, erwiderte Max Kolpert.

»Der Täter hat also hier aufgeräumt.«

»Ja. Und zwar in der gesamten Wohnung«, sagte Albert Krach.

»Er muss die ganze Nacht lang hier beschäftigt gewesen sein. Wie kam er nur herein? Kannte Marta vielleicht ihren Mörder?«

»Möglich. Oder er bediente sich eines Tricks«, murmelte Stefanie.

»Hmm.« Trojan betrachtete den Schriftzug an der Wand über dem Bett.

TRÖSTE MICH.

Er trat näher. Rote Buchstaben. Blutrot. Aber war das überhaupt Blut? Er trat so nah heran, dass er beinahe mit der Nasenspitze an die Tapete stieß. Er sog die Luft ein.

Es roch alles andere als kupfrig. Er kannte diesen eigentümlichen Blutgeruch von so vielen Tatorten, dieser hier war anders. Zugegeben, die Substanz war längst eingetrocknet, aber dennoch verströmte sie einen leichten, kaum wahrnehmbaren Hauch.

Durch seinen längeren Aufenthalt auf der Insel waren Trojans Sinne feiner geworden. Besonders sein Geruchssinn.

Plötzlich fiel ihm etwas auf. Ein winziges Stück Watte klebte an dem M der Aufschrift. Es war rot verfärbt.

Er nahm es ab, tütete es in einen Asservatenbeutel und reichte es einem Kriminaltechniker. »Ich brauche eine Analyse davon.«

»Wird gemacht.« Der Mann in dem weißen Overall nahm ihm den Beutel ab.

»Die Substanz riecht süßlich, beinahe zuckrig. Ich glaube, es ist kein Blut.«

Alle schauten ihn überrascht an.

»Auch Blut enthält Zucker«, sagte Maas.

Trojan ignorierte seine Bemerkung. »Die Schrift wurde mit einem Wattestäbchen aufgetragen.« Er wandte sich an den Techniker. »Bitte informieren Sie uns umgehend über das Ergebnis der Laboruntersuchung.«

»In Ordnung.«

»Also«, sagte er in die Runde, »ich schaue mir jetzt die anderen Räume an. Stefanie? Würdest du mich begleiten?«

»Klar.«

Sie verließen das Schlafzimmer. Er berührte sie am Arm und sagte leise: »Seltsame Art des Wiedersehens. Aber ich freue mich sehr.«

»Geht mir auch so. Schön, dass du da bist.«

»Keine Zeit zum Eingewöhnen.«

Sie lächelte schmal. »So ist der Job.«

»Lass uns gleich zur Sache kommen. Der Mörder hat lediglich einen Vorsprung von etwa vierundzwanzig Stunden.«

»Okay, legen wir los.«

»*Tröste mich.* Was fällt dir dazu ein?«

»Die Frage ist: Trost wofür?«

»Für einen Schmerz? Eine Verwundung?«

»Der Täter wurde verletzt. Seelisch oder physisch. Unter Umständen beides.«

»Das Opfer soll dafür büßen?«

»Ja.«

»Eine Rache also«, sagte Trojan. »Das wäre ein Ermittlungsansatz. Zunächst müssten wir klären, ob die Rache stellvertretend an Marta Giesner vollzogen wurde oder ob der Täter eine persönliche Verbindung zu ihr hat. War sie mit jemandem liiert?«

»Meines Wissens nicht.«

»Ich befrage nachher die Mitbewohnerin dazu.«

»Gut.« Stefanie führte ihn in das Zimmer von Lea Sabinsky. »Die Zeugin sagte aus, dass bei ihrer Abreise hier nicht so tadellos aufgeräumt war.«

Nach einer kurzen Inspektion gingen sie hinüber ins Bad. Trojan beäugte die farblich sortierten Tuben, Fläschchen und Cremedosen auf dem Bord. Ein ähnlicher Anblick bot sich in der Küche. Hier war es das Obst in einer Schale auf der Anrichte, das zu einem besonderen Stillleben angerichtet war, bestehend aus vier makellosen Farbkreisen. Gelb, zwei verschiedene Orangetöne und in der Mitte braun. Bananen, Mandarinen und Orangen, gefolgt von Kiwis.

Die größte Mühe aber hatte sich der Täter im Wohnzimmer gegeben. Kopfschüttelnd registrierte Trojan das strenge Farbmuster der Buchrücken im Regal.

»Der Mörder handelt zwanghaft«, sagte Stefanie. »Er muss die Wohnung nach seinen Vorstellungen umgestalten.«

»Du meinst, er kann nicht anders? Ein innerer Druck bringt ihn dazu?«

»Ja.«

»Durchaus möglich. Wir sollten aber auch in Betracht ziehen, dass er mit uns spielt.«

»Du sprichst von einer Inszenierung?«

»Ja. Oder etwas dazwischen. Eine Zwangsstörung, die er hier bewusst und eventuell leicht überzogen ausgelebt hat.«

Sie waren wieder im Flur angelangt. Abermals sog Trojan die Luft ein.

»Es riecht nach Chlor. Der Boden wurde gewischt.«

»Oder eher desinfiziert.«

»Okay, Stefanie, lass es uns ganz analytisch zusammenfassen. Worauf weist uns der Mörder hin? Was sollen wir sehen?«

»Eine Frau, die halb Mensch, halb Tier ist. Ein Schriftzug, der einem Aufschrei gleicht.«

»Einem Ruf nach Trost.«

»Ja. Dazu ein groteskes Lächeln in einer nahezu klinischen Umgebung, in der alles seinen Platz hat.«

Trojan schaute sie an. »Sehr gut, Steff. Dem Mörder geht es um Kontrolle.«

»Und das macht ihn besonders gefährlich.«

»Wir schließen«, sagte eine leise Stimme zu ihm.

Der Junge blickte von den Buchseiten auf. Für einen Moment wusste er nicht, wo er war. Wie gebannt hatte er in dem Roman gelesen. Erst allmählich kehrte er vom Schauplatz der Handlung zurück.

Eine Zeit lang war er weit weg gewesen. In einer fernen Welt. Dort hatte er seinen Schmerz vergessen können. Doch in Wahrheit befand er sich in der Bibliothek.

Eine Frau stand vor ihm. Sie lächelte ihn an.

»Wie bitte?«, fragte er.

Sie tippte auf ihre Armbanduhr. »Ich mache Feierabend. Du kannst dir das Buch ausleihen.«

Da erkannte er sie wieder. Sie arbeitete hier. Zerstreut blickte er zum Fenster hin. Draußen war es längst dunkel.

Er saß an seinem üblichen Platz an der Heizung. Mit einem Seufzer klappte er das Buch zu.

»Ich will nicht nach Hause.« Er sprach mehr zu sich selbst als zu ihr.

Sie aber trat einen Schritt auf ihn zu. »Warum denn nicht?«

Er war nicht gut darin, das Alter von Erwachsenen zu schätzen. War sie eher Anfang oder Mitte dreißig? Brünettes Haar, halblang. Grünblaue Augen. Sie trug einen grünen Pulli und einen eng anliegenden schwarzen Rock.

Ihm fiel ein Leberfleck an ihrem Hals auf.

Er schwieg.

Sie zog sich einen Stuhl heran und setzte sich zu ihm. Das überraschte ihn. Er hob die Schultern und senkte das Kinn. Ihr Blick ruhte auf ihm. Es war nicht unangenehm, aber er fand es auch merkwürdig.

»Was ist passiert?«, fragte sie nach einer Weile.

Niemand sonst interessierte sich für ihn. Warum ausgerechnet sie?

Er warf ihr einen scheuen Seitenblick zu. Sie hatte ein Lächeln, das ihn verwirrte. Es war offen und einladend.

Er umklammerte das Buch mit beiden Händen.

Nichts geschah.

Er hatte einen Panzer um sich herum gebildet. Er wollte ihr nichts von sich verraten.

Sie war die Frau, die für gewöhnlich vorne an ihrem Schreibtisch saß. Sie gab Auskunft, verlängerte Ausleihfristen. Warum zur Hölle sollte er ihr erzählen, was mit ihm los war?

»Ist es wirklich schon sieben?«, fragte er.

»Viertel nach.«

»Sie schließen immer um sieben.«

»Und du bist stets der Letzte hier.«

Wieder schaute er auf den Leberfleck an ihrem Hals. Wenn er lange genug hinsah, bemerkte er, wie das Blut darunter pulsierte.

Nach einer langen Pause hörte er sich sagen: »Sie geben mir die Schuld. Alle tun das.«

»Wofür?«

»An Zoes Tod.«

»Wer ist Zoe?«

»Meine kleine Schwester.«

»Wann ist sie gestorben?«

»Vor zwei Monaten.«

Sie berührte ihn sacht am Arm. »Das tut mir sehr leid.«

Es war der Moment, da er hätte aufspringen und wegrennen sollen. Gib niemals zu, dass du verletzbar bist. Zeig niemandem deine Wunden.

Aber er blieb.

SIEBEN

Sie kamen überein, dass Stefanie zusammen mit Maas und Kolpert die Nachbarn im Haus befragen sollte. Verdächtige Personen im Treppenhaus, Geräusche aus der Tatortwohnung, jedes Detail war wichtig.

Währenddessen ging Trojan hinunter auf die Straße und stieg in den Mannschaftswagen, in dem Lea Sabinsky einer uniformierten Beamtin gegenübersaß.

»Können Sie uns für eine Weile allein lassen?«, fragte er die Polizistin, die sich offenbar um die Augenzeugin gekümmert hatte. Sie nickte ihm zu und verließ den Wagen.

Trojan setzte sich.

Lea Sabinsky war aschfahl. Ihr langes dunkles Haar hing ihr wirr ins Gesicht. Ihre Augenränder waren gerötet. Offensichtlich stand sie noch immer unter Schock.

»Nils Trojan mein Name. Ich bin der leitende Ermittler hier.«

Sie schwieg.

»Sind Sie in der Lage, mir ein paar Fragen zu beantworten?«

Sie nickte stumm.

»Können Sie mir den genauen Ablauf schildern, wie Sie nach Hause gekommen sind und Ihre Mitbewohnerin gefunden haben?«

»Das habe ich Ihren Kollegen doch schon mehrfach erzählt.«

»Ich kann mir vorstellen, wie schwer das für Sie ist.« Er machte eine Pause. »Um wie viel Uhr kamen Sie heim?«

»Es war kurz nach acht.«

»Woher wissen Sie das so genau?«

»Ich kam mit dem Taxi vom Hauptbahnhof. Als ich den Fahrer bezahlte, sah ich auf die Uhr an der Armatur. Ich war genervt, weil es schon so spät war. Mein Zug aus Köln hatte eine technische Störung.«

»Sie waren auf Dienstreise, ja?«

»Hmm. Ein dreitägiger Kongress. Ich bin Informatikerin. Vor einem halben Jahr hab ich meine erste Stelle hier in Berlin angetreten. Für die Firma muss ich viel reisen.«

»Was fiel Ihnen als Erstes auf, als Sie die Wohnung betraten?«

»Der Geruch. Es roch nach Putzmittel. Ziemlich streng.«

»Nach Chlorreiniger?«

»Ja. So etwas würde Marta nie benutzen.«

»Was geschah dann?«

»Ich ging in mein Zimmer.« Sie strich sich mit der Hand über die Stirn. Ihre Stimme war brüchig. »Er war an meinen Sachen. Derjenige, der Marta das angetan hat, war auch bei mir.«

»Haben Sie irgendeine Ahnung, wer das gewesen sein könnte?«

»Nein.«

»Ganz egal, wer. Wenn Sie jemanden im Verdacht haben, sprechen Sie es aus.«

Sie starrte ihn an. »Ich weiß es nicht.«

»Wer besitzt einen Schlüssel zu der Wohnung?«

»Nur Marta und ich.«

»Sonst niemand?«

»Nicht dass ich wüsste.«

»Wie lange wohnen Sie schon hier?«

»Seit sechs Monaten. Ich hab in Darmstadt an der TU studiert und vor Kurzem hier meinen ersten Job bekommen. Die Unterkunft bei Marta lief über eine Annonce und sollte nur vorübergehend sein. Eigentlich war ich auf der Suche nach einer eigenen Wohnung, aber das ist nicht so einfach in Berlin. Marta war sehr anhänglich, ich glaube, sie hat sich eine enge Freundschaft mit mir gewünscht. Aber letztlich passen wir gar nicht zusammen.«

»Wie meinen Sie das?«

»Na ja, sie ist ein eher kreativer Mensch. Sie hat immer davon geträumt, Keramikerin zu werden.«

»Keramikerin?«

»Sind Ihnen nicht die vielen Töpfersachen in der Wohnung aufgefallen?«

Trojan dachte nach.

»Die sind alle von ihr. Sie war öfter nach Feierabend in einer öffentlichen Werkstatt in Neukölln und hat dort an der Drehscheibe gearbeitet. Das war ihr Hobby. Mich interessiert so etwas nicht, aber sie wollte mich ständig dazu überreden, mitzukommen und es auch einmal auszuprobieren. Ich schreibe Programme, verbringe die meiste Zeit am Computer. Was soll ich in einer Töpferwerkstatt?«

»Was hat Marta eigentlich beruflich gemacht?«

»Sie war Angestellte in der Kulturverwaltung. Ich glaube, der Job hat sie gelangweilt.«

»Hatte sie einen festen Freund?«

»Nein. Sie hat sich vor einem Jahr getrennt. Der Mann, mit dem sie einige Jahre zusammen war, wollte keine Kinder haben. Sie hat mir deswegen die Ohren vollgejammert.«

Lea Sabinsky schniefte. Ihr lief eine Träne über die Wange. »Die arme Marta. Sie war sehr unglücklich. Aber genau das hat mich an unserer Wohngemeinschaft gestört. Immerzu kam sie mit ihrem privaten Kram an. Ich sollte ihr zuhören, ihr Ratschläge geben, mit ihr ausgehen. Das hat mich überfordert. Ich hab genügend eigene Freunde, allerdings sind die alle in Darmstadt.«

»Kennen Sie den Namen von Martas Exfreund?«

»Gerald.«

»Und wie weiter?«

»Keine Ahnung.«

»Okay, das kriegen wir raus. Wissen Sie, wo diese Töpferwerkstatt ist?«

»In der Pannierstraße, glaube ich.«

»Hausnummer?«

Sie zuckte mit den Schultern.

Trojan machte sich eine Notiz.

Lea Sabinsky blickte ihn an. »Dieses…«, sie brach ab, schluckte, »…was ich an ihr gesehen hab, als ich sie fand… dieses…«

»…Fell?«

»Ja. Und die Naht. Die Fäden in ihrem Gesicht. Wer macht denn so etwas?«

Trojan schwieg. Dann sagte er: »Sie haben sicherlich auch die rote Aufschrift an der Tapete gelesen?«

»*Tröste mich*. Ja. Ist das nicht grauenvoll?«

»Haben Sie den Exfreund von Marta Giesner jemals kennengelernt?«

»Nein.«

»Und die Trennung ging von ihr aus?«

»Ja.«

»Hat sie jemals erwähnt, dass ihr Freund darüber sehr zornig war?«

»Sie meinen, es könnte ein … Trost für ihn gewesen sein …«, ihre Stimme kippte, »… sie umzubringen? Und sie dermaßen zu verunstalten?«

Sie rang nach Atem. Für einen Moment fürchtete Trojan, sie würde vor ihm zusammenbrechen.

»Schon gut. Ganz ruhig. Haben Sie jemanden, bei dem Sie die Nacht verbringen können?«

»Nicht in Berlin. Mein Freund lebt in Darmstadt. Und wie gesagt, mein gesamter Freundeskreis ist dort. Ich denke, ich werde mir ein Hotelzimmer nehmen.« Sie schaute aus dem Wagenfenster hin zu dem weiß getünchten Mietshaus. »Ich kann mir nicht vorstellen, jemals wieder einen Fuß in diese Wohnung zu setzen.«

»Hat man Ihre Daten aufgenommen?«

»Ja.«

»Auch die Mobilnummer?«

»Natürlich.«

Er reichte ihr seine Karte. »Teilen Sie mir unbedingt mit, wo ich Sie künftig erreichen kann.«

»Hmm. Kann ich jetzt gehen?«

Er nickte. Sie verließen gemeinsam das Fahrzeug. Plötzlich packte sie ihn am Arm. »Ich habe Angst.«

»Wovor?«

»Dass der Mörder wiederkommt.«

Er musterte sie. »Brauchen Sie vielleicht ärztliche Hilfe? Soll Ihnen jemand ein Beruhigungsmittel verschreiben?«

Sie schüttelte den Kopf.

Angespannt spähte sie zu den grell erleuchteten Fenstern im dritten Stockwerk hinauf.

Trojan war augenblicklich irritiert. »Eine letzte Frage hätte ich noch.«

»Ja?«

»Gab es jemals Streit zwischen Ihnen und Marta Giesner?«

Sie sah ihn an. »Nein.«

»Sie erwähnten, dass sich Marta eine Freundschaft mit Ihnen wünschte.«

»Aber deshalb haben wir uns nicht gestritten.«

»Hat Ihr Freund Sie mal in Berlin besucht?«

»Ja.«

»War er auch in dieser Wohnung?«

»Ich verstehe nicht ganz, worauf Sie hinauswollen.«

»Kannte er Marta Giesner?«

»Ja, wir waren… wir… haben sogar mal einen netten Abend zu dritt verbracht.«

»Wann war das?«

»Vor drei, vier Wochen ungefähr.«

»Wie heißt Ihr Freund?«

»Lutz Scheffing. Wieso wollen Sie das wissen?«

»Reine Routine.«

»Hören Sie, ich bin nur die Mitbewohnerin.«

»Kein Grund zur Sorge. Alles wird gut.«

»Mein Gott, wäre ich doch bloß nicht in dieses Haus gezogen. Marta, so zugerichtet auf dem Bett. Dieses Bild werde ich nie wieder los.«

Trojan versuchte, sie zu beruhigen. Er notierte sich den Namen ihrer Firma und des Hotels, in dem sie in Köln untergebracht gewesen war, dann verabschiedete er sich von ihr.

Nachdenklich ging er zurück an den Tatort. Er hatte das vage Gefühl, dass ihm Lea Sabinsky etwas verheimlichte.

ACHT

Elisabeth kam von der Uni heim. Es war ein frustrierender Tag gewesen. Ihr erstes Semester in Filmwissenschaften hatte sie sich weitaus interessanter vorgestellt. Doch die Vorlesungen und Seminare langweilten sie. Wieder einmal wurde ihr schmerzlich bewusst, dass die Theorie nichts für sie war. Sie musste praktisch arbeiten.

Ihr Traum war es, an einer Hochschule angenommen zu werden, die sie zur Regisseurin ausbilden würde. Doch für die Bewerbung musste sie einen Kurzfilm vorweisen. Und da die wenigen Studienplätze überaus begehrt waren, musste dieser so überzeugend sein, dass er aus der Fülle der Einreichungen herausstach.

Seit vielen Wochen dachte sie über ihr Projekt nach.

Es sollte ein kurzer Horrorfilm werden.

Eigentlich hatte sie schon die passende Kulisse dafür entdeckt. Ein verlassenes Haus im Umland.

Doch dann waren ihr Zweifel gekommen.

Elisabeth schloss die Wohnung in Neukölln auf, in der sie seit ein paar Monaten untergekommen war. Viertes Stockwerk, anderthalb Zimmer, Fenster zum Hof, wenig Tageslicht, teilmöbliert. Sie wohnte hier nur auf Zeit, es war eines der vielen Provisorien in ihrem Leben.

Sie legte ihre Jacke ab, nahm Videokamera und Laptop aus ihrer Umhängetasche und setzte sich an ihren Schreibtisch. Sie verband die Kamera mit dem Computer per USB und übertrug die Daten. Es waren Aufnahmen, die sie auf dem Heimweg gemacht hatte.

Verwackelte Bilder aus der U-Bahn, bleiche Gesichter, ein Schwenk durch den Tunnel. Die aufspringenden Türen, Gedränge auf dem Bahnsteig. Ein Junkie, der zusammengekauert auf dem Boden liegt. Passanten, die unbeteiligt über ihn hinwegsteigen. Neben ihm sein Schäferhund, der ihn treu bewacht. Zoom auf die Augen des Hundes, das linke milchig schimmernd, als sei es erblindet, das andere hellwach. Das Tier sperrt das Maul auf, kläfft in die Kamera. Schwenk auf ihre eigenen Füße in schwarzen Doc Martens, wie sie die Treppe hinaufsteigt. Eine Straßenszene, das Licht der Laternen, die Leuchtspur der Autoscheinwerfer im Sprühregen, Neonreklamen. Schwenk in den Himmel. Ein blasser Halbmond, Wolkenfetzen, davor das kahle Geäst eines Straßenbaums.

Ende der Sequenz.

Elisabeth speicherte die Bilder ab und verschob sie in den Ordner mit dem Namen VIDEO-TAGEBUCH.

Sie zögerte für einen Moment, dann klickte sie auf die Datei mit dem Titel: DAS HAUS.

Filmfetzen aus dem fahrenden Auto.

Ein halb verlassenes Dorf. Flachdächer. Straße.

Dann ein harter Schnitt, gefolgt von der Aufnahme eines Waldtiers, das verschreckt in die Kamera schaut. Davor die Windschutzscheibe, auf der Regentropfen perlen. Im Hintergrund eine schmale Landstraße, Kiefernwald.

Schurrende Wischerblätter. Elisabeths keuchender Atem ist zu vernehmen.

Das Reh blickt sie an. Zoom auf die Augen.

Plötzlich ist es weg.

Dafür taucht wie aus dem Nichts das Haus auf.

Der verwilderte Garten. Efeu an der Fassade.

Innenaufnahmen. Eine Ratte. Ein Nest in einer Ofenklappe. Gang über die Treppe. Zerbrochene Stufen. Ein Schaukelstuhl. Das Loch in der Zimmerdecke. Die Dachbalken. Der Novemberhimmel.

Schwärze.

Ende der Datei.

Alles hatte sie gefilmt. Nur nicht die Gestalt am Gartenzaun.

Das Wesen mit dem blutroten Kopf.

Wenn sie nur daran dachte, wurde ihr kalt.

Es war eine Kälte, die nach ihrem Herzen griff. Urplötzlich war ihr, als hätte sie einen Klumpen Eis in der Brust.

Sie begann zu zittern.

Was war das nur? Seit Wochen plagten sie diese Zustände. Sie hatte das schon als Kind manchmal erlebt. Aber so schlimm wie jetzt war es noch nie.

Sie klappte den Laptop zu. Ruhig, dachte sie, ganz ruhig. Ein Schritt nach dem anderen. Sie musste diesen Film nicht drehen. Sie könnte sich einem anderen Projekt widmen. Ihr würde schon etwas einfallen.

Wieder und wieder tauchte das Grinsen vor ihrem geistigen Auge auf. Die unheimliche Fratze am Zaunpfahl.

Elisabeth ging ins Bad, zog sich aus und nahm eine heiße Dusche. Allmählich beruhigte sie sich. Das Zittern ließ nach, und ihre Muskulatur entspannte sich.

Sie trocknete sich ab, schlüpfte in Sweatpants und einen bequemen Pulli. In der Küche schaute sie nach, was sich noch im Kühlschrank befand. Nichts außer einer angebrochenen

Milchpackung und einem kleinen Stück Harzer Käse. Sie hatte vergessen einzukaufen.

Sie nahm das Glas mit den Haferflocken aus dem Regal, schüttete etwas davon in eine Schale und goss Milch dazu. Sie löffelte ihr bescheidenes Abendessen im Stehen am Fenster und blickte in den Hinterhof hinaus. Der Spätnovember war trüb und verregnet. Der lange Winter stand bevor.

Nachdem sie das Geschirr gespült hatte, legte sie sich aufs Sofa, trank ein Glas Rotwein und las in einem Fachbuch über Filmästhetik. Danach ging sie zu Bett.

Sie war kurz vorm Einschlafen, als sie plötzlich ein Geräusch hörte.

Sie knipste das Licht an und lauschte.

Ein leises Pochen. Direkt über ihr.

Elisabeth schaute zur Zimmerdecke hoch.

Es waren Schritte. Jemand war auf dem Dachboden und ging dort unruhig auf und ab.

Sie kannte das bereits. In vielen Nächten wurde sie davon wach.

Sie überlegte, ob sie das Geräusch einfach ignorieren sollte. Doch heute waren die Schritte besonders deutlich zu vernehmen.

Sie blickte zur Uhr. Es war ja noch nicht allzu spät. 23:35 Uhr.

Kurz entschlossen stand sie auf, zog sich den Pullover über ihren Pyjama und schlüpfte in ihre Schuhe. Sie nahm ihren Schlüsselbund und verließ die Wohnung.

Zum Dachboden war es nur eine halbe Treppe. Die Tür war angelehnt. Ein matter Lichtschein dahinter.

Sie zog die Tür auf und betrat den Speicher. Es war kalt hier oben. Sofort begann sie zu zittern.

»Hallo?«, fragte sie in das Halbdunkel hinein.

Die Schritte verstummten. Sie lauschte.

Hinter einem Dachbalken machte sie eine Bewegung aus. Von dort kam das Licht. Sie trat näher.

Plötzlich erkannte sie die Gestalt eines Jungen. Er hielt eine Stablampe in der Hand. Sie war für einen Moment geblendet. »Noah? Bist du das?«

Der Lichtstrahl wanderte zu Boden. »Ja«, sagte eine leise Stimme.

Sie sah den Schlafsack in der Ecke am Schornstein, ein paar verstreute Sachen von ihm, seinen Rucksack.

»Du darfst hier nicht schlafen.«

Der Junge ließ die Schultern sinken. Er war sechzehn, soweit sie wusste. Tiefbraune Augen. Das Haar fiel ihm weich in die Stirn. »Aber wo soll ich denn hin?«

Sie trat einen Schritt näher. »Geh nach Hause.«

Er schüttelte den Kopf.

Elisabeth fror. Sie verschränkte die Arme vor der Brust. »Der Hausmeister hat sich bereits bei mir beschwert. Die Tür zum Dachboden muss abgeschlossen sein.«

»Sie war aber offen.«

Sie seufzte. Vor etwa drei Monaten hatte sie den Jungen zum ersten Mal hier oben entdeckt. Er tat ihr leid.

Sie näherte sich ihm einen weiteren Schritt. »Ist es so schlimm bei euch?«

Er nickte. »Mein Vater schlägt sie wieder.«

»Er verprügelt deine Mutter?«

»Ja. Sie war grün und blau im Gesicht. Er hat getrunken. Er rastet völlig aus.«

»Du musst dir Hilfe suchen.«

»Wo denn?«

»Es gibt spezielle Adressen im Internet.«

Seine Miene verfinsterte sich. »Ich geh nicht mehr zurück.«

»Du kannst hier nicht bleiben.«

»War ich zu laut?«

»Ja. Man hört deine Schritte. Beinahe jede Nacht.«

»Tut mir leid. Ich konnte nicht schlafen. Darum bin ich hin und her gewandert.« Sein Blick war flehend. »Wo soll ich denn jetzt hin?«

Sie war zu gutmütig. Es hatte damit angefangen, dass sie ihn an einem Abend – der Speicher war verriegelt, und er saß verfroren auf dem Treppenabsatz – aus Mitleid in ihre Wohnung gelassen hatte. So waren sie ins Gespräch gekommen.

Sie hatten sich über Filme unterhalten. Noah liebte das Horror-Genre. Genauso wie sie.

Elisabeth ließ den Atem ausströmen. Ja, sie war zu weichherzig, aber sie mochte ihn auch. Darum sagte sie: »Also schön. Du kannst dich bei mir einen Moment aufwärmen. Aber danach gehst du nach Hause? Ist das klar?«

Er lächelte ihr dankbar zu.

Sie kochte ihm einen Tee und setzte sich zu ihm an den Küchentisch.

Er umgriff die Tasse mit beiden Händen und wärmte sich daran. »Ich wollte dich nicht aufwecken. Wirklich nicht.«

»Ist schon gut. Ich hab zurzeit ohnehin einen leichten Schlaf.« Sie beobachtete, wie er in den aufsteigenden Dampf blies, einen Schluck nahm und die Tasse abstellte. Dann sagte sie: »Also hör zu, wegen deines Vaters musst du dringend etwas unternehmen.«

Er schüttelte grimmig den Kopf.

»Du kannst dich nicht Nacht für Nacht einfach davonschleichen.«

Er schwieg. Sie hatte ihn schon öfter gefragt, ob er sich manchmal auch heimlich in andere Häuser begab, um dort zu überprüfen, ob die Türen zu den Dachböden unverschlossen waren. Angeblich tat er das nicht. Seitdem er dieses Haus entdeckt hatte, nur zwei Straßenecken von der Wohnung seiner Eltern entfernt, kam er regelmäßig zu seinem geheimen Schlafplatz.

Noah verzog den Mund. »Können wir über was anderes reden?« Er nahm den Teebeutel aus der Tasse, drückte ihn aus und legte ihn auf den Unterteller.

»Worüber denn?«

»Über deinen Film zum Beispiel.« Seine Augen begannen zu leuchten. »Warst du noch mal in diesem halb zerfallenen Gemäuer im Umland?«

Sie seufzte. Sie hätte ihm nicht davon erzählen sollen. »Nein.«

»Warum nicht?«

»Weil es so gruselig ist. Für mich jedenfalls.«

Er beugte sich vor und senkte die Stimme zu einem Flüstern. »Erzähl mir noch mal von der Fratze, die du dort gesehen hast. Das unheimliche Wesen, du weißt schon.«

»Hör auf damit.«

»Bitte. Ich liebe diese Geschichte.«

Ihr lief ein Schauer über den Rücken. »Ich denke, es war bloß eine Täuschung. Ein Trugbild.«

»Ganz sicher?«

»Möglicherweise hab ich mir das nur eingebildet.«

»Aber wieso?«

Sie zuckte mit den Achseln. »Eine plötzliche Erinnerung an damals, was weiß ich.«

»Als du es schon mal gesehen hast?«

»Ja. Zu der Zeit war ich allerdings noch ein Kind. Vielleicht sah ich bei den Recherchen zu meinem Film etwas, das tief aus meinem Unterbewusstsein kam, aber in Wirklichkeit gar nicht existiert.«

»Ich denke, es ist real. Das Wesen ist zu dir zurückgekehrt. Eine Gestalt mit einem kleinen blutroten Kopf und einer hässlichen Fratze.« Noah lehnte sich zurück und kippelte mit dem Stuhl. Er lächelte sie an. »Das ist doch die ideale Figur für einen Horrorfilm.«

Sie schluckte. Augenblicklich verspürte sie wieder diese Eiseskälte, ein jähes Zittern, eine Verkrampfung im Brustkorb. Es war im Winter gewesen. Sie war vierzehn Jahre alt. Das Wesen stand plötzlich an ihrem Bett. Sie hatte geschrien.

Sie war aus dem Haus gerannt. Plötzlich lag sie draußen im Schnee.

Auf einmal war ihr Vater bei ihr. Er hob sie auf und trug sie in ihr Zimmer zurück.

»Was ist denn los, Kleines?«

Tränen in ihren Augen. Wo war die Gestalt mit dem blutroten Kopf? Eben hatte sie sie doch noch gesehen.

»Da«, stammelte sie, *»da.«* Sie wies auf den Schrank. Aber dort war niemand. Am Knauf der Schranktür hing bloß ein Bügel, darüber ein Kleid von ihr. Wo war die furchtbare Fratze? Hatte sie die Umrisse ihres Kleids fälschlicherweise für das Wesen gehalten? Den Haken am Bügel und den Türknauf für seinen Kopf?

»Beruhige dich.« Ihr Vater strich über ihre schweißnasse

Stirn. »*Du hast noch immer hohes Fieber. Du fantasierst, mein Kind.*«

Nur ein Fiebertraum. Ja, das wäre eine plausible Erklärung. Und doch kamen ihr oft Zweifel an dieser Theorie.

Sie schlang die Arme um ihre Schultern.

»Ist dir kalt?«, fragte Noah.

»Ein bisschen.«

Er stand auf und legte ihr seine Jacke über die Schultern.

»Danke.«

Er setzte sich wieder. »Also, zurück zu deinem Videoprojekt. Wie weit bist du in der Planung?«

»Nicht sehr weit. Ich habe Angst davor.«

»Das ist gut.«

»Wie bitte?«

»Dreh einen Film darüber, wovor du am meisten Angst hast. Ich bin mir sicher, dass die besten Horrorfilme auf diese Art entstanden sind. Die Filmemacher selbst haben die größte Angst vor dem, was in ihren Werken geschieht. Sie erzählen, was ihnen den Schlaf raubt, was in ihren schlimmsten Albträumen passiert.«

Elisabeth schaute ihn überrascht an. Er könnte recht haben. Das war zumindest eine scharfsinnige Einschätzung. Er war ziemlich klug für sein Alter.

Abermals kippelte er auf dem Stuhl hin und her. Für einen Moment dachte sie an den Schaukelstuhl in dem unheimlichen Haus.

»Beschreib mir das Wesen. Wie sah es aus?«

»Hab ich doch schon längst.«

»Erzähl es noch mal. Immer wieder. Bis ich es mir genau vorstellen kann.«

Sie tat es. Er schloss zeitweilig die Augen, lächelte.

»Sehr gut«, murmelte er, als sie fertig war.

Mit einem leisen Krachen ließ er sich auf dem Küchenstuhl nach vorne kippen. »Und es sah genauso aus wie damals?«

»Ja. Aber das war wohl nur ein Fiebertraum gewesen.«

Abermals flüsterte er: »Als du in diesem verlassenen Haus im Umland warst, als es dir im Garten aufgefallen ist, hattest du kein Fieber.«

»Und doch kann mir meine Fantasie einen Streich gespielt haben.«

»Glaub ich nicht. Zeig mir noch mal die Aufnahmen. Vielleicht ist es ja irgendwo am Rand zu sehen.«

»Nein. Ich hab mir den Film wieder und wieder angeschaut. Es ist nicht drauf.«

»Es stand am Gartenzaun, ja?«

»Hmm.«

»Hat es sich bewegt?«

»Eben nicht. Es stand völlig still.« Sie fröstelte. »Darum denke ich, dass es auch eine Vogelscheuche gewesen sein könnte.«

»Eine Vogelscheuche?«

»Ja. Vielleicht hat sie jemand dort aufgestellt. Und ihr diesen gruseligen Kopf mit der bösen Fratze verpasst.«

Noah streckte die Hand nach ihr aus. Eine kurze Berührung am Unterarm, die ihr eine Gänsehaut verursachte. »Egal ob Vogelscheuche oder Fiebertraum. Lass es Wirklichkeit werden. Dreh diesen Film. Das Wesen ist ein böser Geist. Er zwingt deine Hauptfigur dazu, Menschen umzubringen. Er beherrscht den Kopf der jungen Frau, die die Hauptrolle in deinem Film spielt. Und das bist du. *Dich* zwingt er zu töten. Das Wesen ist das Böse in dir.«

Sie erschauerte. Erst neulich hatte sie mit ihm darüber gesprochen. Und das war ein Fehler gewesen. Sie hatte ihm den ungefähren Handlungsverlauf ihres Kurzfilms anvertraut. Eine junge Frau wie sie, einundzwanzig Jahre alt, begegnet diesem Wesen. Nach und nach gewinnt es die Kontrolle über ihre Gedanken. Sie ist besessen von ihm. Bestialische Morde geschehen unter seinem Einfluss, und sie kann sich nicht dagegen wehren.

Das Böse in ihr.

Offenbar hatte sich Noah jede Einzelheit ihrer Schilderung gemerkt.

Zugegeben, er war ein guter Zuhörer. Und seine Begeisterung für ihr Projekt spornte sie an.

Und doch war es seltsam, weit nach Mitternacht mit einem Sechzehnjährigen in ihrer Küche zu sitzen und über wahnhafte Besessenheit, ein Horrorwesen und bestialische Morde zu debattieren. Der Junge musste dringend nach Hause. Und sie durfte ihn nicht zu nah an sich heranlassen.

Er grinste. »Das Wesen flüstert dir die Namen der künftigen Opfer ein. Du kannst nichts dagegen tun. Du gehorchst ihm blind.«

»Geh jetzt.«

Energisch stand sie auf, streifte seine Jacke ab und reichte sie ihm.

Noah erhob sich langsam. »Jetzt schon?«

»Ja.«

»Und wenn ich doch auf dem Dachboden schlafe?«

Sie schüttelte den Kopf. »Nein. Du musst zurück zu deinen Eltern. Alles wird gut.«

»Bist du dir sicher?«

Sie nickte und begleitete ihn in den Flur.

An der Wohnungstür schlüpfte er in seine Jacke und drehte sich noch einmal zu ihr um. »Weißt du, wovor *ich* am meisten Angst habe?«

»Wovor?«

»Dass er sie eines Tages umbringt.«

»Dein Vater?«

»Ja. Er prügelt so lange auf meine Mutter ein, bis sie tot ist.«

»Warum sollte er das tun?«

»Wenn er getrunken hast, erkennst du ihn nicht wieder.«

Elisabeth holte tief Luft. »Das wird nicht passieren. Glaub mir.«

Sie öffnete die Tür. Im Treppenhaus war es stockfinster.

Noah zog die Schultern ein und verschwand.

NEUN

In Trojans Kopf schwirrten die Gedanken. Ein Summen in seinen Ohren. Die Augen brannten vor Müdigkeit.

In seinem Büro herrschte Unordnung. Notizzettel und Tatortfotos häuften sich auf seinem Schreibtisch. Zerdrückte Kaffeebecher lagen neben einem angebissenen Döner Kebab auf Alufolie. Die Computertastatur lugte unter einem Stapel ausgedruckter Vernehmungsprotokolle hervor.

Grotesk vergrößert auf dem Monitor das Gesicht der toten Frau, darin die schwarzen Bindfäden, die Kreuzstiche ihres letzten Lächelns.

Ein morbides Grinsen, eingenäht in ihre Haut.

Die Angehörigen von Marta Giesner waren informiert. Ihre Eltern hatten ebenso geschockt reagiert wie ihr Bruder und die Schwägerin. Auch den Exfreund der Ermordeten hatten sie bereits ausfindig gemacht. Trojan und Steffie hatten ihn aus dem Bett geklingelt. Sein Name war Gerald Thal, Vollbart, dunkles, welliges Haar, ein sympathischer Augenaufschlag, freischaffender Architekt von Beruf. Er erwies sich als sehr kooperativ. Seine neue Lebensgefährtin bestätigte sein Alibi für die Mordnacht.

Olaf Maas hatte Trojan von den Vernehmungen der Hausbewohner in der Weichselstraße berichtet. Bislang gab es keinerlei nützliche Hinweise. Auch mit zwei Mitarbeitern der Ermordeten hatte er noch in der Nacht sprechen können. Nach deren Aussagen ergab sich folgendes Bild: Marta Giesner war hilfsbereit, freundlich, ein wenig schüchtern. Bei der Arbeit zuverlässig, aber zuweilen auch zerstreut. Gelegentlichen Flirts mit Kollegen nicht abgeneigt, schien sie jedoch unter der Trennung von Gerald Thal noch immer zu leiden.

»Hast du die Alibis der beiden gecheckt?«, fragte Trojan.

»Selbstverständlich.«

»Und?«

»Der eine Mitarbeiter war bei einem Arbeitsessen, anschließend saßen die Beteiligten noch lange in einer Bar zusammen. Der andere war zu Hause bei seiner Familie.«

»Hast du auch mit der weiblichen Belegschaft gesprochen?«

»Das werde ich gleich morgen früh tun.«

»Gut. Finde heraus, wem sie sich in ihrem beruflichen Umfeld anvertraut hat.«

»Und im privaten Bereich?«

»Darum kümmern sich andere im Team.«

Maas wirkte irritiert. Er blickte ihn wortlos an.

»Stimmt was nicht?«

»Nein, ich … es ist nur so, ich … möchte überall behilflich sein.«

»Wir teilen uns hier die Arbeit.«

Nach kurzem Zögern nickte er. »In Ordnung, Herr Trojan.«

»Und sag endlich Nils zu mir.«

Doch schon war er zur Tür hinaus.

Gegen vier Uhr morgens klappte Trojan die Liege in seinem Büro auf, stellte sich den Wecker auf seinem Smartphone und legte sich hin.

Er dachte an den Lavasand, daheim im Olivenglas. Er hätte

ihn zur Arbeit mitnehmen sollen. Sein Rücken schmerzte. Er atmete angestrengt.

In Gedanken schraubte er das Glas auf und ließ den schwarzen Sand in seine Hände gleiten.

Warm rieselte er über seine Finger. Ja, das tat gut. Sich nur nicht wieder stressen lassen.

Mit geschlossenen Augen stellte er sich vor, dass er in der Bucht war. Seine nackten Füße berührten den Sand. Langsam schritt er auf das Meer zu. Es war offen und weit. Die Wellen rauschten, und Trojans Atem wurde tiefer.

Bald darauf war er eingeschlafen.

Für gewöhnlich öffnete die Töpferwerkstatt in der Pannierstraße um neun. Doch Trojan hatte sich bereits für acht Uhr morgens mit Paula Voss verabredet. Sie war die Leiterin des Ateliers.

Sie gaben sich die Hand, und sie schloss auf und führte ihn herum. »Ich kann es noch immer nicht fassen. Sie wurde ermordet?«

»Ja. Wie gut kannten Sie Marta Giesner?«

»Wie man eine Stammkundin eben kennt. Wir haben ein wenig geplaudert, wenn sie hier war.«

»Kam sie regelmäßig?«

»Ungefähr drei- bis viermal in der Woche.«

»Wann war sie zuletzt hier?«

Paula Voss ging mit ihm zum Tresen an der Eingangstür und schaute in ihrem Computer nach. »Das war am Dienstagabend. Jetzt erinnere ich mich auch. Ihr ist eine Vase missraten. Sie ist beim Abdrehen zerbrochen.«

Trojan dachte nach. In der Nacht von Dienstag auf Mittwoch wurde sie ermordet. »Wirkte sie irgendwie anders als sonst?«

»Eigentlich so wie immer. Nur war sie ein wenig verärgert wegen ihres Missgeschicks.«

»Hatte sie an dem Abend Streit mit jemandem?«

»Nein. Das wäre mir aufgefallen.«

»Wann genau hat sie die Werkstatt verlassen?«

»Sie war für achtzehn Uhr eingetragen. Nach anderthalb Stunden hat sie bereits ausgecheckt. Sie zahlte einen Monatsbeitrag, aber eine gewisse Anzahl von Stunden sollte nicht überschritten werden, darum führen wir Buch darüber.«

»In welchem Raum hat sie am Dienstag gearbeitet?«

Die Atelierleiterin führte ihn zu einer Drehscheibe am Fenster zum Hinterhof. »Hier. Das war ihr üblicher Platz.«

Trojan schaute sich um. Zwei weitere Töpferscheiben, Regale an den Wänden, darauf Eimer voller Glasuren, unbearbeiteter Ton in Plastikhüllen und ein Sammelsurium von zum Teil fertig gebrannten, aber auch unvollendeten Keramiken, überwiegend Schalen, Tassen und Vasen.

»Könnte ich von Ihnen eine Aufstellung sämtlicher Personen haben, die in dieser Werkstatt beschäftigt sind? Angestellte, Kursteilnehmer, zahlende Mitglieder?«

»Lässt sich das mit dem Datenschutz vereinbaren?«

»Das ist in dem Fall irrelevant. Hier geht es um eine Mordermittlung.«

»Ich will sehen, was ich tun kann.«

Er reichte ihr seine Karte. »Die Liste brauche ich noch heute.«

»Okay.«

»Was für ein Mensch war Marta Giesner? Wie würden Sie ihren Charakter beschreiben?«

»Kreativ. Begabt. Feinsinnig. Wenn sie hier saß und töpferte, war sie ganz bei sich. Still, höchst konzentriert. Manchmal bat sie andere Leute, leiser zu sein, die Gespräche einzustellen. Innezuhalten für die Kunst.«

»War sie mal in Begleitung eines Mannes hier?«

»Nein.«

»Haben männliche Besucher der Werkstatt sie angesprochen? Versucht, mit ihr in Kontakt zu treten?«

Frau Voss schien nachzudenken. Dann schüttelte sie den Kopf. »Ich glaube, eher nicht. Wenn sie im Atelier war, dann nur für die Keramik.«

Einer Eingebung folgend, setzte sich Trojan an die Drehscheibe. Dienstagabend, dachte er. Hier saß sie, in ihre Arbeit versunken, nicht ahnend, dass es ihr letzter Abend sein würde.

TRÖSTE MICH.

Das Tierfell.

Ihre linke Schulter. Der Arm. Und die linke Hand.

Das Lächeln. Die Bindfäden. Kreuzstiche.

Klinische Sauberkeit. Aufräumen. Kontrolle.

Warum?

Und warum ausgerechnet sie?

Er blickte zum Fenster.

Abrupt stand er auf. »War Marta Giesner eigentlich Linkshänderin?«

Die Leiterin des Ateliers sah ihn erstaunt an. »Darauf habe ich, ehrlich gesagt, nicht geachtet.«

Plötzlich hatte er es eilig. »Vielen Dank zunächst. Schicken Sie mir unbedingt die Liste.«

Er verabschiedete sich und verließ die Werkstatt. In dem Hinterhof wandte er sich dem gegenüberliegenden Gebäude zu. Dem Schild am Eingang nach waren hier Büros und kleine Firmen untergebracht.

Trojan ging hinein und eilte die Stufen hinauf. Am Treppenabsatz zum zweiten Stockwerk blieb er vorm Fenster stehen. Von hier aus konnte er direkt in die Töpferwerkstatt im Erdgeschoss schauen. Es war zwar nur ein äußerst schmaler Blickwinkel. Allerdings erkannte er die Drehscheibe, an der er kurz zuvor selbst gesessen hatte.

Versuchshalber stieg er weiter hinauf, doch von den anderen Fenstern aus hatte er keine Sicht mehr.

Also ging er wieder hinunter in die zweite Etage, zückte sein Handy und rief Frau Voss an. Sie hob nach einer Weile ab.

»Nils Trojan noch einmal. Ich hätte eine kleine Bitte. Ich bin gerade in einem anderen Hofgebäude am Fenster. Könnten Sie sich für einen Moment an die Stelle begeben, wo wir uns soeben unterhalten haben?«

»Wieso das denn?«

»Es ist nur ein Versuch. Bitte.«

Kurz darauf erkannte er sie nah am Atelierfenster, das Telefon in der Hand.

»Wo sind Sie?«

»Spielt keine Rolle. Könnten Sie vor der Töpferscheibe Platz nehmen?«

»Ich verstehe wirklich nicht …«

»Es gehört zu den Ermittlungen.«

Sie trat zurück und schien sich zu setzen. Jedoch war sie jetzt außerhalb seines Blickfelds.

»Bitte tun Sie nun so, als wären Sie mit dem Drehen eines Gefäßes beschäftigt.«

Plötzlich sah er ihre linke Hand auf der Scheibe auftauchen, dann erkannte er ihren linken Arm und ihre Schulter.

Sein Herz pochte. Er trat einen Schritt zurück. Dabei fiel sein Blick auf eine kleine rote Inschrift an der Wand neben ihm.

Er trat näher heran.

Es waren drei Ziffern, jeweils mit einem Querstrich voneinander getrennt.

7/14/21

Trojan war für einen Moment wie elektrisiert. War das angetrocknetes Blut? Er versuchte, einen Geruch auszumachen. Da erkannte er einen winzigen Wattefetzen, der an der Schrift klebte.

Er bedankte sich bei Paula Voss für ihre Hilfe, unterbrach die Verbindung und rief bei der Kriminaltechnik an.

»Ich brauche dringend einen Kollegen in der Pannierstraße. Hier muss eine Probe genommen werden. Es geht um eine rote Substanz. Vielleicht die gleiche wie am Tatort.«

ZEHN

Elisabeth war auf dem Weg zur U-Bahn, um zur Uni zu fahren. Sie ging schnell. Es war ein kühler Morgen, sie hatte die Hände in den Jackentaschen vergraben.

Sie stieg die Stufen zum Bahnhof hinab. Unten angekommen, sah sie die blinkenden Lichter an den Türen der U7, zum Abfahren bereit. Sie hörte das Warnsignal und rannte los. Im letzten Moment sprang sie in den Wagen. Die Türen schlugen hinter ihr zu.

Der Zug war überfüllt. Dichtes Gedränge, stickige Luft. Sie stand mitten in einem Pulk fremder Männer, der ungewollte Körperkontakt war ihr unangenehm. Sie versuchte, sich so schmal wie möglich zu machen. Zog den Bauch ein, atmete flach.

In der Nacht hatte sie lange wach gelegen und über ihren Film und das Gespräch mit Noah nachgedacht. Sie war übermüdet, hatte am Morgen zu viel Kaffee getrunken. Ihr Magen war übersäuert.

Plötzlich sah sie Rot. Ganz nah bei ihr. Ein blutroter Hinterkopf, nur einen Meter von ihr entfernt in der Menschenmenge.

Ihr stockte der Atem. Das Zittern begann, die jähe Kälte kroch an ihr hoch. War das die Fratze? Wenn sich die Gestalt umdrehte, würde sie dann direkt in ihr hässliches Grinsen starren?

Sie schwankte. Ein Gefühl, als würde sie gleich in Ohnmacht fallen.

Endlich erreichte der Zug die nächste Station. Sie schob sich an den Passanten vorbei und wankte auf den Bahnsteig.

Sie wandte sich um. Da war der rote Kopf.

Sie blickte in ein männliches Gesicht.

Die Türen schlossen sich, der Wagen fuhr ab.

Es war ein junger Mann mit einer roten Wollmütze. Er blieb im Zug zurück. Sein Gesicht war völlig normal. Keine Fratze. Kein Grinsen. Sie hatte sich getäuscht.

Laut ratternd verschwand die U7 im Tunnel.

Elisabeth setzte sich auf eine Bank und versuchte, tiefer zu atmen. Allmählich wich das eisige Gefühl aus ihrer Brust. Auch das Zittern ließ nach.

Sie überlegte. Dann erhob sie sich und wartete auf die nächste U-Bahn.

Das war kein Tag für die Uni.

Sie brauchte Hilfe.

Schweren Herzens entschied sie sich, zu ihrer Schwester nach Zehlendorf zu fahren.

Marina war zehn Jahre älter als sie. Mit einunddreißig war sie bereits Fachärztin und hatte gerade eine Praxis für Allgemeinmedizin am Mexikoplatz übernommen.

Elisabeth hatte sich per SMS angekündigt, doch keine Antwort von ihr erhalten. Das Wartezimmer war voll. Sie ging auf den Tresen zu und sprach die Arzthelferin an.

»Hallo, ich bin Elisabeth, die Schwester von Frau Doktor. Ich hätte gern kurzfristig einen Termin.«

»Das ist heute eher ungünstig. Wir sind völlig überlastet. Können Sie morgen wiederkommen?«

»Wie gesagt, ich bin die Schwester.«

Die Arzthelferin sah in ihrem Computer nach. »Gut, ich gebe ihr Bescheid. Bitte nehmen Sie Platz.«

»Muss ich lange warten?«

Ein gequältes Lächeln. »Ich sagte doch, wir sind überlastet. Sie müssen sich gedulden.«

Elisabeth setzte sich ins Wartezimmer.

Nach einer halben Stunde spürte sie, wie ihr die Zornesröte ins Gesicht schoss. Warum konnte ihre Schwester sie eigentlich nicht bevorzugt behandeln? Das hatte doch Methode. Sicherlich wollte sie ihr damit demonstrieren, wie gleichgültig sie ihr war.

Nach einer Dreiviertelstunde erhob sie sich und ging abermals an den Tresen.

In diesem Moment öffnete sich die Tür zum Sprechzimmer, und Marina kam heraus.

Elisabeth eilte auf sie zu. »Na endlich! Kann ich jetzt zu dir?«

»Lisa. Natürlich. Ich wollte dich gerade aufrufen. Komm rein.«

Eine einladende Geste. Ein übertrieben freundliches Lächeln.

»Setz dich doch.«

Sie nahm ihr gegenüber am Schreibtisch Platz.

»Was kann ich für dich tun?«

Elisabeth musterte sie. Marina trug ihr brünettes Haar ziemlich kurz. Kleine Augen, randlose Brille, spitzes Kinn. Wieder einmal stellte sie erstaunt fest, dass sie ihrer Schwester weder vom Charakter her noch äußerlich besonders ähnlich war.

Sie selbst war dunkelblond und trug ihr langes Haar meistens offen. Sie kleidete sich leger, schwarzer Pulli, kurzer

Rock, rote Nylons, dazu Doc Martens. Marina hingegen trug Pumps, eine anthrazitfarbene Zigarettenhose und eine helle Bluse unter ihrem offenen Arztkittel.

Auf Elisabeths Schweigen reagierte sie mit einem pikierten Hochziehen der Augenbrauen. »Also, ich hab leider nicht viel Zeit für dich. Worum geht es?«

»Mir war heute wieder so kalt. Ich bekam dieses Zittern. Es geschieht urplötzlich. Eine Eiseskälte wie ... als würde ich gleich ... keine Ahnung ... sterben. Jedenfalls krampft sich in mir alles zusammen.« Sie holte tief Luft. »Kannst du mir wieder dieses Medikament verschreiben? Das hat geholfen.«

Marina klapperte auf der Computertastatur und blickte auf den Monitor. »Das war ein ziemlich starkes Beruhigungsmittel, Lisa.«

»Ich weiß.«

»In deiner Akte sind bereits zwei Verschreibungen vermerkt. Das wäre dann schon die dritte.«

»Hmm.«

»Wo wohnst du denn jetzt eigentlich?«

»Ich hab was zur Untermiete gefunden.«

Erneut zog sie die Augenbrauen hoch. »Wo genau?«

»In Neukölln.« Sie nannte ihr die Adresse.

Marina schaute sie ernst an. »Warum rufst du eigentlich nicht mehr bei Mama und Papa an? Sie machen sich Sorgen um dich. Und bei mir meldest du dich auch nur, wenn du etwas brauchst.«

Stille.

Elisabeth rutschte auf ihrem Stuhl hin und her. Sie hasste es, sich ständig vor ihren Eltern und ihren beiden Geschwistern rechtfertigen zu müssen. Auch ihr Bruder Torsten, der acht Jahre älter war als sie, machte ihr ziemlich oft Vorwürfe, wenn es um ihre Unabhängigkeit ging. Sie wollte nun mal nicht so leben wie sie, bürgerlich, gut situiert, überaus vernünftig, aber auch fad, verlogen und intrigant.

»Das geht dich nichts an.«

»Wovon lebst du denn jetzt?«

»Ich hab einen Job in einem Café. Und einen zweiten als Aushilfe in einem Kino. So finanziere ich mir mein Studium.«

»Filmwissenschaften, oder?«

»Ja, aber das ist noch nicht das Richtige für mich. Ich will selber Filme drehen.« Sie schlug die Beine übereinander. »Horrorfilme«, fügte sie trotzig hinzu.

»Richtig, das hast du ja mal erwähnt.« Marina nahm einen Kugelschreiber zur Hand und tickerte die Mine auf und zu.

»Ich finde, man kann über die brutale, verrückte Gesellschaft, in der wir leben, nur in dieser Form Geschichten erzählen. Die einzig treffende Antwort auf den Wahnsinn, der uns alltäglich umgibt, ist ein gut gemachter Horrorfilm.«

Ihre Schwester runzelte die Stirn. »Ehrlich gesagt, weiß ich nicht, woher du das hast. So etwas haben wir doch in unserer Familie nie angeguckt. Mama und Papa sind mit uns ins Theater oder zu Konzerten gegangen, und du möchtest ausgerechnet diese … Gruselfilme drehen?«

»Ja«, entgegnete sie sarkastisch. »Es soll ganz viel Blut darin spritzen.«

»Na schön. Wenn dich das glücklich macht.«

»Warum sollte mich das glücklich machen? Ich will nur auf das reagieren, was mir Tag für Tag begegnet. All die zombieähnlichen Gestalten in der U-Bahn. Wie sie blutleer zur Arbeit fahren, nur um dann abends völlig abgestumpft nach Hause zu kommen und sich gegenseitig furchtbare Dinge anzutun.«

»Wovon redest du eigentlich?«

»Ich kenne zum Beispiel einen Jungen, der in meinem Viertel wohnt. Abend für Abend muss er mit ansehen, wie seine Mutter von seinem Vater verprügelt wird. Die Frau erduldet es, spricht mit niemandem darüber. Mittlerweile ist der Junge so verstört, dass ich Angst hab, er könnte bald selbst durchdrehen.«

»Du solltest in eine bessere Gegend ziehen.«

»So etwas geschieht auch in einem Bezirk wie Zehlendorf.«

»Das glaub ich nicht.«

»Ist aber so.«

»Mama und Papa würden dir jedenfalls Geld für die Miete geben.«

»Ich weiß, aber ich will ihr Almosen nicht.«

Marina legte den Stift weg. »Okay, Lisa, das Wartezimmer ist voll. Lass uns das Gespräch ein andermal weiterführen. Ruf mich doch einfach bei Gelegenheit an.«

»Ich brauche nur das Medikament.«

»Das kann ich dir nicht wieder verschreiben.«

»Wieso nicht?«

»Davon wirst du sehr schnell abhängig. Das kann ich nicht verantworten. Ich vermute, deine Kältezustände haben eine nervliche Ursache. Du solltest einen Neurologen aufsuchen.«

»Hältst du mich etwa für verrückt?« Ihre Stimme kippte.

»Nein, das hab ich nicht gesagt.«

»Nur weil ich anders bin als ihr? Du und Torsten? Nur weil ich keinen bürgerlichen Beruf ergreifen will? Wegen meiner Vorliebe für Horrorfilme? Deshalb bin ich irre?«

»Das behauptet doch niemand.«

Elisabeth sprang auf. »Ich hab es satt, von euch gemaßregelt zu werden. Nur weil ich mal von zu Hause abgehauen bin.

Nur weil Mama vor Sorge beinahe gestorben wäre. Lisa, das Nesthäkchen. Lisa, das Sorgenkind. Lisa, der Kitt für Mamas und Papas Ehe.«

»Es ist genau umgekehrt. Du bist diejenige, die uns andauernd Vorwürfe macht. Dein Hass auf unsere Familie ist doch nicht normal. Was haben wir dir denn angetan? Mama und Papa wollten stets nur dein Bestes. Und dein Bruder und ich haben immerzu versucht, dich so zu nehmen, wie du bist. Mal überaus temperamentvoll, dann wieder ängstlich und niedergeschlagen, ziemlich impulsiv eben. Lisa, unser kleiner Querkopf.«

»Stell mir das Rezept aus, und du bist mich los.«

»Nein, tut mir leid.«

Elisabeth verengte die Augen zu Schlitzen. »Ihr vier habt immer eine Einheit gebildet. Meine vernunftbegabten Geschwister und meine ach so lieben Eltern. Ihr seid wie eine Wand, an der ich mir den Kopf einschlage.«

Marina erhob sich. »Pass auf dich auf, Elisabeth. Wir machen uns große Sorgen um dich.«

»Müsst ihr aber nicht.«

Sie riss die Tür auf und stürmte aus dem Sprechzimmer.

ELF

Gegen Mittag fuhr Trojan zurück ins Kommissariat. Die Befragungen der Mitarbeiter in dem Gebäude gegenüber der Töpferwerkstatt dauerten an. Er hatte Verstärkung angefordert. Das Ergebnis aus dem Labor, in dem die rote Flüssigkeit untersucht wurde, lag noch nicht vor.

Ungeduldig schlängelte er sich mit dem Dienstwagen durch den dichten Verkehr. Gesprächsfetzen von den vorangegangenen Vernehmungen schwirrten durch seinen Kopf. Dazu dunkle Vorahnungen, dass der Täter wieder zuschlagen würde.

Sollte die Botschaft am Fenster tatsächlich von ihm stammen? Musste das als Signal aufgefasst werden? Der Mörder weiß, dass wir seine Wege ablaufen, dachte er. Ich bin mir nahezu sicher, dass die Nachricht von ihm stammt.

Aber was hatte sie zu bedeuten?

7/14/21.

Ein Datum? Tag und Monat vertauscht? Der 14. Juli 2021? Nein, dachte er, wenn es sich um eine Markierung des Täters handelte, wäre sie vermutlich nicht so leicht zu entschlüsseln.

Langsam, ermahnte er sich selbst, nicht vorschnell in wilde Spekulationen verfallen. Zunächst die Laboruntersuchungen abwarten. Noch war es möglich, dass sich das Ganze als Zufall erwies, auch wenn er daran zweifelte.

Er wechselte mehrfach nervös die Spur, überholte riskant. Die Hektik der Großstadt hatte ihn längst eingeholt. Dazu der hohe Puls der Ermittlungen. Ja, sein Job war mörderisch, das wusste er. Aber er wollte auch diesmal den Kampf gewinnen, sonst wäre er nicht von seiner Lava-Insel zurückgekehrt.

Bleib zentriert, dachte er. Achte auf deine Energien. Teile dir deine Kräfte gut ein.

Denn Trojan ahnte bereits jetzt, dass er es mit einem Gegner zu tun hatte, der ihm alles abverlangen würde.

In der Karthagostraße in Berlin-Tiergarten angelangt, parkte er den Wagen auf dem Hof. Im Laufschritt eilte er die Treppe hinauf, durchquerte den Gang und betrat sein Büro.

Er wollte gerade zum Telefonhörer greifen, als Steffie zur Tür hereinkam.

»Wir haben das Ergebnis.«

Er blickte sie gespannt an.

Sie setzte sich zu ihm, ein Blatt Papier in der Hand.

»Und?«

»Du hattest recht, Nils. Sowohl die Aufschrift über dem Bett der Toten als auch die drei Ziffern im Treppenhaus gegenüber der Töpferwerkstatt sind mit der gleichen Flüssigkeit geschrieben worden. Und die ist ziemlich ungewöhnlich in diesem Kontext.«

»Was für eine Flüssigkeit?«

Sie holte tief Luft.

»Na los. Sag schon.«

Sie atmete hörbar aus. »Es ist der Saft einer Frucht.«

Trojan ließ die Information auf sich wirken. »Daher also der zuckrige Geruch.«

»Der ist mir gar nicht aufgefallen. Du scheinst eine ziemlich feine Nase zu haben.«

»Und welche Frucht genau?«

»Das konnten die Kriminaltechniker noch nicht eindeutig feststellen. Aber sie sind dran. Offenbar handelt es sich eher um etwas Exotisches. Sie rufen uns an, sobald sie Näheres herausgefunden haben.«

»Der rote Saft einer exotischen Frucht. Sowohl am Tatort als auch an der Stelle, von der aus Marta Giesner höchstwahrscheinlich vor ihrer Ermordung beobachtet wurde.«

»Das kann kein Zufall sein.«

»Nein. Absolut nicht.«

Stefanie legte den Laborbericht auf den Tisch. »Der Saft wurde an beiden Orten mit einem Wattestäbchen aufgetragen.«

»Der Täter hat damit geschrieben.«

»Ja, wie mit einem Stift, den er in rote Tinte taucht.«

»Nur dass die Tinte aus dem Saft dieser Frucht besteht«, ergänzte Trojan. »Er steht also am Fenster. Er sieht Marta Giesner. Ihre linke Hand auf der Töpferscheibe, den Arm und ihre Schulter. Nur diesen Ausschnitt. Und genau diesen Bereich ihres Körpers hüllt er später, nachdem er sich Zugang zu ihrer Wohnung verschafft und sie ermordet hat, in das Fell eines Tiers. Und er vernäht es mit ihrer Haut.«

»Es ist tatsächlich das Fell eines Rehs, wie du vermutet hast. Das haben die Forensiker ebenfalls in dem Bericht vermerkt. Das Reh war offenbar recht jung. Das Fell ist gegerbt worden. Und noch etwas Wichtiges. Ich hab vorhin mit Semmler telefoniert. Die sechs Stiche in die Brust stammten von einem Messer mit einer sehr langen Klinge. Daraufhin fragte ich ihn, ob…«

»…ich ahne, was jetzt kommt…«

»…ob es sich um ein Jagdmesser handeln könnte.«

»Hat er es bestätigt?«

»Er schloss es zumindest nicht aus.«

»Eine Jagd. Ein junges Reh. Bravo, Stefanie, das fügt sich zusammen. Was sagt Semmler zum Todeszeitpunkt?«

»Die Nacht von Dienstag auf Mittwoch. Zwischen Mitternacht und ein Uhr.«

»Okay. Gehen wir noch ein paar Schritte zurück. Vor dem eigentlichen Mord sind genaue Vorbereitungen erforderlich. Das Fell ist auf Marta Giesners Größe zugeschnitten worden. Denken wir nur an die Finger ihrer linken Hand. Sie passten genau hinein.«

»Wie in einen Handschuh.«

»Ja. Der Mörder steht also am Fenster des Gebäudes in der Pannierstraße und beobachtet sie beim Töpfern.«

»Wir können davon ausgehen, dass er sie schon längere Zeit zuvor ausspioniert hat.«

»Hmm. Kann er die Größe ihrer Hand und die Armlänge allein durch seine Beobachtungen abschätzen?«

»Wenn er sie lediglich aus größerer Entfernung, wie dort am Fenster, ausgespäht hat, muss er ein sehr gutes Augenmaß haben.«

»Wie könnte er es ansonsten angestellt haben? Hätte er die Zeit gehabt, das Fell noch am Tatort zuzuschneiden?«

»Das ist zumindest denkbar. Wir vermuten ja, dass er sich die ganze Nacht in der Wohnung aufgehalten hat.«

»Und dennoch … das Putzen, Aufräumen, das Umsortieren der Gegenstände … ich kann mir kaum vorstellen, dass er obendrein die Ruhe hatte, das Fell zu präparieren …«

Steffie kräuselte die Stirn. »Vielleicht besitzt er ein Kleidungsstück von ihr, gewissermaßen als Modell.«

Trojan schnippte mit den Fingern. »Sehr gut, Steff. Dann war er möglicherweise vorher in ihrer Wohnung.«

»Ja. Er entwendet ein Kleidungsstück und nimmt es als Vorlage mit. Oder er misst es heimlich aus.«

Trojan machte sich eine Notiz. »Ich werde Lea Sabinsky fragen, ob irgendetwas in der Wohnung fehlt.« Er rieb sich das Kinn. »Gut, weiter. Er steht also dort am Fenster des Treppenhauses. Er sieht Marta Giesner dabei zu, wie sie eine Keramik formt. Und er hinterlässt eine Botschaft. 7/14/21.«

»Das ist sonderbar. Hast du mit den Mitarbeitern der Firmen in dem Haus gesprochen?«

»Ja, mit einigen von ihnen. Ein paar unserer Leute haben mich dann abgelöst. Das Ergebnis meiner Befragungen ist eher ernüchternd. Die Eingangstür zum Treppenhaus ist bis weit in den Abend hinein unverschlossen. Keine Überwachungskameras, keine verdächtige Person, die jemandem mal aufgefallen ist.«

»Und die Mitarbeiter selbst? Könnte einer davon als Täter in Frage kommen?«

»Hab ich auch schon überlegt. Jeder Einzelne muss vernommen werden. Das braucht Zeit. Unser Team ist dran.« Er holte Luft. »Lass uns zunächst über die Botschaften nachdenken. *Tröste mich.* Darüber haben wir bereits gesprochen. Aber nun diese Ziffern ...«

»Die Zahl Sieben. Sieben plus sieben gleich vierzehn. Und addierst du noch einmal sieben dazu, haben wir einundzwanzig.«

»Okay. Und was hat das zu bedeuten? Und warum ausgerechnet dort? Ist das eine Botschaft an uns Ermittler?«

»Vielleicht indirekt. Der Täter rechnet damit, dass wir sie irgendwann entdecken werden.«

»Möglich, dass es ihn dazu drängt«, sagte Trojan. »Er hinterlässt eine Markierung in dem Moment, da er sein Opfer beobachtet. Er fantasiert bereits von dem Fell. Er stellt sich vor, wie er einen Teil des Frauenkörpers in ein Tier verwandeln wird. Und er hat eine Frucht dabei. Er presst sie aus und träufelt etwas davon auf ein Wattestäbchen, um die Ziffernfolge an die Wand zu schreiben.«

»Befanden sich Spuren auf dem Boden?«, fragte Stefanie. »Kleine Spritzer?«

»Nein.«

»Dann war der Saft vermutlich schon ausgepresst, und er hatte ihn dabei.«

»Was für eine exotische Frucht könnte das nur sein? Ich nehme an, dass sie für den Mörder eine ganz besondere Bedeutung hat.«

»Das denke ich auch.« Stefanie stand auf. »Wie auch immer, wir müssen uns gedulden, bis wir das vollständige Ergebnis haben.«

Auch Trojan erhob sich. »Du hast recht.«

Sie schaute ihn an. »Hast du eigentlich deinen Koffer schon ausgepackt?«

»Ja. Dazu kam ich gerade noch.«

»Krasser Übergang.«

»Kann man wohl sagen.«

»Kommst du klar?«

»Hmm.«

»Keine Schonfrist.«

»So ist es. Aber ich versuche, innerlich ruhiger zu bleiben. Ich will nicht wieder ausbrennen.« Er strich über ihre Wange. »Sehen wir uns heute Abend?«

Sie lächelte ihn verschmitzt an. »Wenn es die Ermittlungen zulassen.«

»Das würde mich freuen.«

»Mich auch.«

»Aber wir müssen vorsichtig sein. Nicht nur der Chef, auch der Neue hat uns im Auge.«

»Olaf Maas? Bist du dir sicher?«

»Ziemlich. Ich glaube, er wartet nur darauf, etwas gegen mich in der Hand zu haben. Und eine Liebesbeziehung innerhalb des Teams ist nun mal nicht erlaubt.«

»Du meinst, er will gegen dich intrigieren?«

»Könnte sein.«

»Wie kommst du darauf?«

»Nur so ein Instinkt. Er siezt mich nach wie vor. Das finde ich merkwürdig. Macht er das bei dir auch?«

»Nein. Aber vielleicht hat er ja großen Respekt vor dir.«

Trojan zuckte mit den Schultern. »Warten wir's ab.«

»Also schön. Was hast du als Nächstes vor?«

»Ich werde mit Lea Sabinsky sprechen. Schon gestern hatte ich das Gefühl, dass sie mir etwas verschweigt.«

ZWÖLF

Am Donnerstagabend klopfte es leise an ihrer Tür. Elisabeth drückte eine Taste auf ihrem Rechner, und der Film auf dem Monitor stoppte.

Es waren die Aufnahmen aus dem verlassenen Haus. Der Schaukelstuhl. Das Loch in der Zimmerdecke. Im Hintergrund die Fensteröffnung, ein Teil des Gartens.

Aber die Gestalt am Zaun war nicht sichtbar. Sie hatte es mit einer Ausschnittvergrößerung versucht. Nichts war zu erkennen. Nur Unschärfe. Bildrauschen. Schemen im trüben Novemberlicht.

Wieder klopfte es. Sie verharrte.

Gedämpft rief jemand ihren Namen im Treppenhaus.

Schließlich erhob sie sich, ging durch den Flur und blickte durch den Türspion. Sie überlegte einen Moment, dann öffnete sie.

Noah, seinen Rucksack geschultert, sah sie beinahe flehentlich an.

»Was willst du?«

»Kann ich reinkommen?«

»Ist gerade sehr ungünstig.«

»Wieso?«

»Ich arbeite.«

»Woran?«

Sie schwieg.

»An deinem Film?«

Abermals gab sie keine Antwort.

Er machte eine hilflose Geste. »Der Dachboden ist abgeschlossen.«

»Nicht mein Problem.«

»Hast du einen Schlüssel dafür?«

Sie schüttelte den Kopf.

»Mein Schlafsack liegt noch da oben.« Er hob fröstelnd die Schultern. »Ist kalt hier draußen.«

Sie seufzte. »Nur zehn Minuten. Okay?«

Er nickte.

Sie ließ ihn herein, schloss die Tür. In der Küche setzte sie Teewasser auf. Er stellte seinen Rucksack ab und nahm am Tisch Platz. Sie bemerkte, wie er auf die geöffnete Rotweinflasche und ihr halb geleertes Glas schaute. »Krieg ich was davon?«

»Nein.«

»Warum nicht?«

Sie stellte ihm die Tasse mit dem dampfenden Tee hin. »Ich hab heute keine Zeit für dich. Verstanden?«

Sein Mund war verkniffen. Sie setzte sich zu ihm.

Plötzlich sagte er: »Ich hab dir was mitgebracht.« Er holte einen großen Pappkarton mit einer roten Schleife aus seinem Rucksack hervor und stellte ihn auf den Tisch.

»Was soll das?«

»Ist ein Geschenk.«

»Für mich?«

»Ja.«

»Ich will aber nichts von dir.«

»Mach es doch erst mal auf.«

Sie zögerte.

»Bitte«, murmelte er. »Es ist für deinen Film.«

Sie zog die Schleife auf.

Er lächelte sie erwartungsvoll an.

Sie öffnete den Deckel. Es war ein zweiter Karton darin. Auch diesen öffnete sie. In dem zweiten steckte ein dritter. Sie nahm ihn heraus.

»Überraschung.« Abermals lächelte er.

Sie schaute ihn misstrauisch an. »Was hat das zu bedeuten, Noah?«

»Es soll dich inspirieren. Ich will, dass du endlich mit deinem Film anfängst.«

»Warum zum Teufel interessierst du dich dafür?«

»Ich ahne, dass er richtig gut wird. Du musst dich nur trauen, Elisabeth.«

Mit einem Mal war es sehr still in der Küche.

Nach einer Weile räusperte er sich. »Bist du nicht neugierig, was drin ist?«

Unwillkürlich begannen ihre Hände zu zittern. Sie hätte ihm von dem Projekt nicht erzählen dürfen. Und schon gar nicht von ihrer größten Angst.

Er beugte sich vor und senkte die Stimme. »Na los. Mach schon auf.«

Sie schob den Karton von sich weg. »Nein.«

»Soll ich es für dich tun?«

Sie rührte sich nicht.

»Du ahnst etwas, nicht wahr?«

Sie schwieg.

Schließlich gab sie sich einen Ruck, lehnte sich über den Tisch und hob den Deckel an.

Augenblicklich entfuhr ihr ein leiser Schrei.

Sie sprang von ihrem Stuhl auf.

»Nimm das wieder mit.«

»Warum?«

»Ich will es nicht.«

»Sah es so aus?« Noah erhob sich. Er trat auf sie zu. »Lisa, sag schon.«

Alles an ihr sträubte sich. Und doch musste sie, wie ferngesteuert, nahezu gegen ihren Willen noch einmal hinschauen.

Es war das, was sie am meisten fürchtete. In ihren schlimmsten Albträumen war es ihr erschienen. Als Teenager, als sie hohes Fieber hatte, war es vor ihrem Bett aufgetaucht.

In dem Karton lag etwas, das wie ein Kopf aussah.

Ein kleiner blutroter Kopf mit einer hässlichen Fratze.

Noahs Stimme war wie ein Raunen. »Sah das Wesen so aus? Sein Gesicht? Die Kopfhaut? Das Grinsen?«

Ihre Muskulatur verkrampfte sich. »Raus aus meiner Wohnung!«

»Lass mich mitmachen. Lass mich in deinem Film mitspielen. Wir verwandeln meinen Kopf. Ich hab im Internet recherchiert. Es gibt einige Tricks. Wir verändern mein Aussehen. Wir gehen das höchst professionell an.«

Sie wich vor ihm zurück.

Er griff nach ihrem Arm. »Lisa. Du spielst die junge Frau und ich das Wesen. Wir drehen in dem verlassenen Haus. Das wird großartig, glaub mir.«

»Hau ab. Nimm die Kartons und verschwinde.«

Er trat noch näher an sie heran. Sein Atem streifte ihr Gesicht. »Ich bin das Böse in dir. Ich flüstere dir die Namen der Opfer ein.«

Sie stieß ihn weg. »Raus hier!«

Er starrte sie an.

Erneute Stille.

Dann nahm er wortlos die Kartons vom Tisch und stopfte sie in seinen Rucksack. Nur die rote Geschenkschleife ließ er zurück.

Sie wartete, bis er zur Tür hinaus war.

Sie hörte seine sich entfernenden Schritte im Treppenhaus.

Ihr Herz raste.

Am nächsten Abend setzte sich die Bibliothekarin wieder zu ihm an die Heizung. Die letzten Besucher waren gegangen. Er schlug sein Buch zu und wartete ab.

»Ich hab Zeit«, sagte sie. »Wenn du reden möchtest…«

Er wollte lieber schweigen.

»Wie alt bist du eigentlich?«

»Sechzehn.«

»Du siehst sehr viel jünger aus.«

»Das sagen sie alle.«

»Ich höre dir zu. Egal wie alt du bist.«

Doch er schwieg beharrlich weiter. Sie lächelte ihn fortwährend an.

Irgendwann hielt er die Stille nicht mehr aus. Also begann er zu erzählen. Er wusste selbst nicht, warum. Offenbar vertraute er dieser Frau.

Er erzählte ihr von Zoe. Wie ängstlich sie gewesen war. Dass er das Gefühl gehabt hatte, auf sie aufpassen zu müssen. Wenn es zu Hause Ärger gab – und das war häufig der Fall –, war Zoe verschreckt. Wenn der Vater schrie und die Mutter weinte, sagte der Junge zu seiner Schwester: »Lass uns zum See rausfahren«, nur um sie abzulenken.

Sie nahmen die S-Bahn. Sie stiegen aus, gingen hinunter zum Ufer und zogen sich die Schlittschuhe an.

Der See war seit Tagen zugefroren, ein strenger Winter wie schon lange nicht mehr.

Zoe war gut im Schlittschuhlaufen. Selbst mit den Eisbuckeln kam sie klar. Sie drehte Pirouetten. Er blieb immerzu in ihrer Nähe.

Auf dem Heimweg fragte sie ihn, ob sich ihre Eltern scheiden lassen würden. Der Junge antwortete ausweichend. Ihm war klar, dass es nicht passieren würde. Die Mutter würde den Jähzorn des Vaters lieber ertragen, als sich einzugestehen, dass ihre Ehe gescheitert war.

Also nahm er Zoe zum Eislaufen mit, sooft er nur konnte.

An einem Sonntagnachmittag war der Streit besonders schlimm. Die Augen der Mutter waren verquollen. Vor Trübsal wie erloschen.

»Komm«, sagte der Junge zu Zoe und nahm ihre Schlittschuhe.

»Es taut«, sagte sie.

»Nur ein bisschen. Das Eis ist noch dick.«

Als sie am Ufer starteten, atmete er erleichtert auf. Zoe lächelte ihn an. Sie sah so glücklich aus.

»Wir bleiben dicht am Rand«, sagte er zu ihr.

»Gut.« Sie drehte ihre Pirouetten. Die Bommel an ihrer Pudelmütze schaukelte hin und her.

Es wurde diesig. Ein Schneeregen kam herab. Man sah die Mitte des Sees nicht mehr.

Er hörte das Kratzen ihrer Kufen auf dem Eis, doch plötzlich war sie im Dunst verschwunden.

Der Junge rief nach ihr.

Sie antwortete nicht.

Er erkannte die Risse auf der Oberfläche. Eiswasser sickerte hervor.

Er wurde panisch.

Wieder und wieder rief er nach ihr.

Dann entschloss er sich, umzukehren und Hilfe zu holen. Er raste los, stolperte, schlug lang hin. Das Eis gab singende, sirrende Geräusche von sich. Er rappelte sich auf, schaffte es mit letzter Kraft ans Ufer. Er zog die Schlittschuhe aus und rannte auf Socken durch den Schnee.

Er schrie. Kein Spaziergänger weit und breit. Er eilte bis zur Straße. Er hielt ein Auto an.

Der Fahrer wählte den Notruf.

Die Rettungsleute zogen Zoe aus dem Eis. Doch für sie kam jede Hilfe zu spät.

Stille in der Bibliothek. Die Frau mit dem Leberfleck am Hals griff nach seiner Hand.

»Es ist nicht deine Schuld«, sagte sie.

Er zitterte.

Ihm war entsetzlich kalt.

DREIZEHN

Karen Schneider fürchtete sich. An diesem Donnerstagabend hatte sie die Spätschicht. Ihre Kollegin war krank geworden, und als der letzte Besucher gegangen war, schien sie ganz allein in der Bibliothek zu sein.

Es war beängstigend still im Saal. Sie zuckte zusammen, als der Uhrzeiger an der Wand mit einem Klicken umsprang.

Punkt sieben. Zeit für ihren Rundgang.

Sie erhob sich von ihrem Schreibtischstuhl und wanderte langsam die Regalreihen ab. Manchmal versteckten sich Obdachlose in der öffentlichen Bücherei. Besonders in der kalten Jahreszeit.

Einmal hatte sie eine verwirrte Person in der Abteilung für Fantasy-Literatur aufgestöbert. Karen hatte dem älteren Mann freundlich gesagt, dass sie nun schließen würden. Er aber fing an, sich vor ihren Augen das Gesicht mit den Fingernägeln zu zerkratzen und heulende Laute auszustoßen. Sie konnte ihn nicht beruhigen, also griff sie irgendwann nach dem Telefon, um die Polizei zu alarmieren. Daraufhin riss er wahllos Bücher aus dem Regal und schleuderte sie ihr vor die Füße.

Seitdem hatte sie Angst vor den Kontrollgängen.

Der Linoleumboden dämpfte ihre Schritte.

Flach atmend registrierte sie jede Lücke in den Buchreihen und fragte sich, ob sich dahinter noch jemand aufhielt.

Sie scannte die schmalen Gänge zwischen den Regalen mit Blicken, bis sie die Stirnseite des Saals erreicht hatte. Hier befanden sich die Waschräume. Auch diese mussten überprüft werden.

Sie klinkte zunächst die Tür zur Damentoilette auf und sah sich um. Niemand war anwesend. Sie löschte das Licht und schloss die Tür.

Nun die Herrentoilette. Sie trat ein. Es war dunkel. Sie betätigte den Lichtschalter. Die Kabinentür war geschlossen, aber offenbar nicht von innen abgeriegelt. Dennoch musste sie nachschauen, so verlangten es die Vorschriften.

Karen Schneider fasste sich ein Herz und drückte die Klinke. Sie spähte durch den Türspalt.

Hier war niemand. Sie atmete auf.

Sie wandte sich ab und wollte gerade den Waschraum verlassen, als sie ein Buch entdeckte. Es lag auf dem Spender für die Papierhandtücher.

Seufzend nahm sie es auf, schaltete das Licht aus und ging zurück in den Lesesaal. Sie blätterte es im Gehen durch.

Es war ein Sachbuch über eine exotische Frucht mit zahlreichen Abbildungen. Wieder einmal empörte es Karen Schneider, wie nachlässig manche Besucher mit dem Bücherbestand umgingen.

Sie würde das Exemplar morgen einsortieren.

Sie legte es in ihrem Büro ab, warf einen letzten Blick zurück, dann stieg sie die Treppe hinab, schloss den Kasten für den zentralen Lichtschalter auf und drückte den Knopf.

Nun war es stockfinster in der Bibliothek.

Karen brauchte nur noch sieben Schritte bis zum Ausgang. Doch die musste sie im Dunkeln zurücklegen.

Nur keine Angst, sprach sie in Gedanken zu sich selbst.

Eilig schritt sie zu der schweren Tür und öffnete sie.

Geschafft.

Kaum schlug ihr die kühle Abendluft entgegen, atmete sie erneut auf. Sie schloss von außen ab und ging zum Parkplatz.

Am liebsten würde sie direkt nach Hause fahren. Heiß duschen, früh zu Bett gehen und vor dem Einschlafen in einem guten Buch lesen.

Aber heute war Donnerstag. Und jeden zweiten Donnerstag verlangte ihre Mutter nach ihr.

Zweieinhalb Stunden später schaute Karen verstohlen zur Uhr. Sie saß noch immer am Esstisch in dem Einfamilienhaus in Zehlendorf, in dem sie aufgewachsen war. Nach dem späten Abendessen gab es ein Dessert. Auch das war längst verspeist, doch die Litanei ihrer Mutter nahm kein Ende.

»Ich bin so einsam, Kind. Seitdem dein Vater von uns gegangen ist, bin ich ganz allein in dem Haus.«

»Ich weiß.«

»Könntest du nicht öfter nach mir schauen?«

»Das mach ich doch. Alle vierzehn Tage, wie wir das verabredet haben.«

»Und warum rufst du mich zwischendurch nicht wenigstens mal an?«

»Hab ich in dieser Woche bereits. Dreimal, um genau zu sein.«

»Warum bist du nur so ablehnend zu mir?«

»Bin ich nicht. Das sind nur deine Projektionen.« Sie warf die Serviette neben den Teller. »Ich muss gehen.«

»Jetzt schon?«

»Es ist spät.« Karen erhob sich.

»Du kannst auch hier übernachten.«

»Ich führe mein eigenes Leben. Wäre schön, wenn du das endlich begreifst.«

Sie hatten diese Diskussion schon so oft geführt. Stets war Karen bemüht, es ihrer Mutter recht zu machen. Sie war zu gutmütig, konnte sich gegen dieses belastende Ritual der Essenseinladungen einfach nicht wehren.

Und dennoch wurde ihr jedes Mal signalisiert, dass ihre Zuneigung nicht ausreichend war.

Lange Zeit hatte sie deshalb unter Schuldgefühlen gelitten. Schließlich aber war sie zu der Einsicht gelangt, dass ihre Mutter in ihr nur die Verlängerung ihrer selbst sah. Darum konnte sie ihr auch niemals genügen.

Eine bittere Erkenntnis, erleichterte aber auch den Umgang mit ihr.

Sie wandte sich schroff ab, ging in den Flur, zog sich den Mantel an und nahm ihre Handtasche.

Ihre Mutter folgte ihr mit Trauermiene. Zum Abschied griff sie dramatisch nach ihrem Arm. »Geh nicht, Kind.«

»Mama, bitte...«

»Ich hab was Schlimmes geträumt. Letzte Nacht. Es war furchtbar.«

»Erzähl es mir ein andermal, ja?«

»Und wenn es ein böses Vorzeichen war?«

Karen ließ die Schultern hängen. »Ich hab einen langen Arbeitstag hinter mir, also könntest du vielleicht...«

»Der Traum war überaus deutlich. Jemand ist zu dir in den Wagen gestiegen.«

Sie versuchte es mit Sarkasmus. »Und dann?«

»Du wurdest umgebracht. Und ich musste das mit ansehen.«

Karen lächelte schmal. »Gute Nacht, Mama.«

Nun hatte sie also endlich Feierabend. Sie fuhr durch die spärlich beleuchteten Straßen des Viertels, in dem sie zur Schule gegangen war. Sie bog vom Sprungschanzenweg in die Riemeisterstraße ein. Kurz darauf hatte sie die Onkel-Tom-Straße erreicht.

Sie mochte diese Strecke, besonders den nördlichen Teil, der direkt durch den Grunewald führte. Zu beiden Seiten ragten Kiefern, Eichen und Birken auf, nasses Laub, gelb verfärbt, wehte im Abendwind herab. Die Scheinwerfer brachten die Mittelstreifen zum Leuchten.

Mit einem Mal war ihr, als hätte sie die Stadt weit hinter sich gelassen. Im mäßigen Tempo durchquerte ihr Wagen den Wald.

Karen spürte, wie allmählich ihre Anspannung nachließ, je weiter sie sich vom Haus ihrer Mutter entfernte. Nur selten kam ihr ein Auto entgegen, sodass sie sich kaum auf den Verkehr konzentrieren musste.

Nach einer Weile stellte sie fest, dass ihre Augenlider schwer wurden. Sie hätte den süßlichen Rotwein nicht trinken sollen, der ihr zum Essen aufgenötigt worden war.

Doch hinter der nächsten Biegung war sie plötzlich hellwach. Am Straßenrand kauerte jemand. Sie drosselte die Geschwindigkeit.

Es war ein Junge. Er kniete vor einem Bündel, das halb auf der Straße lag. Sie erkannte eine Jacke am Boden.

War da jemand verletzt?

Sie bremste ab, fuhr rechts heran und hielt etwa zwanzig Meter von ihm entfernt.

Unter der Jacke war etwas verborgen. Sie meinte Blutflecken zu erkennen, war sich aber nicht sicher.

Was war das nur?

Reflexartig drückte sie auf die Taste für den Warnblinker. Sie ließ den Motor laufen, zögerte. Schließlich stieg sie aus, um nachzusehen.

»Hallo?«

Der Junge rührte sich nicht.

»Brauchst du Hilfe?«

Sie näherte sich langsam im Lichtkegel der Scheinwerfer. Unter der Jacke lag ein Tier. Sie erkannte braunes Fell. Und da war tatsächlich Blut.

Karen trat noch näher heran.

»Was ist passiert?«

Der Junge blickte auf. Er hatte schmale Gesichtszüge. Halblanges, dunkelblondes Haar. Ein Teenager, vielleicht dreizehn Jahre alt, womöglich jünger.

Er sprach mit sehr leiser Stimme: »Es ist angefahren worden.«

Sie sah das Blut auf dem Anorak, den er vor sich ausgebreitet hatte, darunter schimmerte das Fell hervor.

Sie machte einen weiteren Schritt auf ihn zu. »Was ist das für ein Tier?«

Der Junge schwieg

Sie blinzelte. Der Kopf war nicht zu erkennen. Nur eine Pfote und etwas von dem Fell. »Ist das ein Hund? Armer Junge, hat man deinen Hund angefahren?«

»Nein.« Er zupfte an der Kapuze und an den Enden der Jacke, darunter war das Tier beinahe vollständig versteckt. »Es ist ein Reh.«

Vor Karens Mund bildeten sich Atemwolken. Es war kalt hier draußen im Grunewald. »Ein Reh? Bist du dir sicher?«

»Ja. Ich muss es warm halten. Sonst stirbt es. Es kam aus dem Waldstück hervor. Es ist noch ganz klein.«

Karen bückte sich und versuchte, etwas unter der Jacke zu erkennen.

»Nicht anfassen«, raunte er. »Ein Auto hat es erwischt. Der Fahrer muss ein ziemlich abgebrühter Typ gewesen sein, rücksichtslos, er hat noch nicht mal angehalten.«

»Lebt es denn noch?«

»Ja.«

»Und es ist wirklich ein Reh?«

»Wenn ich es doch sage.«

Sie richtete sich wieder auf, vergrub die Hände in den Manteltaschen. »Wir können es nicht einfach auf der Straße liegen lassen.«

Der Junge schaute zu ihr auf. »Ich hab Angst.«

»Wovor?«

»Dass es stirbt.« Sein Blick war flehend. »Können Sie uns zu einem Tierarzt fahren?«

Karen war so überrascht, dass sie nicht antworten konnte.

Plötzlich griff der Junge mit beiden Händen unter das Tier und hob es auf, eingehüllt in seinen Anorak. Ein wenig Blut sickerte darunter hervor.

»Für ein Reh kommt es mir ziemlich klein vor.«

»Es ist noch sehr jung.«

»Lass mich mal sehen.« Vorsichtig streckte sie die Hand nach der Jacke aus, doch der Junge wandte sich von ihr ab.

»Wir müssen zu einem Tierarzt, schnell.«

Er ging auf ihren Wagen zu, das blutverschmierte Bündel in den Armen.

Karen blieb verblüfft stehen. Schon öffnete der Junge die Beifahrertür, stieg ein und zog sie zu, das unter dem Jackenstoff verborgene Tier im Schoß.

Sie eilte zu ihm und riss die Tür wieder auf.

»Hör mal, das geht nicht. Du kannst dich nicht einfach in mein Auto setzen.«

»Beeilen Sie sich. Es stirbt.«

»Du ruinierst mir den Sitz. Da ist ja überall Blut.« Ihre Stimme wurde schrill. »Raus aus dem Wagen!«

»Aber Sie müssen mir helfen.«

»Was ist das überhaupt für ein Tier? Zeig mal her.«

Der Junge hob einen Teil der Jacke an. Wieder sah Karen ein Stück von dem braunen Fell. Seine Hand glitt tastend darüber.

Plötzlich verfinsterte sich seine Miene. Er verhüllte das Tier und senkte den Kopf. »Ich glaube, sein Herz schlägt nicht mehr. Es ist tot.«

Ein Wagen fuhr dicht an ihnen vorbei, der Fahrer hupte.

Der Junge stieg langsam aus, das Bündel in den Armen. Er wisperte ihr zu: »Sie haben es sterben lassen.«

Fassungslos starrte sie ihn an. »Ich?«

»Ja. Sie haben es einfach sterben lassen.«

»Das ist doch nicht meine Schuld.«

»Doch, ist es.« Auf einmal begann er zu zittern. Er trug bloß ein verwaschenes Sweatshirt zu seiner Jeans. »Mir ist kalt. Eiskalt. Und Sie sind schuld.«

Er wandte sich mit dem Tier unter der blutverschmierten Jacke der Böschung zu.

»Wo willst du denn hin?«

Schweigend schritt er ins Unterholz.

»Warte doch ...«

Sie konnte ihn in der Dunkelheit kaum noch erkennen.

»Junge«, rief sie.

Da drehte er sich zu ihr um. »Es ist tot. Ich muss es vergraben.«

Ein letzter Blick, und er ging weiter. Zweige knackten unter seinen Schuhsohlen. Für einen Moment hatte Karen das Gefühl, sie würde all das nur träumen.

Erneut fuhr ein Auto heran, wich aus und rauschte vorbei.

Wieder rief sie nach dem Jungen. Er tat ihr plötzlich sehr leid.

Es kam keine Antwort.

Seine Schritte raschelten im Dickicht, sie sah bloß einen Schemen.

Dann war er im dunklen Wald verschwunden.

VIERZEHN

Vor der Haustür suchte sie in ihrer Handtasche. Ihr Schlüsselbund war weg. Sie war ziemlich sicher, dass sie ihn bei ihrer Mutter noch bei sich gehabt hatte. Sie klingelte bei ihrer Nachbarin Rita. Es dauerte einige Zeit, bis ihr geöffnet wurde.

Sie stieg hinauf ins zweite Stockwerk. Rita, eine energische Rothaarige in ihrem Alter, Anfang dreißig, mit der sie sich angefreundet hatte, erwartete sie an der Wohnungstür. Sie trug einen Bademantel über ihrem Pyjama, sah verschlafen aus.

»Hab ich dich geweckt?«

»Ja.«

»Tut mir wirklich leid.«

»Was ist denn los?«

»Ich hab meinen Schlüssel verloren.«

»Gut, dass du einen zweiten bei mir deponiert hast.«

»Zum Glück, ja.«

Rita holte ihn, und Karen bedankte sich bei ihr.

»Ist noch irgendetwas passiert? Du wirkst sehr aufgewühlt.«

»Ach, ich hatte eben eine merkwürdige Begegnung.«

Sie erzählte ihr von dem Jungen und dem leblosen Tier unter seinem Anorak.

Rita hob erstaunt die Augenbrauen. »Ein angefahrenes Reh? Auf der Onkel-Tom-Straße?«

»Seltsam, ja.« Sie atmete hörbar aus. »Wie auch immer, ich hoffe, ich finde den Schlüssel noch irgendwo.«

»Wenn nicht, solltest du dir ein neues Schloss einbauen lassen.«

»Du hast recht.«

Sie wünschten sich eine gute Nacht. Karen ging hinauf in die obere Etage und öffnete ihre Wohnung.

Sie duschte, putzte sich die Zähne, zog sich ihr Nachthemd über und legte sich schlafen.

Sie erwachte von einem Geräusch. Sie richtete sich im Bett auf und knipste das Licht an.

Ihr Herz pochte.

Das Geräusch kam aus der Küche. Waren das Schritte?

Kurz entschlossen schwang sie sich aus dem Bett. Sie öffnete die Schlafzimmertür und ging in den Flur. Die Küchentür war nur angelehnt.

Sie lauschte.

Da vernahm sie ein leises Klicken.

Klick. Klick. Klick.

Es hörte sich an, als würde etwas auf den Boden fallen. Was war das nur?

Sie schob sich durch den Türspalt und schaltete in der Küche das Licht an.

Stille.

Sie blickte sich um. Ihr fiel nichts Ungewöhnliches auf. Hatte sie sich vielleicht getäuscht?

Sie wandte sich bereits ab, da hörte sie es wieder. Es kam aus der Vorratskammer.

Klick. Klick. Klick.

Eine Maus, dachte sie, oder schlimmer noch, eine Ratte. Irgendein Nagetier, das zwischen den Vorräten herumwuselte. Es schüttelte sie.

Klick. Klick. Klick.

Vielleicht Krallen, die auf dem Boden trappelten.

Erneut schüttelte es sie. Es half nichts, sie musste nachsehen.

Vorsichtig näherte sie sich der Tür zur Kammer.

Klick. Klick. Klick.

Nein, das war keine Ratte. Da fiel tatsächlich etwas zu Boden. Jetzt sah sie es. Am unteren Türspalt. Dort lagen lauter kleine rote Stummel. Was zum Teufel war das?

Sie riss die Tür auf.

Eine Fratze grinste sie an.

Eine Gestalt war in der Kammer.

Sie hielt etwas Blutrotes in der Hand, in der anderen ein Messer. Mit der Messerspitze klaubte sie die kleinen Stummel aus dem triefend roten Ding heraus.

Klick. Klick. Klick. So rieselten sie zu Boden.

Karen schrie.

Das rote Ding fiel vor ihre Füße.

Schon war das Messer an ihrer Kehle, und eine Hand drückte sich auf ihren Mund.

»Schsch. Leise. Nur atmen. Einatmen. Ausatmen.«

Sie starrte in die Fratze.

»Tun Sie mir nichts, bitte.«

Die Fratze war nah an ihrem Gesicht. Zwei riesige Augenhöhlen, weißgelb umrandet. Was war das für ein rotes Zeug darin? Es waren die gleichen Stummel, die auch auf dem Boden lagen. In dem weit aufgerissenen Mund der Gestalt schimmerte es ebenso feucht und blutrot davon.

»Atmen, Karen, einfach nur atmen.«

Sie hechelte. Die Gestalt stieß sie zu Boden. Nun kniete sie über ihr.

»Wenn du still bist, lege ich das Messer weg. Wenn nicht, steche ich zu.«

Die Stimme war mehr ein Flüstern. Karen wimmerte, doch sie schrie nicht.

»Gut.«

Die fremde Gestalt mit der unheimlichen Fratze legte das Messer weg.

Hatte sie eine Chance? Konnte sie sich wehren?

Das Grinsen war ihr so nah.

»Zeig mir deine nackten Schultern.«

Sie war wie erstarrt.

»Beide Schultern. Na los.«

Rote Gummihandschuhe nestelten an ihrem Nachthemd.

»Frierst du, Karen? Ist dir kalt? Soll ich dich wärmen?«

Der Mund über ihr öffnete sich weit, sie spürte den heißen Luftstrom. Ihre Haut wurde angehaucht.

Sie schrie.

Im Nu war das Messer wieder an ihrem Hals.

Mit der Linken klaubte sich die Gestalt einen der rot glänzenden Stummel aus der Augenhöhle.

»Hier, koste mal. Schmeckt süß.«

Die Hand näherte sich ihren Lippen.

Und plötzlich begriff Karen, was der Kopf zu bedeuten hatte, grotesk vergrößert, aufgeschlitzt zu einem Grinsen.

Abermals schrie sie.

Dann spritzte Blut.

ZWEITER TEIL

FÜNFZEHN

Das Wesen stand an ihrem Bett. Es grinste sie an.
»Wach auf, Elisabeth.«

Es zog ihr die Decke weg. Sie schlotterte vor Kälte.

Es beugte sich über sie, streckte die Hände nach ihr aus.
»Aufwachen.«

Es zerrte an ihrem Kissen. Sie warf den Kopf hin und her.

Plötzlich war sie im Freien. Sie kauerte im Schnee. Flocken
wirbelten über ihr. Knirschende Schritte näherten sich.

Sie fror. Ihr Herz verkrampfte sich. Es fühlte sich an, als sei
es aus Eis.

»Steh auf«, sagte eine leise Stimme zu ihr. »Du musst aufstehen. Sonst erfrierst du hier draußen.«

Elisabeth erwachte. Sie rang nach Luft. Schweißflecken hatten
sich auf ihrem Pyjama gebildet. Ihr Herz hämmerte.

Ruhig, dachte sie, ganz ruhig. Es war nur ein Traum.

Für einen Moment war ihr schwindlig. Sie wartete ab, bis
sich die Zimmerwände nicht mehr bewegten.

Sie spürte den Schweiß auf ihrer Stirn, und doch zitterte sie
vor Kälte. Sie erhob sich und ging ins Bad. Sie duschte lange,
ließ das heiße Wasser auf sich herabströmen.

Nur ein Traum, wiederholte sie in Gedanken. Doch sie
ahnte, dass er mit einer verschwommenen Erinnerung zu tun
hatte. Was war passiert, als sie im Alter von vierzehn Jahren

hohes Fieber bekam? Sie meinte sich zu erinnern, tatsächlich eine Weile draußen im Schnee gelegen zu haben. Aber warum?

Wenn sie sich recht besann, trug sie an jenem Abend im Winterfrost nichts weiter als ihr Nachthemd auf der nackten Haut. Sie war barfuß. Plötzlich hob sie jemand auf.

Mit einem Mal lag sie wieder im Bett. Ihr Vater war bei ihr. Er sagte, sie habe fantasiert.

Aber das stimmte nicht. Oder nur zum Teil. Nicht jedes dieser verstörenden Bilder war auf ihr Fieber zurückzuführen.

Ich sollte mit Papa darüber reden, dachte sie. Er muss mir endlich die Wahrheit sagen.

Sie drehte den Duschhahn zu und trocknete sich ab. Sie ging ins Schlafzimmer und zog sich an.

In der Küche trank sie einen Kaffee. Danach öffnete sie eine Schublade in der Anrichte und nahm die Schachtel heraus. Eine letzte Tablette steckte in dem Blister. Innerlich beschimpfte sie ihre Schwester dafür, dass sie ihr nicht mehr von dem Beruhigungsmittel verschrieben hatte.

Diese eine Tablette war ihr Notvorrat.

Ich muss sie mir aufheben, dachte sie. Wer weiß, wann ich sie noch brauche.

Sie warf die Schachtel zurück in die Schublade, zog sich im Flur ihre Doc Martens an, schlüpfte in ihre Jacke, nahm ihre Umhängetasche und öffnete die Tür.

Augenblicklich wich sie zurück.

Auf ihrem Fußabtreter im Treppenhaus stand ein Karton. Sie erkannte ihn sofort.

Es war das Geschenk von Noah, das sie abgelehnt hatte.

Nach einigem Zögern hob sie den Pappkarton auf, nahm ihn herein, stieß die Tür mit dem Fuß zu und stellte ihn auf dem Sideboard ab.

Sie musste sich ihrer Angst stellen.

Sie hob den Deckel an.

»Böser Geist«, sagte sie laut.

Rita Born hatte ein mulmiges Gefühl in der Magengrube. Sie klingelte nun schon zum dritten Mal an diesem Tag bei ihrer Nachbarin und Freundin Karen an der Wohnungstür.

Doch diese reagierte nicht. Wenn sie auf ihrem Handy anrief, meldete sich nur die Mailbox.

Sie hämmerte mit der Faust gegen die Tür.

»Karen, hörst du mich?«

Sie lauschte.

Es war erschreckend still. Schon am Morgen war sie hier oben gewesen, weil sie sich bei ihr erkundigen wollte, ob sie ihren Schlüsselbund vielleicht wiedergefunden hatte.

Vergeblich.

Wenig später hatte Karens Mutter bei ihr angerufen. Sie war in großer Sorge, weil ihre Tochter, wie sie selbst durch einen Anruf erfahren hatte, nicht zur Arbeit erschienen war.

Rita drückte noch einmal auf den Klingelknopf. Nichts geschah.

Irgendetwas stimmte da nicht.

Sie zückte ihr Handy und rief Karens Mutter an.

Diese meldete sich umgehend. »Hallo? Frau Born?«

»Ja.«

»Gibt es irgendetwas Neues?«

Rita holte tief Luft. »Haben Sie eigentlich einen Schlüssel für die Wohnung Ihrer Tochter?«

»Ja. Um Himmels willen, glauben Sie etwa, ihr könnte etwas zugestoßen sein?«

»Bitte, regen Sie sich nicht auf. Aber ich denke, es wäre

besser, wenn ich ihn mir bei Ihnen abhole. Sind Sie einverstanden?«

Etwa eine Stunde später stand sie erneut vor Karens Tür.

Sie schob den Schlüssel ins Schloss und sperrte auf.

»Karen?«, rief sie.

Keine Reaktion.

Es roch eigenartig in der Wohnung. Nahezu klinisch. Nach Chlor.

Wieder rief sie ihren Namen.

Es kam keine Antwort.

Ihre Hände begannen zu schwitzen.

Sie öffnete die Schlafzimmertür. Das Bett war ordentlich gemacht. Normalerweise hatte Karen einen Stapel Bücher am Bettrand liegen, das wusste sie von ihren Besuchen. Doch ihre Freundin schien aufgeräumt zu haben. Auch der Nachttisch war leer geräumt, die Oberfläche glänzte. Nur die Lampe stand darauf, exakt im rechten Winkel ausgerichtet.

Rita ging ins Wohnzimmer. Fassungslos starrte sie aufs Bücherregal. Sie wusste ja, dass Karen sehr belesen war und sämtliche Werke nach Autorennamen anordnete. Aber was war in sie gefahren, die Bücher nun nach Farbe und Größe zu sortieren?

Selbst die Kissen auf dem Sofa waren arrangiert, als hätte sie jemand mit dem Lineal abgezirkelt.

Sie schaute im Badezimmer nach. Eine beinahe gespenstische Ordnung. Auch hier roch es stark nach Chlor.

Rita ging zurück in den Flur. Er führte einmal um die Ecke herum. Sie blieb stehen, als sie die kleinen roten Stummel auf dem Boden liegen sah.

Was war das?

Sie waren wie eine Kette ausgelegt. Schnurgerade. Eine schimmernde Spur, die direkt vor der geschlossenen Küchentür endete.

Rita hob den Blick.

An der Klinke hing etwas.

Es war knallrot und grinste sie an.

Sie trat näher.

Ängstlich streckte sie die Hand nach der Klinke aus und drückte sie herunter.

Vorsichtig öffnete sie die Tür.

Sie schwang nach innen auf.

Auch in der Küche lagen die roten Stummel auf dem Boden. Die Spur endete am Tisch.

Und dort saß jemand.

SECHZEHN

Trojan hatte Lea Sabinsky am Donnerstag nicht mehr erreichen können. Da sie ihn nicht darüber informiert hatte, wo sie nach der Ermordung ihrer Mitbewohnerin untergekommen war, blieb ihm nichts anderes übrig, als es immer wieder unter ihrer Mobilnummer zu versuchen, doch vergeblich.

Erst am Freitagmittag rief sie ihn endlich zurück. Sie wohnte vorübergehend bei einer Arbeitskollegin im Bezirk Prenzlauer Berg, hatte sich aber in ihrer Firma wegen der nervlichen Belastung nach der Entdeckung der Toten krankgemeldet.

Trojan holte sie sofort im Dienstwagen ab. Unterwegs nach Neukölln in die Weichselstraße erklärte er ihr, dass es dringend notwendig sei, mit ihr zusammen die Tatortwohnung zu besichtigen.

»Ich möchte herausfinden, ob der Täter eventuell ein Kleidungsstück von Marta Giesner entwendet hat«, sagte er, während er den Wagen durch den dichten Verkehr in der Innenstadt steuerte.

Lea Sabinsky schaute zerstreut aus dem Seitenfenster. Sie war blass, unter ihren Augen hatten sich dunkle Ringe gebildet. »Ich weiß nicht, ob ich das durchstehen werde.«

»Keine Sorge. Ich bin ja bei Ihnen.«

Sie atmete angestrengt. »Mir geht dieses Tierfell nicht aus dem Kopf.«

»Das ist verständlich.«

»Ich kann deswegen nicht mehr schlafen.«

»Auch das ist nicht verwunderlich. Aber Sie schaffen das schon.« Nach einer Pause sagte er möglichst beiläufig: »Erzählen Sie mir doch etwas mehr über den Abend zu dritt, als vor Kurzem Ihr Freund in Berlin zu Besuch war. Wie hieß er noch gleich?«

Sie warf ihm einen überraschten, beinahe erschrockenen Blick zu. »Mein Freund? Lutz Scheffing?«

»Ja. Sie erwähnten bei unserem letzten Gespräch, dass dieser Abend recht angenehm war. Was haben Sie denn zusammen gemacht?«

»Marta hat für uns gekocht. Sie ist... sie war eine gute Köchin.«

»Was gab es?«

»Einen Kaninchenbraten in Salbeisoße.«

»Klingt lecker.«

»War es auch.«

»Und danach?«

»Wir saßen gemütlich zusammen und haben einen guten Rotwein getrunken. Reichlich davon. Es wurde recht spät. Wir haben viel gelacht. Herumgealbert und dann ...« Sie brach ab.

Er ließ ihr Zeit. Sie kniff die Lippen zusammen und wischte sich eine Träne von der Wange.

»Was ist passiert?«, fragte er leise.

»Lutz und ich sind irgendwann zu Bett gegangen. Als ich kurz darauf wach wurde – mir war ein bisschen schlecht von dem vielen Wein –, lag er nicht mehr neben mir. Ich entdeckte die beiden im Wohnzimmer. Er hatte einen Arm um Marta gelegt, seine andere Hand war in ihrem Schoß.«

»Wie haben Sie darauf reagiert?«

»Ich war vom Alkohol zu benommen. Ich hab gar nichts gesagt, stand einfach nur da. Lutz hat gelacht und versucht, es als Scherz abzutun. Marta war verlegen und lachte auch. Aber es war ein komisches Lachen. Schrill, völlig überdreht. So kannte ich sie überhaupt nicht.«

»Und dann?«

»Lutz hatte plötzlich so einen ernsten und entschlossenen Gesichtsausdruck. Er stand auf und knöpfte sein Hemd vor mir auf. Marta grinste mich an, ihr Rock war bis über die Schenkel hochgeschoben. Ihr Blick war glasig. Sie muss völlig betrunken gewesen sein. Lutz sagte zu mir: ›Na los, dann machen wir es zu dritt.‹ Und Marta hat immer weiter gelacht.«

Trojan dachte nach. Mehrere Personen aus dem Kölner Hotel hatten bestätigt, dass Lea Sabinsky zur Tatzeit dort gewesen war. Sie schied also als Verdächtige aus. Was aber war mit Lutz Scheffing?

»Wie ging die Situation aus?«

»Ich hab mich wortlos umgedreht und bin wieder ins Bett gegangen.«

»Glauben Sie, dass die beiden unterdessen …?«

»Nein. Lutz kam gleich nach. Marta hat sich am nächsten Morgen mehrmals bei mir entschuldigt. Er hingegen hat den Vorfall mit keiner Silbe erwähnt.«

»Warum sagten Sie mir neulich, es sei ein schöner Abend gewesen? Er endete für Sie doch ziemlich unerfreulich.«

Sie schwieg.

»Eigentlich wollten Sie mir schon Mittwochnacht mehr darüber erzählen, hab ich recht?«

»Ich will ihn nicht beschuldigen, aber …« Erneut brach sie ab.

Trojan warf ihr einen prüfenden Blick zu.

»…die Fantasie, eine zweite Frau dazu zu bitten, wenn wir im Schlafzimmer sind, beschäftigt ihn schon länger. Er ist regelrecht besessen davon. Immer wieder fängt er davon an. Und das quält mich.«

»Wo ist er denn gerade? In Darmstadt, wo Sie ihn kennengelernt haben?«

»Ich weiß es nicht. Er reagiert nicht mehr auf meine Anrufe. Ich hab ihm verzweifelt Nachrichten auf der Mailbox hinterlassen. Ihm erklärt, dass meine Mitbewohnerin ermordet wurde, und er ruft nicht mal zurück.« Erneut kamen ihr die Tränen. »Ich fürchte, es ist vorbei mit uns. Lutz war mir nicht immer treu, ich wollte das nur nicht wahrhaben. Doch was mich am meisten beunruhigt… er war Anfang der Woche geschäftlich in Berlin, ausgerechnet zu der Zeit, als ich in Köln war.«

Trojan straffte die Schultern. Seine Instinkte waren alarmiert. Verblüfft schaute er sie an. »Und das verraten Sie mir erst jetzt?«

»Ich kann mir nicht vorstellen, dass er… Er ist doch kein schlechter Mensch.«

Trojan bremste vor einer roten Ampel scharf ab. Er rief im Kommissariat an. Olaf Maas war am Apparat.

»Ich brauche die Kontaktdaten von einem Lutz Scheffing in Darmstadt. Bitte schnell!«

Maas versprach, umgehend zurückzurufen.

Die Ampel sprang auf Grün, und Trojan fuhr weiter.

»Was haben Sie nun vor?«, fragte Lea Sabinsky.

Doch ehe er antworten konnte, rief Steffie auf seinem Handy an. Ihre Stimme klang belegt.

»Nils?«

»Ja?«

»Wo bist du gerade?«

»Mit einer Zeugin unterwegs.«

»Ich fürchte, das muss warten.«

»Wieso?«

»Du musst dringend herkommen.«

Sie nannte ihm eine Adresse in Wilmersdorf.

SIEBZEHN

Ein Mehrfamilienhaus in der Delbrückstraße im gediegenen Ortsteil Grunewald. Ockerfarben getünchte Fassade, gepflegter Vorgarten.

Mehrere Einsatzfahrzeuge blockierten die Straße. Zuckende Blaulichter. Ein Pulk von Schaulustigen aus der Nachbarschaft hinter den Absperrbändern.

Trojan hielt an, sprang aus dem Wagen und zückte seinen Dienstausweis. Ein uniformierter Beamter ließ ihn durch. Er eilte ins Treppenhaus und rannte die Stufen hinauf. Die Wohnung befand sich im vierten Obergeschoss. Steffie erwartete ihn an der Tür.

»Gut, dass du so schnell kommen konntest.«

Sie durchschritt mit ihm den Flur, der einmal um die Ecke herumführte. Ein Geruch von Chlorreiniger schlug ihm entgegen.

Er blieb stehen und betrachtete die kleinen roten Objekte am Boden. Sie waren ausgelegt wie eine Spur. Er bückte sich, um genauer hinzuschauen. Sie schimmerten feucht, glasig, dunkelrot.

»Was ist das?«

»Wirst du gleich sehen.«

Sie näherten sich der Küchentür. Sie war nach innen geöffnet. Landsberg stand davor. Er nickte ihm zu. Seine Miene war ernst.

Trojans Herzschlag beschleunigte sich, als er den Raum betrat, denn es roch eigenartig darin.

Nicht nur nach Chlor.

Auch nach Tod.

Und ganz entfernt nach etwas Tierischem.

Außer Gerber und Kolpert war der Rechtsmediziner Semmler anwesend, die übrigen Teammitglieder fehlten noch.

Die rote Spur endete vorm Küchentisch.

Trojan hob den Blick.

Was er sah, ließ ihn schaudern.

Die Tote kauerte auf dem Stuhl, ihre Stirn und der Brustkorb ruhten auf der Tischplatte, die Arme hingen herunter.

Sie trug bloß ein Nachthemd. Doch es war aufgetrennt worden. Der Stoff hing lose um ihre Hüften.

Das Fell eines Rehs prangte auf ihrem Rücken. Es reichte ihr bis über die Schultern, wo es festgenäht war.

Vor ihrem Kopf war etwas auf den Tisch geschrieben worden, in leuchtend roten Buchstaben:

WÄRME MICH.

Der Chef richtete das Wort an ihn, doch Trojan verstand ihn nicht. Sein Herz raste. Seine Knie wurden weich. Jähe Panik schnürte ihm die Brust ein. Nicht schon wieder, dachte er. Rasch imaginierte er den schwarzen Lavasand. Der sollte ihn retten. In Gedanken flüchtete er sich zurück auf die Insel.

Ihm war schwindlig, kalter Schweiß stand auf seiner Stirn.

Nicht schon wieder, nicht schon wieder, wiederholte sich der eine Satz in seinem Kopf.

Tiefer atmen, befahl er sich selbst.

Er schwankte.

Gerber griff nach seinem Arm. »Bist du okay, Nils?«

»Ja«, murmelte er. Er sah ihn an, versuchte zu lächeln. »Hab noch nicht gefrühstückt. Tut mir leid.«

Er schnappte Steffies besorgten Blick auf.

Kurz darauf hatte er sich wieder unter Kontrolle.

Er wandte sich an Landsberg: »Entschuldige. Was hast du gesagt?«

»Der Name der Toten ist Karen Schneider. Einunddreißig Jahre alt. Sie ist von Beruf Bibliothekarin. Ihre Nachbarin fand sie heute Mittag. Nichts deutet auf einen Einbruch hin. Entweder bediente sich der Täter eines Tricks, um eingelassen zu werden, oder er besaß einen Schlüssel zur Wohnung.«

»Die rote Spur«, fragte Nils, »was hat sie zu bedeuten?«

»Du wirst es verstehen, sobald du das hier siehst.«

Der Chef trat zur Seite und gab den Blick auf die Tür frei. An der Klinke hing ein Kleiderbügel aus Draht. Auf den Haken war eine rote Frucht gespießt.

In die Frucht war eine grässliche Fratze geschnitten. Zwei große Augenhöhlen und ein zu einem unheimlichen Grinsen aufgerissener Mund. Die blutroten Kerne schimmerten aus dem weißgelblichen Fruchtfleisch hervor.

Es war ein Granatapfel.

Ein besonders großes Exemplar, etwa fünfzehn bis zwanzig Zentimeter im Durchmesser.

Die kleinen stummelartigen Objekte am Boden waren offenbar einige Kerne aus der Frucht.

Landsberg sagte: »Uns liegt die Bestätigung aus dem Labor vor. Die flüssige Substanz, mit der die Schrift am Tatort in der

Weichselstraße und auch die Ziffernfolge im Treppenhaus in der Pannierstraße aufgetragen wurden ...«

»... ist der Saft eines Granatapfels?«

»Ganz genau. Er wird aus den Kernen gepresst.«

»Demnach wurde auch hier auf dem Tisch damit geschrieben.«

Der Chef nickte. »Davon können wir ausgehen.«

Abermals betrachtete Trojan den Schriftzug:

WÄRME MICH.

Danach blickte er wieder auf den aufgespießten Granatapfel. Das gebogene Ende des Drahtbügels ragte aus ihm heraus und hing an der Türklinke.

Eine normalerweise so schöne, nahezu sinnliche Frucht hatte, von dem Draht durchbohrt und mit der eingeritzten Fratze, eine völlig pervertierte Bedeutung.

Sie erinnerte an den Kopf eines Monsters, mit seiner gezackten Krone aus Kelchblättern auf dem Scheitel und den aus dem Innern hervorschimmernden Kernen, wo offensichtlich eine Messerspitze Augen und Mund herausgeschält hatte.

Obszön wirkte diese Grimasse im geöffneten Fruchtfleisch. Grell und bösartig.

Einen starken Kontrast dazu bildete das Kleid, das auf dem Bügel hing.

Es war weiß, mit einem Spitzenbesatz.

Und es war so klein, dass Trojan fragte: »Hat Karen Schneider eigentlich eine Tochter?«

»Nein«, antwortete Stefanie.

Denn das Kleid, das unterhalb des Granatapfelkopfes auf dem Bügel drapiert war, hatte eine Kindergröße.

Es sah aus, als sei es das helle, unschuldige Gewand des rotköpfigen Monsters.

Semmler räusperte sich. »Nils?«

Trojan drehte sich zu ihm um.

»Ich brauche mal deine Hilfe.«

»Klar.« Trojan streifte sich Latexhandschuhe über. Das Fell auf dem Rücken der Toten, durchfuhr es ihn. Ich will es nach Möglichkeit nicht berühren.

Erneut versuchte er, sich innerlich für einen Moment auf die Lava-Insel zurückzubegeben, sich den Strand vorzustellen, die Weite des Horizonts, das Rauschen der Wellen, nur um ruhiger zu werden.

Doch es half nichts, sein Herz pochte wild, während er gemeinsam mit dem Rechtsmediziner den Oberkörper der Toten von der Tischplatte anhob.

Trojan erkannte sechs Einstiche in die Brust.

Exakt so viele wie bei dem anderen Leichnam.

Das Gesicht der Ermordeten war ihm nah, entsetzlich nah. Er sah die Fäden auf ihrer Haut, das Kreuzstichmuster. Die Mundwinkel waren hochgezogen, das Bindegewebe unterhalb der Wangenknochen festgenäht.

Die Tote grinste ihn an.

ACHTZEHN

Rita Born öffnete ihm die Tür. Sie trug einen lachsfarbenen Hausanzug. Ihre Gesichtshaut war bleich.

Trojan stellte sich vor, und sie ließ ihn herein.

Sie führte ihn in ihr Arbeitszimmer. Helle Möbel, dunkler Holzboden. Ein ausladendes Bücherregal. Auf einem gläsernen Schreibtisch stand ein großer Apple-Computer. Ein kreatives Durcheinander, Farbmuster auf dem Bildschirm.

»Bitte entschuldigen Sie die Unordnung. Ich stehe gerade unter enormem Zeitdruck. Morgen muss ich eine Präsentation abgeben. Ich arbeite als selbstständige Grafikerin.« Sie blickte ihn an. Ihre Hände waren zu Fäusten geballt, ohne dass sie es zu bemerken schien. »Zugegeben, es fällt mir schwer, mich zu konzentrieren, da ich doch heute…«

»Ganz langsam. Eins nach dem anderen.«

Zerstreut wies sie auf einen Sessel. »Möchten Sie sich setzen?«

»Nein, danke.«

Sie krümmte die Schultern. »Ich kann es noch immer nicht glauben. Gestern Abend sprach sie noch mit mir und heute…« Sie brach ab.

Nach einer Pause sagte sie leise: »Wer macht so etwas? Welche Bestie ist dazu fähig?«

»Wir müssen bei den Fakten bleiben. Aber ich verspreche

Ihnen, ich tue mein Bestes, um den Mörder zu finden.« Er holte tief Luft. »Wie gut kannten Sie Karen Schneider?«

»Wir sind … wir haben … uns hat vieles verbunden … die Liebe zu den Büchern zum Beispiel. Ich habe eine gute Freundin verloren.«

»Wann haben Sie sie kennengelernt?«

»Vor drei Jahren, als sie in dieses Haus gezogen ist.«

»Es ist eine sehr teure Gegend, nicht wahr?«

»Ja. Sie hat Geld von ihrem Vater geerbt und sich davon hier eine Eigentumswohnung gekauft. Jedenfalls haben wir uns recht bald angefreundet. Ich entwerfe Cover für diverse Bücher, und so kamen wir ins Gespräch.«

»Sie war Bibliothekarin von Beruf?«

Rita Born nickte. »Sie ist … sie war … Leiterin der Stadtbücherei in Zehlendorf.«

»War sie liiert?«

»Nein. Karen war von Männern ziemlich enttäuscht. Sie hat schlechte Erfahrungen gemacht.«

»Hat sie mal einen dieser Männer namentlich erwähnt?«

Frau Born schüttelte den Kopf.

»Hatte sie Feinde?«

»Das glaube ich nicht. Sie war ein herzensguter Mensch.«

Trojan musterte sie. Rote Haare, sympathische Gesichtszüge, etwa Mitte dreißig. »Entschuldigen Sie, aber ich muss Sie das fragen: Verband Sie beide mehr als Freundschaft?«

»Wie meinen Sie das?«

»Hatten Sie eine intime Beziehung mit Frau Schneider?«

Sie verschränkte die Arme vor der Brust. »Nein. Wieso fragen Sie mich das?«

»Ist bloß eine Ahnung.«

Langes Schweigen.

Trojan ging auf das Bücherregal zu. »Wissen Sie, ich habe vor Kurzem einen Kollegen verloren. Und ich wusste so gut wie nichts über ihn. Sein Privatleben, seine Wünsche und Vorlieben waren mir letztlich unbekannt. Ich hab ihn zu wenig beachtet. Das mache ich mir zum Vorwurf, nun, da er tot ist. Dabei sind es oft Kleinigkeiten, die viel über einen Menschen aussagen. Man muss nur bereit sein hinzuschauen.« Er deutete auf ein gerahmtes Foto im Regal. Es war nicht groß, eigentlich recht unscheinbar. Es zeigte zwei lachende Frauen. »Das sind doch Sie und Karen Schneider, nicht wahr?«

Sie nickte.

»Ein schönes Bild. Sie wirken darauf sehr glücklich.«

Sie schwieg.

Nach einer Pause sagte sie: »Ich mochte sie sehr.«

»Haben Sie sich eine Beziehung mit ihr gewünscht?«

»Ja.«

»Sprachen Sie sie jemals darauf an?«

Abermals nickte sie.

»Wie hat sie reagiert?«

»Ihr war das fremd. Und doch spürte ich, dass… Es wäre möglich gewesen. Allerdings kommt Karen aus einem sehr strengen Elternhaus. Das hat sie geprägt. Sie hat sich einfach nicht getraut.«

»Verstehe.«

Er dachte an seinen Kollegen Dennis Holbrecht. Es war noch nicht lange her, dass sie ihn beerdigt hatten.

Er straffte die Schultern. »Bitte schildern Sie mir möglichst detailliert, wie Sie sie gefunden haben.«

Sie kämpfte mit den Tränen. »Das kann ich nicht.«

»Versuchen Sie es. Nur so können wir ihren Mörder schnappen.«

Sie gab sich einen Ruck. In knappen Worten berichtete sie, was sich am Vormittag zugetragen hatte. Vom ersten Klingeln an der Wohnungstür bis zur Entdeckung des Leichnams.

Als sie fertig war, runzelte Trojan die Stirn. »Lassen Sie uns noch ein paar Schritte zurückgehen. Sie holten also den Schlüssel von Karens Mutter ab?«

»Ja.«

»Nachdem diese Sie in großer Sorge angerufen hatte?«

»Richtig. Normalerweise hab ich den Zweitschlüssel, aber Karen hatte ihren verloren, und darum hab ich ihn ihr ausgehändigt.«

»Das haben Sie noch nicht erwähnt. Wann war das?«

»Gestern Abend. Es war schon recht spät, da klingelte sie an meiner Tür. Sie wirkte recht aufgewühlt und …« Plötzlich fuhr sich Rita Born mit der Hand an die Stirn. »Ob das ein Zufall ist? Dieses Fell. Auf ihrem Rücken.« Sie blickte ihn entsetzt an. »Stammt das etwa von einem Reh?«

Trojan war völlig überrascht. »Wie kommen Sie darauf?«

»Großer Gott. Wenn das wahr ist, dann … Nun werden mir die Zusammenhänge klar.«

»Welche Zusammenhänge?«

»Ich glaube, jemand hat ihr gestern Abend den Wohnungsschlüssel gestohlen.«

»Wie bitte?«

»Ich hätte sie warnen müssen. Das Unglück hat sich angebahnt, und ich … verdammt, ich hab die Vorzeichen nicht rechtzeitig erkannt. Und sie auch nicht.«

»Wovon reden Sie eigentlich?«

»Karen hat gestern spätabends ein angefahrenes Reh erwähnt. Und sie sprach von einem Jungen, der plötzlich in ihrem Wagen saß. Mit dem toten Tier unter seiner Jacke. Sie konnte es nicht genau erkennen, aber… er hat behauptet, es sei ein junges Reh.«

Trojan starrte sie an. »Wo war das?«

»Auf der Onkel-Tom-Straße. Mitten im Grunewald.«

NEUNZEHN

Die Dämmerung brach herein. Trojan war mit Steffie im Dienstwagen unterwegs. Er hatte das Gefühl, dass sie schon zu viel Zeit verloren hatten. Zunächst waren sie zu Mechthild Schneider gefahren und hatten ihr die traurige Nachricht von der Ermordung ihrer Tochter überbringen müssen.

Anfangs hatte sie erstaunlich gefasst reagiert und ihre Fragen beantwortet. Dann war sie vor ihren Augen zusammengebrochen, und sie mussten den Notarzt alarmieren. Sie wurde zur Beobachtung in eine Klinik gebracht.

Danach führte Nils mehrere hektische Telefonate mit dem Chef, der Kriminaltechnik und Dr. Carsten Semmler. Auch mit Olaf Maas hielt er übers Handy Kontakt. Der neue Kollege hatte die Adresse von Lutz Scheffing ausfindig gemacht und inzwischen die Darmstädter Polizei auf den Verdächtigen angesetzt, jedoch bisher ohne Ergebnis.

»Sprich mit Lea Sabinsky«, sagte Trojan. Er informierte ihn knapp über die Einzelheiten seines Gesprächs mit ihr. »Sie sagte, dass er Anfang der Woche geschäftlich in Berlin war. Frag sie nach seiner Arbeitsstelle und wo er sich in der Stadt aufgehalten haben könnte.«

Maas klang wie immer übereifrig. »Wird erledigt, Herr Trojan.«

Nun fuhr Nils mit Steffie den Weg ab, den Karen Schneider vermutlich am Vorabend genommen hatte, als sie vom

Essen im Haus ihrer Mutter zurückkehrte. Mechthild Schneider hatte ihnen bestätigt, dass es eine regelmäßige Verabredung war.

Es war bereits dunkel, als sie in die Onkel-Tom-Straße einbogen. Bald darauf hatten sie den nördlichen Abschnitt erreicht, wo sich zu beiden Seiten der Wald erstreckte.

»Jeden zweiten Donnerstagabend durchquerte sie also mit ihrem Wagen dieses Gebiet im Grunewald«, sagte er.

Stefanie nickte. »Denkbar, dass der Täter sie dabei regelmäßig beobachtet hat.«

»Hmm. Er kennt ihre Wege. Ihre festen Gewohnheiten.« Nils drosselte das Tempo und scannte den Seitenstreifen mit Blicken. Der Waldrand glitt im Scheinwerferlicht vorbei. »Doch nun soll ein etwa dreizehnjähriger Junge ins Spiel kommen. Offenbar bedient er sich eines Tricks. Er täuscht einen Wildunfall vor. Karen Schneider hält an, steigt aus und spricht mit ihm.«

»Der Junge kniet vor einem reglosen Tier, das unter seiner Jacke verborgen ist. Er sagt, es sei ein junges Reh.«

»Hältst du das für wahrscheinlich?«

»Nein. Aber offenbar fällt sie darauf herein.«

»Er hebt es auf und steigt zu ihr in den Wagen, angeblich, um sich zu einem Tierarzt fahren zu lassen, wie mir Rita Born erzählt hat.«

»In diesem Moment kann er ihr den Schlüssel aus der Handtasche gestohlen haben.«

»Ganz genau.«

Stefanie schaute vom Beifahrersitz zu ihm herüber. »Aber ist er deshalb unser Täter? Ein dreizehnjähriges Kind?«

»Das will mir einfach nicht in den Kopf. Die Vorgehensweise des Mörders ist ziemlich komplex. Er vernäht ein Tierfell mit der Haut seiner Opfer. Er putzt ihre Wohnungen, räumt nach einem zwanghaften Schema auf. Er ist die ganze Nacht bei ihnen. Und er hinterlässt Botschaften, geschrieben mit dem Saft eines Granatapfels.«

»Und im Fall von Karen Schneider deponiert er eine Figur am Tatort, gefertigt aus einem Drahtbügel und einem Granatapfelkopf.«

»Vergiss nicht das Kleid.«

»Es ist ein Kleid in Kindergröße.«

Trojan fuhr rechts heran und hielt an. Schweigend betrachtete er die bewaldete Gegend mitten in der Stadt, die von der zweispurigen Straße durchschnitten wurde. Es war finster hier draußen, nahezu einsam.

Nach einer Weile schaltete er den Motor und die Scheinwerfer aus. »Ein Junge. Etwa dreizehn Jahre alt. Und eine grässliche Figur mit einem Kinderkleid. Passt das zusammen?«

»Ja und nein. Die komplexe Vorgehensweise spricht gegen die Täterschaft eines Teenagers. Bei dem Kleid bin ich mir nicht ganz sicher.«

»Es ist ein merkwürdiger Kontrast, nicht wahr? Dieser grässliche Kopf aus einem Granatapfel, dazu das unschuldige weiße Kleid.«

»Warum ein Granatapfel?«, fragte sie. »Was assoziierst du damit?«

»Es ist eine sehr symbolträchtige Frucht. Ich meine, mal irgendwo gelesen zu haben, dass man sie mit dem Sündenfall in Verbindung bringt.«

»Richtig. Ein herkömmlicher Apfelbaum braucht in der Ruhezeit kühles Wetter. Im Paradiesgarten, wie er in der Bibel beschrieben wird, herrschte ein ganz anderes Klima. Deshalb gibt es Theorien, dass die verbotene Frucht, die zur Vertreibung aus dem Paradies führte, eine Dattel, eine Feige oder vielleicht sogar ein Granatapfel war.«

»Die verbotene Frucht«, murmelte Trojan nachdenklich.

»Der Saft des Granatapfels soll übrigens eine aphrodisierende Wirkung haben. Das hab ich mal in einem Artikel in einer Frauenzeitschrift gelesen.«

»So etwas liest du?«

Sie zuckte mit den Schultern. »Nur beim Zahnarzt im Wartezimmer.«

»Der Granatapfelsaft fördert also die Lust? Glaubst du, da ist was dran?«

Sie warf ihm ein verschmitztes Lächeln zu. »Darüber können wir ja mal genauere Recherchen anstellen.«

»Hältst du das etwa für notwendig?«

»Was uns betrifft, nicht.«

»Gut, da bin ich erleichtert.«

Sie lachten beide, wurden aber gleich wieder ernst.

»Sehen wir uns hier mal um?«, fragte er.

»In Ordnung.«

Sie stiegen aus, knipsten ihre Maglites an und schritten die Waldgrenze in nördlicher Richtung ab. Auf der Straße rauschten Autos an ihnen vorbei. Nieselregen setzte ein.

Trojan überlegte. Waren sie vielleicht auf einem Irrweg? Könnte es sich nicht doch um einen Zufall handeln, dass Karen Schneider ausgerechnet von einem toten Reh gesprochen hatte, wenige Stunden bevor sie ermordet wurde? Nach erster Einschätzung von Semmler war es zwischen ein und drei Uhr morgens geschehen. Das genaue Obduktionsergebnis lag noch nicht vor, aber am Telefon hatte der Rechtsmediziner durchblicken lassen, dass es sich wohl um die gleiche Tatwaffe wie im Mordfall Marta Giesner handelte.

Ein Jagdmesser. Das Fell eines Rehs. Und eine erotisch anmutende Frucht, die zum Kopf eines Monsters mutiert war. Dazu ein weißes Kleid in Kindergröße auf einem Drahtbügel. Zuvor offenbar die rätselhafte Begegnung mit einem Jungen. Hier im dunklen Wald, mitten in der Stadt.

»Ob der Täter einen jugendlichen Komplizen hat?«, fragte Trojan.

»Darüber habe ich auch schon nachgedacht«, antwortete Stefanie.

»Beide Frauen, sowohl Marta Giesner als auch Karen Schneider, sind brünett, ziemlich attraktiv und alleinstehend. Und noch etwas verbindet sie. Marta Giesner liebt die Keramik, Karen Schneider die Literatur.«

»Du hast recht«, sagte Steff. »Sie arbeiten nicht unbedingt in kreativen Berufen, aber sie sind der Kunst zugeneigt.«

»Ja. Der Täter beobachtet sie. Im Treppenhaus gegenüber der Werkstatt in Neukölln und möglicherweise hier auf einer Straße, die durch den Grunewald führt.«

»Er sucht Trost und Wärme bei ihnen, das verraten seine Botschaften.«

»Richtig«, sagte Trojan. »Eines ist jedoch zu bedenken. Selbst wenn er sich hier eines Tricks bedient hat, um an Karen Schneiders Wohnungsschlüssel zu gelangen, muss er doch gewusst haben, dass sie einen Zweitschlüssel bei ihrer Nachbarin deponiert hat.«

»Das stimmt. Andernfalls hätte er davon ausgehen müssen, dass sie noch in der Nacht einen Schlosser anruft, der ihre Tür aufbricht und den Schließzylinder auswechselt.«

»Genau, in dem Fall hätte ihm der Schlüssel nämlich nichts

genutzt. Seine Beobachtungen sind also äußerst präzise. Er scheint die beiden Frauen regelrecht ausspioniert zu haben.«

»Hast du eigentlich angewiesen, das Auto von Karen Schneider nach Spuren absuchen zu lassen?«

»Natürlich.«

»Und?«

»Die Kriminaltechniker melden sich, sobald sie etwas gefunden haben.«

»Gut.«

»Sollte sich der Trick mit dem verletzten Tier als wahr erweisen, haben wir es wohl mit einem äußerst perfiden Mörder zu tun.«

»So stellt sich wiederum die Frage: Ist das einem Dreizehnjährigen zuzutrauen?«

»Ich würde es gerne verneinen. Doch die Realität ist oft grausamer, als wir uns eingestehen wollen. Das lehrt uns leider die Erfahrung in unserem Job.«

»Vielleicht handelt es sich ja wirklich um einen Komplizen.«

»Oder die Sache stellt sich als Irrtum heraus«, sagte Trojan. »Wie auch immer, wir sollten bei den Fakten bleiben. Spekulationen helfen uns nicht weiter.«

Der Regen wurde stärker. Ein schmaler Gehweg führte sie am Waldrand entlang. Immer wieder leuchtete Trojan ins Dickicht hinein. Sein Lichtkegel tanzte mal an den Baumstämmen entlang, mal war er auf den asphaltierten Pfad gerichtet, dann auf den Waldboden.

Doch es war nichts Auffälliges zu entdecken.

Nach einiger Zeit näherten sie sich dem Waldparkplatz Kleiner Stern, vor dem Karen Schneider ihrer Vermutung nach in die Königsallee abgebogen sein müsste, um nach Hause zu fahren. Zumindest war das ihre gewohnheitsmäßige Route, wie ihnen Karens Mutter bestätigt hatte.

»Wonach genau suchen wir eigentlich?«, fragte Stefanie. »Nach einer Reifenspur? Nach Tierblut?«

»So etwas in der Art. Ich hatte gehofft, irgendetwas am Waldrand zu finden, ein Abdruck in der Erde vielleicht. Aber der Regen scheint alles zunichtegemacht zu haben. Die Spuren, wenn es überhaupt welche gab, sind verwischt.«

»Dann lass uns umkehren.«

Er war unentschlossen. »Vielleicht noch ein paar hundert Meter?«

Abermals leuchtete er in das Gestrüpp zwischen den Eichen, Kiefern und Birken hinein. Der Boden war von nassem Laub bedeckt. Ein Auto fuhr an ihnen vorbei, die Rücklichter verschwanden allmählich im Dunst.

Kalter Novemberregen drang in den Kragen seiner Jacke. Er fröstelte. Wieder einmal wünschte er sich auf seine warme Insel zurück.

»Was sagt dir dein Instinkt?«, fragte Steff.

»Selbst wenn wir nichts finden, hab ich das Gefühl, dass er hier auf sie gelauert hat. Okay, ich mach dir einen Vorschlag. Wir gehen noch bis zum Kleinen Stern, danach drehen wir um.«

»Gut.«

Sie trotteten weiter, mittlerweile völlig durchnässt.

Der Wald wurde dichter. Nur noch selten kam ihnen ein Auto entgegen.

Plötzlich blieb Trojan wie angewurzelt stehen.

»Was ist los?«

»Da vorn«, murmelte er.

Sein Lichtkegel hatte etwas erfasst.

»Komm mit.«

Sie traten beide ins Unterholz.

Vor einem Baumstamm machte Trojan Halt.

Mit einem roten Farbstoff war etwas auf die Rinde aufgetragen worden.

Es waren drei große Ziffern:

7/14/21

ZWANZIG

Elisabeth hielt ihre Videokamera auf eine Pfütze gerichtet, in der sich der Schein einer Straßenlaterne spiegelte. Sie filmte die aufschlagenden Regentropfen, die Kreise auf der Wasseroberfläche, das zitternde Licht.

Sie ging weiter, ließ die Kamera an einer abbröckelnden Hausfassade entlangschweifen, fing das Gesicht einer alten Frau ein, die im Erdgeschoss hinter einem Fenster stand. Sie hatte einen großen Vogel auf der Schulter.

Elisabeth blieb stehen und zoomte heran. Es war ein Papagei. Als die Frau bemerkte, dass sie gefilmt wurde, hob sie drohend den Zeigefinger, und der Vogel spreizte seine Flügel. Wassertropfen glitten über die Fensterscheibe, und sein buntes Gefieder verschwamm.

Sie wandte sich ab, beschleunigte ihre Schritte. Das Auge ihrer Kamera verlor sich eine Zeit lang im Strom der Passanten. Streifte durch die verwischten Lichter der vorbeirauschenden Autos. Verweilte kurz bei einer aufgeweichten Matratze am Straßenrand, die mit Graffiti besprüht war, und wanderte weiter.

Sie bog in eine Seitenstraße ab. Schwenk auf ihre Stiefelspitzen. Sie filmte ihre Schritte.

Eine Straßenecke weiter, nur wenige Meter vom Bordstein entfernt, stand ein ausrangierter Autoanhänger auf einem verwilderten Grünstreifen. Darauf hatte sich ein Obdachloser mit Brettern einen Verschlag gebaut, etwa anderthalb Meter in der Breite und in der Höhe. Schon oft hatte sich Elisabeth gefragt, ob er darin wohl im Sitzen schlief.

Zwei miteinander verschnürte Plastikplanen dienten ihm als Eingang, daran befestigt ein Pappschild mit der Aufschrift: KLEINE SPENDE. BITTE DURCH DIE ÖFFNUNG WERFEN. Sie zoomte auf den winzigen Spalt, hinter dem ein Becher zu erkennen war. Eine einzelne Münze lag darin.

Plötzlich riss jemand aus dem Innern die Plane auf. Erschrocken richtete Elisabeth die Kamera auf ein bärtiges Gesicht.

Sie wurde wüst beschimpft, lief weiter. Behielt das Display im Blick. Schwenk durch das kahle Geäst der Straßenbäume, ein bleicher Mond am Himmel. Sie nahm die Steinplatten auf dem Gehsteig auf, verharrte vor der nächsten Regenpfütze.

Elisabeth beugte sich vor und filmte ihr Spiegelbild auf dem Wasser. Eine zierliche Gestalt in einem dunklen Anorak, die Kapuze tief in die Stirn gezogen.

Ihr Gesicht war blass. Sie war sich selbst fremd.

Sie ließ die Kamera sinken und schaltete sie aus.

Sie betrat das Treppenhaus und stieg die Stufen hinauf. Sie schloss die Wohnungstür auf, legte ihre Kamera und ihre Umhängetasche ab. Sie zog sich die Jacke aus und ging unruhig durch die Räume. Es war unordentlich bei ihr. Sie hatte schon länger nicht aufgeräumt. Wahllos sammelte sie ein paar Sachen auf. Selbst in der Küche lagen verstreut Klamotten von ihr. Über dem Stuhl hingen ihr Rock und die roten Nylons, die sie am Vortag getragen hatte. Sie wollte sie gerade aufheben, als sie sich anders besann.

Zögernd ging sie ins Schlafzimmer.

Du musst dich endlich überwinden, dachte sie.

Schließlich zog sie den Karton unter dem Bett hervor. Sie trug ihn in die Küche und stellte ihn auf dem Tisch ab.

Abermals zögerte sie.

Tu es. Na los, sprach sie in Gedanken zu sich selbst.

Sie öffnete den Deckel und nahm den Granatapfel heraus. Er war ungewöhnlich groß. Hatte annähernd den Umfang eines Babykopfs. Es schauderte sie, als sie in die Fratze blickte, die in das Fruchtfleisch eingeritzt war. Die aufgerissenen Augenhöhlen. Der grinsende Mund. Rot schimmerten die Kerne daraus hervor.

Sie legte den Granatapfelkopf auf das Schneidebrett und nahm ein Küchenmesser aus der Schublade. Ihre Hand zitterte leicht, während sie sich mit der Messerspitze der Fratze näherte.

Sie bohrte ein paar Kerne heraus. Klickend fielen sie aufs Brett.

Klick. Klick. Klick.

Die feucht schimmernde Schicht, mit der sie umhüllt waren, hinterließ eine Spur auf dem Holz. Einen dicken Saft, der an Blut erinnerte. Kern für Kern klaubte Elisabeth aus der Frucht heraus.

Klick. Klick. Klick.

Dabei war ihr, als würde ein rotköpfiges Monster sein Innerstes ausspucken. Von der Messerspitze angestachelt, sabberte es rote Schlieren auf das Holzbrett, wann immer ein Kern aus seinem Maul herausfiel.

Klick. Klick. Klick.

Selbst aus den Augenhöhlen troffen dem Ungeheuer die rot-schlierigen Samenkerne heraus.

Klick. Klick. Klick.

Die Frucht war ein Monster.

Elisabeth atmete schwer.

Sie warf das Messer neben das Schneidebrett.

Überwinde dich. Tu es.

Sie nahm einen Kern und legte ihn sich auf die Zunge. Dann schloss sie den Mund.

Du musst dich überwinden. Koste davon. Koste.

Süß. Er schmeckte süß. Sie schluckte. Nahm den nächsten Kern und noch einen. Süß. Und dennoch empfand sie Ekel und Widerwillen. Süß. Er schmeckte doch süß. Jeder Mensch liebte die Süße eines Granatapfelkerns. Nur sie nicht. Warum nur? Was stimmte nicht mit ihr? Süß, er schmeckte süß. Du musst dich nicht schämen. Koste. Koste davon.

Sie wankte zur Spüle und spuckte die Kerne aus. Sie drehte den Wasserhahn auf und sah, wie sie im Ausguss verschwanden. Das Wasser färbte sich rot.

Sie drehte den Hahn ab und wischte sich mit dem Handrücken über den Mund.

Da hörte sie die Schritte.

Direkt über ihr.

Auf dem Dachboden.

Kurz entschlossen nahm sie das Messer. Sie eilte in den Flur und riss die Wohnungstür auf. Schon war sie auf dem Treppenabsatz zum Dachboden. Sie rannte die letzten Stufen hinauf.

Die Eisentür war nur angelehnt.

Sie öffnete sie.

Sie trat näher.

Sie lauschte auf die Schritte.

Plötzlich war es still.

Sie erkannte ihn erst, als ein Streifen Mondlicht durch die Dachluke fiel. Die eine Hälfte seines Gesichts war erhellt, die andere im Schatten.

»Elisabeth«, sagte er leise. »Hast mich erschreckt.«

»Du mich auch, Noah.«

Sie trat einen Schritt vor, das Küchenmesser auf ihn gerichtet.

»He, langsam.«

»Wie bist du hier reingekommen?«

»Die Tür war offen.«

»Lüg mich nicht an.«

»Sie war offen.«

»Der Hausmeister schließt sie jetzt immer ab. Hast du das Schloss aufgebrochen?«

Keine Antwort.

Sie trat einen weiteren Schritt vor, das Messer drohend in der Hand.

»Hey. Hey, beruhige dich.«

»Nimm deinen Schlafsack und verschwinde. Lass dich hier nie wieder blicken.«

Er musterte sie. »Du zitterst ja.«

Sie kam nicht dagegen an. Ihr war plötzlich so kalt.

»Was ist passiert?«

Sie antwortete nicht.

»Sag schon.«

»Warum hast du mir den Karton mit dem Granatapfel vor die Tür gestellt?«

»Er ist für deinen Film.«

»Das hättest du nicht tun sollen.«

»Er soll dich inspirieren.«

Das Zittern wurde stärker.

»Beruhige dich.« Er streckte die Hand nach ihr aus. »Gib mir das Messer.«

»Nein.«

»Gib es her.«

Nach einer Weile ließ sie es sinken.

»Komm«, sagte Noah. Er nahm ihr das Messer ab und berührte sie am Arm. »Wir gehen runter in deine Wohnung. Du bist ja völlig durcheinander.«

In ihrer Küche legte er das Messer aufs Schneidebrett. Sie sah, wie er die rote Frucht mit der eingeritzten Fratze betrachtete.

Er wandte sich ihr zu und griff nach ihrer Hand. »Ist dir kalt? Brauchst du etwas zum Aufwärmen?«

Sie zog die Hand weg, antwortete nicht.

»Heute machen wir es umgekehrt, ja? *Ich* koche dir einen Tee. Lass mich dich verwöhnen.«

Sie wollte ihn wegschicken, doch ihr fehlte die Kraft dazu. Schweigend nahm sie am Tisch Platz, während er mit dem Wasserkocher hantierte.

Als er ihr die Tasse mit dem dampfenden Tee hinstellte und sie sie mit beiden Händen umschloss, konnte sie sich ein wenig entspannen. Bald darauf trank sie in kleinen Schlucken, und die merkwürdige Kälte in ihren Gliedern verflüchtigte sich.

Noah lehnte am Spültisch und musterte sie. »Tut mir leid, dass dich mein Geschenk so verstört hat. Hast du noch immer Angst davor?«

Sie nickte.

»Es ist doch nur eine Frucht. Und die Kerne schmecken wunderbar süß.«

»Für mich ist es keine Frucht«, entgegnete sie trotzig. »Und das weißt du.«

»Okay, dann ist es der Kopf von diesem Wesen, über das du gesprochen hast. Du warst vierzehn, noch ein Kind. Du lagst im Bett und hattest Fieber. Und dann kam es zu dir.«

Elisabeth kniff für ein paar Sekunden die Augen zusammen. »Hör auf damit.«

»Warum? Stell dich deiner Angst. Dreh deinen ganz persönlichen Horrorfilm. Wie ich neulich schon zu dir gesagt hab: Erzähle eine Geschichte darüber, wovor du am meisten Angst hast.«

»Du bist ja regelrecht besessen davon.«

»Ja.« Er lief in der Küche auf und ab. »Und das bist du auch, denke ich. Ich kann es förmlich spüren. Du bist begabt, etwas Besonderes, und du bist besessen. Das sind die besten Voraussetzungen, um ein großes Kunstwerk zu schaffen. Jetzt musst du dich nur noch trauen. Und ich glaube, wenn du erst den richtigen Darsteller für dein Projekt gefunden hast, bist du endlich bereit.«

»Und derjenige bist du?«

»Ganz genau.« Er blieb vor dem Stuhl stehen, über dem ihre Klamotten hingen. »Ich will dir das mal demonstrieren.« Er schnappte sich einen ihrer roten Nylonstrümpfe und grinste sie an. »Darf ich?«

»Bist du irre?«

»Ein bisschen, ja. So wie du. Wir sind seelenverwandt, Lisa. Darum sollten wir im Team arbeiten.«

Vor ihren Augen zog er sich den roten Strumpf über den Kopf und verknotete ihn.

Auf einmal war er wie verwandelt. Ohnehin kam er ihr stets älter und reifer als sechzehn vor.

Durch die äußerliche Veränderung aber – das transparente, rot schimmernde Nylongewebe über seinem Gesicht – wirkte er auf sie wie ein erwachsener Mann.

Er griff zum Küchenmesser.

Auch seine Stimme hatte auf einmal einen anderen Klang,

sehr viel dunkler und unheimlicher. »Hol die Kamera. Mach ein paar Probeaufnahmen. Na los.«

Er schien plötzlich über eine beinahe hypnotische Kraft zu verfügen.

Wie ferngesteuert erhob sie sich, ging in den Flur und kehrte mit der Videokamera zurück.

Sie schaltete sie ein und filmte ihn. Sie zoomte auf sein Gesicht. Sie war fasziniert von den feinen Bewegungen des Nylons auf seiner Haut. Mit jedem Einatmen saugte er den Stoff an, im Ausatmen blähte er ihn auf.

Er hob das Messer, und sie zoomte auf die Spitze.

Dann stach er zu.

Sie filmte, wie die Messerschneide in den Granatapfel eindrang. Saft und Kerne sprühten heraus.

»Noch einmal«, befahl sie ihm.

Erneut stach er zu.

»Und noch einmal.«

Er rammte das Messer in den blutroten Kopf.

»Zieh dein Shirt aus«, sagte sie plötzlich und war selbst davon überrascht.

»Was?«

»Tu es einfach.«

Ein kurzes Zögern, dann riss er es sich vom Leib.

»Stich zu.«

Er tat es. Der Saft spritzte auf.

Die eine Hand an der Kamera, fuhr sie mit der anderen über das Schneidebrett und tauchte ihre Finger in die zuckrige Flüssigkeit. Sie beschmierte seine nackte Brust damit.

»Lisa«, murmelte er.

»Bleib in deiner Rolle. Zustechen.«

Wieder und wieder stach er auf den Kopf des Monsters ein.

Schließlich hielt er inne und blickte direkt in die Kamera, das Gesicht gespenstisch verhüllt, der Oberkörper mit blutroten Schlieren bedeckt, schwer atmend, verwandelt.

In diesem Moment erkannte sie in ihm den bösen Geist, von dem ihr Film handeln sollte. Doch sie hatte die Kontrolle über ihn. Er hatte nun einen Namen und ein Gesicht. Er war bloß ein jugendlicher Darsteller in ihrem Videoprojekt, und er würde nach ihren Anweisungen handeln.

Sie hatte die Macht, und das nahm ihr die Angst.

»Wie fühlt sich das an?«, fragte sie, das Auge am Sucher.

»Gut. Verdammt gut. Und bei dir?«

»Irgendwie merkwürdig. Ich verspüre plötzlich eine große Stärke in mir.«

»Das ist doch fantastisch.«

»Hmm.« Sie ließ die Kamera sinken.

»Und jetzt?« Er legte das Messer weg. »Wie soll es nun weitergehen?«

»Du bist dabei.«

Seine Augen blitzten sie unter dem Nylon an. »Ist das dein Ernst?«

»Ja. Ich hab mich entschieden.«

Sie nahm ihr Smartphone hervor und öffnete Google Maps. Sie suchte das Gebiet im Umland heraus, vergrößerte es und zeigte ihm den Bildschirm. »Hier liegt das verlassene Haus. Wenn du willst, fahren wir gemeinsam dorthin.«

»Wir drehen den Film zusammen?«

»Ja.«

Er breitete die Arme aus, als wollte er ihr um den Hals fallen.

Da hob sie drohend die Hand. »Unter einer Bedingung. Du kommst mir nicht zu nahe.«

An einem Samstagmorgen saß er mit seinen Eltern beim Frühstück. Sie sprachen kein Wort. Es war so still, dass dem Jungen die feinsten Geräusche auffielen. Die Mutter klopfte mit dem Löffel auf das weich gekochte Ei, bis die Schale knisternd zersprang. Der Vater schnitt mit dem Messer ein Brötchen auf, und die krosse Oberfläche krachte. Dann schabte er mit der Spitze die Butter von der Porzellanschale, dass es leise kratzte.

Beim Essen schmatzte er kaum merklich, die Mutter schluckte schwer. Zoes Platz war gedeckt, direkt neben dem Jungen. Doch ihr Stuhl war leer.

Er vermisste ihr Lachen. Sie war zwar ein ängstliches Kind gewesen, doch oftmals war es ihm gelungen, sie aufzuheitern. Über seine Scherze war sie in helles Gelächter ausgebrochen.

Er kriegte keinen Bissen hinunter. Am liebsten hätte er sich unsichtbar gemacht. In den Büchern, die er las, ging das. Mit einer Tarnkappe oder einem Umhang. Im wirklichen Leben war das unmöglich.

Plötzlich traf ihn der Blick seines Vaters. Es war, als würde er ihm sagen: »Du hast unser Leben zerstört.«

Doch schon starrte er wieder auf seinen Teller und spießte mit der Gabel eine Wurstscheibe auf.

»Darf ich aufstehen?«, fragte der Junge.

Keine Antwort.

»Ich hab keinen Hunger.«

Die Mutter sah kurz zu ihm. Ihre Augen waren wie tot. Er erhob sich und ging in sein Zimmer.

Schließlich zog er sich seine Schuhe und die Jacke an und verließ das Haus.

Die Bibliothek hatte samstags bis vierzehn Uhr geöffnet. Die Frau mit dem Leberfleck am Hals lächelte ihm von ihrem Schreibtisch aus zu.

Sein gewohnter Platz an der Heizung war frei. Er nahm sich ein Buch aus dem Regal, setzte sich und las.

Die Stunden verstrichen.

»Du kannst noch bleiben.«

Er sah zu ihr auf.

»Eigentlich haben wir schon geschlossen, aber ich hab noch ein paar Dinge im Büro zu erledigen.«

Er nickte ihr zu.

Er las weiter. Etwas schien sich in seiner Brust zu lockern. Ihm war, als könnte er endlich tiefer atmen.

Als sie wieder vor ihm stand, hatte sie ihren Mantel an und trug eine Handtasche.

»Kommst du?«

Er schnappte sich seine Jacke, und sie gingen gemeinsam hinaus.

Auf dem Parkplatz sagte sie: »Ich kann dich ein Stück mitnehmen, wenn du möchtest.«

»Danke.«

Sie stiegen in ihren Wagen und fuhren los.

»Wo wohnst du denn?«

»Eigentlich ist das recht weit.«

»Du kommst nicht aus diesem Viertel?«

»Nein. Aber meine Schule ist hier in der Nähe.«

»Ein Gymnasium?«

»Ja.«

»Welches?«

Er sagte es ihr.

»Eine gute Schule. Nur Hochbegabte werden dort angenommen.«

Er nickte.

Seine Eltern hatten diese Entscheidung für ihn getroffen. Schließlich sollte er es einmal besser haben als sie. Er wusste nicht, ob es gut für ihn war. Auf anderen Schulen hätte er sich vielleicht gelangweilt, doch auf dieser fühlte er sich wie ein Fremdkörper. Seine Mitschüler waren die Kinder von Professoren, Ärzten und Juristen. Sogar der Sohn eines Bezirksbürgermeisters war darunter. Er selbst kam aus einem schäbigen Mietshaus. Seine Eltern waren ungebildet.

»Dann hast du ja einen weiten Schulweg«, sagte die Frau mit dem Leberfleck am Hals.

»Ja, das ist aber nicht weiter schlimm.«

»Ich kann dich nach Hause fahren. Sag mir die Adresse.«

»Nein. Ich will da nicht mehr hin. Setzen Sie mich einfach irgendwo ab. Vielleicht an einer S-Bahn-Station.«

Sie fuhr schweigend weiter. Er sah zum Seitenfenster hinaus. Es war ein sonniger Tag. Der Schnee war zum Teil geschmolzen. Er mochte dieses Viertel, auch wenn es ihm fremd war. So viel Grün. Häuser mit großen Gärten.

Der See, auf dem er mit Zoe Schlittschuh gelaufen war, lag nicht weit entfernt.

Er wünschte sich, die Fahrt würde niemals enden. Einfach neben dieser Frau mit der angenehmen Stimme sitzen bleiben und durch die Straßen gleiten.

»Also schön«, sagte sie, »ich mach dir einen Vorschlag. Wenn du noch nicht nach Hause willst, kannst du mit zu mir kommen und dich ein bisschen aufwärmen. Danach bringe ich dich zum Bahnhof.«

Er sah sie an. Für einen flüchtigen Moment konnte er wieder lächeln.

Sie hielten vor ihrem Haus. Sie schloss auf und trat mit ihm ein. Vollgestellte Bücherregale an den Wänden. Ein Fenster zum Garten. Alte Bäume. Schneereste auf einer weiten Wiese.

»Wohnen Sie ganz allein hier?«, fragte er.

»Nein.« Sie zog ihren Mantel aus und stellte ihre Handtasche ab. »Aber mein Mann und ich leben zurzeit getrennt. Er hat sich ein Appartement in der Innenstadt genommen.« Sie verzog die Mundwinkel. »Dort trifft er sich mit seiner Geliebten.«

»Das tut mir leid für Sie.«

»Die Kinder sind an diesem Wochenende bei ihm.«

»Wie alt sind Ihre Kinder?«

»Meine Tochter ist zehn, der Junge acht.«

»Fühlen Sie sich jetzt einsam? Nach der Trennung, meine ich?«

»Es ist alles eine Frage der Gewöhnung.« Sie atmete durch. »Ich denke, ich komme klar.«

Sie verschwand in der Küche und setzte Tee auf. Sie tranken ihn im Wohnzimmer mit Blick auf den Garten.

Das Haus war eher eine Villa. Weiträumig. Hell. Teuer eingerichtet. Es beeindruckte ihn. »Verdienen Sie viel Geld in der Bibliothek?«

Sie lachte. »Nein, überhaupt nicht. Mein Mann hat das Geld. Er ist es, der dieses Grundstück gekauft hat.«

Der Junge blies in seinen Tee. Sie hatte ihn in einer Schale serviert, die seine Hände wärmte.

»Wo haben Sie das Geschirr her?«

»Das hab ich selbst getöpfert. Im Keller habe ich mir eine Keramikwerkstatt eingerichtet. Gefällt es dir?«

»Ja, es ist schön.« Er blickte sich um. »Alles ist schön hier.« Anders als bei seinen Eltern, dachte er. Bei denen war es so – er suchte nach dem richtigen Wort – unkultiviert. Ja, das traf es. Er hatte diesen Begriff mal in einem Buch aufgeschnappt.

Nach einer Weile sagte sie: »Nun solltest du aber gehen.«

Doch er blieb sitzen.

Die Kälte traf ihn jäh und heftig.

Er kam gegen das Zittern nicht an.

Die Frau mit dem Leberfleck erhob sich und setzte sich neben ihn. Plötzlich lag ihre Hand auf seiner Schulter.

»Ist ja schon gut«, sagte sie leise.

EINUNDZWANZIG

Elisabeth warf sich auf ihrem Bett hin und her. Sie konnte nicht einschlafen. Immerzu musste sie an den Abend mit Noah zurückdenken. Sie hatten noch lange über den Film gesprochen, bis er endlich gegangen war.

»Wirst du selbst die junge Frau spielen?«, hatte er sie gefragt.

»Das würde ich gern. Aber ich weiß noch nicht, ob sich das technisch lösen lässt.«

»*Ich* kann ja die Kamera führen, während du spielst.«

»Noah, es ist *mein* Film.«

»Ich weiß. Aber du wärst ebenso eine hervorragende Darstellerin, glaub mir. Und ich bin das Böse in dir. Das Wesen in deinem Kopf, das dich zu töten zwingt.«

»Lass mich jetzt allein, ja?«

»Aber wir sollten feiern. Lass uns ausgehen, irgendwo zusammen was trinken.«

»Du bist noch minderjährig.«

»Ich bin fast siebzehn.«

»Geh nach Hause.«

»Ich will nicht mehr dahin zurück.«

»Das haben wir doch schon so oft besprochen.«

Er sah sie an. »Bist du etwa beleidigt?«

»Nein.«

»Was bedrückt dich dann?«

Sie schwieg.

»Ist es wegen Markus? Schickst du mich weg, weil du noch immer an ihm hängst?«

Sie hätte ihm nicht von ihrem Exfreund erzählen sollen. Das war ein Fehler gewesen.

Elisabeth stand auf und zog sich wieder an.

Sie musste hier raus, sie fand ja doch keinen Schlaf.

Die kühle Nachtluft tat ihr gut. Eilig ging sie durch die Straßen ihres Viertels. Sie wollte sich amüsieren, in einer Bar ein paar Drinks nehmen, aber nicht in Begleitung von Noah.

Zugegeben, es rührte sie, dass er sie in ihrem Filmprojekt bestärkte und ihr Mut machte. Die Aussicht, auf der Filmhochschule angenommen zu werden, war nun mal äußerst gering, und da sie aus ihrer Familie keinen Rückhalt bekam, war ihr jeglicher Zuspruch recht. Und auch als Darsteller war er ziemlich überzeugend, wie sie heute bei den Probeaufnahmen festgestellt hatte.

Aber er war ihr schlichtweg zu jung. Er ging ja noch zur Schule und lebte bei seinen Eltern. Sie durfte ihm keine Hoffnung machen. Denn längst hatte sie seine begehrlichen Blicke bemerkt, das war mehr als bloße Zuneigung.

Sie musste vorsichtig sein. Eigentlich wusste sie recht wenig über ihn. Er hingegen schien jedes Detail aufzusaugen, das sie ihm anvertraute.

Ein einziges Mal war sie zu dem Haus gegangen, in dem er wohnte. Er hieß mit Nachnamen Baumgart. Aus reiner Neugier hatte sie sich ins Treppenhaus geschlichen und an seiner Wohnungstür gelauscht.

Was sie gehört hatte, war erschreckend gewesen. Lärm, Schreie. Das Weinen einer Frau, offenbar Noahs Mutter. Die wütende Stimme eines Betrunkenen, vermutlich sein Vater.

Sie war kurz davor gewesen, an der Tür zu klingeln und einzuschreiten, aber letztlich hatte sie sich nicht getraut.

Der Junge tat ihr leid.

Sie verstand, warum er lieber auf einem kalten Dachboden schlief als bei sich daheim.

Und sie ahnte, dass ihm das Videoprojekt Halt gab.

Was aber, wenn er sich zu sehr in seine Rolle hineinsteigerte? Verfügte er auch über die nötige Distanz?

Wenn sie ehrlich war, konnte sie diese Frage nicht einmal für sich selbst beantworten.

Sie bog von der Ossastraße in die Fuldastraße ein und hatte nach ein paar hundert Metern die Weserstraße erreicht. Das Neuköllner Nachtleben war im vollen Gange, die Bars waren überfüllt. Elisabeth drängte sich an den Leuten vorbei, die vor den Eingängen auf dem Gehweg standen, Bier tranken, rauchten und lachten.

Plötzlich hatte sie das Gefühl, dass ihr jemand folgte. Verstohlen blickte sie sich um.

Doch niemand in der Menschenmenge schien von ihr Notiz zu nehmen. Eilig schritt sie weiter.

Sie war unschlüssig, wo sie einkehren sollte, als sie mit einem Mal bemerkte, dass sie mehr oder weniger unbewusst auf die Kneipe zusteuerte, in die sie gerne mit ihrem Exfreund Markus gegangen war.

Gerade mal acht Wochen war sie mit ihm zusammen gewesen. Er studierte Filmwissenschaften wie sie. Von einem Tag auf den anderen hatte er mit ihr Schluss gemacht. Er hatte ihr gesagt, dass er sich von ihr zu sehr eingeengt fühlte. Außerdem sei sie ihm zu kompliziert.

»Ständig beklagst du dich über deine Familie«, warf er ihr vor. »Du schimpfst über deine Schwester, deinen Bruder, deine Eltern und beschwerst dich darüber, dass sie dich nicht akzeptieren.«

»Ja, Markus«, erwiderte sie, »denn genau das ist mein Problem. Ich war schon immer wie ein Fremdkörper in dieser Familie, und jeder hat mich das spüren lassen.«

»Mag ja sein, aber zu viele Probleme schrecken mich ab. Tut mir leid, das war's mit uns.«

Sie hatte ihm vertraut, sich an seiner Seite sicher gefühlt. Er war der erste Mensch gewesen, dem sie sich ganz geöffnet hatte.

Und dann dieses Ende. Was für eine Kränkung!

Die Kneipentür öffnete sich, und da sah sie ihn. Zusammen mit einer anderen Frau trat Markus auf die Straße hinaus.

Sie war so überrascht, dass sie für einen Moment die Luft anhielt. Als hätte sie es geahnt. Als sei sie nur aufgestanden und noch einmal hinausgegangen, um Gewissheit zu haben. Markus war längst wieder mit jemandem zusammen.

Beinahe gegen ihren Willen, wie um ihre Schmach nur noch zu vergrößern, folgte sie den beiden mit einigem Abstand. Manchmal fing sie die Stimme von Markus auf. Sein dunkles Lachen. Dann wieder das Gelächter der Frau.

Einmal blieben sie stehen und küssten sich.

Elisabeth drückte sich in einen Hauseingang hinein und beobachtete sie dabei.

Es war ein langer Kuss.

Endlich gingen sie weiter.

Schließlich hatten sie das Haus erreicht, in dem er wohnte. Hand in Hand verschwanden sie hinter der Eingangstür.

Elisabeth wechselte die Straßenseite und sah zu den Fenstern hinauf. Wenig später wurde im zweiten Stockwerk das Licht eingeschaltet.

Kurz darauf erschien Markus am Schlafzimmerfenster.

Wie glücklich er aussah.

Er schloss die Vorhänge, und Elisabeth versetzte es einen Stich.

Doreen schlug die Augen auf. Sie hatte einen pelzigen Geschmack auf der Zunge und verspürte Übelkeit. Ihr war, als hätte sie nicht mehr als eine Stunde geschlafen.

Der Mann neben ihr schnarchte.

Sie drehte sich auf die Seite und blickte ihn an.

Das Licht der Straßenlaternen drang durch den dünnen Vorhangstoff und erhellte seine nackte Brust. Verzweifelt versuchte sie, sich an seinen Namen zu erinnern. Martin? Marius? Michael?

Sie kam nicht darauf. Zu viel getindert. Zu viele Cocktails. Und die Kippen. Ein Gefühl, als hätte ihr jemand Watte in den Mund gestopft.

Sie dämmerte ein paar Sekunden vor sich hin, dann schreckte sie hoch. Es rumorte in ihrem Magen.

Sie erhob sich und verließ das Schlafzimmer. Mühsam tastete sie sich im Halbdunkel bis zum Bad vor.

Sie hielt sich am Spülbecken fest und betrachtete sich im Spiegel. Morgen beginnt ein neues Leben, dachte sie, drehte den Hahn auf, beugte sich vor und trank Wasser.

Danach war ihr ein wenig wohler.

Plötzlich fiel ihr der Name wieder ein. Markus. Mäßig witzig, massiv muskulös, mittelmäßiger Sex.

Morgen beginnt ein neues Leben, dachte sie wiederholt.

Zurück im Flur bemerkte sie ein Geräusch.

Es kam von der Wohnungstür. Ein Klappern, als hätte dieser Markus sie nicht richtig verschlossen. Dazu ein kühler Luftzug, in dem sie hin und her zu schwingen schien.

Doreen überlegte. Schnell wieder ins warme Bett oder der Sache auf den Grund gehen? Ihr war schwindlig. Vielleicht musste sie sich doch übergeben. Leicht desorientiert taumelte sie durch den dämmrigen Flur auf der Suche nach einem Lichtschalter.

Und da sah sie es.

Die Eingangstür stand tatsächlich einen Spaltbreit offen. Und durch den Spalt schob sich etwas hindurch.

War das etwa eine Hand?

Oder täuschte sie sich?

Noch immer benommen, erkannte Doreen die vorgelegte Türkette. Die Hand versuchte offenbar an die Vorrichtung zu gelangen, wo die Kette eingehakt war.

Doreen tastete nach dem Schalter. Sie fand ihn. Drückte ihn. Das Licht flammte auf.

Die Hand verharrte in der Bewegung. Sie war rot. Blutrot. Sie steckte in gefärbtem Latex.

Doreen war mit einem Mal stocknüchtern. Sie schrie.

Die Latexhand zog sich zurück.

Doreen schrie erneut.

Sie stürmte auf die Tür zu und warf sich dagegen.

Die Tür fiel donnernd ins Schloss.

»Markus!«, brüllte sie.

Keine Reaktion.

Von draußen hörte sie sich entfernende Schritte.

Ihr Herz schlug heftig.

»Markus!«

Nichts geschah.

Endlich erschien er in der Schlafzimmertür. Bleich, in karierten Boxershorts, mit verstrubbeltem Haar. »Was ist denn los?«

»Da war jemand.«

»Wo?«

»An der Tür. Sie war offen.«

»Ich hab die Kette vorgelegt.«

»Aber die Hand.«

»Was für eine Hand?«

Schwer atmend wies sie auf die Tür.

Markus blickte sie mit glasigen Augen an. »Baby, komm wieder ins Bett.«

Doreen war fassungslos. »Willst du nicht nachsehen?«

»Wo denn?«

»Im Treppenhaus! Jemand hat versucht, hier einzubrechen.«

Er fuhr sich mit den Fingern an die Schläfen. »Das musst du geträumt haben. Die Tür ist doch zu.«

»Ich hab aber ... da war ... du musst ...«

Er fiel ihr ins Wort: »Kann mich jetzt nicht darum kümmern. Mir ist schlecht.«

Er drehte sich um und verschwand.

Doreen schnappte nach Luft, dann folgte sie ihm ins Schlafzimmer.

Auch hier knipste sie das Licht an.

Doch Markus war bereits wieder eingeschlafen. Nur wenig später schnarchte er weiter. Diesmal noch lauter als zuvor.

Entgeistert starrte sie ihn an.

Sie setzte sich auf den Bettrand und verschnaufte.

Nach einer Weile traf sie eine Entscheidung.

Sie schnappte sich ihre Sachen und zog sich an. Sie schlüpfte in ihre Jacke, nahm ihre Handtasche und ging in den Flur.

Sie zögerte lange, bis sie die Kette zurücklegte und die Klinke drückte. Vorsichtig schlich sie sich hinaus.

Sie hielt ihr Handy parat, um notfalls Hilfe rufen zu können.

Stufe für Stufe stieg sie hinab. Ängstlich spähte sie um jede Ecke.

Doch im Treppenhaus war niemand.

Erst als sie auf der Straße war und sich ein Taxi herangewinkt hatte, atmete sie auf.

ZWEIUNDZWANZIG

Der entscheidende Anruf kam von Olaf Maas. Er hatte das Hotel ausfindig gemacht, in dem Lutz Scheffing am Anfang der Woche untergekommen war. Dabei stellte sich heraus, dass Scheffing auch für das Wochenende ein Zimmer dort gemietet hatte.

Weit nach Mitternacht stellten sie ihn an der Hotelbar.

Landsberg wies an, dass der neue Mitarbeiter den Verdächtigen vernehmen sollte. Er und Trojan überwachten das Gespräch verdeckt hinter dem Einwegspiegel.

Maas machte seine Sache zwar nicht schlecht, doch wieder einmal musste Trojan feststellen, dass er übereifrig agierte, was Scheffing, einen aalglatten Geschäftsmann aus Darmstadt, zu amüsieren schien. Er verzichtete auf einen Anwalt, ließ sich aber auch nichts von Bedeutung entlocken.

Schließlich löste Nils den Neuen ab.

Er nahm vor Scheffing am Tisch Platz.

»Kennen Sie eine Marta Giesner?«, fragte er.

»Hab ich Ihrem Kollegen bereits gesagt.«

»Dann erzählen Sie es jetzt mir.«

»Ja, ich kenne sie.«

»Woher?«

»Sie war die Mitbewohnerin von Lea Sabinsky.«

»In welchem Verhältnis stehen Sie zu Frau Sabinsky?«

»Sie ist eine Freundin von mir.«

»Nur eine Freundin? Nicht mehr?«

»Wir waren eine Zeit lang zusammen. Lea hat ein Praktikum in der Firma gemacht, in der ich beschäftigt bin.«

»Marta Giesner ist tot. Sie wurde ermordet.«

»Tut mir schrecklich leid für die arme Marta. Aber ich hab damit nichts zu tun.«

Trojan breitete wortlos Fotos von der Ermordeten vor Scheffing aus. Dieser warf einen kurzen Blick darauf.

»Das sieht grauenvoll aus.«

»Hmm.«

»Wer tut so etwas?«

Trojan schwieg. Er musterte ihn.

Scheffing wurde unruhig.

»Lea Sabinsky sagte aus, dass Sie sich bei einem Abend vor etwa drei Wochen, als Sie zu Besuch in der Weichselstraße waren, sehr gut mit Marta Giesner verstanden hätten.«

Scheffing schluckte. »Ich war betrunken. Ich hab Dinge gesagt, die mir jetzt leidtun.«

»Was für Dinge?«

»Ich schlug vor, dass die beiden Frauen und ich …« Er brach ab.

»Wie alt sind Sie, Herr Scheffing?«

»Dreiundvierzig.«

»Sie amüsierten sich also mit zwei weitaus jüngeren Frauen in deren gemeinsamer Wohnung in Berlin-Neukölln. Was hatten Sie mit ihnen vor?«

»Mir kam eine kleine Spielerei zu dritt in den Sinn. Ist das etwa verboten?«

»Die Frage ist doch eher, worauf das letzten Endes hinauslief. Und ob nicht noch ganz andere Fantasien im Spiel waren.« Trojan schob die Fotos dichter an den Verdächtigen heran.

Scheffing rutschte auf seinem Stuhl hin und her. Seine Selbstsicherheit schien zu bröckeln. »Ich hab damit nichts zu tun.«

»Aber Sie wollten Sex mit Marta Giesner, am liebsten im Beisein Ihrer Freundin. Drei Wochen später ist sie tot. Bestialisch ermordet. Ihre Freundin ruft Sie völlig verzweifelt an, spricht Ihnen auf die Mailbox. Sie sucht Beistand. Möchte getröstet werden. Sie war es, die Marta gefunden hat. Sie wird diesen Anblick zeit ihres Lebens nicht mehr los. Sie jedoch rufen nicht einmal zurück.«

»Zugegeben, das war dumm von mir.«

»Dumm? Ich würde es überaus feige nennen.«

»Ich habe Marta nach diesem Abend zu dritt nie wieder gesehen. Ich sagte doch, ich war betrunken, und es tut mir leid.«

»Wo waren Sie in der Nacht des 24. November?«

»Am Dienstag?«

»Ja.«

»Im Hotel Amano in Berlin-Mitte.«

»Wer kann das bestätigen?«

»Fragen Sie an der Rezeption nach.«

»Das haben wir bereits.«

»Ich kam gegen zweiundzwanzig Uhr von einem Geschäftsessen zurück, danach war ich allein... ich... Es tut mir leid, es kann niemand bestätigen.«

»Auch nicht Lea Sabinsky?«

»Nein. Sie war ja zu der Zeit in Köln.«

»Haben Sie mit ihr vom Hotelzimmer aus telefoniert?«

»Ja. Sie rief mich an.«

»Wann genau?«

»Das muss so um zweiundzwanzig Uhr dreißig gewesen sein.«

»Haben Sie ihr gesagt, dass Sie in Berlin sind?«

»Nein.«

»Warum nicht?«

Schweigen.

»Sie kam am Mittwoch nach Berlin zurück. Sie hätten sich doch mit ihr treffen können.«

»Ich musste gleich am nächsten Tag wieder zurück nach Darmstadt. Außerdem …« Abermals brach er ab. Er holte tief Luft. »Offen gestanden, ich wollte mit ihr Schluss machen. Ich hatte genug … ich … suchte nur nach dem richtigen Zeitpunkt, um es ihr zu sagen.«

»Sie hatten *genug*? Sind Sie der Typ Mann, der eine Frau am Telefon abserviert? Oder per SMS?«

»Ich denke, ich möchte jetzt doch mit einem Anwalt sprechen.«

»Dazu kommen wir gleich.« Trojan legte weitere Fotos auf den Tisch.

»Kennen Sie diese Frau?«

Scheffing erbleichte. »Nein.«

»Ihr Name ist Karen Schneider, eine Bibliothekarin aus Zehlendorf.«

»Und sie wurde auch ermordet?«

»So ist es.«

»Ich möchte meinen Anwalt anrufen.«

»Ich gebe den Kollegen umgehend Bescheid. Sie werden sich darum kümmern. Ach übrigens, wo waren Sie Dienstagnacht? In Darmstadt? Oder doch eher in Berlin? Haben Sie vielleicht einen Ausflug in den Grunewald gemacht?«

Schweiß perlte auf seiner Stirn. Plötzlich sprach er sehr schnell. »Ich hab hier jemanden kennengelernt. Das ist auch der Grund, warum ich Lea noch nicht zurückgerufen habe.

Die Angelegenheit ist etwas delikat. Die Frau, mit der ich mich Donnerstagnacht getroffen habe, ebenfalls im Hotel Amano, ist verheiratet. Dienstagnacht war sie nicht bei mir, weil sie ihren Mann zu einem Empfang begleiten musste. Aber von Donnerstagabend bis gestern früh war sie mit mir auf dem Zimmer.«

»Sie waren also doch die ganze Woche über in Berlin?«

»Ja.«

»Sie korrigieren Ihre Aussage?«

Er nickte.

»Wie ist der Name dieser Frau?«

»Muss ich das sagen?«

»Es wäre für Sie sehr hilfreich. Und für uns natürlich auch.«

»Können Sie die Sache diskret behandeln? Ihr Mann darf nichts davon erfahren.«

Trojan ließ sich darauf ein. Scheffing gab ihm den Namen und eine Telefonnummer.

Eine Stunde später war sein Alibi für die zweite Mordnacht bestätigt, und sie mussten ihn gehen lassen.

Nach der Vernehmung traf sich Trojan mit Steffie in seinem Büro. Er wanderte unruhig auf und ab.

»Die Suche nach Scheffing hat uns wertvolle Zeit gekostet«, sagte er. »Er war tatsächlich die ganze Nacht mit dieser verheirateten Frau zusammen, während Karen Schneider ermordet wurde.«

»Er scheidet also als Verdächtiger aus.«

»Ja. Hast du irgendetwas Neues herausfinden können?«

»Ein Forensiker rief mich aus dem Labor an. Die rote Substanz, mit welcher der Baum im Grunewald markiert wurde, stammt tatsächlich von einem Granatapfel. Die Spurensuche im Auto von Karen Schneider dauert noch an.«

Trojan blieb stehen und massierte seinen schmerzenden Nacken. »Diese Botschaften könnten direkt auf uns Ermittler abzielen.«

»Meinst du wirklich?«

»Der Täter könnte uns damit zu verstehen geben, dass er uns beobachtet und jeden unserer Ermittlungsschritte genau verfolgt.«

»Oder aber er hinterlässt diese Markierungen aus einem inneren Zwang heraus. So, wie er auch die Tatortwohnungen nach einem zwanghaften Muster aufräumt.«

»Wie verrückt ist dieser Kerl eigentlich?«

Stefanie blickte ihn nachdenklich an.

»Wie auch immer«, murmelte Nils, »es steht zu befürchten, dass er wieder zuschlagen wird.« Er schnallte sich sein Waffenholster um und nahm seine Jacke.

»Wo willst du hin?«

»Ich muss mit Lea Sabinsky die Tatortbegehung nachholen. Sie wartet in der Weichselstraße auf mich.«

Er war schon an der Tür, als Stefanie nach seinem Handgelenk griff.

»Nils, warte mal.«

»Ja?«

»Bitte sei vorsichtig.«

»Wie meinst du das?«

»Du bist schon wieder bei hundertachtzig Prozent. Du schläfst nicht, du isst kaum etwas. Noch vor drei Tagen warst du …«

»… weit weg, ich weiß. Mach dir keine Sorgen. Ich achte auf mich. Und du bitte auch auf dich.«

Schon war er zur Tür hinaus.

Er traf Lea Sabinsky im Treppenhaus vor der versiegelten Wohnungstür. »Wie geht es Ihnen?«

Sie hob die Schultern. »Ich kann nach wie vor nicht schlafen. Nicht einmal eine Stunde. Ich bin völlig drüber.«

»Ich verstehe, was Sie gerade durchmachen. Aber das wird wieder, glauben Sie mir.«

»Haben Sie mit meinem Freund gesprochen?«

»Ist er denn noch Ihr Freund?«

»Ich weiß es nicht.«

»Ich darf Ihnen aus ermittlungstechnischen Gründen eigentlich nichts verraten, aber … für ihn sieht es ganz gut aus.«

Sie schien halbwegs erleichtert zu sein. »Wird er mich anrufen?«

»Keine Ahnung.« Trojan berührte sie am Arm. »Wollen Sie meine ehrliche Meinung hören?«

»Ja, bitte.«

»Sie haben einen viel besseren Mann verdient.«

Sie schaute ihn schweigend aus rot unterlaufenen Augen an.

»Sind Sie bereit, sich das noch mal anzusehen?«

Sie nickte schwach.

»Gut.«

Er löste das Polizeisiegel, nahm den Schlüssel aus einem Asservatenbeutel und öffnete die Tür.

Er reichte ihr ein paar Latexhandschuhe, die sie sich überstreifte. Auch er zog sich welche an. »Bitte schauen Sie sich genau um. Öffnen Sie den Schrank der Ermordeten und ihre Kommode. Sagen Sie mir, ob irgendein Wäschestück fehlt. Bitte achten Sie ebenso auf andere Details. Jeder Hinweis kann für uns nützlich sein.«

Erneut nickte sie.

Trojan hielt sich in ihrer Nähe auf, während sie die Wohnung inspizierte. Als sie Martas Schlafzimmer betrat, zuckte sie zusammen.

Das Bettzeug war von den Kriminaltechnikern mitgenommen worden, auch die Matratze fehlte.

Doch der unheimliche Schriftzug prangte noch immer an der Tapete.

Lea Sabinsky gab sich einen Ruck. Sie ließ sich viel Zeit beim Durchsuchen der Kleidungsstücke.

Schließlich sagte sie: »So genau kenne ich ihre Garderobe zwar nicht. Aber ich denke, es ist alles vollzählig.«

»Auch die Handschuhe?«

Sie nagte an ihrer Unterlippe. »Wieso fragen Sie?«

»Ich will Sie nicht zu sehr mit Einzelheiten belasten.«

»Es geht um das Fell, nicht wahr? Es hat genau gepasst. Er kannte ihre Kleidergröße.«

»Hmm.«

»Glauben Sie, dass er schon vorher einmal hier gewesen ist?«

»Das wäre denkbar.«

Ihre Augen weiteten sich. »Um Himmels willen, wie ist er denn reinkommen?«

»Wir vermuten, dass er sich eines Tricks bediente. Er könnte zum Beispiel im Besitz eines Nachschlüssels sein, den er sich anfertigen ließ.«

»Großer Gott!«

»Ganz ruhig. Sie schaffen das.«

»Ich hab drei Paar Handschuhe in der einen Schublade gefunden. Keine Ahnung, ob Marta noch ein viertes oder fünftes besaß.«

»Okay. Schauen wir uns weiter um.«

Er ging mit ihr ins Wohnzimmer, dann in die Küche.

Plötzlich stutzte sie.

Trojan beobachtete sie. Eine Mischung aus Entsetzen und Nachdenklichkeit zeichnete sich in ihrem Gesicht ab. »Was fällt Ihnen auf?«

Sie wies auf eine flache, ziemlich große Keramikschale mit blauer Glasur, welche sich auf einem Wandbord befand. »Die gehört da nicht hin.«

»Nein?«

»Kommen Sie.« Sie ging mit ihm zurück in den Flur. Sie deutete auf die Kommode, die an der Eingangstür stand. Auch dort befand sich eine offenbar selbst getöpferte Schale in ähnlicher Form, allerdings mit heller Glasur. »Die in der Küche stand normalerweise hier in der Diele. Wir haben immer unsere Schlüssel hineingetan, wenn wir heimkamen.«

»Aber da steht doch eine Schale.«

Ihre Stimme bebte. »Die ist mir fremd. Die ist nicht von uns.«

Trojan war völlig verblüfft. »Kein Zweifel?«

»Nein. So eine weiße Glasur hat Marta nie benutzt. Und von mir stammt die Schale auch nicht.«

»Und als Sie am Mittwochabend hierherkamen, kurz bevor Sie Marta tot auffanden – welche Schale befand sich auf der Kommode? Die weiße oder die blaue?«

»Ich bin mir nicht ganz sicher. Jetzt, wo Sie es sagen, fällt mir ein, dass ich kurz irritiert war. Ich denke, es war die weiße. Aber dann war ich von dem Chlorgeruch abgelenkt und …« Sie schaute ihn an. »Drehen Sie die Schale mal um.«

Trojan nahm sie vorsichtig auf, geschützt durch seine Latexhandschuhe.

»Auf der Unterseite müsste sich Martas Zeichen befinden, wenn sie von ihr stammt. Jeder Keramiker hat ein eigenes Kürzel, das er in den noch ungebrannten Ton einritzt. Ihres lautet MG.«

Trojans Herzschlag beschleunigte sich. Auf den Boden der Schale war etwas eingeritzt.

Doch es waren nicht die beiden Anfangsbuchstaben der Ermordeten.

DREIUNDZWANZIG

Trojan raste mit seinem Dienstwagen durch die Stadt. Von der Karl-Marx-Straße bog er rechts in die Flughafenstraße ab und erreichte den Columbiadamm. Während er mehrere Fahrzeuge überholte, setzte er das Blaulicht aufs Dach und schaltete die Sirene ein. Mit quietschenden Reifen bog er links auf den Platz der Luftbrücke ein.

Er benutzte die Freisprechanlage und rief Steffie an.

Doch sie hob nicht ab.

Er sprach auf ihre Mailbox. »Ich bin es, Nils. Ruf mich bitte umgehend zurück. Es eilt.«

Schon hatte er die A 100 erreicht. Er scherte auf die linke Fahrspur aus und beschleunigte auf hundertfünfzig Stundenkilometer. Als er den Rücklichtern eines Lkws gefährlich nahe kam, nahm er kurz den Fuß vom Gaspedal.

Ungeduldig wartete er ab, bis der Lkw sein Überholmanöver beendet hatte, dann zog er mit Vollgas an ihm vorbei.

Der Wagen begann zu schlingern, während er es noch einmal bei Steffie versuchte.

Wieder nur die Mailbox.

Langsam, dachte er, denk an den Lavasand, bleib ganz ruhig. Eines nach dem anderen. Doch die dunkle Vorahnung, der Täter sei ihnen um einige Schritte voraus und längst dabei, seinen nächsten Mord zu planen, trieb seinen Puls in die Höhe.

Er näherte sich der Ausfahrt Kurfürstendamm, als Steffie endlich anrief.

»Was ist los, Nils?«

»Offenbar hat der Mörder nichts vom Tatort in der Weichselstraße entfernt. Dafür hat er etwas zurückgelassen.« Er erzählte ihr von der hellen Keramikschale auf der Kommode und dem Gespräch mit Lea Sabinsky.

»Und die Zeugin ist sich wirklich sicher?«

»Nicht nur sie. Auch ich bin davon überzeugt. Es gibt einen eindeutigen Beweis. Darum sollten wir ...«

Stefanie fiel ihm ins Wort: »Einen Moment bitte ...« Sie schien abgelenkt zu sein. Im Hintergrund waren Stimmen zu vernehmen.

Trojan warf einen flüchtigen Seitenblick auf den Beifahrersitz. Da lag das Töpferwerk. Er hatte es in einem der durchsichtigen Asservatenbeutel gesichert und mitgenommen.

»Steff?«

Er verließ die Stadtautobahn und raste mit neunzig Stundenkilometern die Auguste-Viktoria-Straße entlang.

»Hörst du mich?«

»Sorry. Wir sind hier mitten in einer Besprechung.«

»Das muss warten.«

»Der Chef will ...«

»Es ist wirklich dringend. Kannst du sofort in die Delbrückstraße kommen? Wir müssen den zweiten Tatort überprüfen. Alles Weitere erzähle ich dir später.«

»Okay. Ich bin so schnell wie möglich bei dir.«

»Danke.« Er legte auf.

Über die Paulsborner Straße erreichte er die Hubertusallee. Kurz darauf bog er ab und hielt vor dem Mehrfamilienhaus in Berlin-Grunewald.

Er nahm die Schale in dem Plastikbeutel vom Sitz und stieg aus. Er eilte ins Treppenhaus und klingelte an der Wohnungstür von Rita Born.

Niemand öffnete.

Er klingelte ein zweites Mal und klopfte an.

Nichts geschah.

Er rannte ins obere Stockwerk, löste das Polizeisiegel von der Tür und schloss auf. Schwer atmend ging er durch die Räume. Ohne die Hilfe von Rita Born würde sich die Suche als schwierig erweisen.

Doch er ahnte, dass der Täter auch hier eine versteckte Überraschung bereithielt.

In Gedanken sprach er mit ihm. *Was hast du vor? Was willst du mir zeigen? Welches Zeichen ist es diesmal? Willst du mit deinen Taten prahlen? Möchtest du mir eine Geschichte damit erzählen?*

Er schloss die Augen.

Wer bist du? Zeig mir dein wahres Gesicht.

Ungefähr eine Dreiviertelstunde später traf Stefanie bei ihm ein.

»Danke, dass du so schnell gekommen bist«, sagte er. »Gab es Ärger im Kommissariat?«

»Hmm. Landsberg hat schlechte Laune und lässt den Despoten raushängen.«

»Das ist nicht fair. Er hat ein gutes Team, dafür sollte er dankbar sein.«

»Er möchte, dass du ihn anrufst.«

»Wieso?«

»Angeblich warst du auch zu der Besprechung geladen.«

»Davon weiß ich nichts.« Er checkte sein Handy. »Oh doch, er hat mir eine Nachricht geschickt.«

»Ich soll dir von ihm ausrichten, dass du nicht eigenmächtig handeln und ihn rechtzeitig über deine Schritte informieren sollst.«

»Gut. Dann hätten wir das geklärt. Ich rede nachher mit ihm.«

»Übrigens biedert sich Olaf Maas dem Chef ziemlich an. Ich fürchte, du hattest recht mit deiner Einschätzung. Irgendwas stimmt mit dem Kerl nicht.«

»Er ist unsicher. Aber lassen wir das. Wir haben Wichtigeres vor.«

»Was gibt's?«

Er zeigte ihr die Schale in dem Asservatenbeutel und berichtete nochmals in knappen Worten von der Tatortbegehung mit Lea Sabinsky.

»Okay, und wo ist der Beweis, von dem du am Telefon gesprochen hast?«

»Dreh sie mal um.«

Er beobachtete Steffie dabei. Sie stieß den Atem aus.

»Offenbar hat der Mörder die Schale selbst getöpfert«, murmelte er. »Diese Zeichen werden in den noch ungebrannten Ton eingeritzt.«

Gemeinsam betrachteten sie die Markierung auf der Unterseite.

7/14/21

»Warum macht er das? Ist die Botschaft auch wieder an uns gerichtet?«

»Gut möglich«, sagte er.

»Es ist gespenstisch. Ein beinahe identisches Objekt herzustellen, nur um es am Tatort zu hinterlassen.«

»Er kopiert eine Töpferarbeit von Marta Giesner. Etwas, das sie mit ihren Händen erschuf, formt er mit den seinen nach.«

»Es geht also um ihre Hände.«

»Ja.«

»Auch das Rehfell verweist darauf. Es verhüllt ihren Arm bis hinunter zur linken Hand.«

»Der Schriftzug *Tröste mich* passt ebenfalls zu diesem Aspekt.«

»Wie meinst du das?«

»Man tröstet mit den Händen. Berührt den anderen, um ihn zu stärken.«

»Du hast recht.« Sie betastete das Objekt in dem Asservatenbeutel. »Er ahmt etwas nach, was Marta Giesner geschaffen hat.«

»Aber die Schale stimmt nicht ganz mit der ihren überein. Vor allem die Glasur ist anders. Und natürlich sein Zeichen.«

»Eine leichte Abwandlung also. Wozu?«

»Damit es uns auffällt. Uns Ermittlern. Oder aber es hat für ihn eine noch viel tiefere Bedeutung.«

»Was haben diese drei Zahlen bloß zu bedeuten? Ist es ein Datum in der Zukunft? Oder plant er erst sieben, dann vierzehn und schließlich einundzwanzig Morde?«

»Vielleicht ist es ein Zahlenrätsel. Möglich, dass die Ziffern für Buchstaben stehen.«

»Interessant.«

»Der siebente Buchstabe im Alphabet ist G.«

»Der vierzehnte N.«

»Und der einundzwanzigste ist das U.«

»G-N-U. Auch das ergibt vorerst keinen Sinn.«

»Wir müssen hier alles noch einmal gründlich durchsuchen«, sagte Trojan. »Ich bin mir ziemlich sicher, dass der Mörder auch bei Karen Schneider etwas deponiert hat. Leider ist Frau Born nicht da, sie war in der Wohnung öfter zu Besuch, kennt sich besser aus als wir.«

»Also dann an die Arbeit«, sagte Steff und streifte sich ebenfalls Latexhandschuhe über. »Versuchen wir, es ohne sie hinzukriegen.«

Gemeinsam sichteten sie die Räumlichkeiten.

Erneut war Trojan verstört von der pedantischen Ordnung, die der Täter hinterlassen hatte.

Nach Farben sortierte Bücher im Wohnzimmer. Nach Form und Größe angeordnete Utensilien im Bad. Und auch die Gegenstände im Schlafzimmer waren penibel umgeräumt worden.

Trojan ging in die Küche.

Ein leichter Geruch von Chlor und Tod hing noch immer in der Luft. Er inspizierte die Speisekammer. Danach ließ er den Blick über die Regale wandern. Den Tisch mit der Aufschrift *Wärme mich* hatten die Kollegen von der Spurensicherung mitgenommen. Auch der Drahtbügel mit dem Granatapfelkopf und dem Kinderkleid war als Asservat gekennzeichnet und ins Labor gebracht worden.

Trojan ging zurück ins Wohnzimmer. Einige Zeit war vergangen. Ratlos blickte er Stefanie an.

»Und?«

Sie hob die Schultern. »Bisher nichts. Wonach suchen wir?«

»Ein winziges Detail. Etwas, das nicht gleich ins Auge springt. So war es bei der Schale auch.«

»Spielt der Täter mit uns?«

»Ich denke schon. Wozu sonst dieser Aufwand?«

»Er ist krank und gefährlich.«

»Wir müssen uns ganz in ihn hineinversetzen.«

»Kontrollsucht.«

»Das übertriebene Bedürfnis nach Trost und Wärme.«

»Nach Semmlers Obduktionsbericht gab es keinen sexuellen Übergriff.«

»Aber die Morde können sexuell motiviert sein.«

»Mir schwirrt der Kopf. Hast du vielleicht eine Mobilnummer, unter der wir Rita Born erreichen können? Ich glaube, ohne sie kommen wir nicht weiter.«

Er scrollte durch die Einträge auf seinem Handy. »Ich hab sie nicht hier. Es müsste eine Notiz in meinen Unterlagen geben.«

»Ich ruf mal im Kommissariat an. Jemand soll das für uns raussuchen.«

»Gut.«

Während sie im Flur telefonierte, blickte sich Trojan erneut im Zimmer um und dachte intensiv nach. Marta Giesner liebte die Keramik. Karen Schneider die Literatur. Er blieb vor dem umfangreichen Bücherregal stehen und musterte die farblich einsortierten Schutzumschläge.

Mit einem Mal kribbelte es in seinen Fingern.

Eines der Bücher mit rotem Einband stand um etwa einen halben Zentimeter vorgerückt auf dem Regalbrett. Es war nur eine minimale Abweichung, doch da die Reihe ansonsten wie mit dem Lineal abgemessen war, fiel es bei genauem Hinsehen auf.

Er zog das Buch heraus.

Es hatte keinen Titel. Auch ein Verfassername war nicht vermerkt.

Er blätterte es durch. Die Seiten waren leer.

Bis auf eine einzige.

»Steff!«, rief er aufgeregt.

Sie beendete ihr Telefonat und kam zu ihm. »Hast du was gefunden?«

»Ja.«

Sie trat näher. »Die drei Ziffern?«

»Nein. Aber das solltest du dir ansehen.«

Er reichte ihr das aufgeschlagene Buch.

VIERUNDZWANZIG

SAMSTAG, 28. NOVEMBER, ABENDS

Elisabeth kam von ihrer Frühschicht in einem Multiplex-Kino heim. Acht Stunden lang hatte sie Tickets, Süßigkeiten und Cola verkauft. Um die Zeit liefen die seichten Komödien und Animationsfilme für Kinder. Die Bezahlung war mies. Ohne ihren zweiten Job als Barista in einer großen Kaffeehauskette könnte sie sich nicht über Wasser halten und müsste das Studium abbrechen.

Sie duschte, um den Fettgeruch der Popcornmaschine loszuwerden, und zog sich um.

Erschöpft ließ sie sich aufs Sofa sinken. Sie war kurz davor, ihre Eltern anzurufen und sie um Geld zu bitten. Dann könnte sie die elenden Jobs hinschmeißen.

Sie stellte sich die liebreizende Stimme ihrer Mutter vor. *Natürlich unterstützen wir dich, Lisa. Ich bin so froh, dass du anrufst. Komm doch heute zum Essen vorbei, und wir besprechen die Einzelheiten.*

Sie könnte sich etwas Hübsches anziehen, zu ihnen fahren und mit ihnen am Tisch Platz nehmen. Nach dem Dessert würde die Mutter ihr besorgtes Gesicht aufsetzen. *Willst du etwa noch immer Horrorfilme drehen?*

Sie hätte eine Antwort parat. Ein paar geschliffene Sätze, die sie sich vorher zurechtgelegt hatte. Sie müsste ihnen erklären, dass sich heutzutage die gesellschaftlichen Verhältnisse bloß in einer Farce oder in einem Horrorfilm abbilden ließen.

Ihre persönlichen Motive würde sie allerdings nicht erwähnen. Dass es dabei auch um ihre Albträume ging, die Abgründe, die sich vor ihr auftaten, wenn sie an ihre Kindheit zurückdachte – all das würde sie ihnen vor lauter Angst und Rücksichtnahme verschweigen.

Sie malte sich aus, wie ihr Vater die Augenbrauen hochzog, während sich ihre Mutter in Rage redete. Schließlich würde er die Stimme erheben, bis alles in einem furchtbaren Streit endete.

Elisabeth hätte einen Kloß im Hals und würde kein Wort mehr sagen.

Also brauchte sie erst gar nicht anzurufen.

Sie nahm sich ihre Kamera, schraubte sie auf einen Handstabilisator und verließ das Haus. Wegen der Dunkelheit arbeitete sie mit einem lichtstarken Objektiv bei offener Blende und hohem ISO-Wert. Sie wählte eine Rate von fünfzig Bildern pro Sekunde und stellte die Verschlusszeit auf das Zweifache dieses Werts ein.

Langsam ging sie die Straßen entlang, filmte die Gesichter bei Nacht, den Strom der Passanten. Leuchtreklamen, schemenhafte Gestalten hinter illuminierten Fensterscheiben. Von der Ossastraße aus bog sie in die Rütlistraße ein. Grellweißes Flutlicht drang vom Sportplatz zu ihr herüber, als sie in die Pflügerstraße abbog.

Sie erreichte die Pannierstraße, ließ sich treiben, filmte ihre Schritte. Schwenkte hinauf zu den Straßenlaternen, dann hinüber zu den blinkenden Lichtern am Eingang eines Bordells.

An der Ecke zum Maybachufer standen junge Leute lachend vor einer Kneipe. Nur drei Schritte von ihnen entfernt schlief ein Bettler schwankend im Stehen, seine dreckverkrustete Hand ausgestreckt, ein Fünfcentstück darin.

Elisabeth hielt inne und filmte sein Gesicht. Manchmal öffneten sich seine Augen zu kleinen Schlitzen, nur das Weiße war zu erkennen, keine Iris, keine Pupillen.

Sie ging weiter, fing die Lichtspiegelungen auf dem Landwehrkanal ein.

Das nicht mehr ganz so helle Gefieder der Schwäne, die auf dem schwarzen Wasser dahinzogen.

Das mit eingetrocknetem Schlamm und winzigen Muscheln überzogene Gerippe eines Mietfahrrads, das jemand aus dem Kanal gefischt hatte.

Eine Zeit lang verweilte sie am Skatepark und nahm auf, wie eine Gruppe von Jugendlichen auf ihren Brettern über die Bodenwellen, Rampen und Funboxen jagte.

Sie entfernte sich von der Lohmühlenbrücke, an der früher die Berliner Mauer gestanden hatte, und durchquerte die Grünanlage am Neuköllner Schifffahrtskanal.

Bildrauschen auf dem Display, afrikanische Dealer am Rande eines Gebüschs. Einer von ihnen buddelte seine Ware aus, die er im Sand unweit des Kinderspielplatzes vergraben hatte. Als das Auge ihrer Kamera ihn erfasste, hob er die Hand und rief ihr johlend etwas zu.

Rasch ging sie weiter. Schließlich hatte sie das Weigandufer erreicht und schritt den schmalen Weg am Kanal entlang.

Auf einmal blieb sie stehen.

Sie befand sich vor dem Haus, in dem Noah wohnte. Ein schmuckloser Nachkriegsbau mit kleinen Fenstern.

Im Schutze eines Baums filmte sie vom Uferweg aus die Fassade, zoomte auf eines der erleuchteten Fenster im zweiten Stockwerk.

Dahinter stand eine Frau. Sie blickte reglos zur Straße herab.

Elisabeth erkannte die Ähnlichkeit. Die braunen Augen. Ihre Gesichtsform. Selbst die Haarfarbe stimmte überein.

Das musste seine Mutter sein.

Sie zoomte näher heran. Sie bemerkte die grünlichen Schwellungen in ihrem Gesicht, die blutunterlaufenen Augen.

Sie versuchte, das Bild noch schärfer zu stellen, doch es verschwamm.

Plötzlich wurde sie von der Frau bemerkt. Ein Ruck ging durch sie hindurch.

Sie ließ die Jalousien herab.

Elisabeth schaltete die Kamera aus und steckte sie mitsamt dem Handstabilisator in ihre Umhängetasche.

Eilig ging sie auf den Eingang zu. Jemand schloss gerade auf und verschwand im Treppenhaus. Sie hielt die Tür auf und trat ein.

Im zweiten Stockwerk lauschte sie an der Wohnungstür.

Stille.

»Baumgart« stand auf dem Schild.

Sie wusste selbst nicht, wie ihr geschah, doch mit einem Mal drückte sie den Klingelknopf.

Ihr Herz raste.

Keine Reaktion.

Sie klingelte ein zweites Mal.

Plötzlich wurde geöffnet.

Ein hagerer Mann in den Vierzigern, braune Strickjacke, spitzes Kinn, schütteres Haar, erschien in der Tür.

»Ja?«

Elisabeth holte tief Luft, brachte aber kein Wort hervor.

»Was willst du?«

Sie schluckte.

Endlich hatte sie ihre Stimme wieder. »Sind Sie der Vater von Noah?«

»Wer will das wissen?«

»Ich bin eine Freundin von ihm.«

»Was?«

»Es geht mich ja nichts an, aber … letztlich muss sich jemand einmischen … Das kann nicht ewig so weitergehen.«

Baumgart verschränkte die Arme vor der Brust. »Wovon redest du?«

Schließlich überwand sie sich. »Sie schlagen Ihre Frau, und das ist absolut nicht in Ordnung. Ich hab sie am Fenster gesehen. Sie ist grün und blau im Gesicht.«

Er schwieg für eine Weile.

Sein Blick war stechend. »Was erlaubst du dir eigentlich?«

»Ich könnte die Polizei rufen. Wäre Ihnen das lieber?«

Ein Zucken um die Mundwinkel. »Mach das. Na los, ruf die Bullen.«

Sie rührte sich nicht. An ihrer Schläfe pochte eine Ader. Der Mut hatte sie verlassen.

Er kam aus der Wohnung heraus. Er war auf Socken. Bedrohlich baute er sich vor ihr auf. Sie konnte seinen Atem riechen, süßlich und schwer. »Wohnst du in diesem Haus?«

»Nein.«

»Was hast du dann hier zu suchen?«

»Wie ich schon sagte, ich bin eine Freundin von Noah.«

»Mein Sohn Noah?«

»Ja.«

»Er hat keine Freundin.«

Baumgart trat noch dichter an sie heran. Sie wich vor ihm zurück.

»Doch, hat er«, murmelte sie. »Er braucht jemanden zum Reden. Und das bin ich.«

»Er ist minderjährig.«

»Ich weiß.«

»Halte dich fern von ihm.«

»Wir reden nur.«

Seine Hand schnellte vor, und er kniff fest in ihre Wange. Der Schmerz trieb ihr Tränen in die Augen.

»Verpiss dich.«

Er stieß sie weg.

Sie taumelte nach hinten.

»Hau ab. Oder ich mach dich fertig, du Schlampe.«

Sie starrte ihn an.

Er wies auf die Treppe. »Worauf wartest du noch?«

Sie stürmte hinunter. Kaum war sie draußen, rang sie nach Luft.

Sie rannte die Straße entlang. Erst an der nächsten Ecke blieb sie stehen. Abermals schnappte sie nach Luft.

Und dann kam die Kälte. Sie kroch an ihrer Wirbelsäule hinauf und umklammerte von hinten ihren Brustkorb.

Ihr Herz war wie aus Eis.

FÜNFUNDZWANZIG

Spätabends klopfte es an ihrer Tür. Sie blickte durch den Spion.

Es war Noah.

Sie ließ ihn herein. Erschrocken betrachtete sie sein Gesicht. Seine Lippe war aufgesprungen und blutete. Das rechte Auge war halb zugeschwollen. Auch an der Schläfe hatte er ein Hämatom.

»Was ist passiert?«

»Das fragst du noch?«

Sie nahm ihn am Arm und führte ihn ins Bad. Notdürftig verarztete sie seine Wunde. Danach ging sie mit ihm in die Küche und bereitete ihm aus Eiswürfeln und einem Handtuch eine Kompresse, die er sich an die Stirn hielt.

»Warum hast du das getan, Lisa? Warum bist du zu meinem Vater gegangen?«

»Ich wollte nur helfen.«

»Das war ein Fehler. Als ich nach Hause kam, hat er sofort auf mich eingeprügelt.«

»Es tut mir leid. Ich dachte, man kann mit ihm reden.«

»Wenn ich es nicht aus der Wohnung geschafft hätte … wer weiß, was noch passiert wäre. Jetzt wird er seine Wut an meiner Mutter auslassen.«

»Dann ruf die Polizei.«

»Das ist zwecklos. Sie leugnet alles ab. Hat sie schon mal

getan, als die Nachbarn die Polizei geholt haben. Sie sagt, sie sei gestürzt. Bevor sie zur Arbeit muss, schminkt sie sich die Blutergüsse weg. Darin ist sie sehr geschickt. Er hat sie unter Kontrolle. Sie wird sich niemals gegen ihn auflehnen. Ich glaube, sie schämt sich. Sie will es nicht zugeben. So müsste sie sich ja eingestehen, ein schwacher Mensch zu sein.«

»Im Gegenteil. Es wäre sehr mutig von ihr.«

»Du hast ja keine Ahnung, Lisa. Das läuft schon seit Jahren so. Einmal ist sie mit dem Kopf gegen den Heizkörper geprallt. Ich dachte, das war's mit ihr. Nach einer Weile ist sie wieder aufgestanden. Sie bat mich, kein Wort darüber zu verlieren. Selbst mit einer Gehirnerschütterung schleppt sie sich zur Arbeit. Es ist erst vorbei, wenn er sie totgeschlagen hat.«

Sie nahm seine Hand. »Das wird nicht passieren, Noah.«

»Ach nein?«

»Es muss doch einen Ausweg geben. Irgendeine Lösung.«

»Jemand taucht ungebeten vor unserer Tür auf und macht alles nur noch schlimmer?«

Sie zog ihre Hand weg.

»Hat er dir auch was angetan?«

Sie schwieg.

»Elisabeth.«

»Er hat mich bedroht.«

»Und wenn er nun rausfindet, wo du wohnst?«

»Wird er schon nicht.«

Es entstand eine Pause.

Schließlich fragte er leise: »Darf ich heute Nacht bei dir bleiben?«

Sie schaute ihn wortlos an.

»Bitte. Ich schlafe auf dem Sofa. Wäre das okay für dich?«

Nach längerem Zögern willigte sie ein.

Sie wurde von einem Geräusch wach. Jemand rumorte im Nebenzimmer.

Sie schwang sich aus dem Bett und öffnete die Tür.

Im Wohnzimmer brannte Licht.

Und da war jemand.

Sein Kopf war blutrot.

Sie schrie leise auf.

Noah hatte sich ihren roten Nylonstrumpf über den Kopf gezogen.

Elisabeth atmete schwer. »Du hast mich zu Tode erschreckt.«

»Tut mir leid. Konnte nicht schlafen.«

»Wo hast du den her?«

»Aus dem Wäschekorb.«

»Was soll das?«

»Ich brauche ihn.«

»Wozu?«

»Jetzt bin ich ein anderer. Ich bin viel stärker als zuvor. Er ist wie eine zweite Haut für mich. Es ist wie in deinem Film. Ich hab eine Verwandlung durchgemacht. Nun ist alles möglich.«

»Hör auf damit. Du steigerst dich in etwas hinein.«

»Lass ihn mir. Bitte.«

Sie packte ihn und riss ihm den Strumpf vom Kopf.

Er blickte sie aus seinen dunklen, traurigen Augen an. »Magst du mich?«

Sie gab keine Antwort.

»Wenigstens ein bisschen?«

»Ja.«

»Aber ich bin dir zu jung?«

»Du bist nicht erwachsen. Beinahe noch ein Kind.«

»Ich bin fast siebzehn.«

Sie stieß den Atem aus.

»Ist es wegen Markus?«

»Ich hätte dir nicht von ihm erzählen sollen.«

»Er hat dir das Herz gebrochen. Das Schwein hat Strafe verdient. Und mein Vater auch.«

»Sag so was nicht.«

»Darf ich den Strumpf behalten?«

»Nein.«

»Er soll mir Glück bringen.«

»Wofür?«

»Für alles, was vielleicht heute Nacht noch passiert.«

»Leg dich hin und schlaf.« Sie wandte sich von ihm ab.

»Unser Film wird gut.«

An der Zimmertür drehte sie sich zu ihm um. »Es ist *mein* Film.«

»Aber unser gemeinsames Projekt. Ich helfe dir dabei. Sie werden dich an der Filmhochschule annehmen. Ich glaube an dich, Lisa.«

»Schlaf jetzt.«

SECHSUNDZWANZIG

SONNTAG, 29. NOVEMBER, DREI UHR MORGENS

Trojans Augen brannten. Er saß an seinem Schreibtisch im Kommissariat und starrte unablässig auf die Zeilen aus dem rätselhaften Buch. Er hatte sich eine farbige Fotokopie davon anfertigen lassen.

Sein Gespräch mit Landsberg hatte lange gedauert. Er war mit ihm noch einmal sämtliche Ermittlungsschritte durchgegangen und hatte ihm von der Schale und dem ebenso sonderbaren Fundstück im Bücherregal von Karen Schneider berichtet.

Beide Objekte waren den Forensikern ausgehändigt worden. Einige seiner Teamkollegen konzentrierten sich derzeit auf Befragungen von Kursteilnehmern in der Töpferwerkstatt, bisher ohne Ergebnis. Nils ahnte bereits, dass die Spur in die Irre führen würde. Dass der Täter so unvorsichtig war, die Keramik ausgerechnet dort anzufertigen, hielt er für unwahrscheinlich.

Es klopfte an der Tür. Er schaute zerstreut auf.

Steffie trat ein und setzte sich zu ihm. »Das Ergebnis aus dem Labor liegt vor. Die Schrift auf der Buchseite wurde tatsächlich mit dem Saft eines Granatapfels aufgetragen.«

»Wieder mit einem Wattestäbchen?«

»Vermutlich, ja.«

»Haben wir eine grafische Analyse?«

»Ja, sie ist allerdings nicht besonders aussagekräftig. Eigentlich besagt sie nur, dass der Täter seine Handschrift verstellt.«

»Inwiefern?«

»Er benutzt die linke Hand, scheint aber eher ein Rechtshänder zu sein.«

»Ein Trick, um die Schrift zu verfälschen.«

»Ja. Aber was sollen uns diese Zeilen sagen?«

Erneut las Trojan sie durch.

Er murmelte sie vor sich hin wie einen eigentümlichen Sprechgesang.

The woods are lovely, dark, and deep,
But I have promises to keep,
And miles to go before I sleep,
And miles to go before I sleep.

Er schaute Stefanie an. »Fassen wir mal zusammen, was wir bisher darüber herausgefunden haben.«

»Es sind die Schlusszeilen aus einem Gedicht von Robert Frost mit dem Titel ›Stopping by Woods on a Snowy Evening‹. Frost ist ein bekannter amerikanischer Lyriker, 1963 verstorben.«

»Er wurde 1874 in San Francisco geboren, arbeitete in den Jahren der Großen Depression als Farmer. Und zur Entstehungsgeschichte des Gedichts: Eines Abends kam er vom Markt zurück, hatte aber nichts verkauft. Es war kurz vor Weihnachten. Vier hungrige Kinder warteten auf ihn. Verzweifelt hielt er an einem verschneiten Waldrand inne. Da kamen ihm diese Zeilen in den Sinn.«

»In vielen Interpretationen heißt es, es geht darin schlichtweg um den nahenden Tod, vielleicht sogar um Selbstmordabsichten.«

»Wir wissen von Rita Born, dass das Gedicht für Karen

Schneider anscheinend keine besondere Bedeutung hatte. Wir können nicht einmal voraussetzen, dass sie es gekannt hat.«

»Was uns auch ihre Mutter bestätigte, die mittlerweile aus der Klinik entlassen wurde.«

»Genau. Und wir haben keine Bücher des Autors in der Wohnung gefunden.«

Sie blickten sich an.

»Was geht dir durch den Kopf?«, fragte Steff.

»Zwei Dinge. Der Mörder ahmt wiederum etwas nach. Diesmal nicht die Keramik, die Vorliebe von Marta Giesner, sondern er kopiert eine Stelle aus der Literatur, die Karen Schneider geschätzt hat. Jedoch ist der persönliche Bezug zu ihr weniger deutlich oder gar nicht vorhanden. Wir wissen nicht, ob ihr das Gedicht von Robert Frost überhaupt am Herzen lag.«

»Richtig. Aber sie mochte moderne Lyrik ganz allgemein, wie Rita Born aussagte.«

»Ja.«

»Und die zweite Sache?«

Trojan holte tief Luft. »Ich bin mittlerweile ziemlich überzeugt, dass er uns damit eine Botschaft übermitteln will. Sie zielt direkt auf uns ab. Wie schon die merkwürdige Ziffernfolge.«

»Kannst du die Nachricht entschlüsseln?«

»Die Zahlen leider noch nicht. Bei dem Gedicht habe ich eine Vermutung. Frei übersetzt lauten die Zeilen: ›Der Wald ist anheimelnd, dunkel, tief.‹ Das könnte bedeuten: Hier würde ich gerne verweilen, auch wenn es unheimlich ist. Denk an den Grunewald, wo der Mörder den Baumstamm markiert hat. Und nun heißt es weiter: ›Aber ich habe ein Versprechen einzulösen. Und Meilen zu gehen, bevor ich schlafe.‹«

Stefanie schien angestrengt nachzudenken. »Wem hat er das Versprechen gegeben?«

»Sich selbst womöglich.«

»Das Gedicht bezieht sich also auf die besagte Stelle im Grunewald?«

»Ja.«

»Womit wir wieder bei dem Jungen sind. Und dem Tier unter seiner Jacke, angeblich ein angefahrenes Reh.«

»Richtig. Ich kann mir allerdings kaum vorstellen, dass ein Jugendlicher zu diesen komplexen Taten fähig ist. Eines jedoch sollten wir in Betracht ziehen. Mit den Versen kündigt der Täter an, dass er nicht schlafen wird, bevor er weitere Menschen umgebracht hat.«

»Bist du dir sicher?«

Trojan erhob sich. »Ja. Ich fürchte sogar, er wird noch heute Nacht zuschlagen.«

»Wie kommst du nur darauf?«

»Bloß eine Ahnung. Ein eigenartiges Gefühl. Ich lese es zwischen den Zeilen. Und ich denke, das wird auch mir den Schlaf rauben.«

SIEBENUNDZWANZIG

Der Weckton ihres Handys war schrill. Elisabeth berührte das Display und wälzte sich aus dem Bett. Die frühe Sonntagsschicht im Multiplex stand bevor.

Nachdem sie geduscht und sich angezogen hatte, verharrte sie vor der Wohnzimmertür und lauschte.

Stille.

Leise öffnete sie sie einen Spalt.

Sie war überrascht. Das Bettzeug auf dem Sofa war ordentlich zusammengelegt.

Von dem Jungen keine Spur.

Sie betrat das Zimmer. Da sah sie den handgeschriebenen Zettel auf dem Couchtisch.

FALLS ETWAS SCHLIMMES PASSIERT: RETTE MICH.
NOAH.

Sie nahm den Zettel und steckte ihn ein.

Mit zittrigen Knien verließ sie das Haus.

Auf dem Weg zur U-Bahn überlegte sie. Wo war Noah jetzt? Was war in der Nacht vorgefallen? Der Nylonstrumpf auf seinem Kopf. Ihr Gespräch. Seine merkwürdigen Andeutungen. Danach war sie nicht mehr zur Ruhe gekommen. In der Küche hatte sie die Schublade geöffnet. Den Blister mit ihrer letzten Tablette herausgenommen. Ihren Notfallvorrat.

Sie hatte das Beruhigungsmittel in ihrem Zimmer mit Rotwein runtergespült. Ein Glas getrunken. Dann noch eines.

Ein drittes vielleicht?

Sie wusste es nicht mehr, war irgendwann in einen tiefen Schlaf gefallen.

Was war passiert?

Sie hatte vom Weigandufer geträumt. Ziemlich deutlich sogar. Sie sah sich noch vor dem Haus stehen, in dem Noah wohnte.

Oder war sie tatsächlich dort gewesen? Nein, doch nicht mitten in der Nacht.

Voll dunkler Vorahnungen betrat sie den U-Bahnhof. *Falls etwas Schlimmes passiert: Rette mich.*

Was meinte er nur damit?

Adelheid Baumgart war um vier Uhr morgens aufgestanden. Erschrocken hatte sie in den Badezimmerspiegel geschaut. Sie brauchte eine Stunde, um die Verletzungen in ihrem Gesicht so weit zu kaschieren, dass sie vor fremden Blicken halbwegs geschützt war. Sie verhielt sich leise, um ihren Mann nicht aufzuwecken. Auch Noah schien tief und fest zu schlafen. Seine Zimmertür war geschlossen.

Um fünf verließ sie das Haus.

Ihre Sonntagsschicht in der Leitzentrale der Berliner Verkehrsbetriebe dauerte von sechs bis vierzehn Uhr.

Auf dem Heimweg trödelte sie. Sonntagsstille. Nur nicht zu schnell in die Wohnung zurückkehren. Die frische Luft genießen. Sich ein kleines Mittagessen gönnen. Sie kannte ein Restaurant, in dem es preiswerte Gerichte gab. Lecker zubereitet, große Portionen.

Gegen sechzehn Uhr näherte sie sich dem Weigandufer. Sie

befürchtete, dass sie sich von ihrem Mann wegen der Verspätung Vorwürfe anhören musste. Aber vielleicht schlief er ja noch.

Manchmal brauchte er den halben Tag, um seinen Rausch auszuschlafen.

Sie schloss die Wohnung auf. Behutsam stellte sie ihre Handtasche ab und zog den Mantel aus.

Sie betrachtete sich im Flurspiegel und war erleichtert. Das Make-up sah noch immer recht passabel aus. Sie versuchte zu lächeln. Es kostete sie Mühe. Wenn sie die Mundwinkel nach oben zog, hatte sie Schmerzen.

Also ließ sie es bleiben.

Adelheid Baumgart griff sich ins Haar. Sie könnte eine neue Frisur ausprobieren. Ja, dachte sie, ich lasse mir nächste Woche die Haare schneiden. Sie stellte sich vor, wie sie sich in dem Salon, in dem sie schon seit Monaten nicht mehr gewesen war, richtig verwöhnen ließ. Eine Kopfmassage, eine Glanzspülung, ein Schnitt nach neuester Mode.

Plötzlich gelang ihr doch ein Lächeln.

Sie lauschte.

Es war still in der Wohnung. Angenehm still.

Sie warf einen kurzen Blick ins Wohnzimmer.

Hier war niemand.

Danach ging sie in die Küche, setzte sich an den Tisch. Für einen Moment stellte sie sich vor, in der Wohnung ganz allein zu leben. Eigentlich war es doch recht schön hier. Der Blick auf den Kanal in der Dämmerung. Diese Ruhe. Was für ein friedlicher Sonntagnachmittag. Erstaunlich und ungewohnt.

Sie erhob sich und setzte einen Kaffee auf. Ihr kam in den Sinn, sich irgendwo ein Stück Kuchen zu holen, den Tag in vollen Zügen zu genießen.

Doch nur wenig später meldeten sich düstere Gedanken zurück.

Nein, sie lebte nicht allein. Und ein Friseurbesuch war zu kostspielig. Noah brauchte dringend neue Schuhe.

Wo war der Junge eigentlich?

Sie trank einen Schluck Kaffee. Er war zu heiß und schmeckte bitter.

Sie stellte die Tasse ab.

Ich muss mich um ihn kümmern, dachte sie.

Mit einem Mal beschleunigte sich ihr Herzschlag. Die Stille in der Wohnung war gar nicht friedvoll. Eher bedrückend.

Gedämpft klopfte sie an Noahs Tür. Dann öffnete sie. Der Junge war nicht da.

Und ihr Mann?

Sie durchschritt den Flur. Näherte sich der verschlossenen Schlafzimmertür. Leise. Ihn nur nicht aufwecken, falls er noch schlief.

Da hielt sie inne.

Auf der Türschwelle lag etwas Rotes.

Sie bückte sich und hob es auf. Was war das nur? Es sah aus wie ein blutiger Stummel.

Adelheid Baumgart ging zurück in die Küche und spülte sich unterm Wasserhahn die Hände ab. Das kleine Ding verschwand im Ausguss.

Wieder setzte sie sich an den Tisch.

Ich bin allein, dachte sie trotzig. Ich habe weder ein Kind noch einen Mann. Ich lebe in Frieden.

Plötzlich kamen ihr die Tränen.

Reiß dich zusammen, Adelheid. Du musst das hier durchstehen. Kümmere dich um deine Familie. Schau nach dem Rechten. Na los!

Sie stand auf, straffte die Schultern.

Entschlossen ging sie zur Schlafzimmertür und klopfte an.

»Ernst?«, fragte sie laut. »Bist du wach?«

Keine Antwort.

Sie drückte die Klinke.

Das Zimmer war dunkel, die Jalousien waren verschlossen.

Sie knipste das Licht an.

Adelheid Baumgart starrte in eine blutrote Fratze.

DRITTER TEIL

Jedes zweite Wochenende waren die Kinder bei ihrem Mann, so viel hatte er herausgefunden. Doch nicht an jedem dieser Samstage arbeitete sie in der Bibliothek. Einmal war er dort gewesen, und an ihrem Schreibtisch saß eine andere Mitarbeiterin.

Er machte sich auf den Weg zu ihrem Haus. Er schlich sich durch die vornehme Villengegend, und sein Herz klopfte wie wild. Zögernd stand er vor ihrer Tür. Er brachte es nicht fertig, den Klingelknopf zu berühren.

Schließlich ging er einmal um das Grundstück herum. Er entdeckte eine Stelle, an der er unbemerkt über den Zaun klettern konnte. Geduckt lief er durch den Garten.

Vor einem der Kellerfenster machte er Halt.

Dort unten saß sie. An der Drehscheibe. Ihre Hände formten den Ton. Er beobachtete sie genau. Ihre Handflächen umfassten das feuchte, weiche Material auf der rotierenden Scheibe. Sie war tief in ihre Arbeit versunken. Ein leises Lächeln auf den Lippen. Ihr fiel eine Haarsträhne ins Gesicht. Sie blies sie weg.

Doch plötzlich hob sie den Blick, und er wich nicht schnell genug zur Seite.

Kurz darauf trat sie hinaus in den Garten. Sie eilte auf ihn zu, eine Arbeitsschürze über ihrer Kleidung. Er sah, dass sie fror.

»Was tust du hier?«

Er zog den Kopf ein, antwortete nicht.

Eine Zornesfalte bildete sich auf ihrer Stirn.

»Komm.«

Sie packte ihn grob am Arm und zerrte ihn ins Haus.

»Wie bist du reingekommen?«

»Über den Gartenzaun.«

Sie hatte Tonspritzer im Gesicht und auch im Haar.

»Warum machst du so etwas?«

»Ich wollte dich sehen.«

»Wieso?«

»Weil es… für mich besser ist.«

Sie musterte ihn.

»Ich war in der Bibliothek, aber du warst nicht da.«

Sie stieß den Atem aus, stemmte die Hände in die Hüften.

»Darf ich dir beim Töpfern zuschauen? Ich will nur zusehen.«

Er bemerkte, wie sie mit sich rang.

»Du musst nach Hause fahren.«

»Ich will aber nicht.«

»Du solltest mit deinen Eltern reden.«

»Nein. Das ist sinnlos.«

»Sie dürfen dir nicht die Schuld geben.«

»Tun sie aber.«

Sie ließ die Hände sinken. Er sah, wie ihre Gesichtszüge weich wurden.

Stille.

Schließlich fragte sie: »Möchtest du einen Tee?«

Er nickte.

»Versprichst du mir, dass du danach gehst?«

Abermals nickte er.

»Warte hier auf mich. Ich muss erst den Ton einpacken.«

Sie verschwand im Keller. Er rührte sich nicht. Als sie zurückkam, hatte sie die Schürze abgelegt und sich die Tonspritzer abgewaschen.

Sie führte ihn in die Küche. Er setzte sich an den Tisch, während sie das Teewasser aufsetzte.

Vor ihm lagen diese roten Früchte in einer Schale. Sie hatte sie zu einer Art Stillleben arrangiert. Das Sonnenlicht fiel durchs Fenster herein und brachte sie zum Leuchten.

Fasziniert streckte er die Finger danach aus.

Sie servierte den Tee. »Möchtest du einen davon?«

»Das sind Granatäpfel, oder?«

»Ja.«

»Ich hab noch nie einen gegessen.«

»Tatsächlich nicht?«

»Nein. Bei uns zu Hause gibt es so etwas nicht. Nichts Ausgefallenes. Nichts Exotisches.«

Sie nahm einen der Granatäpfel und zerteilte ihn mit einem Messer. Der Saft tropfte auf das Schneidebrett. Achtsam löste sie die Kerne aus der Frucht, legte sie auf einen Teller und reichte sie ihm.

»Hier. Koste mal.«

Er legte sich einen der Kerne auf die Zunge. Süße füllte seinen Mund.

Sie setzte sich zu ihm und nahm sich ebenfalls einen.

»Ich hab einen Löffel vergessen«, sagte sie.

»Macht nichts.«

Also aßen sie mit den Fingern. Kern für Kern. Für ihn

war es wie ein Festmahl. Es veränderte ihn, und auch die Frau mit dem Leberfleck am Hals schien sich zu verwandeln, je mehr sie davon verspeiste.

Sie lachte ihn an.

Sie griff sich ins Haar.

Sie scherzte mit ihm.

Ihre Fingerkuppen färbten sich rot von dem süßen Saft der Frucht.

Die Zeit verging wie im Flug.

Später saßen sie im Wohnzimmer vorm Kamin. Sie hatte ein Feuer entfacht. Die Holzscheite knackten. Sie erzählte ihm viel von ihren Kindern, ihrem Mann, dem Schmerz ihrer Trennung. Er hörte ihr zu. Er ahnte, wie einsam sie war.

Er war fast noch ein Kind. Aber sie behandelte ihn wie einen Erwachsenen. Sie nahm ihn ernst.

Er fühlte sich wohl in ihrer Gegenwart.

Sie fragte ihn nach Zoe, und nun war er es, der erzählte. Draußen wurde es dunkel. Er schaute in die Glut im Kamin. Endlich war ihm warm. Zum ersten Mal, seitdem Zoe im Eis verschwunden war.

In einer Gesprächspause griff er nach dem kleinen Buch, das auf dem Couchtisch lag. Es war ein zweisprachiger Gedichtband. Er blätterte ihn durch.

»Kennst du den Autor?«, fragte sie.

»Nein.«

Sie rutschte zu ihm herüber, nahm ihm das Buch aus der Hand und schlug es an einer Stelle auf.

»Hier, das ist besonders schön.« Sie las ihm daraus vor.

The woods are lovely, dark, and deep,
But I have promises to keep,
And miles to go before I sleep,
And miles to go before I sleep.

Er mochte ihre Stimme, so warm und sanft.

»Ich fahre dich jetzt zum Bahnhof.«

»Nein.«

Er sprach ihren Vornamen aus. Er tastete nach ihrer Hand.

»Tu das nicht, Junge.«

»Aber freust du dich denn gar nicht? Ich bin bei dir. Du bist nicht mehr allein.«

Er blieb noch zwei Stunden. Es waren die schönsten seines Lebens.

ACHTUNDZWANZIG

SONNTAG, 29. NOVEMBER, ABENDS

Die Sirene heulte. Trojan raste im Dienstwagen die Kurfürstenstraße entlang. Er scherte auf den linken Fahrstreifen aus und bog in die Schillstraße ein, passierte den Lützowplatz, scherte nach rechts aus und beschleunigte auf der Straße entlang des Landwehrkanals. Links von ihm donnerte die Hochbahn über die Gleise.

Es war ein kühler Novemberabend, leichter Regen, glitschiger Asphalt. Angespannt trat er aufs Gaspedal. Das Blaulicht zuckte, und in seinem Kopf überschlugen sich die Gedanken.

Der Anruf hatte ihn im Kommissariat während einer Vernehmung erreicht. Und er verhieß nichts Gutes.

Trojan war bemüht, ruhiger zu atmen, doch es gelang ihm nicht. Er überholte riskant, raste bei Rot über eine Kreuzung. Am Waterloo-Ufer bog er scharf rechts auf die Zossener Straße ab, dann links in die Blücherstraße.

Bald darauf hatte er die Urbanstraße erreicht. Hundertzwanzig Stundenkilometer, doch am Hermannplatz stockte der Verkehr. Er verlor wertvolle Zeit, bis die Fahrzeuge vor ihm rechts und links heranfuhren, um eine Gasse zu bilden.

Hektisch fuhr er über die Sonnenallee. Der Regen wurde stärker, Wasserpfützen spritzten auf. Die rechte Spur war zum Großteil zugeparkt, selbst am Wochenende. Vor den Schawarma-Imbissen und Shisha-Bars herrschte Hochbetrieb.

Schließlich bog er nach links in die Elbestraße ab. Ein schmaler Fahrweg, Kopfsteinpflaster, ein Mittelstreifen mit Parkbuchten, mehrere Kreuzungen. Immerzu musste er das Tempo drosseln.

Ungeduldig bog er am Ende der Straße nach links ab.

Hier war das Weigandufer am Neuköllner Schifffahrtskanal. Einsatzfahrzeuge im Blaulichtgewitter. Absperrbänder. Ein Pulk von Schaulustigen.

Trojan parkte quer auf dem Gehsteig und sprang aus dem Wagen.

Er sah Steffie, die ebenfalls gerade angekommen war. Kaum wollte er ihr etwas zurufen, war sie schon im Haus verschwunden.

Da bemerkte er, dass er völlig außer Atem war. Sein Pulsschlag war hoch. Zu hoch. Für einen Moment hielt er inne, um sich zu sammeln.

Danach näherte er sich dem Eingang. Er versuchte, sich den Lavasand auf der Insel vorzustellen, vergeblich. Er zückte an der Absperrung seinen Dienstausweis, man ließ ihn durch. Er trat ein. Seine Schritte hallten im Treppenhaus.

Die Wohnung befand sich im zweiten Obergeschoss.

Ein uniformierter Beamter begrüßte ihn. Ein Kopfnicken hin zum Schlafzimmer. »Dahinten ist es. Kommen Sie.«

Trojan sah, wie Stefanie am Ende des Flurs in dem Zimmer verschwand.

Plötzlich hatte er Angst um sie.

Sie sollte das nicht allein durchstehen.

Rasch wollte er zu ihr.

Doch schlagartig verspürte er eine Verkrampfung in der Brust. Er blieb stehen.

Der Beamte blickte ihn irritiert an. »Alles in Ordnung?«

»Geben Sie mir eine Minute.«

»Was ist mit Ihnen?«

Trojan antwortete nicht. Kalter Schweiß stand auf seiner Stirn.

»Sind Sie krank?«

Er schüttelte den Kopf.

In diesem Moment kam Stefanie zur Tür heraus. Sie war entsetzlich bleich.

»Nils«, sagte sie gepresst. »Du hattest recht mit deiner Vorahnung.«

Sie schauten sich einen Moment schweigend an. Dann sagte sie: »Es ist verheerend.«

»Eine Mordserie also?«

»Kein Zweifel. Aber sieh es dir selbst an. Ich bin gleich zurück. Muss mir ein paar Informationen im Haus beschaffen.«

»In Ordnung.«

Trojan fühlte sich auf einmal so schwach.

Was war das nur?

Du bist zu schnell gestartet, sprach er in Gedanken zu sich selbst. Stefanie hat dich gewarnt. Du bist doch gerade erst von der Insel zurückgekehrt. Mach langsam.

Er hatte auch die letzte Nacht durchgearbeitet und kaum geschlafen.

Nicht mehr als zwei Stunden.

Was zum Teufel erwartete ihn in dem Zimmer?

Er wusste, dass er den Anblick nur ertragen würde, wenn er Distanz hielt. Darum beschloss er, den Tatort in einzelne Abschnitte aufzuteilen. Darüber hinaus wollte er jedes Segment wie eine Fotografie betrachten, nüchtern und klar.

Beherzt trat er ein.

Er begann bei dem hellen Teppich, mit dem der Raum ausgelegt war. Vor dem Doppelbett war das Gewebe mit einem roten Farbstoff besudelt. Verschiedene Buchstaben waren darauf aufgemalt, jeder etwa einen halben Meter lang. Zusammen ergaben die Lettern ein Wort, über dessen Bedeutung Trojan später nachdenken wollte.

VERSCHLUNGEN.

Sein Blick wanderte weiter zum hölzernen Fußteil des Betts. Ein Drahtbügel hing daran. Auf die Spitze war ein großer Granatapfel gespießt. In die Frucht war eine ähnliche Fratze eingeritzt wie am Tatort in der Delbrückstraße. Aus den Augenhöhlen und dem Mund blitzten die rot schimmernden Kerne hervor.

Diesmal jedoch war das untere Ende des Bügels aufgeschnitten und die Drähte nach außen gebogen worden. Fetzen eines aufgetrennten Frauenslips hingen daran. Er wirkte recht klein, war vielleicht sogar in Kindergröße. Das Ganze sah aus wie eine obszöne Drahtfigur, die die Beine spreizte.

Trojan wartete einige Atemzüge lang ab, bis er sich dem nächsten Bereich zuwandte.

Sein Augenmerk fiel auf das Bett.

Er keuchte.

Ruhig, ermahnte er sich. Bleib distanziert.

Er sah kurz hin, dann kniff er die Augen zu. Schon gut, dachte er, wenn es dich überfordert, nimm dir zunächst ein anderes Segment vor.

Eine Zeit lang verweilte er bei dem kleinen gerahmten Bild, das über dem Bett hing. Es war eine Landschaftsmalerei. Mehr eine Miniatur, etwa vierzig mal dreißig Zentimeter. Ein

Seeufer, Bäume, eine Wiese. Die Farben hatten eine halbwegs beruhigende Wirkung auf ihn.

Dr. Semmler traf derweil am Tatort ein.

Nils begrüßte ihn mit einem Kopfnicken. Kurz darauf wandte er sich der Leiche auf dem Bett zu.

Es war ein männlicher Leichnam.

Er begann bei den Füßen. Sein Blick wanderte über die nackten Beine. Der Mann lag auf dem Rücken und war komplett unbekleidet.

Nur der Unterleib war mit einem Rehfell verhüllt.

Das Fell war blutüberströmt.

Am Bauch und an beiden Oberschenkeln des Toten war es mit ein paar Stichen festgenäht worden.

Trojan erkannte sechs Einstiche in die Brust.

Er schaute in das Gesicht des Ermordeten.

Offenbar hatte der Täter wenig Zeit gehabt. Nur ein Mundwinkel war hochgezogen, das Bindegewebe unterhalb des Wangenknochens äußerst nachlässig festgenäht.

Dem Leichnam war mit Nadel und Faden ein eher schiefes Grinsen eingenäht worden, doch es wirkte nicht weniger grotesk.

Semmler räusperte sich. »Ich muss das Fell ablösen.«

»Zuvor brauche ich ein paar Detailaufnahmen«, entgegnete Nils.

Er bat einen Tatortfotografen hinzu, und dieser lichtete den Leichnam ab.

Danach löste Semmler die Nähte. Er hob das Fell ein wenig an. »Mehrere Stiche in den Unterleib.«

»Wurde er entmannt?«

»Nein. Aber es sieht ziemlich schlimm aus.«

Trojan nagte an seiner Unterlippe. Dann ließ er sich von dem Rechtsmediziner die Verletzungen zeigen.

Er ließ den Atem ausströmen. »Kannst du etwas über die Tatzeit sagen?«

»Noch nicht.«

»Eine ungefähre Angabe wenigstens?«

»Frühe Morgenstunden, schätze ich.«

Wenig später kam Stefanie zurück und nahm Trojan zur Seite. »Der Name des Toten ist Ernst Baumgart. Ein arbeitsloser Fliesenleger. Siebenundvierzig Jahre alt, verheiratet, ein Kind. Die Ehefrau hat ihn gefunden, als sie von ihrer Sonntagsschicht heimkam. Nach erster Aussage hat sie die Wohnung in aller Frühe verlassen und kam gegen sechzehn Uhr zurück.«

»Wo ist sie?«

»Bei einer Nachbarin im dritten Stockwerk. Und da ist noch etwas. Der Sohn wird vermisst. Er ist sechzehn.«

Trojan blickte sie erstaunt an. »Was?«

»Er heißt Noah Baumgart.«

»Wann hat die Mutter ihn zuletzt gesehen?«

»Samstagabend. Sie kann ihn auf dem Handy nicht erreichen.«

Trojan schwieg.

»Ist er etwa tatverdächtig?«, fragte Steff.

»Ein Teenager.« Er ließ die Nachricht auf sich wirken. Hochkonzentriert stellte er verschiedene Überlegungen an. Es dauerte einige Zeit.

»Nils?«

»Ja«, murmelte er zerstreut.

»Wir müssen die Suche nach ihm einleiten.«

»Ich kümmere mich gleich darum. Wie ist der Name der Frau?«

»Adelheid Baumgart.«

»Okay, ich spreche mit ihr. Lass uns aber zuvor eine kurze Analyse vornehmen.«

»In Ordnung.«

»Der Mörder hatte diesmal weniger Zeit.«

»Kein Geruch nach chlorhaltigem Putzmittel. Ich hab mich in der Wohnung umgeschaut. Offenbar wurde nicht auf die gewohnte Art aufgeräumt.«

»Hmm.« Trojan wies auf die hingeschmierten Buchstaben auf dem Teppich.

VERSCHLUNGEN.

»Wir können davon ausgehen, dass die Botschaft mit dem Saft eines Granatapfels geschrieben wurde«, sagte er. »Allerdings ist die Formulierung ganz anders als zuvor.«

»*Tröste mich.* Im Fall von Marta Giesner.«

»*Wärme mich.* Bei Karen Schneider.«

»Und jetzt: *Verschlungen.*«

»Was ist damit gemeint? Wer oder was wurde verschlungen?«

»Die Drahtfigur mit der Fratze eventuell?«

»Wäre eine Möglichkeit. Das Aussehen der Figur, die Anordnung vorm Bett, dieser aufgetrennte Slip, die offensiv auseinandergebogenen Drähte. Für mich ist das eine klare sexuelle Anspielung. Und sieh dir nur das Tierfell zwischen den Beinen des Ermordeten an. Es ist blutverschmiert. Zusätzlich zu den sechs Einstichen in die Brust gab es...« Er schluckte, brach ab.

»Verletzungen im Unterleib?«

»Ja«, murmelte er. »Hier hat jemand gewütet.«

Stefanie atmete durch. »Haben wir es mit einem Rachemotiv zu tun?«

»Denkbar.« Trojan kam plötzlich ein Verdacht. »Vielleicht lagen wir bisher völlig falsch. Lass uns mal den Fokus erweitern. Was wäre denn, wenn wir eine Täterin in Betracht ziehen?«

Sie hob die Augenbrauen. »Eine Serienmörderin meinst du?«

»Ja.«

»Taucht in der Kriminalstatistik selten auf.«

»Ist aber nicht ausgeschlossen.«

»Wie passt das mit den beiden anderen Morden zusammen? Die Opfer waren Frauen.«

»Das frage ich mich auch. Dennoch sollten wir diesen Aspekt nicht außer Acht lassen.«

»Okay.« Stefanie schaute ihn nachdenklich an. »Und was ist mit dem Jungen? Noah Baumgart?«

»Ein Sechzehnjähriger.«

»Denken wir an den Vorfall im Grunewald.«

»Drei Morde in einer Woche. Darunter der eigene Vater?«

»Es wäre schockierend.«

»Sollte uns aber in unseren Überlegungen nicht beeinflussen.«

»Richtig.«

»Zunächst brauchen wir mehr Informationen. Schließlich könnte dem Jungen auch etwas zugestoßen sein.«

»Du hast recht.«

»Wie auch immer. Der Täter weicht von seinem Muster ab. Die Botschaft ist anders, das Mordopfer diesmal männlich.«

»Das kommt überraschend.«

»Ja. Ich rede jetzt mit der Ehefrau.«

»Halte mich auf dem Laufenden.«

»Mach ich.«

Trojan verließ die Wohnung und eilte durchs Treppenhaus. Die Zeit drängte.

NEUNUNDZWANZIG

Sie saß aufrecht am Küchentisch in der Wohnung direkt über dem Tatort, vor ihr ein Glas Wasser, das sie nicht anrührte.

Trojan stellte sich vor und setzte sich zu ihr. Sie war um die vierzig, dunkles Haar. Zerlaufene Schminke, Flecken schwarzer Wimperntusche rund um ihre Augen. Hämatome auf den Wangenknochen, notdürftig mit Rouge abgedeckt.

Ihr Mund war verkniffen, die Lippen rot bemalt.

Auf seine Fragen antwortete sie mit tonloser Stimme. Reglos, gefasst, beinahe starr.

»Wann haben Sie die Wohnung heute Morgen verlassen?«

»Um fünf. Ich musste zur Arbeit.«

»Wo sind Sie beschäftigt?«

»In der Leitzentrale der BVG. Meine Schicht begann um sechs.«

»Wer kann bestätigen, dass Sie dort waren?«

»Meine Kollegen.«

»Zu welcher Uhrzeit kamen Sie zurück?«

»Nachmittags um vier.«

»Und wann haben Sie Ihren Mann zum letzten Mal lebend gesehen?«

»Das war gestern Abend.«

»Wo?«

»Zu Hause.«

Trojan blickte sie an. »Gab es einen Streit?«

Sie schlug die Augen nieder.

»Sagen Sie mir bitte die Wahrheit.«

Schweigen.

»Hat er sich mit Ihnen gestritten?«

»Es war ein ganz gewöhnlicher Abend.«

»Was bedeutet für Sie gewöhnlich?«

»Wir haben … er ist … wir haben ferngesehen.«

Trojan fragte nach dem Programm. Sie antwortete sachlich und kühl.

»Und danach?«

»Ich ging gegen zehn zu Bett.«

»Und er?«

»Er … ich weiß nicht, er kam wohl irgendwann nach.«

»Haben Sie ihn in der Wohnung gehört?«

Ein flüchtiges Kopfnicken.

»Und Ihr Sohn? Noah? Was tat er am Samstagabend?«

Sie verzog keine Miene.

»Er ist ja schon sechzehn.«

»Wie meinen Sie das?«

»Er ist oft allein unterwegs …« Für einen Moment war sie wie entrückt. Auf ihren Lippen bildete sich ein Lächeln. »Früher habe ich ihm eine Geschichte zur guten Nacht vorgelesen. Er war noch ein kleiner Junge. Er kam in seinem Schlafanzug mit dem Buch an und reichte es mir. Dann gingen wir in sein Zimmer. Er schlüpfte ins Bett, ich setzte mich zu ihm und las ein paar Seiten daraus vor. Gleich darauf schlief er ein. Das war eine schöne Zeit.«

»Hatte Ihr Mann Streit mit Ihrem Sohn?«

Ihr Lächeln verschwand. Sie antwortete nicht.

»Er ist doch Ihr gemeinsames Kind, oder?«

»Ja.«

»Führten Sie eine glückliche Ehe?«

Sie warf ihm einen irritierten Blick zu. »Glücklich?«

Er schaute sie bloß an.

Plötzlich betastete sie ihre Wangen. »Bitte entschuldigen Sie mein Aussehen.«

»Sie müssen sich für nichts entschuldigen, Frau Baumgart. Für gar nichts.«

Erneutes Schweigen. Gedämpft drangen die Geräusche vom Tatort zu ihnen herauf. Aufgeregtes Stimmengewirr. Schritte im Treppenhaus.

»Was ist gestern Abend passiert?«

Sie hob die Schultern.

»Hat Ihr Mann Sie geschlagen?«

»Wie kommen Sie darauf?«

»Sie haben Verletzungen im Gesicht«, entgegnete er möglichst sanft.

»Ich bin gestürzt.«

»Wo?«

»Auf dem Weg zur Arbeit.«

Die Frau tat ihm leid. Instinktiv griff er nach ihrer Hand und drückte sie. »Ich verstehe Sie gut. Sie haben vieles erdulden müssen.«

Scheu erwiderte sie seinen Blick. Dann zog sie die Hand zurück.

»Haben Sie Ihren Mann umgebracht? Heute Morgen, kurz bevor Sie zur Arbeit gingen? Er schlief tief und fest. Die Gelegenheit war günstig. Sie nahmen ein Messer und stachen auf ihn ein? Damit endlich Ruhe ist?«

»Nein.«

»Haben Sie es sich manchmal vorgestellt?«

Ein kurzes Zögern, danach schüttelte sie den Kopf.

»Wo ist Noah?«

»Ich weiß es nicht.«

Er insistierte. »Wo ist Ihr Sohn?«

»Keine Ahnung.«

»Trauen Sie ihm die Tat zu?«

Sie sog die Luft ein.

»Glauben Sie, er hat seinen Vater ermordet?«

»Sie müssen ihn finden. Ich weiß nicht, wo er steckt.«

»Also haben Sie ihn im Verdacht?«

»Er ist doch mein Kind. Mein kleiner Junge.«

»Wurde er von Ihrem Mann geschlagen?«

»Mein Junge ist stark. Er kann sich wehren.«

»Das ist nicht die Antwort auf meine Frage.«

Sie senkte den Blick.

»Hat Ihr Mann getrunken?«

»Ja«, erwiderte sie kaum hörbar.

»Haben Sie sich jemals Hilfe geholt?«

»Nein.«

»Warum nicht?«

»Ich war stets der Meinung, wir schaffen das schon. Ernst war kein schlechter Mensch. Eigentlich war er eher zerbrechlich. Ich hab versucht, den guten Kern in ihm zu sehen. So, wie ich ihn von früher kannte. Er war fröhlich. Großzügig. Wir hatten eine gute Zeit. Danach bestand alles bloß noch aus Gewohnheit. Er trank. Er verlor seinen Job. Er trank weiter. Ich fand keinen Anfang und kein Ende mehr.«

»Gestern Abend. Bevor Sie zu Bett gingen. Was geschah?«

»Ernst hatte eine Auseinandersetzung mit Noah.«

»Handfest? Mit Fäusten?«

Sie nickte schwach.

»Worum ging es?«

»Um ein Mädchen, das Noah kennengelernt hat.«

»Wer ist dieses Mädchen?«

»Ich weiß es nicht. Ich kenne sie nicht.«

»Können Sie mir wenigstens einen Namen nennen?«

»Nein.«

»Haben Sie eine Ahnung, wo sie wohnt?«

Erneutes Kopfschütteln.

»Kennt er sie aus der Schule?«

Sie hob die Schultern. »Er hat sie mir gegenüber nie erwähnt, und ich hielt mich aus dem Streit raus. Ich zog die Schlafzimmertür hinter mir zu, um ein bisschen Ruhe zu haben.«

»Wäre es nicht denkbar, dass Noah jetzt bei dieser Freundin ist?«

»Vielleicht.«

»Was geschah, nachdem Ihr Mann ihn geschlagen hat?«

»Die Wohnungstür fiel zu. Ernst brüllte ihm etwas hinterher. Danach war endlich Stille. Ich lag im Bett, wollte schlafen. Ich musste ja früh raus.«

»Und dann?«

»Er trank weiter, nehme ich an. Das tat er immer. Die halbe Nacht. Ich schlief irgendwann ein.« Wieder dieses entrückte Lächeln. »Ich liebe den Schlaf. Im Traum bin ich weit weg.«

»Um Ihren Sohn zu finden, brauchen wir ein paar Anhaltspunkte. Wo ging er normalerweise hin, wenn es zu Hause Ärger gab?«

Ihr Lächeln verflüchtigte sich. Sie schwieg.

»Hat er einen besten Freund?«

Adelheid Baumgart stierte vor sich hin. Schließlich hob sie den Blick. »Er ist oftmals die ganze Nacht lang weggeblieben.

Ich denke, er hatte irgendwo einen Platz zum Schlafen, aber ich weiß nicht, wo. Ich hab ihn öfter danach gefragt. Er sagte nur, das geht mich nichts an.«

»Aber er ist sechzehn, noch minderjährig.«

»In dieser Hinsicht habe ich wohl versagt, Herr Kommissar. Bitte machen Sie mir keinen Vorwurf deswegen. Die Lage ist schwierig genug. Was soll ich denn jetzt tun? Wann kann ich wieder in unsere Wohnung zurück?«

Trojan stieß den Atem aus. »Heute Nacht sicher nicht mehr. Schildern Sie mir bitte genau, wie Sie Ihren Mann gefunden haben.«

»Vor der Schlafzimmertür lag so ein roter Stummel. Ich hab ihn in die Spüle geworfen und mir die Hände gewaschen. Mir wurde erst später klar, worum es sich dabei handelte.«

»Um einen Kern?«

»Ja.«

»Sie fanden nur einen einzigen davon?«

Sie nickte.

»Und weiter?«

»Ich ging zurück, klopfte an die Tür.«

»Ihr Sohn war also nicht da?«

»Nein.«

»Auch nicht in seinem Zimmer?«

»So ist es.«

»Und dann?«

»Es kam keine Antwort. Ich öffnete. Im Zimmer war es dunkel. Die Jalousien waren herabgelassen. Ich schaltete das Licht an. Und als Erstes sah ich diese Fratze.«

»Sie meinen das eingeritzte Gesicht in der roten Frucht?«

»Ja. Auf dem Bügel. Mit ... dieser ...«

»... Unterhose?«

Wieder nickte sie.

»Ist das Ihre?«

»Großer Gott, nein.«

»Haben Sie etwas Derartiges schon mal gesehen? Einen Granatapfel, zum Kopf einer Figur verändert?«

»Niemals.«

»Bei Ihrem Sohn vielleicht?«

»Um Himmels willen, nein.«

»Eine Zeichnung davon? Oder einen verbogenen Drahtbügel? Ein Wäschestück, das nicht ihm gehört?«

Sie starrte ihn an. »Mein Sohn ist nicht pervers. Er tut so etwas nicht.«

»Was geschah als Nächstes?«

»Ich sah Ernst auf dem Bett liegen, grausam verunstaltet.«

Trojan dachte nach. »Besaß Ihr Mann eigentlich einen Jagdschein?«

»Nicht dass ich wüsste.«

»So ein Fell. Könnte das irgendeine Bedeutung für ihn gehabt haben? Sprach er einmal davon, dass er Rehe erlegt hat?«

»Daran erinnere ich mich nicht.«

»Und Ihr Sohn?«

Entsetzt starrte sie ihn an.

»Haben Sie mal ein Tierfell in seinem Zimmer entdeckt?«

Abermals verneinte sie.

»Fiel Ihnen heute Nachmittag in der Wohnung eine Veränderung auf? Mal abgesehen von dem Granatapfelkern. Liegt irgendetwas nicht am rechten Platz? Oder ist etwas hinzugefügt worden?«

Sie sah ihn ängstlich an. »Es ist sehr merkwürdig, aber ...« Sie brach ab.

In Trojans Fingern kribbelte es.

»Was?«

»Das kleine Gemälde, das über dem Bett hängt.«

»Die Landschaftsmalerei?«

»Hmm.«

»Was ist damit?«

»Wir hatten nie so ein Bild im Schlafzimmer.«

Die U7 war überfüllt. Elisabeth stand in der Nähe der Tür und atmete flach. Zu ihren Füßen hechelte ein Kampfhund ohne Maulkorb. Sein nasses Fell stank. Der Besitzer, ein Typ mit glatt rasiertem Schädel, hielt ihn an der kurzen Leine. Er schien ihr Unbehagen bemerkt zu haben. Unablässig grinste er sie an.

Sie wich seinem Blick aus, zählte innerlich die Stationen. Nervös betastete sie den Zettel von Noah in ihrer Jackentasche. Seine Worte hatten sich ihr eingebrannt.

FALLS ETWAS SCHLIMMES PASSIERT: RETTE MICH.

Ihre Hände schwitzten. Allmählich weichte das Papier zwischen ihren Fingern auf.

Auch während ihrer Schicht im Multiplex-Kino hatte sie über die Botschaft nachgegrübelt. Sie war fahrig und unkonzentriert gewesen, hatte Bestellungen verwechselt und falsche Tickets ausgedruckt. Ihr Chef hatte sie angeschnauzt und ihr mit Rauswurf gedroht.

Endlich erreichte der Zug die Station Rathaus Neukölln. Dichtes Gedränge auf dem Bahnsteig und der schmalen Treppe, die zum Ausgang führte. Oben angelangt musste sie auf der Mittelinsel der Karl-Marx-Straße warten, bis die Ampel auf Grün sprang. Kalter Sprühregen benetzte ihre Stirn.

Sie zog sich die Kapuze ihres Hoodies über den Kopf, den sie unter ihrer schwarzen Lederjacke trug. Schnellen Schrittes bog sie in die Fuldastraße ein.

Sie war an der Kreuzung Ecke Sonnenallee, als ein Polizeiauto mit heulender Sirene an ihr vorbeifuhr. Zwei weitere folgten. Sie näherte sich der Ossastraße, als erneut ein Funkwagen an ihr vorüberraste. Sie sah ihm nach. Mit quietschenden Reifen bog er zum Weigandufer ab.

Erschrocken horchte sie auf das Sirenengeheul, nicht weit von ihr entfernt.

Statt zu ihrer Wohnung zu gehen, folgte sie dem Lärm. An der Ecke zum Schifffahrtskanal sah sie es.

Das Ufer war abgesperrt. Grell zuckende Blaulichter. Flatterbänder. Schaulustige. Einsatzfahrzeuge.

War das etwa das Haus, in dem Noah wohnte?

Nach wenigen Metern hatte sie Gewissheit. Sie schob sich in die Menschenmenge hinter der Absperrung.

Sie starrte zu dem Fenster hinauf, hinter dem sie Noahs Mutter gesehen hatte. Die Jalousie war herabgelassen. Doch hinterm Küchenfenster nebenan erkannte sie Männer in weißen Overalls.

»Was ist passiert?«, fragte sie eine Passantin, die neben ihr stand.

»In dem Haus ist jemand ermordet worden.«

»Wer?«

»Ein Nachbar von mir.«

»Sie wohnen hier?«

»Ja. Ich hab's da drin nicht mehr ausgehalten.«

»Können Sie mir den Namen verraten?«

Die Frau schaute sie misstrauisch an. »Sind Sie von der Presse?«

»Nein.«

»Da waren nämlich Journalisten, die haben mich mit Fragen gelöchert.«

Elisabeth berührte die Frau am Ärmel ihres Mantels. »Sagen Sie es mir bitte.«

»Warum wollen Sie das wissen?«

»Es geht doch um die Familie im zweiten Stockwerk, oder?«

»Hmm.«

»Ich kenne die Leute. Flüchtig, aber sie sind mir bekannt.«

»Ernst Baumgart, der verdammte Säufer. Ihn hat es erwischt. Um ehrlich zu sein, tut es mir nicht leid um ihn.«

»Was ist mit seiner Frau?«

»Sie hat ihn gefunden. Heute Nachmittag. Sie kam von der Arbeit zurück. Ich hab sie gehört. Sie rannte schreiend ins Treppenhaus. Das war furchtbar.«

»Und wo ist der Junge?«

»Das haben mich die Kriminalbeamten auch gefragt. Ich hab ihn lange nicht gesehen. Ich glaube, sie suchen nach ihm.« Die Frau musterte sie. »Woher kennen Sie die Baumgarts?«

Elisabeth brachte kein Wort hervor.

Sie tauchte in der Menge ab.

Wie ferngesteuert ging sie heim.

Sie nahm einen Umweg. Mehrmals schaute sie sich um, ob ihr jemand folgte.

Kaum war sie in ihrer Wohnung, fuhr sie den Laptop hoch. Sie löschte die Aufnahmen aus dem Haus, die Probeaufnahmen mit Noah. Sie löschte auch ihr Video-Tagebuch. Sie vernichtete sämtliche Dateien, die mit ihrem Filmprojekt zu tun hatten. Sie nahm die Speicherkarte aus der Kamera und sorgte dafür, dass nichts mehr darauf zu finden war.

Sie inspizierte die Küche. Die Reste des zerfetzten Granatapfels hatte sie längst entfernt, dennoch überprüfte sie ein weiteres Mal den Abfalleimer.

Sie spülte nochmals das Schneidebrett und das Messer ab.

Sie holte den Zettel aus ihrer Jackentasche, entzündete ein Streichholz und verbrannte ihn im Spülbecken.

Schließlich packte sie Videokamera, Laptop und ein paar Sachen zum Anziehen in eine Tasche und verließ das Haus.

Robert Endrich wohnte in der Colbestraße in Friedrichshain. Sie klingelte an der Haustür. Die Sprechanlage schnarrte.

»Wer ist da?«

Sie nannte ihren Namen.

Kurz darauf ertönte der Summer. Sie betrat das Treppenhaus, stieg die Stufen hinauf.

Robert erwartete sie an der Wohnungstür. Anfang dreißig, etwas füllig, schütteres Haar, auffällige Nerd-Brille. Sie hatte ihn während eines Praktikums in einer Filmproduktionsfirma kennengelernt. Er arbeitete dort als Cutter und hatte ihr für die Bewerbung an der Filmhochschule ein paar Tipps gegeben. Inzwischen waren sie befreundet.

»Lisa. Was für eine Überraschung!«

»Störe ich?«

Er lächelte. »Nicht im Geringsten.«

»Ich hätte wenigstens vorher anrufen können.«

»Was ist los?«

»Es gibt ein Problem.«

»Na, dann komm rein.«

Er führte sie ins Wohnzimmer.

»Setz dich doch.«

Sie nahm auf dem Sofa Platz.

»Willst du was trinken?«

»Lieber keinen Alkohol heute.«

Sein Lächeln wurde breiter. »Nicht mal einen kleinen Gin Tonic?«

Sie verstand die Anspielung. Ein gemeinsamer Abend in einer Bar. Mehrere Longdrinks. Gespräche über Filme, das Leben, gemeinsame Vorlieben. Plötzlich war seine Hand auf ihrem Knie. Bloß für eine Sekunde. Wie ein kurzer Test. Sie fragte: »Können wir nur Freunde sein?« Er zog die Hand weg und grinste sie an. »Natürlich.«

Andere Männer wären gekränkt gewesen. Nicht Robert. Er lud sie zum Essen ein. Sie plauderten. Sie trafen sich bei ihm zu Hause. Er ging mit ihr Zeile für Zeile das Treatment für ihren Film durch. Er war nicht ihr Typ, jedenfalls nicht fürs Bett, aber ein Kumpel, und das schien er zu akzeptieren.

Zumindest hoffte sie das.

»Wenigstens ein Bier?«

Sie zögerte einen Moment, dachte an den Rotwein von letzter Nacht, dazu die letzte Beruhigungstablette, eine fatale Mischung.

»Okay«, murmelte sie.

Er verschwand kurz in der Küche und kam mit zwei gekühlten Flaschen zurück. Er öffnete sie, reichte ihr eine, setzte sich zu ihr und stieß mit ihr an.

»Was ist passiert? Du bist ja ganz blass.«

»Entschuldige, Robert, dass ich hier einfach so reinplatze.«

»Hat es mit deinem Projekt zu tun?«

»In gewisser Weise schon.«

»Kommst du voran?«

»Eigentlich nicht. Es ist was Schreckliches passiert. Und ich weiß gerade nicht, an wen ich mich wenden soll.«

Er breitete die Hände aus. »Ich bin für dich da, Lisa. Das weißt du doch.«

»Danke.«

»Also schieß los.«

Sie holte tief Luft. »Gestern Nacht ist jemand ermordet worden. In meinem Viertel, nur eine Straßenecke von mir entfernt. Und ich kannte den Kerl.«

»Das ist ja heftig. Wer denn?«

»Der Vater von einem Jungen, den ich für meinen Film gecastet habe. Der Junge soll den bösen Geist spielen.«

»Dieses abgefahrene Wesen mit dem unheimlichen Granatapfelkopf?«

»Ja.«

»Eine geile Geschichte, Lisa. Die hat wirklich Potenzial.« Er kniff die Augenbrauen zusammen. »Aber ein echter Mord? Wahnsinn! Erzähl mir mehr davon.«

»Der Junge heißt Noah. Er wird vermisst. Ich fürchte, die Polizei verdächtigt ihn. Und ich fühle mich schuldig. Er hat sich so sehr in mein Projekt hineingesteigert, dass …«

Der Cutter unterbrach sie. »Moment mal, langsam. Wie hast du ihn kennengelernt?«

»Er hat öfter in dem Haus, in dem ich wohne, auf dem Dachboden geschlafen. Dort hat er sich vor seinem gewalttätigen Vater versteckt. Wir kamen ins Gespräch. Eins ergab das andere. Er ist ein Filmfreak. Er kennt jeden Horrorfilm. Ich hab Probeaufnahmen von ihm gemacht. Und er ist richtig gut.«

Robert Endrich wiegte den Kopf. »Wie alt ist er?«

»Sechzehn.«

»Ist er nicht ein bisschen zu jung für die Rolle?«

»Das dachte ich anfangs auch. Aber schließlich hat er mich überzeugt.«

»Ein Naturtalent, ja?«

»Gewissermaßen.«

»Und was geschah dann?«

»Er war gestern Nacht bei mir. Er hat bei mir übernachtet.«

Der Cutter wirkte überrascht. »Wieso das denn?«

Sie erzählte ihm von der Auseinandersetzung mit Noahs Vater.

»Der Kerl hat dich bedroht?«

»Hmm.«

»Und den Sohn danach verprügelt?«

»So ist es.«

»Und dann?«

»Noah stand vor meiner Tür. Er war verzweifelt. Ich hab ihn reingelassen.« Sie berichtete ihm von der vergangenen Nacht. Sie erzählte ihm von dem roten Nylonstrumpf, den er sich über den Kopf gezogen hatte, seinen merkwürdigen Andeutungen und der Nachricht, die er ihr hinterlassen hatte.

»Hast du den Zettel dabei?«

»Ich hab ihn verbrannt.«

»Warum?«

»Aus Angst vor der Polizei.«

Endrich tippte mit seinem Zeigefinger gegen sein Brillengestell und musterte sie eine Zeit lang schweigend. Dann fragte er: »Wie hast du von dem Mord erfahren?«

Sie erzählte es ihm.

»Und du glaubst ernsthaft, er hat seinen Vater umgebracht?«

»Ich würde es ihm zutrauen.«

Der Cutter trank einen Schluck Bier, stellte die Flasche ab und lehnte sich auf dem Sofa zurück. »Verdammt. Das hört sich nicht gut an.«

»Er muss sich irgendwann nachts rausgestohlen haben. Das Schlimme ist, dass ich mich an die zweite Nachthälfte nicht mehr erinnern kann. Ich hab eine Tablette eingenommen, um ruhiger zu werden. Das hat sich mit dem Alkohol nicht vertragen. Möglich, dass ich selber noch mal draußen war und zu dem Haus gegangen bin, in dem er wohnt.«

»Mitten in der Nacht?«

»Ich weiß nicht. Es kann auch ein Albtraum gewesen sein. Ich krieg das nicht mehr ganz auf die Reihe.«

»Hast *du* etwas mit der Sache zu tun?«

Ihr Herz pochte. »Nein«, erwiderte sie eine Spur zu laut.

»Du bist ja völlig durcheinander.«

Sie krümmte die Schultern.

Er legte den Arm um sie. »Ist ja schon gut«, sagte er leise.

Sie lehnte sich an ihn, atmete schwer. »Tut mir leid, dass ich dich spätabends noch mit meinen Problemen behellige.«

»Aber nicht doch. Die Sache wird sich schon aufklären. Vielleicht war er's gar nicht.«

»Ich trage die Verantwortung. Es ist meine Geschichte. Und er hat sich in diesen Wahnsinn hineingesteigert.«

»Und du kannst ihn nicht auf dem Handy erreichen?«

»Nein.«

»Hey, es ist nicht deine Schuld.«

»Doch, ich hab ihn da hineingeritten. Ich hätte erkennen müssen, dass er für mein Projekt zu labil ist. Mir ist es mittlerweile auch über den Kopf gewachsen.«

»Das kann passieren, wenn du dich mit einer Filmarbeit stark identifizierst. Manchmal vermischen sich die Dinge.

Fiktion und Wirklichkeit verschwimmen.« Er sah sie von der Seite an. »Immer wenn wir uns trafen, hab ich mich gefragt: Wie real ist dieses Wesen aus deinem Horrorfilm? Wenn du davon sprichst, hat man den Eindruck, es läuft tatsächlich da draußen herum und killt Menschen. Wie bist du nur auf diesen Granatapfel gekommen? Und die schimmernden Kerne in seiner Fratze? Das hat eine unglaubliche Kraft, Elisabeth. Ich bin beeindruckt.«

Ein Schauer lief über ihren Rücken. Sie entzog sich seiner Umarmung, trank von dem Bier.

»Was hast du jetzt vor?«, fragte er.

»Ich muss Noah finden. Ihn irgendwie retten. Seine Nachricht ist ein Hilferuf.«

»Hast du eine Ahnung, wo er sein könnte?«

»Ich hab ihm mal auf der Karte gezeigt, wo dieses verlassene Haus liegt, in dem ich den Film drehen will. Es wäre eine Möglichkeit, dass er sich dort versteckt.« Sie schaute ihn an. »Ich fürchte, er ist besessen von dem Projekt. Er hält sich für das Wesen.«

»Bist du dir sicher?«

Sie zuckte mit den Achseln. »Es könnte eine Psychose bei ihm ausgelöst haben. So etwas kommt vor. Zumal wenn er vorher eine Veranlagung dafür hatte.«

»Hmm.«

»Kannst du mir eventuell deinen Wagen leihen? Ich würde gern zu dem Haus im Umland fahren und mal nachschauen.«

»Um diese Zeit noch?«

»Ja.«

»In deinem Zustand kannst du nicht Auto fahren. Du zitterst ja.«

Wieder einmal war ihr urplötzlich kalt.

Robert Endrich stand auf, holte eine Wolldecke und legte sie um ihre Schultern.

»Kannst du mir mal die Aufnahmen von dem Jungen zeigen?«

»Ich hab sie alle gelöscht.«

»Warum?«

»Um ihn zu schützen.«

Er zog die Stirn in Falten. »Hattest du eigentlich was mit ihm? Warst du mit ihm im Bett?«

»Nein«, erwiderte sie entrüstet.

»Vermutlich sind bloß deine Nerven überreizt. Der Film hat nichts mit dem Mord zu tun.«

»Und wenn doch?«

Der Cutter blickte sie reglos an.

»Ich mach dir einen Vorschlag«, sagte er nach einer Weile. »Wir fahren zusammen zu dem Haus. Aber erst morgen. Vorher musst du dich ausruhen.«

»Ich kann nicht mehr in meine Wohnung zurück. Ich hab Angst.«

»Dann bleib hier. Bei mir.« Er griff nach ihrer Hand. »Du kannst auf dem Sofa schlafen.«

EINUNDDREISSIG

Die Suche nach Noah Baumgart lief auf Hochtouren. Ein Foto des Jugendlichen war an sämtliche Polizeidienststellen weitergegeben worden. Noch sträubte sich Trojan innerlich dagegen, doch letztlich kam er nicht umhin, den Jungen auch als tatverdächtig anzusehen.

Er streifte sich Latexhandschuhe über und näherte sich dem Bett, auf dem der Tote gelegen hatte. Mittlerweile war er abtransportiert worden. Nils nahm das Bild von der Wand und drehte es um. Auf der Rückseite war nichts vermerkt. Keine Aufschrift. Keine Ziffernfolge.

Vorsichtig öffnete er den Rahmen, um nachzusehen, ob sich etwas zwischen Leinwand und Passepartout befand. Doch da war nichts.

Steffie trat zu ihm. Er berichtete ihr in knappen Worten, was sein Gespräch mit Adelheid Baumgart ergeben hatte. Zuvor hatte er auch den Chef darüber informiert, der verspätet am Tatort eingetroffen war.

»Das kleine Gemälde ist also offenbar ein weiteres Relikt des Täters«, sagte Steff.

»Ja.«

»Hat die Familie irgendeinen Bezug zur Malerei?«

»Das hab ich die Ehefrau auch gefragt. Sie hat es verneint.«

»Was ist mit dem Sohn?«

»Er interessiert sich nur für Horrorfilme.«

»Diese Fratze in dem Granatapfel …«

»… hat etwas von Horror, das kam mir auch schon in den Sinn. Nur dürfen wir nicht außer Acht lassen, dass sich sehr viele Jugendliche von diesem Genre angezogen fühlen.«

»Hmm.«

Gemeinsam betrachteten sie das Aquarell. Das Ufer eines Sees, gesäumt von ein paar Bäumen, im Hintergrund eine Wiese.

»Es ist nicht besonders kunstvoll ausgeführt«, sagte Trojan.

»Stimmt. Es wirkt ziemlich amateurhaft. Ob es sich wiederum um eine Kopie handelt? Wie im Fall der Keramikschale und des Gedichts?«

»Möglicherweise. Nur, wie gesagt, die Baumgarts haben sich nicht für Malerei interessiert.«

»Der Täter weicht demnach auch hier von seinem Muster ab.«

»Aber nur ganz leicht. Vielleicht hat das Bild eine eher persönliche Bedeutung für ihn.«

»Das haben wir ja bereits bei der Schale und dem Gedicht in Erwägung gezogen.«

»Richtig.«

»Wozu betreibt er nur diesen Aufwand?«

»Es sind Inszenierungen«, sagte Trojan. »Die Tatorte wirken auf mich wie Kulissen.« Er wies auf den Granatapfelkopf auf dem Drahtbügel. »Und dieses gespenstische Wesen spielt gewissermaßen die Hauptfigur darin.«

»Meinst du, in der hässlichen Fratze spiegelt sich der Täter wider? Symbolisiert die Figur aus Draht den Mörder?«

»Durchaus denkbar.«

»Aber sie trägt weibliche, eigentlich eher mädchenhafte Kleidungsstücke.«

»Ja. Ein Kinderkleid im Fall von Karen Schneider. Eine Unterhose in kleiner Größe, die tatsächlich nicht von der Ehefrau stammt, im Mordfall Ernst Baumgart. Das bringt mich erneut auf den Gedanken, dass wir es auch mit einer Serienmörderin zu tun haben könnten.«

»Der Mord hier stellt einen Wendepunkt dar.«

»Ja.«

»Aus *Tröste mich* und *Wärme mich* wird *Verschlungen*.«

»Nach zwei weiblichen Opfern folgt ein männliches. Und dieses wurde nahezu entmannt. Sollten wir es mit einer Killerin zu tun haben, könnte diese Tat auf einen sexuellen Übergriff hindeuten.«

Stefanie blickte ihn an. »Und wenn es der Junge war? Noah Baumgart? Wurde er vielleicht von seinem Vater missbraucht?«

»Baumgart war Alkoholiker und zudem überaus gewalttätig. Er hat seine Frau geschlagen und gelegentlich auch den Sohn. Samstagabend, als Noah zuletzt gesehen wurde, hat er ihn verprügelt. Wir müssen später die Ehefrau behutsam dazu befragen, ob noch mehr passiert ist.«

»Gut.«

Trojan straffte die Schultern. »Aber zurück zu dem Bild. Sagt dir das Motiv etwas? Hast du es schon mal irgendwo gesehen?«

»Nein«, erwiderte sie. »Du?«

Er schüttelte den Kopf.

»Wurde es vom Täter markiert? Wie die Schale zum Beispiel?«

»Seltsamerweise nicht. Auch das Gedicht ließ sich ja über den Saft des Granatapfels eindeutig auf den Mörder zurückführen.«

»Vielleicht fehlte ihm die Zeit dafür.«

»Aber hätte er es nicht *vorher* mit seinem Zeichen versehen können? Er muss es doch mitgebracht haben.«

»Du hast recht. Es ist sonderbar.«

»Vielleicht steckt eine Absicht dahinter.«

»Wie meinst du das?«

»Nur so ein Gefühl. Ich kann es noch nicht recht deuten.«

Sie ließen das Aquarell abfotografieren und als Datei ans Kommissariat schicken. Max Kolpert, der den Laptop von Noah aufs Revier mitgenommen hatte und dabei war, das Passwort zu knacken und die Dateien zu durchsuchen, sollte es mit einer Datenbank für Kunstwerke abgleichen, um sicherzustellen, ob es sich eventuell um die laienhafte Kopie eines bekannteren Gemäldes handelte.

Stefanie kümmerte sich um die Befragungen einiger Kontaktpersonen aus dem Umfeld von Noah, um möglicherweise herauszufinden, wo er zeitweilig die Nacht verbracht hatte. Zudem ging es dringlich darum, den Namen des Mädchens oder der jungen Frau zu ermitteln, die er offenbar kennengelernt hatte. Allerdings schien Noah ein Einzelgänger zu sein, der wenig über sich preisgab. Erste Vernehmungen von Jugendlichen aus seiner Schule hatten diesen Eindruck bestätigt.

Sein Handy ließ sich nicht orten. Die Serverdaten waren beim Telefonunternehmen angefragt worden. Für gewöhnlich dauerte es einige Zeit, bis sie vorlagen. Ungeduldig erwartete man im Kommissariat eine Liste der letzten ein- und ausgehenden Anrufe und der Textnachrichten.

Trojan erkundigte sich derweil bei Olaf Maas und Ronnie Gerber nach dem Stand ihrer Ermittlungen. Im Haus war niemandem etwas Verdächtiges aufgefallen.

Albert Krach berichtete ihm, dass es keinerlei Einbruchsspuren gab. Er hatte das Zimmer des Jungen bereits gründlich durchsucht, nun löste Trojan ihn ab.

Nachdenklich blickte er sich in dem Raum um. Ein Regal mit wenigen Büchern, dafür eine beträchtliche DVD-Sammlung, allesamt Horrorfilme. Es waren Klassiker darunter, aber auch weniger bekannte Splattermovies. Der Schreibtisch war mit Schulheften und Büchern übersät. Das Bett war ordentlich gemacht. An der Wand hingen etliche Filmposter. Trojan öffnete den Kleiderschrank und durchsuchte ihn. Danach nahm er sich die Schreibtischschubladen vor. Er bückte sich und schaute unters Bett. Er hob die Matratze an, klopfte sie ab.

Er setzte sich auf den Schreibtischstuhl und schloss für eine Zeit lang die Augen.

Wer bist du, Noah?

Wer ist deine Freundin?

Wo hast du sie kennengelernt?

Wo verbringst du die Nacht, wenn du es in dieser Wohnung nicht mehr aushältst?

Was ist heute Nacht geschehen?

Dein Vater schlägt dich, du verlässt das Haus.

Wohin treibt es dich, wenn du wütend und verzweifelt bist?

Erneut schaute er sich um. Dann zückte er sein Handy und rief Kolpert an.

»Konntest du sein Passwort knacken?«

»Ja. Ich durchforste gerade die Dateien. Es sind unendlich viele Horrorstreifen.«

»Gibt es persönliche Videos?«

»Auffallend wenige. Bisher nichts von Belang.«

»Was ist mit den Text-Dateien?«

»Überwiegend Schulkram. Hausaufgaben und dergleichen.«

»Irgendwelche privaten Aufzeichnungen?«

»Ich bin dran. Aber im Moment sieht es nicht danach aus, als habe der Junge besonders viel aufgeschrieben.«

»Verdammt.« Er dachte nach. »Was ist eigentlich mit den sozialen Medien? Facebook? Instagram?«

»Wir haben das längst überprüft. Er hat nichts über eine Freundin gepostet. Es sind überhaupt nur sehr wenige Einträge von ihm online.«

»Mist.«

»Ich ruf dich an, sobald ich was gefunden hab.«

»Danke.«

Sie legten auf. Trojan öffnete Noahs Foto auf seinem Smartphone, eine halbwegs aktuelle Aufnahme, die sie von seiner Mutter hatten und für die Suche verwendeten. Kolpert hatte sie an alle Mitarbeiter gesendet.

Scheu blickte der Junge in die Kamera.

Tiefdunkle Augen.

Das Haar fiel ihm weich in die Stirn.

War dieses Kind ein Serienmörder?

Unruhig ging Trojan zurück ins Schlafzimmer und betrachtete erneut das Aquarell, das nun an der Wand lehnte. Sein Blick wanderte zum Teppich und der blutroten Aufschrift.

VERSCHLUNGEN.

Abermals besah er sich die Figur mit dem Granatapfelkopf und der zerrissenen Unterhose.

Der Chef riss ihn aus seinen Gedanken und verwickelte ihn

in ein längeres Gespräch über die laufenden Ermittlungen. Auf seine Fragen antwortete Trojan schmallippig.

Da berührte ihn Landsberg am Arm. »Was ist los mit dir, Nils? Du wirkst zerstreut.«

»Entschuldige.«

»Ich kann mich auf deinen kriminalistischen Instinkt verlassen. Also sag mir, was dir durch den Kopf geht.«

»Hier stimmt irgendetwas nicht.« Er wies auf das Bild und fasste für den Chef die Analyse zusammen, die er zuvor mit Stefanie vorgenommen hatte. »Ich vermisse eine Markierung. Ein Zeichen. Dreimal hat der Täter uns seine typische Ziffernfolge hinterlassen. Im Treppenhaus gegenüber der Töpferwerkstatt, an einem Baumstamm im Grunewald, von wo aus er offenbar Karen Schneider beobachtet hat, und auf dem Boden der Keramikschale in Marta Giesners Wohnung. Selbst das Gedicht war eindeutig von ihm in dem ansonsten leeren Buch notiert worden. Warum ist dieses Aquarell ohne sein Kürzel?«

»Er weicht von seinem Muster ab«, erwiderte Landsberg.

»Das schon. Aber alles andere passt ins Bild. Die mit dem Saft hinterlassene Botschaft, ein künstlerischer Gegenstand als Relikt. Das Fell eines Rehs und diese merkwürdige Figur mit dem Granatapfelkopf.«

»Vergiss die Kerne nicht.«

»Ja, ein einzelner davon wurde gefunden. Die Ehefrau hat ihn entsorgt.«

Landsberg untersuchte das Bild. Auch er nahm den Rahmen auseinander. »Hier ist nichts.«

»Ich hab das Gefühl, dass er damit etwas bezweckt.«

»Nur was?«

»Vielleicht soll es uns irritieren. Er verlangt unsere Aufmerksamkeit. Er hat das bewusst so inszeniert. Der Täter spricht zu uns.« Trojan stieß den Atem aus. »Dennoch könnte ich falschliegen.«

Doch in seinen Fingern kribbelte es.

Wieder betrachtete er die blutrote Aufschrift auf dem Teppich.

VERSCHLUNGEN.

Sein Blick wanderte weiter am Boden entlang.

Plötzlich war er wie erstarrt. Ihm fielen ein paar winzige Unebenheiten an der Scheuerleiste auf.

Er ging zu der Stelle und kniete davor nieder. Er betastete die Auslegeware. Hier war sie locker. Er zerrte an der Kante und hob den Teppich ein Stück an.

Darunter befand sich etwas.

Doch es war nicht die übliche Markierung.

ZWEIUNDDREISSIG

Montag, 30. November,
zwei Uhr morgens

Trojan war am Ende seiner Kräfte.

Der Chef hatte eine Sitzung im Kommissariat anberaumt. Blass und mit rauer Stimme versuchte er seine Teammitglieder wieder auf Kurs zu bringen. Doch sie wirkten ähnlich übernächtigt wie er. Der ansonsten so übereifrige Olaf Maas verhielt sich auffallend still. Ronnie Gerber, für gewöhnlich von eher kräftiger Statur, schien mindestens zwei Kilo abgenommen zu haben. Die Gesichtsfarbe von Albert Krach war noch grauer als zuvor. Max Kolpert hatte sich seit Tagen nicht rasiert. Stefanies Augen waren tief umschattet, ihr blondes Haar, wie üblich zu einem Pferdeschwanz zurückgebunden, war spröde und ohne Glanz.

Seit zwei Stunden rätselten sie über die vom Täter auf dem Dielenboden hinterlassene Nachricht, die unter dem Teppich verborgen gewesen war. Wiederum war sie mit dem Saft eines Granatapfels aufgetragen worden, wie der Laborbefund gezeigt hatte.

Eine Fotografie davon wurde per Beamer an die Wand im Sitzungssaal projiziert.

»Kommt schon, Leute«, sagte Landsberg. »Strengt eure grauen Zellen an. Noch irgendwelche Ideen zur Entschlüsselung?«

Schweigen.

Sie hatten die Botschaft durch ein Dechiffrierungspro-gramm laufen lassen, doch ohne weiterführendes Ergebnis.

»Vielleicht will der Täter uns nur verwirren«, murmelte Krach. »Während wir hier sitzen und uns darüber den Kopf zerbrechen, ist er uns längst um Meilen voraus.«

»Albert könnte recht haben«, sagte Gerber. »Es hält uns nur von der Suche nach dem Jungen ab.«

»Die Fahndung nach Noah Baumgart läuft«, entgegnete der Chef gereizt. »Ich habe die angeforderte Verstärkung be-kommen und die zusätzlichen Beamten instruiert.«

»Ist er denn überhaupt tatverdächtig?«, fragte Kolpert. »Sind diese ausgeklügelten Morde einem Sechzehnjährigen zuzutrauen?«

»Entschuldige«, sagte Trojan, »aber die Frage bringt uns im Moment nicht weiter. Irgendetwas hat der Täter mit die-ser Nachricht bezweckt. Und wenn wir sie ins Verhältnis zu den anderen Markierungen setzen, nähern wir uns allmählich seiner Denkweise an. Wir müssen in seinen Kopf vordringen, seine inneren Abgründe erforschen. Nur deshalb sind wir hier.«

»Und was sagt diese Chiffre deiner Meinung nach über seine kranke Seele aus?«, fragte Stefanie.

»Er steigert sich. Er ist in einem Rausch. Seine Überlegen-heit nimmt zu. Von Mord zu Mord. Er wagt sich erstmals an ein männliches Opfer. Und gleichzeitig lässt er uns näher an sich heran.«

»Das liest du aus der verschlüsselten Botschaft ab?«

»Ja. Allein aus der Tatsache, dass er sie für uns hinterlassen hat. Er fühlt sich mittlerweile so mächtig, dass er sich einen genaueren Hinweis erlaubt. Der bisherigen Markierung, der Ziffernfolge 7, 14 und 21, fügt er Entscheidendes hinzu. Mir kommt das wie eine Potenzierung vor. Es sieht aus wie eine mathematische Formel, aber es weist auf etwas ganz Konkretes hin.«

Erneutes Schweigen.

»Und was heißt das nun, Herr Trojan? Mathematik. Potenzierung. Was sollen wir damit anfangen?« Die giftige Bemerkung stammte von Olaf Maas.

Trojan schlug mit der flachen Hand auf den Tisch. »Hör bitte auf, mich zu siezen, das nervt.«

»Was haben Sie eigentlich gegen mich?«

»Nichts. Ich möchte nur, dass du dich sinnvoll einbringst. Sarkasmus führt uns nicht weiter.«

»Ich erledige nur meine Arbeit, aber Sie …«

»Schluss jetzt«, fuhr der Chef dazwischen. »Die Sitzung ist vorerst beendet. Wir machen morgen früh weiter. Ruht euch ein bisschen aus. Wir müssen die Nerven behalten und einen kühlen Kopf bewahren.«

Die Teammitglieder standen auf und verließen nacheinander den Raum.

Der Chef hielt Trojan an der Tür zurück. »Nils, kommst du mal?«

»Was gibt's?«

»Sei nachsichtig mit Olaf Maas. Er muss sich erst einarbeiten.«

»Hältst du ihn für den Richtigen?«

»Wie meinst du das?«

»Kann er Dennis Holbrecht ersetzen?«

Landsberg kniff die Lippen zusammen. »Niemand kann Dennis ersetzen. Und weißt du auch, warum?«

Trojan schaute ihn bloß fragend an.

»Weil wir noch immer um ihn trauern.«

»Ja, das ist wahr. Er fehlt mir, sehr sogar. Ich wünschte, ich könnte die Zeit zurückdrehen.«

»Das ist leider unmöglich. Also schau lieber nach vorn. Schnapp dir den Mörder. Deine Überlegungen sind richtig. Ich hab das Gefühl, dass du nah dran bist.«

Er nahm sich eine Ablichtung der rätselhaften Botschaft mit nach Hause. Kaum war er in seiner Wohnung in der Forster Straße angelangt, fiel er in Klamotten aufs Bett und schlief auf der Stelle ein.

Etwa zwei Stunden später wachte er auf. Er war schweißgebadet. Sein Herz raste.

Ruhig, dachte er. Es war nur ein Traum.

Er hatte ein Kind schreien gehört. Nach ihm gesucht. Hinter einer Tür hatte er es entdeckt. Es war ein Kind ohne Gesicht. Ein Haarschopf und darunter nichts. Alles weiß. Bloß ein grellroter Mund.

Aufgerissen zu einem gellenden Schrei.

Eine Handvoll Kerne auf der Zunge.

Granatapfelkerne.

Trojan stand auf und trank ein Glas Wasser.

Plötzlich war er hellwach.

Aufgeregt lief er in der Wohnung hin und her. Ein Kind. Hatte er etwa von Noah Baumgart geträumt? Was, wenn der Junge sich in großer Gefahr befand? Denkbar, dass sie sich mit ihrem Tatverdacht täuschten. Und dennoch sprach vieles gegen ihn. Karen Schneiders seltsame Begegnung im Grunewald zum Beispiel. Ein Jugendlicher mit einem angefahrenen Tier unter der Jacke. Ein junges Reh, wie er behauptete.

Denk nach. Du hast es in der Sitzung selbst angesprochen.

Nähere dich der Denkweise des Täters an. Was geht in seinem Kopf vor?

Was hat das Zahlenrätsel zu bedeuten?

Trojan breitete die Fotografie auf seinem Schreibtisch aus und betrachtete sie.

Rot leuchtende Zahlen auf den Dielenbrettern. Darunter die üblichen Ziffern 7, 14 und 21, doch ohne die Querstriche. Weitere waren hinzugefügt worden. Auch die Anordnung und die beiden Punkte dazwischen waren rätselhaft:

7   14   21

        11   .01   12.10

Ein Datum? 12.10. Also Oktober. Damit könnte die Vergangenheit gemeint sein. Ein weiteres Datum. 11.01., also Januar. In der näheren Zukunft. Eine Mordserie zwischen Oktober und Januar? Aber warum waren die Zahlen so weit auseinander geschrieben? Die 11 befand sich unter der 14. Der Punkt sehr weit rechts von der 11.

Mit einem Mal fiel ihm das Olivenglas auf dem Tisch auf, sein Mitbringsel von der Insel. Er schraubte den Deckel auf und berührte den Lavasand, der sich darin befand.

Einem inneren Impuls folgend streute er den Sand auf dem Boden aus. Er schritt barfuß darüber hinweg. Das war angenehm. Er stellte sich vor, am Strand auf der Insel zu sein. Nun war er mit seinem Kraftort verbunden.

In gemächlichen Schritten wanderte Trojan im Zimmer auf und ab. Der Sand stimulierte seine nackten Fußsohlen.

Sein Atem wurde tiefer, er entspannte sich.

Erneut warf er einen Blick auf die Fotografie.

Und wenn die Zahlen für Buchstaben standen? Allerdings

hatte das Dechiffrierungsprogramm bereits mehrere Versionen ausgegeben. Keine davon ergab Sinn.

Lass die Gedanken los. Lass sie einfach schweben. Nur gehen, auf dem Sand dahinschreiten und atmen.

Ein Kind ohne Gesicht.

Ein Mörder mit einem Granatapfel, in den eine Fratze hineingeschnitten ist.

Kerne wie blutige Stummel.

Eine süße Frucht, ein dunkler Abgrund.

Atmen. Gehen. Stell dir dabei den Mörder vor. Denke wie er. Eine Steigerung. Zuvor waren die Markierungen wie süßliche Duftmarken. Er kennzeichnet Orte, an denen er seine Opfer beobachtet. Dazu eine Schale, die er selbst getöpfert und gebrannt hat. Er schreibt ein Gedicht mit dem zuckrigen Saft des Granatapfels ab.

Nun will er mehr. Er gibt dir einen Hinweis.

Worauf?

Den Namen seines nächsten Opfers?

Die Zahlen ergeben in der Dechiffrierung bloß einen Buchstabensalat.

Also denk weiter.

Den Ort seiner nächsten Tat? Es ist wie eine Einladung an dich. Er genießt es, mit dir zu kommunizieren. Er baut Kulissen. Er spielt die Hauptfigur darin.

Trojan blieb stehen.

Wie würdest du auf einen Ort verweisen? Heutzutage funktionierte das mit GPS-Daten. Wie wurden diese Daten notiert?

In Geo-Koordinaten.

Aber danach sahen die Zahlen überhaupt nicht aus.

So einfach wird er es dir nicht machen.

Also denk weiter nach.

Plötzlich war Trojan wie elektrisiert. Er fuhr seinen Laptop hoch und öffnete Google Earth.

Er schaute in den Einstellungen nach. Die erforderlichen Daten ließen sich auf vier verschiedene Arten angeben. In Grad, Minuten und Sekunden. In Grad und Dezimalminuten. In einem System, das sich universales transversales Mercator-Koordinatensystem nannte. Und in einem Dezimalgrad.

Trojan versuchte es mit Letzterem, da es ihm als die einfachste Schreibweise erschien. Versuchshalber gab er »11.01 12.10« in die Suchmaske ein. Dabei stellte er fest, dass das Zeichen für Grad weggelassen werden konnte. Auch in dem Zahlenrätsel war ja keines vorhanden.

Die Erdkugel bewegte sich auf dem Bildschirm, und die virtuelle Kamera zoomte auf einen Punkt, der sich mitten in der Wüste von Nigeria befand.

Das war wohl eine Fehlanzeige.

Auf einmal hatte er eine Idee. Vielleicht war die 11 so dicht unter 7,14,21 notiert, weil man die Zahlen zusammenzählen sollte. Das ergab dann 53.

Er versuchte es mit »53.01 12.10« als Geo-Koordinaten.

Die Kamera hob ab und glitt rasend schnell über die Wüste, hin zum Mittelmeer und nach Europa.

Schließlich stoppte das Bild. Der Satellit zeigte ihm einen Treffer im Umland von Berlin an.

DREIUNDDREISSIG

Unruhig warf sich Elisabeth auf dem Sofa hin und her. Es war nicht besonders bequem. Das Kissen und die Decke, die ihr Robert gegeben hatte, rochen streng nach einem künstlichen Duftspray.

Endlich fiel sie in einen leichten Schlaf. Sie träumte undeutlich von Noah. Sein Shirt war zerrissen, die nackte Haut mit rotem Saft beschmiert.

Plötzlich spürte sie einen Luftstrom auf ihrer Wange.

Sie schlug die Augen auf.

Endrich saß auf der Sofakante und blickte sie reglos an.

Erschrocken richtete sie sich auf. »Was ist los?«

»Entschuldige, ich wollte dich nicht aufwecken.«

Sie atmete schwer. Sein Lächeln gefiel ihr nicht.

»Was soll das werden?«

»Ich hab dich nur angeschaut.«

»Geh jetzt.«

»Es ist meine Wohnung.«

»Das schon, aber …«

Ein Streifen weißen Mondlichts fiel durchs Fenster herein. Sein dichtes Brusthaar schimmerte. Er trug nichts weiter als Boxershorts. Sein Bauch wölbte sich über dem Bund.

Er streckte die Hand nach ihr aus und strich ihr eine Haarsträhne aus der Stirn. »Du bist wunderschön, Lisa.«

»Bitte, lass mich schlafen.«

»Weißt du, wie kränkend es für mich ist, eine junge Frau wie dich in der Nähe zu haben, sie aber nicht berühren zu dürfen?«

»Ich dachte, wir sind Freunde.«

»Wie naiv bist du eigentlich?« Seine Finger glitten über ihren Hals.

»Hör auf damit.«

»Du kommst spätabends hierher und erzählst mir von diesem Jungen. Dass du dir Sorgen um ihn machst. Was glaubst du eigentlich, wer ich bin? Dein Berater in allen Lebenslagen? Ich träume von dir, Lisa. Seitdem du bei uns in der Firma aufgetaucht bist, träume ich von dir. Ich hab mich stets von meiner sanftmütigen Seite gezeigt. Es gibt aber noch eine andere in mir.«

Seine Hand fuhr von ihrem Hals abwärts.

Ihr Magen verkrampfte sich. »Nicht so, Robert.«

»Wie dann?«

Ihre Fluchtinstinkte setzten ein. »Lass mich erst duschen. Ich bin völlig verschwitzt.«

»Stört mich nicht.«

Gehetzt irrten ihre Blicke hin und her. »Ich will doch nur, dass wir es schön haben, wenn wir …«

Seine Hand griff nach ihrem Kinn. »Schau mich an.«

Sie tat es.

»Nun sag das noch mal.«

Sie schluckte. »Ich möchte, dass wir es schön haben.«

»Wir zwei?«

»Ja.«

Er ließ von ihr ab und grinste sie an.

Sie schluckte. »Ich mach mich für dich frisch, okay?«

Seine Nasenflügel bebten. »Okay. Wenn das dein Wunsch ist.« Er stand auf.

Auch sie erhob sich. »Warte im Schlafzimmer auf mich.«

»Ist das wieder ein Spiel von dir?«

»Ich spiele nicht.«

»Doch, du nimmst mich nicht ernst. Dabei kann ich dir alles beibringen. Alles für deinen Horrorfilm. Und noch sehr viel mehr.«

Sie versuchte zu lächeln. »Na klar.«

»Und vergiss diesen Jungen. Er ist nicht gut für dich.«

»In Ordnung.«

»Du brauchst ein professionelles Umfeld für deinen Film. Und keinen Laiendarsteller. Schon gar nicht einen Minderjährigen.«

»Du hast vollkommen recht.«

»Sei froh, dass du auf mich gestoßen bist.«

»Das bin ich.«

»Gut.«

Sie schob sich an ihm vorbei. »Bin gleich zurück.«

»Beeil dich.«

In der Tür drehte sie sich zu ihm um. Sie versuchte es mit einem verführerischen Blick, scheu und kokett zugleich. »Im Schlafzimmer, Robert, ja? Ich bin ein bisschen schüchtern.«

Er bleckte die Zähne. Es schien ihm zu gefallen. Dennoch war sie sich nicht sicher, ob er sie durchschaut hatte.

Sie verschwand im Bad, zog die Tür hinter sich zu und atmete tief durch.

Sie zog den Vorhang über der Wanne zur Seite und drehte den Duschhahn auf.

Danach lauschte sie an der Tür.

Sie wartete ab.

Ihr Herz schlug heftig.

Was sollte sie nur tun?

Schließlich öffnete sie sie vorsichtig einen Spalt.

Abermals lauschte sie. War er noch im Wohnzimmer? Offenbar nicht.

Leise schlüpfte sie hinaus.

Da bemerkte sie den Lichtschein hinter der angelehnten Schlafzimmertür. Sie hoffte inständig, dass er dort auf sie wartete und keinen Verdacht schöpfte.

Jetzt musste alles sehr schnell gehen. Es war ihre einzige Chance. Sie schlich sich ins Wohnzimmer, nahm ihre Sachen und ihre Tasche.

Zurück im Flur, näherte sie sich der Wohnungstür.

Gedämpft war das Wasserrauschen aus dem Bad zu vernehmen. Auf Zehenspitzen schlich sie voran. Einmal knarrte ein Dielenbrett, und sie hielt erschrocken inne.

Nichts geschah.

Möglichst lautlos öffnete sie die Eingangstür und flüchtete sich ins Treppenhaus.

Atemlos eilte sie die Stufen hinab.

Im Erdgeschoss angelangt, zog sie sich fertig an. Sie schlüpfte in ihre Doc Martens, zog sich den Hoodie und die Lederjacke über, schulterte ihre Tasche und stahl sich auf die Straße hinaus.

Sie rannte los.

Ein paar Häuserecken weiter fühlte sie sich einigermaßen in Sicherheit. Sie blieb stehen und verschnaufte. Danach griff sie nach ihrem Smartphone und öffnete eine App. Auf dem Display wurde ihr angezeigt, wo sich der nächste freie Mietwagen befand.

Sie ging weiter.

Etwa zwanzig Minuten später saß sie in einem dunklen VW Passat und fuhr durch das nächtliche Friedrichshain.

Sie erreichte die Warschauer Straße, bog am Kreisverkehr in die Petersburger Straße ein und gelangte schließlich auf die Prenzlauer Allee.

Auf der A 10 beschleunigte sie und näherte sich der Stadtgrenze.

Mehrmals spähte sie ängstlich in den Rückspiegel.

Es herrschte wenig Verkehr um diese Zeit. Nur gelegentlich blitzten Scheinwerfer hinter ihr auf.

Und doch wurde sie das Gefühl nicht los, dass ihr jemand folgte.

Es war fünf Uhr morgens. In seinem Kiez war es dunkel und still.

Trojan eilte zum Dienstwagen, den er in der Reichenbergstraße geparkt hatte. Er stieg ein und fuhr los. Am Kottbusser Tor erreichte er die Skalitzer Straße. Im hohen Tempo passierte er den Wassertorplatz und das Hallesche Ufer. Bald darauf raste er am Kanal entlang.

Er bog rechts ab. Nach einer Weile war er im Tiergartentunnel. Er überlegte, ob er Landsberg informieren sollte. Doch er entschied sich dagegen. Der Chef und die Kollegen sollten sich für ein paar Stunden ausruhen.

Immerhin könnte er völlig falschliegen. Möglich, dass die Zahlen eine ganz andere Bedeutung hatten.

Am Hauptbahnhof verließ sein Wagen den Tunnel. Er raste die Heidestraße entlang, passierte im Bezirk Wedding den Nordhafen und bog nach links ab. Über die Ellen-Epstein-Straße ging es weiter entlang der Bahntrasse. Allmählich wurde der Verkehr dichter. Die Stadt erwachte.

Trojan überquerte die Brücke am Westhafen. Auf dem Saatwinkler Damm wagte er einige riskante Überholmanöver. Laternenlichter säumten funkelnd den Spandauer Schifffahrtskanal.

Er gab Gas, lehnte sich in die Kurve, als er scharf auf die A111 einbog. Ungeduldig fädelte er sich in den Verkehr ein und zog hinüber auf die Überholspur. Trojan fuhr an einer Kolonne Lkws vorbei und passierte den Flughafen Tegel.

Für ein paar Sekunden dachte er daran, dass er erst kürzlich dort gelandet war. Wann war er zurückgekehrt? Mittwochabend? Es kam ihm wie eine halbe Ewigkeit vor. Zu viel war passiert.

Er ließ die Stadtgrenze hinter sich. Zu beiden Seiten der Autobahn taten sich die Wälder Brandenburgs auf.

Trojan jagte auf der Überholspur dahin. Ihm kamen Zweifel. Womöglich verlor er wertvolle Zeit. Augenblicklich sehnte er sich nach seinem warmen Bett zurück. Gleich darauf gab er sich einen Ruck. Bleib wach, ermahnte er sich in Gedanken, du musst dich konzentrieren.

Er erreichte die A 10, dann die A 24. Schließlich nahm er die Ausfahrt Neuruppin.

Auf der Bundesstraße fuhr er weiter. Er kontrollierte seine Position auf dem Navi.

Wurde er in die Irre geleitet? Trieb der Mörder einen Scherz mit ihm? Oder tappte er womöglich in eine Falle?

Bleib ruhig. Informiere vorsichtshalber den Chef.

Landsberg würde ihn wegen seines eigenmächtigen Handelns tadeln.

Abwarten. Er könnte ihn immer noch anrufen, sobald er seinen Zielort erreicht hatte.

Er packte das Lenkrad fester, trat das Gaspedal durch und überholte einen BMW.

Einige Zeit später bog er in eine Allee ab, die von Eichen und Rosskastanien gesäumt war. Nun befand er sich in der Prignitz, einem Landkreis nordwestlich von Berlin.

Nebelschwaden standen über den Feldern. Allmählich dämmerte der Morgen heran.

Trojan passierte kleinere Ortschaften. Das Navi empfahl ihm einen Abzweig auf eine schmale Straße, die durch ein Waldgebiet führte.

Abermals bog er ab.

Hier endete der Wald.

Er kam an Feldern vorbei. Tief und schwarz hingen die Wolken in der Morgendämmerung.

Wieder warf er einen Blick aufs Navi. Noch einen Kilometer bis zum Zielort. Er verlangsamte das Tempo. Schlaglöcher auf dem Asphalt. Keine Ortschaft weit und breit.

Und dann fuhr er rechts heran.

Dies war die Stelle, die ihm die Geo-Koordinaten angezeigt hatten.

Trojan stieg aus und tastete nach seinem Waffenholster. Ein kalter Windhauch blies ihm ins Gesicht.

War er hier richtig?

Ratlos blickte er sich um. Ein Stoppelfeld im Morgennebel, mehr konnte er nicht erkennen.

Da bemerkte er in der Ferne ein paar rote Lichter. Sie blinkten kurz auf. Schon verschwanden sie hinter Wolkenfetzen.

Trojan knipste seine Maglite an und ging zu Fuß weiter.

Er folgte einem Pfad, marschierte zögernd durch den wabernden Nebel. Bald darauf vernahm er surrende Geräusche. Sie kamen aus verschiedenen Richtungen.

Was war das nur?

Er fröstelte.

Der Lichtkegel bahnte sich einen Weg durch die Dunstschleier. Auf einmal riss die Wolkendecke über ihm auf, und Trojan richtete seinen Blick zum Himmel.

Nun begriff er, wo er sich befand.

Er stand mitten in einem Windpark. Über ihm surrten die Rotoren. Die Positionslichter blinkten.

Trojan griff zu seinem Smartphone. Er kontrollierte nochmals die Geo-Koordinaten. Sie stimmten mit seinem ungefähren Standpunkt überein.

Schließlich atmete er erschöpft aus.

Unsicher schaute er zu den Windrädern hinauf. Was sollte das nur? Hatte der Täter ihn verhöhnt? Handelte es sich tatsächlich um ein Ablenkungsmanöver?

Er zögerte. Langsam wurde es heller. Die Wolken lösten sich auf, und mit dem aufsteigenden Licht schwand auch der Nebel.

Abermals blickte er sich um.

Etwa zweihundert Meter von ihm entfernt machte er einen Hain aus Kiefern, Fichten und Buchen aus.

Er straffte die Schultern und lenkte seine Schritte dorthin.

Auch am Waldrand lüfteten sich die Dunstschleier.

Plötzlich blieb Trojan stehen.

Da vorne war etwas.

Es sah aus wie eine Gestalt mit einem blutroten Kopf.

Elisabeth nahm die Ausfahrt Neuruppin und fuhr auf der Bundesstraße weiter. Etwa eine Stunde später zeigte ihr das Navi an, dass sie abbiegen musste. Ungeduldig durchquerte sie mit dem Mietwagen den dichten Kiefernwald, durch den sie schon beim letzten Mal gekommen war.

Sie kontrollierte im Rückspiegel, ob ihr jemand folgte. Tatsächlich wurde sie von Scheinwerferkegeln geblendet. Sie verlangsamte das Tempo, und der Wagen hinter ihr fuhr dichter auf. Schließlich zog er hupend an ihr vorbei.

Sie atmete durch.

Auch das nächste Dorf kam ihr bekannt vor. Keine Straßenlaternen, die Gehöfte finster. Am Ortsausgang beschleunigte sie.

Eine schmale Landstraße, löchriger Asphalt. Nebelschwaden in der Dämmerung.

Wieder tauchten Scheinwerfer hinter ihr auf. Das Fahrzeug hielt Abstand, obwohl sie verlangsamte. Ihr Herz pochte.

War sie paranoid? Oder wurde sie tatsächlich verfolgt?

Sie ging auf vierzig Stundenkilometer runter. Es war ein Corsa mit dunkelroter Lackierung in ihrem Rückspiegel, doch den Fahrer konnte sie nicht genau erkennen. Er machte keine Anstalten, sie zu überholen.

Plötzlich gab sie Gas. Sie nahm die nächste Kurve und beschleunigte weiter. Nun hatte sie ihn abgehängt.

Einer Eingebung folgend bremste sie scharf ab und bog in einen Waldweg ein.

Sie hielt an und schaltete die Scheinwerfer aus.

Kurz darauf sah sie, wie das Auto auf der Straße an ihr vorbeirauschte.

Sie verschnaufte.

Was sollte sie jetzt tun?

Zu Fuß weitergehen?

Sie kontrollierte das Navi. Es war nicht mehr weit. Wieder musste sie an Noahs Botschaft denken.

WENN ETWAS SCHLIMMES PASSIERT: RETTE MICH.

Sie trug die Verantwortung für den Jungen. Sie hatte ihn in das Projekt hineingezogen. Also musste sie ihm auch helfen.

Elisabeth gab die Koordinaten auf ihrem Smartphone ein.

Danach schaltete sie den Motor aus, nahm ihre Tasche vom Beifahrersitz und verließ den Wagen.

Laut der Karte auf ihrem Smartphone war der Waldweg sogar eine Abkürzung zu dem verlassenen Haus, in dem er sich womöglich versteckt hielt.

Doch der Nebel und die Finsternis machten ihr Angst.

Sie benutzte das Handy als Taschenlampe und schritt langsam voran. Ein Käuzchen schrie in der Ferne. Vom Morgentau klamme Tannenzweige streiften ihre Schultern.

Sie schauderte.

Ihre Schritte glitten über den feuchten Untergrund.

Sie atmete schnell und gepresst.

Im Dickicht flatterte ein Vogel auf, und sie schrak zusammen.

Ihr war kalt, und sie begann zu zittern. Sie überlegte, ob sie lieber umkehren sollte.

Doch auf einmal tauchte der Mond zwischen den Wolken auf und erhellte vor ihr den Weg. Der Nebel lichtete sich, und sie fasste neuen Mut.

Hinter der nächsten Biegung endete der Wald. Einige hundert Meter weiter erkannte sie im fahlen Mondlicht die Schwarzpappeln wieder.

Sie folgte dem Pfad um die Bäume herum, und dann tat sich vor ihr das einsame Gemäuer auf.

Eine gespenstische Kulisse unter dem Halbmond. Das vermooste Schrägdach. Der Efeu an der Fassade. Die leeren Fensterhöhlen. Der verwilderte Vorgarten.

Für einen Moment war sie geneigt, die Kamera aus ihrer Umhängetasche zu nehmen und trotz der schwierigen Lichtverhältnisse zu filmen, doch dafür war jetzt keine Zeit.

Elisabeth näherte sich dem Haus.

Da der Eingang mit Brettern vernagelt war, schwang sie ihre Tasche über die Fensterbrüstung im Erdgeschoss und kletterte hinein.

Sie schulterte die Tasche und folgte dem Lichtkegel ihres Smartphones.

»Noah?«, rief sie. »Bist du hier?«

Sie lauschte.

Stille.

»Ich bin es, Lisa.«

Keine Antwort.

Plötzlich vernahm sie ein Rascheln, und sie erschrak. Sie richtete den Lichtstrahl auf den Boden.

Es waren Ratten, die von ihr aufgescheucht hin und her wuselten.

Langsam durchschritt sie die vorderen Räume. Hier war niemand.

Sie wandte sich dem kleinen Flur zu, der in die ehemalige Küche führte.

Erneut rief sie seinen Namen.

Doch nichts geschah.

Sie leuchtete zu der weitverzweigten Eberesche hinter der Fensteröffnung. Dann ließ sie das Licht über den alten Backofen, den Tisch und den zerbrochenen Stuhl gleiten. Schließlich landete sie wieder bei der Esche im Garten.

Ihr Atem stockte. Hinter diesem Baum, an den Gartenzaun gelehnt, hatte sie das Wesen mit dem unheimlichen Kopf entdeckt und sich geschworen, nie wieder hierher zurückzukommen.

Und jetzt?

Sie musste ihre Angst überwinden. Zumindest im Obergeschoss sollte sie noch nachsehen.

Zurück im Flur wandte sie sich der morschen Treppe zu.

Vorsichtig stieg sie die Stufen hinauf und achtete auf die Stellen, an denen sie beim letzten Mal eingebrochen war.

Oben angelangt, verharrte sie.

»Noah?«

Nichts.

»Wenn du hier bist, lass uns reden, ja?«

Säuselnd fuhr der Wind um das Gemäuer.

Doch ansonsten war es still.

Zögerlich ging sie weiter. Sie ließ den Lichtstrahl umherwandern. Schließlich betrat sie das Zimmer, in dem der Schaukelstuhl stand.

Auch hier war niemand.

Ihr Licht glitt an den Wänden entlang.

Auf einmal hielt sie inne.

Sie blickte auf etwas Rotes.

Eine Aufschrift, hingeschmiert auf die stockfleckige Tapete.

Elisabeth las Buchstabe für Buchstabe.

Nichts davon hatte sie bei ihrem letzten Besuch bemerkt.

Die Botschaft an der Wand war keines der üblichen Graffiti in dem leer stehenden Gebäude.

Und der rote Farbstoff wirkte auffallend frisch. Die Lettern, ungefähr einen halben Meter hoch, schimmerten feucht und waren zerlaufen:

SCHAU IN DEN SPIEGEL.

Elisabeth blickte sich um. In einer Ecke lag ein Scherbenhaufen am Boden.

Es war zerbrochenes Spiegelglas.

Sie trat näher und sah hinein.

Ihr Gesicht darin, bleich unter der schwarzen Kapuze, war wie zersplittert.

Und dann hörte sie es.

Ein leises Klicken.

Sie fuhr herum.

Klick.

Was war das?

Klick. Klick.

Es kam von oben.

Kleine rote Stummel rieselten herab.

Klick. Klick. Klick.

Das Loch in der Decke, durchfuhr es sie.

Klick. Klick. Klick. Klick. Klick.

Es waren Kerne.

Stück für Stück prasselten sie herab.

Klick. Klick. Klick. Klick. Klick. Klick.

Es wurden immer mehr.

Klick. Klick. Klick. Klick. Klick. Klick. Klick.

Die Kerne eines Granatapfels.

Entsetzt schaute sie zu der Öffnung in der Zimmerdecke hinauf.

Kern um Kern fiel herab.

Klick. Klick. Klick. Klick. Klick. Klick. Klick. Klick.

Elisabeth schrie auf.

Trojan zückte seine Waffe und lud sie durch. Langsam ging er voran. Schritt für Schritt näherte er sich dem Waldrand.

Doch die Gestalt rührte sich nicht.

Für ein paar Sekunden verschwand sie hinter Nebelschwaden. Danach hatte er wieder freie Sicht.

Plötzlich flatterte ein Vogelschwarm auf die Gestalt zu. Es waren Krähen. Sie stießen laute Schreie aus.

Trojan war nur noch etwa fünfzig Meter entfernt. Das Kreischen der Vögel wurde lauter.

Und dann hielt er für einen Moment inne.

Auf einmal wusste er, womit er es zu tun hatte.

Er rannte los, erreichte die Zone, in der der Wald begann. Er blieb wachsam, schaute sich um.

Er verscheuchte die Krähen. Wütend flatterten sie um ihn herum.

Dann trat er dichter heran.

Es war eine Vogelscheuche, die er aus weiter Entfernung für einen Menschen gehalten hatte.

Er streifte sich Latexhandschuhe über und untersuchte das Objekt. Ein dunkles Jackett und eine schwarze Hose auf zwei Holzlatten, die eine längsseitig in den Boden gerammt, die andere quer daran festgenagelt. Am oberen Ende war ein Drahtbügel befestigt, auf die Spitze ein großer Granatapfel gespießt.

Trojan betrachtete die Fratze in der roten Frucht, den zu einem Grinsen aufgerissenen Mund und die ausgeschnittenen Augenhöhlen. Er besah sich die Kerne, die daraus hervorschimmerten. Die Krähen hatten sie zum Teil aufgepickt.

Eine Vogelscheuche, die gleichzeitig ein Lockvogel war.

Erneut stießen die Vögel auf ihn herab. Trojan fuchtelte mit den Armen, um sie abzuwehren.

Vorsicht, dachte er, bleib in Deckung.

Die Waffe im Anschlag, spähte er in den Wald hinein.

Plötzlich kamen ihm die Gedichtzeilen in den Sinn.

The woods are lovely, dark, and deep,
But I have promises to keep,
And miles to go before I sleep,
And miles to go before I sleep.

Dann betrat er den dunklen Hain.

Er schlug sich durchs Dickicht, die Waffe in der rechten Hand, auf den linken Unterarm gestützt. Seine Linke umklammerte die Maglite.

Zweige knackten.

Sein Lichtstrahl wanderte.

Er dachte nach. Die Figur konnte hier noch nicht lange stehen. Andernfalls hätten die Vögel die Granatapfelkerne inzwischen vollständig aufgefressen.

Darum könnte hinter jedem Baum sein Gegner auf ihn lauern. War das eine Falle? Oder nur ein böses Spiel?

Langsam arbeitete er sich vor.

Die Morgendämmerung sickerte durch die Wipfel der Bäume, dazu ein schwacher Mondschein.

Doch sobald sich die Wolken verdichteten, wurde es wieder finster.

Trojan setzte seine Schritte ruhig und achtsam.

Nach einiger Zeit erkannte er eine Lichtung.

Er ging weiter, die Waffe schussbereit.

Dann hatte er den Waldsaum erreicht.

In einiger Entfernung erkannte er eine Gruppe von Schwarzpappeln. Da vorne schien ein Pfad zu sein. Trojan beschleunigte seine Schritte.

Schließlich hatte er den Weg erreicht, er führte um die Baumgruppe herum.

Und dann sah er es.

Ein halb zerfallenes Backsteingemäuer, zwei Stockwerke, leere Fensterhöhlen.

Er näherte sich dem mit Brettern vernagelten Eingang. Durch eine Fensteröffnung kletterte er hinein.

Trojan sicherte den Raum, die geladene Sig Sauer auf den Unterarm gestützt. In zackigen Bewegungen richtete er den Lauf der Waffe und den Strahl der Maglite nach vorn, rechts und links.

Hier war niemand.

Er schlich sich mit dem Rücken zur Wand zum nächsten Zimmer. Derselbe Ablauf, sichern nach vorn, rechts, links. Weiter.

Ein schmaler Flur, der nach hinten führte.

Die Küche. Gesichert.

Zurück in den Flur.

Seine Stablampe erhellte eine baufällige Treppe.

Er schob sich an die Wand.

Vorsichtig stieg er hinauf, die Waffe im Anschlag. Ein Krachen, und eine Stufe brach ein. Trojan suchte Halt, atmete schwer. Dann lauschte er.

Nichts.

Nur sein Blut, das in den Ohren toste.

Weiter. Stufe für Stufe hinauf. Oben angelangt, schlich er sich in eines der Zimmer, sicherte. Dann in das nächste. Waffe vor, links, rechts. Auch hier war niemand. Staub tanzte im Strahl seiner Stablampe, Ratten wuselten am Boden.

Trojan ging weiter. Noch ein Zimmer.

Er erkannte etwas Rotes.

Schon war er wie elektrisiert.

Granatapfelkerne lagen am Boden verstreut.

Seine Nackenhaare stellten sich auf.

Sein Licht wanderte weiter, erfasste eine Aufschrift an der Wand, leuchtend rot:

SCHAU IN DEN SPIEGEL.

Der Lichtstrahl blitzte in den Scherben, die in einer Ecke lagen. Es war zersplittertes Spiegelglas.

Er richtete Waffenlauf und Taschenlampe zurück auf die Kerne. Dann schwenkte er nach oben. Eine Öffnung in der Decke. Zwei Schritte vor, nach oben sichern.

Er machte einen Ausschnitt des zerfallenen Dachstuhls aus. Holzbalken, lose Ziegel, ein Stück Himmel.

Trojan zog sich aus dem Zimmer zurück.

Er leuchtete den Flur im Obergeschoss ab. Am Ende des Ganges lag Gerümpel. Stuhlbeine, eine Tischplatte, Reste einer Schrankwand. Die Anordnung kam ihm merkwürdig vor. Die Staubschicht am Boden wies Lücken auf.

Hier hatte sich vor Kurzem jemand aufgehalten.

Trojan trat näher. Ein paar Fußtritte, und er hatte die Tür dahinter freigelegt. Sie hing schief in den Angeln.

Er zerrte an der rostigen Klinke. Sie brach heraus. Mehrere weitere Tritte, und das Türblatt zersplitterte. Kurzzeitig steckte er die Waffe ins Holster und klemmte die Maglite zwischen die Zähne. Mit beiden Händen packte er an und riss die Tür aus den Angeln.

Eine Kammer tat sich dahinter auf. Eine verrostete Metallleiter mit wenigen Sprossen, eine Luke in der Decke.

Trojan zückte die Waffe und stieg hinauf.

Er äugte über den Rand.

Er versuchte, sich abzusichern, Sig Sauer und Stablampe vor, rechts, links. Er spähte auch in die entgegengesetzte Richtung.

Aber er konnte längst nicht alles von seiner Position aus erkennen.

Er musste achtsam sein.

Schließlich hangelte er sich hoch und richtete sich halb auf.

Es waren etwa zehn Meter bis zum Schornstein.

Er spurtete los und nahm dahinter Deckung.

Von dort aus leuchtete er den Speicher ab.

Ein Vogel flatterte auf und stob durch eine Öffnung im Dachstuhl in die Dämmerung davon.

Trojans Lichtkegel wanderte.

War hier jemand?

Er lauschte angestrengt.

Wozu war er hierhergelockt worden? Was sollte dieses Spiel?

Er nahm sich die längs stehenden Balken vor, leuchtete sie einzeln ab. Sie waren breit genug, um jemandem dahinter Schutz zu bieten.

Seine Instinkte waren geschärft.

Er ließ das Licht hinaufwandern. Selbst von oben könnte Gefahr drohen. Lag jemand auf einem der Querbalken und lauerte nur darauf, auf ihn herabzuspringen?

Plötzlich vernahm Trojan ein leises Geräusch.

Es war kaum hörbar.

Bloß ein gedämpftes Wimmern.

Er leuchtete in die Richtung, aus der es kam. Der Lichtschein erfasste eine große Holzkiste, etwa in der Größe eines Sargs.

Wieder vernahm er das schwache Wimmern.

Trojan verließ seine Deckung. Geduckt eilte er nach vorn.

Er sicherte in alle Richtungen. Dann kniete er vor der Kiste nieder, legte Waffe und Stablampe ab und packte den Deckel an.

Er erkannte mehrere Luftlöcher in der Oberfläche.

Er hob ihn ab.

Verschreckte Augen starrten ihn an.

Ein Junge lag im Innern. Er war mit Kabelbindern gefesselt, sein Mund mit Tape verklebt.

Nils zückte sein Taschenmesser. Er trennte die Kabelbinder auf und riss dem Jungen das Klebeband ab.

»Trojan. Kriminalpolizei. Wer bist du? Wie ist dein Name?«

Der Junge versuchte zu antworten. Doch aus seinem Mund kam nur ein leises Stöhnen.

Schließlich meinte Trojan, ihn vom Foto her zu erkennen. Doch er war sich nicht einmal sicher. Das Kind war ausgemergelt und leichenblass.

»Bist du Noah Baumgart?«

Der Junge röchelte und verdrehte die Augen.

VIERTER TEIL

MONTAG, 30. NOVEMBER, MITTAGS

Das Gelände war weiträumig abgesperrt. Halogenscheinwerfer tauchten das baufällige Haus in gleißendes Licht. Kriminaltechniker in weißen Overalls waren mit der Spurensuche beschäftigt. Hinter den Flatterbändern parkten Einsatzfahrzeuge aus Berlin und Brandenburg. Blaulichter zuckten. Uniformierte Beamte hielten Schaulustige aus den umliegenden Dörfern zurück. Funkgeräte knisterten, allenthalben war aufgeregtes Stimmengewirr zu vernehmen.

Das Team der fünften Mordkommission war vor Ort eingetroffen. Trojan hatte Landsberg Bericht erstattet.

Bei dem Jungen handelte es sich tatsächlich um Noah Baumgart. Der alarmierte Notarztwagen hatte ihn in die nächstgelegene Klinik nach Pritzwalk gebracht. Dort lag er auf der Intensivstation und musste künstlich beatmet werden.

Er war nicht mehr bei Bewusstsein.

Trojan ging davon aus, dass er etwa vierundzwanzig Stunden in der Kiste gelegen hatte. Die Luftlöcher im Deckel waren kaum ausreichend gewesen. Er wäre beinahe erstickt.

Nils, der gerade mit dem behandelnden Arzt telefoniert hatte, durchquerte den verwilderten Vorgarten und trat einige Schritte abseits. Er setzte sich auf einen umgestürzten Baumstamm und vergrub das Gesicht in den Händen.

Wenn er die Augen schloss, sah er das Gesicht des Jungen vor sich. So bleich, wie tot.

Nach einer Weile kam Stefanie zu ihm und setzte sich neben ihn.

»Wie geht es dem Jungen?«

Er blickte auf. »Unverändert.«

»Wird er durchkommen?«

»Ich hoffe es.«

»Ist seine Mutter bei ihm?«

»Ja. Mittlerweile schon.«

»Was meint der Arzt?«

»Er bittet um Geduld. Wollte sich nicht auf eine Prognose einlassen.«

Sie berührte ihn an der Schulter. »Was ist mit *dir*, Nils? Du siehst sehr besorgt aus.«

»Ich mache mir Vorwürfe.«

»Warum?«

»Ich kam zu spät. Ich hätte das Rätsel früher lösen müssen.«

»Du darfst dir nicht die Schuld geben.«

»Der Täter hat dem Jungen eine minimale Überlebenschance gelassen. Und wenn er nun…« Er brach ab.

Sie schwiegen.

Nach einer Weile sagte Trojan leise: »Es ist beinahe wie ein Flashback. Ich muss daran denken, wie wir beide im Sommer Dennis gefunden haben. Auch damals kamen wir zu spät.«

Stefanie atmete hörbar aus. »Der Junge wird es schaffen, bestimmt.«

»Wir hinken hinterher. Wir müssen endlich schneller sein als der Mörder. Immer ist er uns einen Schritt voraus.«

»Ziehst du noch eine Serienkillerin in Betracht?«

»Eine Frau, die ein Kind in eine Kiste sperrt? Eher nicht. Obwohl wir weiterhin in alle Richtungen denken müssen.«

Sie holte tief Luft. »Lass es uns sachlich durchgehen. Einen Schritt nach dem anderen, wie du immer sagst.«

»Okay.«

»Wann hat der Mörder Noah Baumgart in seine Gewalt gebracht?«

»Zwei Möglichkeiten: Der Junge könnte ihn gestern, am Sonntag, in den frühen Morgenstunden in der Wohnung beziehungsweise auf dem Weg dorthin überrascht haben.«

»Aber wozu dann die Botschaft unter dem Teppich?«

»Richtig. Er hat es mit eingeplant, dass wir Noah finden.«

»Also ist auch der Übergriff auf den Jugendlichen geplant gewesen.«

»Genau. Darum können wir vermuten, dass der Mörder wusste, wo Noah die Nacht von Sonntag auf Montag verbracht hat.«

»Sein rätselhafter Schlafplatz, den wir noch immer nicht ermitteln konnten.«

Trojan nickte. »Der Täter ermordet Ernst Baumgart und nimmt sich dann dessen Sohn vor.«

»Er überwältigt ihn und bringt ihn hierher. Er sperrt ihn in die Kiste.«

»Warum ausgerechnet hier? Welche Bedeutung hat das Haus für den Täter?«

»Ich konnte mittlerweile herausfinden, wer die Besitzerin ist.«

»Und?«

»Eine über siebzigjährige Frau, die mittlerweile in den USA lebt. Das Haus steht seit vielen Jahren leer. Den Dorfbewohnern wäre es nur recht, wenn man es endlich abreißt, die Besitzerin scheut aber die Kosten dafür. So lockt es Abenteurer an. Es ist sogar auf einer Website vermerkt, die versteckte Orte in Berlin und Umgebung vorstellt, sogenannte Hidden Places. Für manche Leute ist es ein Hobby, verfallene Gebäude aufzustöbern und dort Film- und Fotoaufnahmen zu machen.«

»Hmm. Filmaufnahmen. Das wäre hier eine ideale Kulisse, findest du nicht?«

»Ja.«

»Ein unheimlicher Film. Die Vogelscheuche mit dem Granatapfelkopf weist uns den Weg zum Schauplatz. Vielleicht geht es dem Mörder einerseits um den spukhaften Effekt. Andererseits um das böse Spiel, das er mit uns Ermittlern treibt. Er lockt uns weit aus der Stadt heraus. So kann er an anderer Stelle seinen nächsten Mord planen. Aber diesmal müssen wir cleverer sein als er.«

»Was sagst du zu der Botschaft *Schau in den Spiegel*?«, fragte Steff. »An wen ist sie gerichtet? An Noah Baumgart?«

»Das glaube ich eher nicht. Wir gehen ja davon aus, dass er längere Zeit oben auf dem Dachboden in die Kiste gesperrt war. Ich könnte mir sogar vorstellen, dass sich der Täter ihm nicht einmal gezeigt hat. Womöglich hat der Junge nichts gesehen. Er wurde überfallen, vermutlich betäubt und danach gefesselt und geknebelt. Denkbar, dass er erst wieder zu sich kam, als er bereits in der Kiste lag.«

»Du hast recht. Andernfalls wäre das Risiko für den Mörder, von Noah verraten zu werden, zu hoch.«

»Ja.«

»Also, für wen ist die Botschaft?«

»Darüber denke ich auch schon die ganze Zeit nach. Wie sieht es eigentlich mit den Spuren hier draußen aus? Du warst doch damit beschäftigt.«

»Wir haben ein paar Reifenspuren weiter abseits im Wald entdeckt. Sie sind noch relativ frisch und werden derzeit im Labor ausgewertet.«

»Und vor dem Haus?«

»Noch nichts von Belang. Es hat in letzter Zeit öfter geregnet. Das erleichtert die Suche nicht gerade.«

»Dann sollten wir uns zunächst mit dem befassen, was wir im Innern als Beweismaterial haben.«

»Ja.«

»Gehen wir noch mal zusammen rein?«

»In Ordnung.«

Gemeinsam betraten sie das Haus. Vorsichtig stiegen sie auf der baufälligen Treppe hinauf ins Obergeschoss.

Der Raum mit den Spiegelscherben war hell ausgeleuchtet.

Trojan deutete auf den Boden. »Die Granatapfelkerne befinden sich direkt unterhalb des Lochs in der Decke.«

Stefanie nickte. »Sieht aus, als habe sie jemand von oben herunterfallen lassen.«

»Richtig.« Erneut betrachtete er die rote Aufschrift an der Wand.

SCHAU IN DEN SPIEGEL.

»Es ist die vierte Botschaft«, murmelte er. »*Tröste mich. Wärme mich. Verschlungen.* Und nun das. Die Aufforderung, in den Spiegel zu schauen. Einen zerbrochenen Spiegel. Wenn du dich darin betrachtest, ist dein Gesicht völlig zersplittert.«

Er spähte zum Dachboden hinauf. Dann schaute er Steff an. »Mal angenommen, es war außer dem Täter noch jemand hier. So wäre folgendes Szenario denkbar: Noah Baumgart ist bereits gefangen. Eine weitere Person betritt den Raum, liest die Botschaft an der Wand, blickt zu den Scherben hinunter. Plötzlich rieseln Kerne von der Decke herab.«

»Und danach?«

Trojan schwieg.

»Wurde auch diese Person gekidnappt?«, fragte sie.

»Möglich.«

»Der Täter lauerte also auf dem Dachboden.«

»Hmm.«

»Wer ist die dritte Person? Und warum kam sie hierher?«

Trojan dachte angestrengt aus. »Adelheid Baumgart sagte aus, dass Noah Streit mit seinem Vater hatte, bevor er verschwand. Es ging um eine Freundin des Jungen, von der wir nichts wissen.«

»Und du meinst …?«

»Was wäre denn …«

Stefanie schnipste mit den Fingern und ergänzte seinen Satz. »… wenn er bei *ihr* übernachtet hat? Wenn *sie* es ist, bei der er öfter Unterschlupf fand?«

»Ja.«

»Dann wäre die Botschaft unter Umständen für sie bestimmt.«

»Zumindest ist das eine Theorie.«

»Sie könnte sich um ihn gesorgt haben. Aus irgendwelchen Gründen ahnte sie, dass er hier ist.«

»Und das lässt befürchten …«

»… dass jetzt auch sie in den Händen des Täters ist.«

»Richtig.«

Stefanie legte die Stirn in Falten. »Verdammt, uns läuft die Zeit davon. Was sollen wir jetzt tun?«

Für einige Zeit schloss Trojan die Augen. Er war hochkonzentriert.

»Nils?«

Schließlich blickte er sie zerstreut an. »Entschuldige. Es ist wohl besser, wenn ich ins Kommissariat fahre.«

»Wieso?«

»Kannst du hierbleiben? Das Team unterstützen?«

»Was hast du vor?«

»Es ist nur eine Ahnung. Ein Impuls. Etwas drängt mich. Ich kann es nicht genau benennen. Aber ich glaube, ich muss an den Anfang zurück.«

ACHTUNDDREISSIG

Trojan raste im Dienstwagen die B 5 entlang, als seine Tochter anrief. Er war völlig überrascht.

»Emily.«

»Paps.«

»Wie geht es dir? Ist alles in Ordnung?«

»Ja.«

Die Verbindung war erstaunlich gut, dabei war sie doch in Kanada, Tausende Kilometer von ihm entfernt.

»Wirklich?«, fragte er besorgt.

»Klar.«

»Aber bei dir ist es doch erst…« Er rechnete nach. »Sechs Uhr morgens, kann das sein?«

Sie lachte. »Ich arbeite auf einer Farm. Hier steht man früh auf.«

»Bist du noch immer in diesem kleinen Ort auf Vancouver Island?«

»Ja. Ich stehe gerade am Fenster und schaue auf den Pazifik. Es ist noch ziemlich dunkel draußen. Aber ich sage dir, wenn hier die Sonne aufgeht – das ist ein Spektakel.«

»Wahnsinn!«

»Wie ist es bei dir?«

Vor lauter Freude über ihren Anruf fuhr er instinktiv langsamer, und auch sein Atem wurde tiefer.

»Schwer zu sagen. Ich bin gerade…«

Er hörte ihr Lachen am anderen Ende. »… in einem Einsatz?«

»Ja, dabei bin ich erst seit wenigen Tagen aus meinem Sabbatical zurück. Und zu der Zeit war ich …«

»… glücklich und entspannt. Ich weiß, Paps. Du warst kaum wiederzuerkennen, wenn wir geskypt haben.«

»Du hast recht. Ich war ein freier Mann.«

Für einen Moment sah er sich auf der Terrasse seines Ferienhauses stehen. Die aufsteigende Sonne am Horizont. Dann trabte er in seinen Laufschuhen durch das Naturschutzgebiet, zur einen Seite das Meer, zur anderen die Hügelkette. Das Grün der Pinien. Vor sich die endlose Weite.

»Emily«, sagte er. »Ich bin so froh, deine Stimme zu hören. Und es ist wirklich alles in Ordnung bei dir?«

Wieder war ihr Lachen durch die Freisprechanlage zu vernehmen. »Alles gut. Hab nur heute Morgen beim Aufwachen an dich gedacht. Wollte mal hören, ob du gut in Berlin angekommen bist.«

»Entschuldige. Ich wollte dir gleich nach meiner Ankunft eine Nachricht schreiben, aber dann musste ich sofort zu einem Tatort. Seitdem hab ich keine ruhige Minute mehr.«

»Hört sich nicht gut an. Nach so einer Auszeit solltest du langsam starten.«

Das hat mir Steffie auch gesagt, dachte er.

»Ist es wieder eine Mordserie?«, fragte sie.

»Ich will dich damit nicht belasten.«

»Hör mal, ich bin erwachsen.«

Er schwieg, packte das Lenkrad fester an. Brachliegende Felder flogen an ihm vorbei.

»Erzähl mir lieber von dir.«

»Erst wenn du mir gesagt hast, was dich bedrückt. Ich kenne deine Stimme. Ich weiß, wann du gestresst bist.«

»Wir bangen gerade um das Leben eines Sechzehnjährigen, der vermutlich vierundzwanzig Stunden lang in einer Kiste eingesperrt war.«

Sie schwieg für ein paar Sekunden. »Das ist ja furchtbar.«

»Ich konnte ihn zwar befreien, hab nur Angst, dass es letztlich zu spät war. Er befindet sich auf der Intensivstation. Kurz zuvor wurde sein Vater ermordet.«

»Wie schrecklich.«

»Es ist die Hölle.«

»Aber der Junge wird es schaffen.«

»Meinst du?«

»Du musst nur fest daran glauben.«

»Danke, Emily. Du bist ein Schatz.«

»Wie hältst du das nur aus?«

»Es ist mein Job.«

»Du wolltest ihn hinschmeißen. Das hast du mir erzählt.«

»Ja. Im Moment gibt es kein Zurück. Ich bin wieder mittendrin und trage Verantwortung. Wir haben es mit einem Serienkiller zu tun. Solange der frei herumläuft, werde ich mich nicht mit der Frage beschäftigen, ob ich …«, er schluckte, »… zu sensibel für meine Arbeit bin, wie es dein Großvater immer behauptet hat. Vielleicht ist es ja mein Fehler, dass ich manche Dinge zu nahe an mich heranlasse. Oft kommen mir meine Kollegen viel kaltschnäuziger vor.«

»Die tun nur so.«

»Glaubst du?«

»Jeder hat seine eigene Strategie.«

»Mag sein.«

»Paps, es ist gut, dass du sensibel bist. Das macht dich zu einem hervorragenden Ermittler. Dein Chef will dich nicht gehen lassen. Er braucht dich.«

»Das ist ja das Dilemma. Jeder Ermittlungserfolg treibt mich an und höhlt mich gleichzeitig aus. Denn das Morden geht immer weiter. Ich kann es nicht stoppen. Es gibt so viel Hass auf dieser Welt.«

»Aber es gibt auch unendlich viel Schönes.«

»Du hast recht.«

»Und das Leben besteht nicht nur aus Arbeit.«

»Natürlich.«

»Leg öfter Pausen ein. Achte auf dich.«

»Das tu ich, Emily. Versprochen.« Er atmete durch. »Aber jetzt erzähl mir von dir. Was macht das Leben auf der Farm?«

»Es ist herrlich hier. Ich hätte nie gedacht, wie schön es ist, Kühe zu melken und Ställe auszumisten. Und diese Landschaft. Wir haben auch Pferde hier. Neulich bin ich am Strand ausgeritten. Du, das ist unglaublich.«

»Ist es nicht schon recht kalt?«

»Im Durchschnitt drei Grad. Ich finde das noch angenehm mild. Im Osten Kanadas ist es sehr viel kälter.«

»Du warst noch nie sonderlich verfroren.«

»Stimmt. Und weißt du, meine Gasteltern Isabell und Greg sind so nett. Sie lassen mich sogar in ihrem Pick-up fahren.«

»Toll.«

»Wann kommst du mich endlich besuchen?«

»Bald, Emily, ganz bald.«

»Das wäre wunderbar. Wo bist du denn gerade?«

»Unterwegs im Auto. Irgendwo zwischen der Prignitz und Berlin. Am liebsten würde ich für den Rest des Tages mit dir telefonieren.«

Sie lachte. »Aber die Kühe warten auf mich. Sie müssen gemolken werden.«

Er fiel in ihr Lachen mit ein. »Wir müssen mal wieder länger skypen. Wenn es bei dir sechs Uhr abends ist ...«

»... ist es bei dir zwei Uhr früh.«

»Das kriegen wir hin.«

»Klasse. Ach, und Paps ...«

»Ja?«

»Was ich dich unbedingt noch fragen wollte: Wie läuft es mit dir und Steffie?«

Wieder einmal war Trojan von seiner Tochter beeindruckt. Stets hatte er sich gesorgt, ob sie wohl die Scheidung ihrer Eltern verkraften würde. Seitdem er sich von ihrer Mutter getrennt hatte, plagte ihn das schlechte Gewissen. Doch allmählich vertraute er darauf, dass Emily innerlich gefestigt war. Schon seine damalige Beziehung zu Jana hatte sie akzeptiert. Nun schien sie es anzuerkennen, dass er mit seiner Kollegin Stefanie zusammen war. Dennoch fragte er sich zuweilen, ob ihre entspannte Haltung nicht auch ein Schutzmechanismus sein könnte.

War sie ein Scheidungskind, das möglichst wenig Angriffsfläche bieten wollte? Verbarg sich hinter ihrer Unkompliziertheit nicht doch eine tiefere Verletzung?

Hatte sie sich nach Kanada begeben, um dem problematischen Gefühlsleben ihrer Eltern auszuweichen? Auch seine Exfrau Friederike hatte nicht gerade einen besonders stabilen Lebenswandel. War sie eigentlich noch immer mit diesem Ricardo zusammen? Oder war sie längst mit einem anderen liiert?

»Bist du noch dran?«

»Ja.« Er holte Luft. »Steff und ich sind ... Wir hatten noch gar nicht die Gelegenheit ... Sie hat mich ja auf den Kanaren besucht. Das war schön. Aber jetzt stecken wir im Strudel der

Ermittlungen und konnten noch nicht einen einzigen Abend allein miteinander verbringen.«

»Das ist nicht gut.«

»Ich weiß.«

»Ihr müsst euch Zeit füreinander nehmen.«

»Ja.«

»Eure Generation ist schon komisch. Ihr seid immer nur am Arbeiten.«

»Da ist was dran.«

Schließlich fasste sich Trojan ein Herz und fragte sie rundheraus: »Wie ist es eigentlich bei dir? Hast du in Kanada jemanden kennengelernt?«

Lange Pause.

Schließlich lachte sie verlegen. »Wenn es was Ernstes ist, sage ich es dir.«

»Okay.«

»Ich muss jetzt auflegen.«

»Ja.«

»Ich hab dich lieb.«

»Ich dich auch. Pass gut auf dich auf, ja?«

Auf einmal war die Verbindung unterbrochen.

Trojan hatte die Autobahn erreicht. Er scherte auf die Überholspur aus und gab Gas.

Er vermisste seine Tochter.

Plötzlich fühlte er sich elend und allein.

In seinem Büro durchforstete Trojan sämtliche Unterlagen über die Mordserie. Er breitete die Vernehmungsprotokolle, Tatortfotos und Notizen auf seinem Schreibtisch aus. Manches davon heftete er an die Wand, anderes verteilte er auf dem Fußboden. Er schrieb mit dem Filzstift ans Whiteboard:

»Marta Giesner, 34. *Tröste mich.* Rehfell am linken Arm und der Hand. Keramikschale.«

»Karen Schneider, 31. *Wärme mich.* Rehfell über den Schultern. Gedichtzeilen.«

»Ernst Baumgart, 47. *Verschlungen.* Rehfell am Unterleib. Gemälde.«

»Unbekannte Person. *Schau in den Spiegel.* Scherben. Zersplittert.«

Darunter notierte er: »Noah Baumgart.« Er versah ihn mit einem Fragezeichen.

Dann schrieb er: »Drahtbügel. Drahtfigur. Mädchenkleid. Unterhose in Kindergröße. Granatapfelkopf. Vogelscheuche. Wer bist du?«

Er trat ein paar Schritte zurück. Die Vogelscheuche war anders gekleidet als die weiblich anmutenden Figuren an den beiden anderen Tatorten, nämlich mit einem dunklen Jackett und einer schwarzen Hose. Sie war also eher wie ein Mann angezogen.

Er entfernte das Wort »Vogelscheuche« aus der Reihe und schrieb es weiter unten auf, versah es ebenfalls mit einem Fragezeichen.

Eine mädchenhaft gekleidete Drahtfigur und eine Vogelscheuche, dachte er. Beide tragen diesen unheimlichen Kopf. Beide haben eine hässliche Fratze, eingeritzt in einen Granatapfel.

Er schrieb: »Granatapfel = Verführung. Sünde. Süß. Aphrodisiakum. Stimulierend. Lust. Verbotenes Treiben.«

Stand die Vogelscheuche für den Mörder?

Aber wer war dann die andere Figur? Sollte sie ein Mädchen symbolisieren?

Noch etwas schrieb Trojan aufs Board: »7/14/21.«

Plötzlich kribbelte es in seinen Fingern. Was wäre eigentlich, wenn es sich dabei um Altersangaben handelte?

Ein Kind, sieben Jahre alt. Ein Mädchen, vierzehn. Eine junge Frau im Alter von einundzwanzig.

War das die unbekannte Person? Diejenige, die in den Spiegel schauen sollte? Bezogen sich, wenn er denn mit seiner Vermutung recht hatte, die unterschiedlichen Altersangaben auf sie?

Sein Herz klopfte. Denk nach, ermahnte er sich. Geh an den Anfang zurück. Vielleicht hast du etwas übersehen. Oder aber du hast an irgendeiner Stelle nicht gründlich genug nachgebohrt.

Wo war der Zusammenhang zwischen den Mordopfern? Was war das verbindende Element? Warum traf es zunächst zwei Frauen und dann einen Mann?

Und wer wurde aufgefordert, in die Spiegelscherben zu schauen? Für wen rieselten die Granatapfelkerne von der Decke?

Trojan notierte am Whiteboard: »7/14/21 = unbekannte Person, vermutlich weiblich.« Dahinter setzte er abermals ein Fragezeichen.

Da läutete sein Handy und riss ihn jäh aus seinen Gedanken. Er hob ab.

»Nils?«

»Steff. Was gibt's?«

»Der Chef hat mich beauftragt, zu Noah Baumgart in die Klinik zu fahren. Ich bin jetzt hier und habe etwas rausgefunden.«

»Ist er denn ansprechbar?«

»Leider nicht. Die Ärzte schirmen ihn ab. Immerhin hat sich sein Zustand ein wenig stabilisiert.«

»Wenigstens das.«

»Ja. Zwischenzeitlich habe ich aber mit seiner Mutter geredet, die in der Klinik darauf wartet, dass er wieder zu sich kommt.«

»Und?«

»Wir fragen uns doch, wo er am Samstag übernachtet hat. Und wer diese Freundin von ihm ist.«

»Richtig.«

»Adelheid Baumgart konnte mir zumindest den Namen einer Lehrerin nennen, zu der der Junge offenbar Vertrauen gefasst hat. Eventuell weiß sie mehr.«

Trojan schnappte sich einen Zettel und einen Stift. »Wie heißt sie?«

»Petra Kienitz.«

»Und die Schule? Moment, das habe ich in meinen Unterlagen. Es ist das Hermann-Hesse-Gymnasium in der Böckhstraße, nicht wahr?«

»Genau. Könntest du die Befragung für mich übernehmen? Ich muss zum Tatort zurück.«

»Klar, Steff.«

»Danke dir.«

Sie legten auf. Trojan rief in der Schule an, doch dort war niemand mehr zu erreichen. Schließlich konnte er die Kontaktdaten der Lehrerin über das Melderegister ermitteln, darunter auch eine Telefonnummer.

Er hatte Glück und erreichte sie prompt.

Er nannte ihr seinen Namen und seinen Dienstgrad und erklärte ihr in knappen Worten, was vorgefallen war.

»Noahs Vater ist ermordet worden. Anfangs hatten wir den Jungen selbst in Verdacht und nach ihm gefahndet, doch mittlerweile sieht die Sachlage anders aus.«

Petra Kienitz schwieg eine Weile am anderen Ende der Leitung.

»Sind Sie noch dran?«

»Ja. Ich muss das erst einmal verarbeiten. Ein Mord, sagen Sie?«

»Hmm. Leider können wir Noah nicht selbst dazu befragen, da er zurzeit auf einer Intensivstation behandelt wird.«

»Großer Gott! Was ist mit ihm passiert?«

»Aus ermittlungstechnischen Gründen darf ich Ihnen das nicht verraten. Wie gut kennen Sie ihn?«

»Nicht besonders gut. Noah scheint einige Probleme zu haben. Er ist sehr introvertiert.«

»Seine Mutter sagte uns, Sie könnten uns womöglich weiterhelfen.«

»Ich bin nur seine Deutschlehrerin, mehr nicht. Allerdings hab ich ein paarmal nach dem Unterricht unter vier Augen mit ihm gesprochen.«

»Was war der Anlass dafür?«

»Er war unkonzentriert. Wirkte oftmals übernächtigt. Ich vermutete häusliche Probleme, womit ich wohl richtiglag.

Darum habe ich auch einmal seine Mutter zu einem Gespräch in die Schule gebeten. Doch sie machte auf mich einen völlig überforderten Eindruck.« Sie atmete hörbar aus. »Sein Vater wurde ermordet, sagten Sie?«

»Ja.«

»Das ist erschütternd. Noah erzählte mir, dass sein Vater trank und überaus gewalttätig war.«

»Das ist leider wahr. Der Junge hat öfter die Nacht woanders verbracht, wenn es zu Hause Streit gab. Wissen Sie, wo das gewesen sein könnte?«

Es entstand eine längere Pause.

»Bitte, Frau Kienitz, wir stehen unter enormem Zeitdruck. Können Sie uns darüber Auskunft geben?«

»Ich hab ihn gefragt, warum er im Unterricht so müde ist. Und er sagte, er würde lieber auf einem Dachboden schlafen als daheim.«

Trojan wurde hellhörig. »Auf einem Dachboden? Wo denn genau?«

»Das wollte ich auch von ihm wissen. Er sagte mir, es sei sein geheimer Ort.«

»Nannte er Einzelheiten?«

»Er sagte, er schleiche sich abends hinaus. Es gebe in der Nähe ein Wohnhaus, das häufig unverschlossen sei. Und auch der Dachboden sei relativ frei zugänglich.«

»In der Nähe? Also irgendwo in seinem Viertel?«

»Das nehme ich an.«

»Hatte er Freunde? Gibt es irgendjemanden, dem er mehr davon erzählt haben könnte?«

»Ich glaube, eher nicht. Noah ist ein Einzelgänger. Er kann komplett in der Welt der Horrorfilme abtauchen, die er sich Tag für Tag anschaut. Das hat er mir mal anvertraut.«

»Erwähnte er zufällig eine Freundin?«

Abermals entstand eine Pause.

Trojan wartete ungeduldig ab.

Schließlich sagte Petra Kienitz: »Bei unserem letzten Gespräch machte er eine merkwürdige Andeutung. Er sagte wörtlich: ›Ich werde einen Film drehen. Zusammen mit der Frau, die ich über alles liebe. Und vielleicht werde ich danach nie wieder zur Schule zurückkehren.‹«

»Hat er einen Namen genannt? Wer ist diese Frau?«

Erneutes Schweigen.

»Frau Kienitz. Sagte er, mit wem er diesen Film drehen will?«

»Nein. Wie schon erwähnt, er ist sehr verschlossen. Es war erstaunlich, dass er überhaupt so viel von sich preisgab. Ich hielt es für jugendliche Schwärmerei. Aber vielleicht steckt ja mehr dahinter.«

Ein Film, dachte Trojan. Eine Horrorkulisse. Doch bedauerlicherweise kein Name und nur ein vage umschriebener Schlafplatz.

Er bedankte sich bei der Deutschlehrerin und legte auf.

Unruhig wanderte er in seinem Büro auf und ab. Wo sollte er nun fortfahren? Ihm war, als habe ihn das Gespräch in einem wichtigen Gedankengang unterbrochen.

Schließlich beschloss er, die Sache systematisch anzugehen. Wenn ihn eine innere Stimme aufforderte, an den Anfang zurückzukehren, sollte er sich intensiver mit dem ersten Mord befassen. Er sichtete die Unterlagen im Fall Marta Giesner.

Eine Zeit lang verlor er sich in Grübeleien. Dann gab er sich einen Ruck und wählte die Nummer von Lea Sabinsky. Manchmal half es, Zeugen ein weiteres Mal zu befragen.

Allerdings meldete sich nur ihre Mailbox. Er hinterließ eine Nachricht.

Weiter, dachte er, nicht aufgeben. Er wandte sich den Fakten im zweiten Mordfall zu. Nachdenklich betrachtete er die Tatortfotos.

Ein paar Minuten später rief er Rita Born an.

Sie hob nach dem dritten Freizeichen ab. »Ja bitte?«

»Nils Trojan hier.«

»Herr Kommissar.«

Ohne Umschweife erklärte er ihr sein Anliegen. »Ich habe das Gefühl, dass unsere Ermittlungen ins Stocken geraten. Darum suche ich nach einem neuen Ansatzpunkt.«

»Was genau wollen Sie wissen?«

»Mich beschäftigt weiterhin dieses Gedicht von Robert Frost. Könnte es nicht doch eine tiefere Bedeutung für Ihre Freundin gehabt haben?«

»Ich weiß es nicht. Jedenfalls hat sie es mir gegenüber nicht erwähnt.«

»Aber sie liebte die moderne Lyrik.«

»Das schon. Jedoch ist es nicht unbedingt meine bevorzugte Literaturgattung. Ich kenne mich nicht gut darin aus. Darum sprachen wir auch wenig darüber.«

»Gibt es jemanden aus dem Umfeld der Ermordeten, mit dem sie sich darüber ausgetauscht haben könnte?«

Stille. Rita Born schien nachzudenken.

Dann sagte sie: »Karen hat zusammen mit einer Bekannten gelegentlich Lesungen in der Bibliothek organisiert. Soweit ich weiß, ist diese Frau die Vorsitzende des Förderkreises. Sie hat selbst früher in der Bücherei gearbeitet. Vielleicht versuchen Sie es einmal bei ihr.«

»Wie heißt sie?«

Pause.

»Frau Born?«

»Ich überlege.«

Trojan tickte nervös die Mine seines Kugelschreibers auf und zu.

»Natalie.«

»Und der Nachname?«

»Natalie Kleinwald. Sie wohnt in Nikolassee, glaube ich.«

VIERZIG

Montag, 30. November, abends

Mehrmals war Trojan unterbrochen worden. Weitere hektische Telefonate, Anordnungen von Landsberg, Rückrufe bei Steffie, Notizen, Entscheidungen, die getroffen werden mussten, Adrenalinstöße, geleerte Kaffeebecher und verspeiste Energieriegel. Danach konnte er sich endlich darum kümmern, die vollständige Adresse von Natalie Kleinwald zu ermitteln.

Nun war er im Dienstwagen unterwegs nach Nikolassee, einem vornehmen Ortsteil von Berlin-Zehlendorf. Sprühregen. Scheinwerferlichter. Dichter Feierabendverkehr auf der Avus, die quer durch den Grunewald führte.

Erneut rief Landsberg auf dem Handy an, diesmal, um ihm mitzuteilen, dass Noah Baumgart von den Ärzten in ein künstliches Koma versetzt worden war.

»Das ist keine gute Nachricht, Hilmar.«

»Er wird hoffentlich durchkommen. Er und seine Mutter haben Schlimmes durchgemacht.«

»Ja.«

»Darüber hinaus ist er ein wichtiger Zeuge für uns. Allerdings glaube ich ohnehin nicht, dass der Junge besonders viel von dem Täter gesehen hat.«

»Das denke ich auch.«

»Der Mörder ließ uns zwar in der Prignitz nahe an sich heran, doch in seinem grausamen Spiel geht er kein besonders hohes Risiko ein.«

»Richtig.«

»Wo bist du gerade?«

Trojan erklärte ihm, was er vorhatte.

»In Ordnung. Halte mich auf dem Laufenden. Das Team fährt jetzt ins Kommissariat zurück. Wir treffen uns um dreiundzwanzig Uhr zu einer Sitzung, tragen die Ergebnisse zusammen und werten die Spuren aus.«

»Was habt ihr denn …?«

Landsberg fiel ihm ins Wort: »Bis auf die Reifenspuren im Wald konnten wir nicht viel finden.«

»Verdammt. Befinden wir uns etwa in einer Sackgasse?«

»Wir müssen positiv denken. Ich hoffe inständig, dass du mir nachher Ergebnisse liefern kannst.«

Trojans Magen verkrampfte sich. »Okay, Chef. Bis später.«

Sie legten auf.

Eine Backsteinvilla in der Normannenstraße. Trojan hielt an und stieg aus.

Er klingelte an der Tür.

Eine weibliche Stimme meldete sich durch die Sprechanlage. »Wer ist da?«

»Kriminalpolizei.«

Kurzes Schweigen. »Halten Sie bitte Ihren Dienstausweis in die Kamera.«

Trojan schaute auf. Oberhalb der Tür befand sich die Videoüberwachung. Er zückte den Ausweis und hielt ihn hoch.

Kurz darauf öffnete ihm eine Frau in einem mintgrünen Kleid.

»Sind Sie Natalie Kleinwald?«, fragte er.

»Ja.«

»Ich bin Hauptkommissar Nils Trojan. Darf ich reinkommen?«

»Worum geht es?«

»Würde ich Ihnen gern drinnen erzählen.«

Nach einem prüfenden Blick ließ sie ihn herein.

Sie war sechsundfünfzig, das wusste Trojan aus dem Melderegister, doch sie sah sehr viel jünger aus. Brünettes, halblanges Haar. Straffe Haut, leicht gebräunt. Wache Augen, blaugrün. Attraktive Erscheinung, etwa ein Meter siebzig groß. Schlank, elegant gekleidet, grazile Bewegungen.

Sie führte ihn in ein Wohnzimmer, das mit einer großen Glasfront zur Gartenterrasse hin ausgestattet war. Die Außenbeleuchtung war eingeschaltet. Trojan erkannte ein weitläufiges Rasenstück, gesäumt von altem Baumbestand. Hohe Tannen, eine Eiche, zwei Birken.

Ein Ohrensessel am Fenster. Daneben ein kleiner Tisch, auf dem sich ein Stapel Bücher befand.

»Bitte setzen Sie sich.« Sie hatte eine angenehme, samtene Stimme. Ihre Haltung war distanziert, aber nicht unfreundlich.

»Danke.«

Trojan nahm in einem weiteren Sessel Platz, während sich Natalie Kleinwald ihm gegenüber aufs Sofa setzte.

»Also, worum handelt es sich?«, fragte sie.

»Kennen Sie eine Karen Schneider aus Berlin-Grunewald?«

»Ja, wir haben früher zusammengearbeitet. Was ist mit ihr?«

»Sie wurde ermordet.«

Ihre Miene blieb zunächst unbeweglich. Doch mit einiger Verzögerung zeigte sich Entsetzen darin. »Um Himmels willen! Wann ist das passiert?«

»Donnerstagnacht.«

»Das ist ja furchtbar.«

»Wie sah Ihre Zusammenarbeit mit Karen Schneider aus?«

»Wir haben Lesungen veranstaltet.«

»Können Sie das etwas genauer ausführen?«

Pause. Ihr Mund öffnete sich, und mit einem Mal presste sie die Hand an die Lippen.

Sie erhob sich, wandte ihm den Rücken zu und trat ans Panoramafenster. Sie rührte sich nicht.

Trojan wartete ab.

Nichts geschah.

Schließlich drehte sie sich zu ihm um. Ihre Stimme war kurzzeitig mehr ein Flüstern. »Ermordet? Karen?«

Er nickte bloß.

Ein Ruck ging durch ihren Körper. Sie schien um Fassung bemüht zu sein. »Wie war Ihre Frage?«

»Sie sprachen von …«

»… den Lesungen, richtig. Ich war früher selbst Leiterin der Bibliothek in Zehlendorf. Aber das ist lange her.«

»Wann war das?«

»Ich muss nachdenken, das müssten jetzt …« Sie brach ab. Holte Luft. Ging langsam auf das Sofa zu. Sie setzte sich und verschränkte die Hände im Schoß.

»Bis vor zwanzig Jahren war ich dort tätig. Ich habe den Beruf schließlich aufgeben können, da mein Mann genug verdient. So konnte ich mich ganz der Erziehung meiner Kinder widmen.« Sie seufzte. »Nun sind alle drei erwachsen. Auch die Jüngste ist vor Kurzem ausgezogen. Schon als sie größer wurde, sehnte ich mich wieder nach einer Beschäftigung. Also nahm ich Kontakt zu meiner damaligen Arbeitsstelle auf. So lernte ich Karen kennen. Ich schlug ihr vor, zusätzliche Gelder für die Bibliothek zu akquirieren. Wissen Sie, in Berlin wird viel Misswirtschaft betrieben. Öffentliche Bildungseinrichtungen sind wichtig. Besonders ein Ort für die Vermittlung von Literatur. Jedenfalls hatte ich die Idee, einen literarischen Salon zu gründen und junge Schriftstellerinnen und Schriftsteller einzuladen. Ebenso Lyrikerinnen und Lyriker. Karen war davon sofort begeistert. Und so gründete ich den Förderkreis. Wir haben einige wohlhabende Mitglieder, und auch ich habe viel Geld gespendet.« Sie schaute ihn länger an. »Liegt hier wirklich keine Verwechslung vor?«

»Wie meinen Sie das?«

»Na ja, man liest zwar öfter von Verbrechen in der Zeitung, aber wenn im eigenen Bekanntenkreis ein Mord geschieht, ist das auf einmal so schrecklich real. Karen Schneider aus der Delbrückstraße?«

»Ganz genau.«

»Wie ist sie denn umgebracht worden?«

»Darauf darf ich Ihnen im Zuge der Ermittlungen keine Antwort geben.« Er atmete hörbar aus. »Wann haben Sie Karen Schneider das letzte Mal gesehen?«

»Im Frühjahr. Ende Mai. Damals fand unsere bisher letzte Lesung statt.«

»In der Bibliothek Zehlendorf?«

»Ja.«

»Und wer hat gelesen?«

Sie erzählte ihm von einem Autor, von dem er noch nie etwas gehört hatte.

Dann fragte er: »Kennen Sie eigentlich die Gedichte von Robert Frost?«

»Natürlich.«

»Haben sie eine besondere Bedeutung für Sie?«

»Das nicht, aber ich schätze den Dichter sehr.«

Er zitierte: »*The woods are lovely, dark, and deep …*«

Sie ergänzte die Zeilen: »*But I have promises to keep / And miles to go before I sleep.* Selbstverständlich kenne ich das. Eines seiner bekanntesten Gedichte. Warum fragen Sie mich danach?«

Trojan hielt es für angebracht, eine wichtige Information, sogenanntes Täterwissen, weiterzugeben. »Die Verse scheinen für den Mörder von Bedeutung zu sein. Er hinterließ eine Abschrift am Tatort.«

»Wie sonderbar.«

»Hat Karen Schneider mal mit Ihnen über das Gedicht gesprochen?«

»Nein.«

Trojan überlegte, wie viel er preisgeben durfte. Schließlich sagte er: »Der Täter oder die Täterin hat die Zeilen mit dem Saft eines Granatapfels notiert.«

Natalie Kleinwald hob die Augenbrauen. »Das wird ja immer kurioser.«

Schweigen. Irgendwo im Haus tickte eine Uhr.

Sie öffnete ihre Hände und legte sie nach einer Weile flach aneinander. »Früher wurde dieser Saft tatsächlich als rote Tinte benutzt.«

»Kennen Sie sich mit Granatäpfeln gut aus?«

»Nicht mehr als andere.«

»Mögen Sie den Geschmack der Kerne?«

»Wer mag die nicht?«

Trojan musterte sie. Dann ließ er den Blick durch den Raum schweifen. Er sah hinaus in den Garten, wo sich die Tannen sacht im Wind bewegten. »Ein wunderschönes Haus. Sehr hübsch gelegen. So viel Grün.«

»Danke.«

Er schaute sie an. »Sagt Ihnen der Name Marta Giesner etwas?«

»Nein, nie gehört.«

»Ernst Baumgart?«

»Auch nicht. Wieso fragen Sie?«

»Reine Routine.«

Er ließ sie nicht aus den Augen. Mehrere Sekunden verstrichen. Sie hielt sein Schweigen offenbar nicht länger aus. »Kann ich sonst noch etwas für Sie tun?«

Trojan erhob sich. »Ich denke, das war es fürs Erste.« Er reichte ihr seine Karte. »Falls Ihnen noch etwas einfällt, rufen Sie mich bitte an.«

»Gut.« Auch sie stand auf.

»Ich finde allein hinaus.« Er wandte sich zum Gehen, doch dann hielt er inne. »Wo ist eigentlich Ihr Mann?«

»Er ist auf einer Vortragsreise.«

»Was macht er beruflich?«

»Er ist Chefarzt an der Charité. Morgen früh kommt er zurück.«

»Kannte er Karen Schneider?«

»Nur flüchtig, meine ich.«

Trojan nickte ihr zu, bedankte sich und verließ das Haus.

Vor seinem Dienstwagen hielt er inne. Er hatte bereits die Funkfernbedienung in der Hand und wollte die Tür öffnen, als er sich anders besann. Er brauchte Bewegung, frische Luft. Denn in seinem Kopf überschlugen sich die Gedanken. Und sein Herz pochte wie wild.

Was war das nur?

Woher plötzlich diese Unruhe?

Langsam ging er die Straße hinunter.

Eine innere Stimme meldete sich. Du hast Angst, einen Fehler zu machen. Du hast Angst, etwas zu übersehen.

Er bemerkte, wie sich sein Nacken verkrampfte. Ruhig, ermahnte er sich, ganz ruhig, lass alle Gedanken los. Entspann dich. Atme tief.

Trojan setzte Schritt für Schritt. Dabei erinnerte er sich daran, wie er auf der Insel barfuß auf den warmen Lavasteinen gegangen war.

Konzentriere dich auf deine Fußsohlen, sei achtsam. Spüre in dich hinein.

Er bog in die nächste kleine Straße ein. Es hatte aufgehört zu regnen. Matt schimmerndes Laternenlicht. Zu seiner Rechten ein paar Villen, links von ihm tat sich eine Wiese auf.

Trojan knipste seine Maglite an und folgte dem Strahl. Er betrat das feuchte Gras. Es war eine lange, schmale Niederung, sie streckte sich in der Ferne dahin, offenbar mehr als einen Kilometer weit.

Eine beinahe ländliche Stille um ihn herum, obwohl er sich noch immer mitten in einem Stadtbezirk befand.

Er lauschte auf das leise Klatschen seiner Schritte im Gras. Allmählich wurde er gelassener.

Nach einer Weile blieb er stehen und schaute zum Abendhimmel hinauf. Wolkenfetzen zogen im fahlen Mondlicht vorbei.

Er liebte diese Stadt mit all ihren geheimnisvollen Orten.

Einem jähen Impuls folgend, ließ er sich nieder und streckte sich flach auf dem Boden aus.

Feuchtigkeit und Kälte sickerten durch seine Jacke und seine Jeans, doch es störte ihn nicht. Er zählte zwanzig tiefe Atemzüge, bis er sich wieder erhob.

Auf einmal waren seine Sinne geschärft, und er war hellwach.

Plötzlich sah er vor seinem geistigen Auge das Navi in seinem Dienstwagen. Auf dem Weg hierher hatte er nach der Normannenstraße gesucht, und das Display hatte ihm die ausgedehnte Grünfläche angezeigt, auf der er sich gerade befand.

Sie hatte einen bestimmten Namen.

War das ein Zufall?

Ein Ruck ging durch seinen Körper. Er rannte los, quer über den Rasen.

Dieses Gebiet hier nannte sich die Rehwiese.

Die kleine Straße, von der er kam, war nach ihr benannt: An der Rehwiese.

Er rannte schneller.

Möglich, dass er sich täuschte, aber es waren verschiedene Dinge, die ihn bei seinem Gespräch mit Natalie Kleinwald irritiert hatten.

Sie kannte das Gedicht. Sie wusste, dass der Saft des Granatapfels früher als rote Tinte benutzt wurde. Das allein war noch nicht ausreichend. Aber auf einmal wusste er auch, was ihn in diese große Unruhe versetzt hatte.

Es war direkt vor seinen Augen gewesen. Der Ohrensessel am Fenster. Daneben der kleine Tisch. Der Bücherstapel darauf. Eines davon war ein Sachbuch über Töpfertechniken gewesen. Er hatte den Titel flüchtig auf dem Einband gelesen.

Sah er schon Gespenster? War das bloß ein Zufall?

Doch nun der vierte Aspekt. Die Rehwiese. Er hatte einmal im Internet gelesen, dass hier vor langer Zeit tatsächlich Rehe geäst hatten.

Er beschleunigte, jagte von der Niederung zur Straße hinauf. Er schaltete die Maglite aus und steckte sie im Laufschritt ein.

Schneller, dachte er, schneller.

Endlich hatte er die Normannenstraße erreicht.

Er eilte weiter.

In einiger Entfernung erkannte er die Villa.

Da sah er einen Wagen aus der Ausfahrt preschen. Ein schwarzer Mercedes SUV raste in Richtung S-Bahnhof Nikolassee davon.

Die schmale Straße machte einen Knick, die Rücklichter verschwanden dahinter.

Etwa eine halbe Minute später hatte Nils sein Auto erreicht. Er stieg ein und startete den Motor. Er musste wenden, dabei verlor er wertvolle Zeit.

Trojan gab Gas. Sein Wagen raste über das Kopfsteinpflaster dahin. Kurzzeitig erkannte er die Rücklichter in der Ferne. Eine weitere Biegung, und sie waren fort.

Er fuhr bis zum Hohenzollernplatz, ohne Sichtkontakt zu dem anderen Fahrzeug.

Ratlos hielt er an der Kreuzung. In welche Richtung war Natalie Kleinwald gefahren?

Versuchshalber bog er nach links in die Alemannenstraße ein.

Doch von dem schwarzen Mercedes war nichts mehr zu sehen.

EINUNDVIERZIG

MONTAG, 30. NOVEMBER, SPÄTER ABEND

Trojan rief von seinem Dienstwagen aus Stefanie an.
»Wo bist du?«, fragte er.

»Bereits im Kommissariat.«

Er erzählte ihr von Natalie Kleinwald und was ihn stutzig gemacht hatte. »Sie ist mit ihrem Auto weggefahren. Verdammt, Steffie, ich kam zu spät. Ich hätte viel früher registrieren müssen, dass sie mir eventuell etwas verschweigt.«

»Mach dir deshalb keine Sorgen, Nils.«

»Tu ich aber. Das kann ein großer Fehler gewesen sein.«

»Du bist sehr streng mit dir.«

»Mag ja sein …« Er brach ab. Er schnaufte. Sein Herz verkrampfte sich.

»Tief durchatmen.«

»Okay.« Er ließ ein paarmal den Atem ausströmen.

»Geht es wieder?«

»Ja.« Schließlich sagte er: »Ich bräuchte weitere Informationen über diese Frau. Ich hab die Daten aus dem Melderegister nicht hier.«

»Ich schau für dich nach.«

»Danke.«

Trojan wartete ungeduldig ab, während er über die Avus raste.

Kurz darauf meldete sich Steffies Stimme über die Freisprechanlage. »Natalie Kleinwald hat drei Kinder. Marina ist einunddreißig, der Sohn Torsten neunundzwanzig. Die jüngste Tochter heißt Elisabeth. Sie ist einundzwanzig Jahre alt.«

Plötzlich kribbelte es in seinen Fingern. »Einundzwanzig, sagst du?«

»Ja.«

»Wo ist sie polizeilich gemeldet?«

»Noch bei ihren Eltern.«

»Keine andere Adresse?«

»Nein.«

»Das ist merkwürdig, denn ihre Mutter erwähnte, dass sie vor Kurzem ausgezogen ist.«

»Dann hat sie sich wohl noch nicht umgemeldet.«

»Liegt eine Telefonnummer von Natalie Kleinwald vor?«

»Ja, allerdings nur ein Festnetzanschluss.«

»Der gehört garantiert zu dem Haus in Nikolassee.«

»Ich checke das mal.« Nach einer Weile sagte sie: »Es hebt tatsächlich niemand ab. Aber ich hab hier eine Handynummer von der ältesten Tochter Marina im Meldeverzeichnis.«

»Das ist gut. Ich ruf sie gleich an. Kannst du mir die Nummer per SMS schicken?«

»Mach ich.«

»Dann bis gleich, Steff.«

Sie legten auf.

Kurz darauf wurde ihm die Nummer gesendet, und er rief bei Marina Kleinwald an.

Sie hob nach dem fünften Freizeichen ab. »Ja, hallo?«

»Hier spricht Hauptkommissar Nils Trojan vom LKA Berlin. Ich bin auf der Suche nach Ihrer Mutter. Können Sie mir sagen, wo ich sie im Moment erreichen kann?«

»Worum geht es denn?«

»Ich ermittle in einer Mordserie.«

»Was hat meine Mutter damit zu tun?«

»Könnten Sie bitte einfach auf meine Fragen antworten?«

Längeres Schweigen. Schließlich sagte Marina Kleinwald: »Sie rufen von einem Handy aus an. Wie kann ich sichergehen, dass Sie wirklich von der Polizei sind?«

Trojan wurde ungehalten, ließ sich aber nichts anmerken. »Also schön, rufen Sie im Kommissariat an. Ich gebe Ihnen die Nummer durch. Dort wird man Ihnen bestätigen, wer ich bin.«

»Schon in Ordnung, ich glaube Ihnen.« Atemgeräusche. »Merkwürdig, dass Sie nach ihr fragen. Meine Mutter war soeben bei mir.«

»Was wollte sie von Ihnen?«

»Sie war in großer Sorge um meine jüngere Schwester.«

»Sie meinen Elisabeth Kleinwald?«

»Ja. Sie wollte wissen, wo sie steckt. Elisabeth hat uns nicht immer ihre neue Adresse mitgeteilt. Sie ist in letzter Zeit öfter umgezogen.«

»Und?«

»Zum Glück weiß ich, wo sie gerade zur Untermiete wohnt. Sie hat es mir neulich gesagt.«

»Geben Sie mir die Adresse.«

»Es ist in Neukölln in der Ossastraße.« Marina Kleinwald nannte ihm die Hausnummer. »Ich glaube, meine Mutter ist dorthin gefahren. Was sie von Lisa will, kann ich Ihnen allerdings nicht sagen.«

»Danke. Sie haben mir sehr geholfen.«

Trojan unterbrach die Verbindung, rief Steffie an und berichtete ihr von seinem Gespräch.

»Brauchst du Verstärkung, Nils?«

»Ja.«

»Gut. Wir treffen uns dort.«

Das Haus war nicht weit vom Tatort am Weigandufer entfernt, wie er sofort feststellte. Trojan hielt an und sprang aus dem Wagen. Er überflog die Namen auf den Klingelschildern. Eines davon, oben links, war mit Papier überklebt, auf dem »Kleinwald« stand.

Die Haustür war unverschlossen. Er stürmte hinein und rannte die Treppen hinauf.

In der vierten Etage angelangt, bemerkte er einen Schemen im Flur. Das Licht im Treppenhaus erlosch. Er zückte seine Waffe.

Der Strahl einer Taschenlampe blitzte auf.

Kurzzeitig war er geblendet. Dann erkannte er Stefanie. Auch sie hatte ihre Waffe gezückt.

Ein Kopfnicken von ihr, und er duckte sich.

Er schlich zu ihr. Gemeinsam drückten sie sich an die Wand.

Trojan knipste ebenfalls seine Maglite an. Der Lichtstrahl erfasste den Drahtbügel, der am Türknauf hing. Auf die Spitze war ein Granatapfel mit eingeschnitzter Fratze gespießt.

»Ich fürchte, wir kommen zu spät«, wisperte Stefanie.

»Dieses Schwein.«

»Auf fünf?«

Er nickte.

Sie zählte flüsternd, die Sig Sauer ausgestreckt, die Stablampe in der linken Hand. Bei »fünf« nahm Trojan Anlauf und warf sich, die Waffe im Anschlag, gegen das Türblatt.

Stefanie gab ihm Deckung.

Die Tür fiel krachend aus den Angeln.

Er stürmte hinein, sie folgte.

Er arbeitete sich an der Wand vor.

Das erste Zimmer, Tür aufklinken, hinein. Breitbeinig, die

Maglite in der Linken, die Waffe in der Rechten, auf dem Unterarm abgestützt.

Sichern nach vorn, links, rechts.

Nichts.

Dann das Schlafzimmer. Er näherte sich dem Türspalt, schob einen Fuß rein. Er holte tief Luft, öffnete.

Atemlos spähte er in alle Richtungen. Gesichert.

Nun die Küche.

Trojan schlich an der Wand entlang. Adrenalin pulste in seinen Adern. Er ließ ein paar Sekunden verstreichen. Schließlich wirbelte er vor.

Er sicherte. Der Lichtkegel kreiste.

Nichts.

Er zog sich zurück.

Nun das Bad.

Ein Schweißtropfen lief über seine Stirn.

Er riss die Tür auf. Waffe und Stablampe vor, links, rechts.

Trojan schnaufte durch.

»Nils?«

Stefanie sicherte seinen Rücken.

»Hier ist niemand.«

Während Steff mit der Wohnungsdurchsuchung begann, sprach Trojan mit dem Hausmeister, einem langbärtigen Mann in den Vierzigern, der im Erdgeschoss wohnte.

»Ja, ich kenne Elisabeth Kleinwald«, sagte er.

»Wann haben Sie sie zum letzten Mal gesehen?«

»Vor zwei, drei Tagen.«

»Heute nicht?«

»Nein.«

»War jemand an ihrer Tür? Vor ungefähr einer Stunde?«

»Falls ja, hab ich davon nichts mitbekommen.«

»Was wissen Sie über die junge Frau?«

»Es gab in letzter Zeit Ärger.«

»Weswegen?«

»Da war dieser Junge, der hat sich öfter auf den Dachboden geschlichen und dort übernachtet. Sie hatte Kontakt zu ihm, scheint sich mit ihm angefreundet zu haben. Ich hab ihr gesagt, der Junge habe hier nichts zu suchen. Sie soll darauf achten, dass der Speicher abgeschlossen bleibt.«

Trojan zeigte ihm ein Foto von Noah Baumgart, das er auf seinem Handy gespeichert hatte. »Ist er das?«

Der Hausmeister nickte.

Trojan bedankte sich bei ihm und eilte zurück in die Wohnung im vierten Obergeschoss. Stefanie telefonierte gerade mit Landsberg.

Sie legte auf und schaute ihn an. »Der Chef schickt das Team hierher.«

»Gut.« Trojan berichtete ihr, was er herausgefunden hatte. »Elisabeth Kleinwald ist offenbar die ominöse Freundin von Noah, nach der wir gesucht haben.«

»Demnach könnte die Botschaft *Schau in den Spiegel* in dem verlassenen Haus im Umland für sie bestimmt gewesen sein.«

»So sieht es aus.«

»Und was ist mit Natalie Kleinwald?«

»Sie steckt irgendwie mit drin. Durch meinen Besuch bei ihr wurde sie vorgewarnt.«

»Ihr kam wohl die Ahnung, ihre Tochter sei in den Fall involviert. Warum hat sie dir das nicht gleich gesagt?«

Er zuckte mit den Schultern. »Anscheinend hat sie irgendetwas zu verbergen. Sie kannte Karen Schneider, hat mit ihr zusammen Lesungen organisiert. Ihre Tochter kennt Noah, den Sohn von Ernst Baumgart. Die Verbindung zu Marta Giesner ist noch unklar.«

Trojan dachte eine Weile intensiv nach. Schließlich schnalzte er mit der Zunge.

»Sieben. Vierzehn. Einundzwanzig. Die rätselhaften Zahlen des Mörders. Möglich, dass es sich dabei um Altersangaben handelt. Das kam mir schon einmal in den Sinn.«

»Elisabeth ist einundzwanzig.«

»Ja. Sie könnte für den Täter von besonderer Bedeutung sein. Vielleicht ist etwas passiert, als sie sieben und vierzehn Jahre alt war. Jetzt ist sie erwachsen, und er schlägt zu.«

Sie blickten sich an.

»Demnach wäre sie eine Schlüsselfigur in dem Fall«, sagte Stefanie.

»Ganz genau.«

»Das Geheimnis liegt also in ihrer Familie.«

Trojan nickte. »Das steht zu befürchten.«

Er rief Marina Kleinwald an. Abermals hob sie gleich ab.

»Haben Sie meine Mutter gefunden?«, fragte sie.

»Nein.«

»Und Elisabeth?«

»Leider nicht.«

»Ich kann sie beide unter ihren Mobilnummern nicht erreichen. Es meldet sich nicht einmal die Mailbox.«

»Geben Sie mir bitte die Nummern.«

Marina nannte sie ihm, und er notierte sie sich.

»Danke«, sagte er. »Und noch etwas.«

»Ja?«

»Öffnen Sie niemandem die Tür. Meine Kollegin und ich holen Sie gleich ab und fahren mit Ihnen zu Ihrem Elternhaus in Nikolassee.«

»Warum?«

»Wir müssen uns dort dringend umsehen und haben einige Fragen an Sie.«

»Um diese Zeit noch?«

»Tun Sie, was ich Ihnen sage. Ich denke, Ihre Familie ist in Gefahr.«

ZWEIUNDVIERZIG

Elisabeth kam wieder zu sich. Ihr war schwindlig. Der Raum, in dem sie lag, schien sich um sie herum zu drehen. Alles war verschwommen. Sie stöhnte, kniff die Augen zusammen.

Nach einer Weile konnte sie schärfer sehen. Sie kauerte zusammengekrümmt in einer Ecke. Sie starrte auf weiße Wände und einen hellen Steinboden. An der Decke über ihr befand sich eine Leuchtstoffröhre.

Da erinnerte sie sich an die Gestalt mit dem blutroten Kopf und der hässlichen Fratze. Diese hatte ihr ein Tuch auf Mund und Nase gedrückt, dem ein beißender Geruch entstiegen war. Kurz darauf hatte sie das Bewusstsein verloren.

Langsam richtete sie sich auf. Der Raum maß etwa sieben mal fünf Meter. Keine Fenster, dafür eine Tür. Mit unsicheren Schritten ging sie darauf zu. Sie drückte die Klinke. Verschlossen.

»Elisabeth.«

Sie erschrak so heftig, dass sie zusammenzuckte. Die Stimme drang aus einem kleinen Lautsprecher an der Wand, der ihr in diesem Moment auffiel.

»Wie gut, dass du endlich bei mir bist.«

»Wer sind Sie?«

»Dazu kommen wir noch.«

Sie atmete schwer.

»Was wollen Sie von mir?«

»Ich möchte dir etwas zeigen.«

Sie überlegte, ob sie die Stimme jemandem zuordnen konnte, doch sie war ihr völlig unbekannt.

Jäh begann sie zu zittern.

»Ganz ruhig. Dir wird nichts passieren.«

»Lassen Sie mich gehen. Bitte.«

»Bist du denn gar nicht neugierig?«

Stille. Ihr Herz hämmerte. Wo war sie hier? Wie lange war sie ohne Bewusstsein gewesen? Und wo war ihre Tasche mit ihrer Kamera?

»Neugierig?«, fragte sie. »Worauf denn?«

»Was hinter der Tür ist.«

Es klickte im Schloss.

»Sieh nach.«

Vorsichtig näherte sie sich der Tür und drückte abermals die Klinke. Nun ließ sie sich öffnen. Dahinter tat sich ein weiterer Raum auf.

Er hatte die gleichen Maße wie der andere. Keine Fenster. Eine weitere Tür. Noch ein Lautsprecher.

»Wo sind Sie?«, fragte sie.

»Über dir.«

Ängstlich starrte sie zur Decke hinauf. In der Neonleuchte schien eine Kamera versteckt zu sein. Die Türverriegelung wurde offenbar ferngesteuert.

»Schau dich um, Elisabeth.«

An der Längsseite war eine gerahmte Fotografie angebracht. Und auf dem Boden stand etwas.

»Tritt näher. Sieh es dir genau an.«

Mit unsicheren Schritten ging sie auf das Bild zu.

»Gefällt es dir?«

Kalter Schweiß bildete sich auf ihrer Stirn. Ihr Atem beschleunigte sich.

»Nein!«, stieß sie hervor.

Auf dem Foto war eine Frauenleiche zu sehen. Sie war nackt. Ihr linker Arm und die Hand steckten in einem Rehfell, das mit ihrer Haut vernäht war. Ihr Mund war zu einem Grinsen verzerrt. Die Wangen waren zu beiden Seiten über dem Jochbein festgenäht.

»Kennst du diese Frau?«

Entsetzt schüttelte sie den Kopf. »Nein. Was … was hat das zu bedeuten?«

»Ich hab sie umgebracht.«

»Warum?«

»Sie hat mich an jemanden erinnert. Jemanden, den du kennst, Elisabeth.«

Sie atmete schwer.

»Beruhige dich. Wenn du die letzte Tür geöffnet hast, wirst du es verstehen. Eins folgt auf das andere. Alles ergibt einen Sinn. Schau doch erst mal, was zu deinen Füßen steht.«

Sie senkte den Blick. Auf dem Boden, direkt unter der Fotografie, befand sich eine Keramikschale mit einer speziellen weißen Glasur. Darin lagen sechs Granatäpfel.

»Erkennst du die Schale wieder?«

Sie bückte sich und hob sie auf.

»Antworte. Kommt sie dir bekannt vor?«

»Ich denke, ja«, sagte sie leise.

»Gut. Es ist zwar nicht das Original, aber eine von vielen Kopien, die ich hergestellt habe. Ich liebe diese Art der Keramik.«

»Wer zum Teufel sind Sie?«

»Nicht so ungeduldig, Elisabeth. Eins nach dem anderen. Nimm die Früchte heraus.«

»Wieso?

»Tu es einfach.«

Sie legte die Granatäpfel einzeln auf den Boden.

»Du weißt, wer Schalen wie diese getöpfert hat, nicht wahr?«

»Ich glaube schon.«

»Na also. Nun dreh sie um.«

Sie tat es.

Auf der Unterseite war etwas mit roter Schrift geschrieben.

»Lies es mir vor.«

»ICH WURDE GETRÖSTET.«

»Ja, ich wurde getröstet. Ich erzähle dir auf diese Weise meine Geschichte. Ich möchte, dass du mich kennenlernst. Ich habe all das sorgfältig für dich aufgebaut. Es sind so viele Jahre vergangen, und du weißt noch gar nichts über mich. Ich will mich dir vorsichtig annähern. Schritt für Schritt. Raum für Raum.«

Sie stieß die Luft aus.

»Tu die Schale weg und geh weiter.«

Das mechanische Klicken erschallte. Zittrig stellte sie die Schale auf dem Boden ab und öffnete die Tür.

Der nächste Raum. Ein weiteres Neonlicht, wohl ebenfalls mit einer eingebauten Kamera versehen. Der übliche Lautsprecher. Noch eine Fotografie an der Wand. Darunter lag ein Buch.

Auch dieses Foto zeigte eine tote Frau mit dem Fell eines Rehs. Sie saß vornübergebeugt an einem Tisch, ein aufgetrenntes Nachthemd um die Hüften. Das Tierfell war an den Schultern festgenäht und bedeckte ihren Rücken.

Elisabeth war starr vor Angst. »Warum tun Sie so etwas?«

»Es ist ein Teil meiner Geschichte. Wer ist diese Frau? Was glaubst du wohl?«

»Ich weiß es nicht.«

»Du kannst ihr Gesicht nicht erkennen, aber achte auf ihr Haar.«

Es war brünett wie das der anderen Frau.

Elisabeth schluckte.

»Heb das Buch auf.«

Sie gehorchte.

»Blättere es durch.«

Es war ein offensichtlich selbst gebundenes Buch. Die Seiten waren leer. Bis auf eine, die mit einer roten Schrift überzogen war.

Es waren die Zeilen aus einem Gedicht.

»Kennst du das?«

»Ich bin mir nicht sicher.«

»Denk nach.«

Ihr Herz schlug heftig.

»Es ist von Robert Frost, glaube ich.«

»Sehr gut. Woher kennst du diesen Dichter?«

Sie schwieg.

»Wer hat dich mit seinem Werk vertraut gemacht?«

»Bitte, hören Sie auf. Warum quälen Sie mich so?«

»Ich will dich nicht quälen. Es ist nur meine Geschichte, die ich dir erzähle. Dreh das Buch um.«

Abermals gehorchte sie.

Auf die Rückseite war etwas geschrieben, ebenfalls in blutroten Buchstaben.

»Lies vor.«

»ICH WURDE GEWÄRMT.«

»So ist es. Weiter.«

Wiederum klickte es im Türschloss.

Elisabeth ließ das Buch fallen und wankte zur Tür. Sie öffnete sie und betrat den nächsten Raum.

Dort hing ein Foto von jemandem, den sie kannte. Es verschlug ihr den Atem.

»Geh nah heran und verrate mir den Namen des Toten.«

Sie näherte sich der gerahmten Aufnahme an der Wand. Darunter war ein kleines Aquarellbild am Boden abgestellt.

»Lisa, sag schon.«

Der tote Mann auf dem Foto war nackt. Zwischen seinen Beinen war ein blutiges Rehfell.

»Wie heißt er?«

Sie keuchte. »Baumgart.«

»Ja. Der Vater von Noah.«

»Wieso? Wozu das alles?«

»Er hat es verdient. Er war ein grausamer Mensch. Und er hat dich bedroht. Nun schau dir das Gemälde an.«

Sie starrte auf das Aquarell, das ein Seeufer zeigte.

»Ich hab viele davon gemalt, weißt du? Immer wieder dieses Motiv. So, wie ich auch viele Schalen getöpfert hab.«

»Sie sind wahnsinnig.«

»Mag ja sein. Aber der Wahnsinn hat Gründe.«

Ihre Augen füllten sich mit Tränen. Sie zitterte am ganzen Körper.

»Erzähl mir etwas über dieses Bild.«

Sie rang nach Luft.

»Mach schon.«

»Es sagt mir nichts.«

»Wirklich nicht? Du erkennst es nicht wieder?«

»Nein.«

»Gefällt es dir?«

»Nein.«

»Warum nicht?«

»Es ist schlecht gemalt.«

»Ha-ha.« Ein beinahe roboterhaftes Lachen drang aus dem Lautsprecher. Und wieder: »Ha-ha. Ich hab bloß das Original kopiert. Wenn das Original schlecht ist, wird auch die Kopie nicht besser.«

Sie sah zu der Leuchtstoffröhre hinauf, in der sie die Kamera vermutete. »Wer sind Sie?«, fragte sie erneut.

»Du wirst es bald herausfinden. Dreh das Bild um.«

Sie sah auf der Rückseite nach.

»Vorlesen.«

»ICH WURDE VERSCHLUNGEN.«

»Ahnst du, von wem ich verschlungen wurde?«

»Ich weiß es nicht.«

»Na schön. Vielleicht stößt du im nächsten Raum auf die Antwort.«

Das Klicken im Schloss. Sie klinkte die Tür auf und trat ein.

Auf dem Boden stand eine weitere Schale. Und an der Wand hing eine Fotografie von Noah. Der Junge lag gefesselt und geknebelt in einer Kiste.

Sie schrie auf. »Was ... was haben Sie ...?«

»Er lebt. Nach meinen Informationen lebt er. Ich wollte ihm eine Chance lassen. Weißt du, Elisabeth, er hat mich daran erinnert, wie ich in seinem Alter war. So zornig und verletzbar. Leider ist er dir zu nahe gekommen. Er hat sich dir aufgedrängt. Es war nicht gut, dass er bei dir übernachtet hat. Ich hab ihn auf der Straße erwischt, als er auf dem Heimweg war. Möglich, dass er seinem Vater etwas antun wollte. Aber das hab *ich* nun für ihn erledigt. Nimm die Schale auf.«

Sie hob sie hoch. Es war eine weitere Keramikschale mit weißer Glasur. Sechs Granatapfelkerne lagen darin.

»Dreh sie um.«

Sie tat es. Die Kerne fielen heraus, und sie las die rote Aufschrift von der Unterseite ab:

»ICH WURDE AUSGESPUCKT.«

»Ganz genau. Nun zum nächsten Raum.«

Das Schloss schnarrte. Sie drückte die Klinke. Hier hing keine Fotografie an der Wand. Dafür ein Spiegel. Darüber die gleiche rote Aufschrift, die sie bereits in dem Haus im Umland vorgefunden hatte.

»SCHAU IN DEN SPIEGEL«, sagte die Stimme aus dem Lautsprecher. »Sieh genau hin, Elisabeth. Ich weiß vieles über dich. Du hast dich schon so oft gefragt, wer du wirklich bist. Hast dich gewundert, warum du anders bist als deine Geschwister. Marina und Torsten.«

»Was wollen Sie nur von mir?«

»Ich will, dass du endlich die Wahrheit erfährst. Wer bist du? Wer bist du wirklich?«

Ein Schauer lief über ihren Rücken.

»Tritt näher heran.«

Sie betrachtete ihr Gesicht im Spiegel. Es war verängstigt und bleich.

Da erkannte sie, dass ein paar Buchstaben ins Spiegelglas eingekratzt waren. Sie ergaben drei Wörter:

DREH DICH UM.

Sie wandte sich um und erkannte eine winzig kleine Fotografie an der gegenüberliegenden Wand.

Darauf war eine lächelnde Frau mit brünettem Haar abgebildet, die sie sehr gut kannte,

»Wo ist sie?«, stieß sie hervor. »Was haben Sie mit ihr gemacht?«

Das Türschloss klickte.

Elisabeth betrat den nächsten Raum. An die Wand war in großen roten Lettern geschrieben:

AM ANFANG WAR DAS LICHT.

Auf einem Stativ war eine Kamera installiert. Elisabeth erkannte sie wieder, es war ihre Panasonic mit dem zerkratzten Gehäuse. Sie war direkt auf die Frau gerichtet, die am Boden kauerte.

Sie war gefesselt, hatte einen Knebel im Mund.

»Hier kannst du deinen Film drehen«, tönte es aus dem Lautsprecher. »Ich liebe Horrorfilme.«

Elisabeth stürzte auf die Frau zu.

DREIUNDVIERZIG

Marina Kleinwald wohnte in der Nähe vom Mexikoplatz, wo sie auch ihre Praxis als Allgemeinmedizinerin hatte. Sie stieg zu ihnen in den Dienstwagen, und sie fuhren in hohem Tempo weiter nach Nikolassee.

Sie wirkte sehr angespannt. Sie trug einen dunklen Wintermantel, ihr brünettes Haar war kurz geschnitten. Ihre Augen bewegten sich unruhig hinter ihrer randlosen Brille.

»Sind diese Maßnahmen wirklich erforderlich?«, fragte sie.

Trojan, der am Steuer saß, nickte knapp.

Stefanie stellte der Zeugin einige Fragen zu ihrem Familienstand. Sie war unverheiratet und hatte keine Kinder. Bisher hatte sie sich ganz ihrer Karriere als Ärztin gewidmet.

»Wo ist Ihr Bruder Torsten?«

»Er ist derzeit mit seiner Frau im Urlaub.«

»Wo genau?«

»An der Algarve.«

»Dann ist er wohl in Sicherheit.«

»Sie machen mir Angst. Worum geht es hier eigentlich?«

Trojan bog in die Spanische Allee ein und beschleunigte. »Hören Sie, Ihre Mutter und Ihre Schwester sind im Zuge einer Mordserie verschwunden. Wir wollen uns nur absichern, dass der Täter es nicht auch auf andere Familienmitglieder abgesehen hat. Wo ist Ihr Vater?«

»Er hat heute einen Vortrag auf einem Kongress in München gehalten und kommt erst morgen früh zurück.«

»In Ordnung.«

Er gab Gas. Die Zeit drängte. Die Handys von Natalie und Elisabeth Kleinwald ließen sich nicht orten. Landsberg und das Team waren informiert, Fotos der beiden Vermissten an alle Dienststellen herausgegeben. Sie rechneten mit dem Schlimmsten. Wieder und wieder machte es sich Trojan zum Vorwurf, er hätte einen Moment früher reagieren müssen. So wäre Elisabeths Mutter dem Täter womöglich nicht in der Wohnung in der Ossastraße in die Hände gelaufen. Denn davon gingen sie mittlerweile aus.

Nur wenig später hielten sie vor dem Haus in der Normannenstraße. Wie zu erwarten, stand der Mercedes SUV nicht in der Einfahrt.

Marina, die noch einen Schlüssel zu ihrem Elternhaus besaß, sperrte ihnen auf und schaltete die Beleuchtung ein.

»Also, was wollen Sie hier?«

Trojan kam gleich zur Sache. »Als ich heute Abend mit Ihrer Mutter gesprochen habe, kurz bevor sie fluchtartig weggefahren ist, fiel mir im Wohnzimmer ein Buch über Keramiktechniken auf.«

»Ja und?«

»Möglich, dass ich mich irre, aber ... töpfert Ihre Mutter in ihrer Freizeit?«

»Ja. Sie hat eine eigene Werkstatt im Keller.«

Ein Seitenblick zu Stefanie, dann holte er tief Luft. »Zeigen Sie sie uns bitte.«

Marina führte sie die Treppe hinunter. Auch im Untergeschoss knipste sie das Licht an.

Sie öffnete die Tür zu einer geräumigen Werkstatt. Regale

mit in Plastikfolie eingehüllten Tonbatzen, die noch unbehandelt waren. Daneben mehrere Behältnisse für Glasuren. Auf einem Tisch vorm Fenster standen halb fertige Objekte. In einer Ecke befand sich ein großer Brennofen. Die Drehscheibe war unterhalb des Kellerfensters aufgebaut. In einem anderen Regal waren verschiedene vollendete Kreationen aufgereiht. Tassen, Teller und Schalen aus Ton, die mit einer speziellen hellen Glasur versehen waren.

Abermals schaute Trojan zu Stefanie hin. Sie nickte ihm schweigend zu.

Einige der Schalen ähnelten auffallend dem Fundstück, das Trojan am ersten Tatort entdeckt hatte.

Weiß glasiert. Flach geschwungen. In nahezu schwebend gestalteter Form.

»Wann hat sich Ihre Mutter diese Werkstatt eingerichtet?«, fragte er.

»Ich war noch ein Kind, als sie hier unten zu töpfern begann.«

Trojan öffnete die Schubladen eines alten Apothekerschranks. Darin lagen diverse Töpferwerkzeuge.

»Haben Sie eine Ahnung, warum Ihre Mutter heute Abend Elisabeth unbedingt sprechen wollte?«, fragte Stefanie.

»Nein. Glauben Sie denn tatsächlich, dass sie in Gefahr sind?«

»Leider ja.«

Marina verschränkte die Arme vor der Brust. »Ich begreife das alles nicht.«

Trojan öffnete eine weitere Schublade. Unter einem Stapel Papiere fand er einen Kasten mit Aquarellfarben und verschiedene Pinsel. »Malt Ihre Mutter auch?«

»Früher hat sie eine Zeit lang Aquarelle angefertigt. Später hat sie es aufgegeben. Die Keramik ist ihre wahre Leidenschaft.«

Aufgeregt zog er sein Handy aus der Jackentasche. Er scrollte durch die Tatortfotos. Schließlich zeigte er ihr eines, auf dem das vom Täter im Schlafzimmer der Baumgarts hinterlassene Gemälde zu sehen war.

»Erkennen Sie das wieder?«

Ihre Augen weiteten sich. »Ja.«

»Woher?«, fragte Steff gespannt, die ebenfalls einen Blick auf die Aufnahme geworfen hatte.

»Meine Mutter hat das gemalt.«

»Exakt dieses Motiv?«

Marina nickte. »Es ist unglaublich, aber … dieses Bild hing bei uns im Schlafzimmer.«

Sowohl Stefanie als auch Nils atmeten hörbar aus.

»Können wir uns dort mal umsehen?«

»Natürlich.«

Sie verließen den Keller, gingen hinauf ins Erdgeschoss und von dort in die obere Etage.

Zu dritt betraten sie das Schlafzimmer.

Marina deutete auf die weiß getünchte Wand über dem ausladenden Boxspringbett. »Dort hing es.«

»Wann wurde es abgehängt?«, fragte Trojan.

»Das war zu der Zeit, als meine Eltern ihre Ehekrise hatten. Damals haben sie sich vorübergehend getrennt. Ich war zehn Jahre alt, mein Bruder Torsten acht.«

»Wie alt sind Sie jetzt?«

»Einunddreißig.«

»Es ist also einundzwanzig Jahre her?«

»Ja. Ich erinnere mich daran so genau, weil ich das Bild

sehr geliebt habe. Es war nicht besonders gut gemalt, aber ich mochte es. Ich weiß noch, dass ich sogar geweint habe, als meine Mutter es von der Wand nahm.«

»Ihre Schwester Elisabeth war damals noch nicht auf der Welt?«

»Richtig. Sie ist gewissermaßen das Kind, das die Ehe meiner Eltern gerettet hat. Mein Vater hatte eine Geliebte und wohnte zeitweilig in einem Appartement in Mitte, in der Nähe der Charité. Torsten und ich waren jedes zweite Wochenende bei ihm. Das ging ungefähr sechs Monate so. Danach wollten es meine Eltern wieder miteinander versuchen. Kurz darauf erzählte uns meine Mutter von ihrer Schwangerschaft.«

»Und das Bild wurde aus dem Schlafzimmer entfernt?«

»Nicht nur das. Sie hat es weggeworfen. Angeblich gefiel es ihr nicht mehr. Mich hat das als junges Mädchen verstört.« Sie blickte Trojan an. »Woher haben Sie nur dieses Foto?«

»Es stammt von einem Tatort. Vermutlich hat der Täter eine Kopie davon angefertigt.«

»Aber wieso?« Ihre Stimme kippte.

»Um das herauszufinden, sind wir hier.« Trojan straffte die Schultern. »Frau Kleinwald, denken Sie bitte genau nach. Ist vielleicht noch etwas zu dem damaligen Zeitpunkt passiert? Geschah irgendwas hier im Haus, das Ihnen sonderbar vorkam?«

»Ich weiß nicht, ich …« Sie brach ab. Nach einer Pause fuhr sie fort: »Es war keine besonders schöne Lebensphase für mich. Ich hatte Angst, dass sich meine Eltern für immer trennen. Und meine Mutter verhielt sich merkwürdig.«

»Wie meinen Sie das?«

»Aus heutiger Sicht würde ich sagen, sie war verletzt. Einsam. Gekränkt. Sie hat meinen Vater schon immer sehr geliebt, und dann betrügt er sie mit dieser jüngeren Frau.«

Es entstand ein längeres Schweigen.

Schließlich sagte Trojan: »Ihre Schwester Elisabeth ist also das Nesthäkchen in der Familie.«

Sie nickte.

»Wie würden Sie ihren Charakter beschreiben?«

»Sehr eigenwillig. Ganz anders als der Rest der Familie. Störrisch. Unruhig. Als ich sie zuletzt gesehen habe, schrie sie mich an. Sie sagte, mein Bruder und ich hätten sie nie akzeptiert. Dabei ist das nicht wahr. Wir haben uns mit ihr die größte Mühe gegeben. Selbst als sie einmal von zu Hause weggerannt ist, haben wir versucht, sie deshalb nicht zu verurteilen.«

»Wann war das?«, fragte Stefanie.

»Kurz nach ihrem vierzehnten Geburtstag. Wir haben sie erst spät in der Nacht gefunden. Meine Eltern waren außer sich vor Angst. Besonders meine Mutter. Elisabeth war schon immer ihr Sorgenkind.«

»Wo war sie denn?«, fragte Trojan.

»Wir fanden sie völlig unterkühlt an einer Landstraße in Brandenburg. Sie ist mit der Regionalbahn zu einem Ort hinausgefahren, der meiner Mutter sehr wichtig ist. Das letzte Stück ist sie getrampt.«

»Was ist das für ein Ort?«

»In der Nähe eines Dorfs steht eine alte Eiche. Sie wurde vor mehr als hundertfünfzig Jahren gepflanzt. Meine Mutter ist früher öfter dorthin gefahren, um nachzudenken. Es ist wirklich sehr schön da. Uns Kinder hat sie gelegentlich mitgenommen. Einmal war sie wohl mit Elisabeth allein dort. Es muss ein bedeutsamer Nachmittag für die beiden gewesen sein. Wissen Sie, das Verhältnis zwischen ihnen war schon immer sehr angespannt. Einerseits erdrückte meine Mutter sie nahezu mit ihrer Fürsorglichkeit. Andererseits wurde ihr von Lisa immerzu vorgeworfen, sie verheimliche ihr etwas.«

»Was könnte das sein?«

»Ich habe keine Ahnung. Der Streit drehte sich permanent darum, dass sich Lisa als Außenseiterin in der Familie fühlte, obwohl sie doch von meiner Mutter äußerst liebevoll behandelt wurde.«

»Vielleicht wollte Ihre Mutter damit etwas kompensieren«, sagte Stefanie.

»Darüber habe ich auch öfter nachgedacht. Und wenn ich sie darauf ansprach, sagte sie stets nur: ›Lisa hat einen schwierigen Charakter, und darum sollten wir besonders nachsichtig mit ihr sein.‹«

Trojan nahm Marina Kleinwald fest in den Blick. »Warum hat Elisabeth als Vierzehnjährige ausgerechnet diese alte Eiche aufgesucht, als sie von zu Hause weggelaufen ist?«

»Das hab ich sie damals selbst gefragt. Und sie sagte mir, sie habe gehofft, Mama dort näherzukommen, sie besser zu verstehen. Dieser Ort habe ein Geheimnis, das spüre sie. Und dann sagte sie wörtlich: ›Mamas Schweigen macht mir Angst.‹«

VIERUNDVIERZIG

Elisabeth berührte den Arm der am Boden kauernden Frau. »Mama«, sagte sie.

Da meldete sich die Stimme aus dem Lautsprecher: »Du kannst ihren Knebel lösen. Aber die Fesseln lässt du dran.«

Elisabeth zog ihrer Mutter den Knebel aus dem Mund.

Natalie Kleinwald atmete gepresst.

»Mama«, stieß Elisabeth erneut hervor.

»Mein Kind.«

»Was hat das zu bedeuten? Wie bist du nur ...?«

»Sprich leise.«

»Ich kann euch trotzdem hören«, tönte die Stimme.

»Lisa, es tut mir so leid. Bist du verletzt?«

»Nein. Du?«

Ihre Mutter zuckte mit den Achseln. »Ich hoffe nicht.«

Elisabeth holte tief Luft. »Erklär mir das, Mama. Was ist passiert?«

Die Handgelenke ihrer Mutter waren mit Kabelbindern hinter ihrem Rücken fixiert. Auch ihre Fußgelenke waren auf diese Art gefesselt. »Ich war ...«, mit einer Kopfbewegung bedeutete sie ihrer Tochter, näher an sich heranzukommen.

Elisabeth beugte sich vor.

»Kein Flüstern«, mahnte die Stimme. »Geht auseinander.«

Sie rückten voneinander ab.

Ihre Mutter sprach hastig: »Ich war … ich hab … nach dir gesucht … ich … wurde überfallen und betäubt, und ich …«

»Aber warum denn? Ich verstehe das alles nicht.«

»Es begann am Abend … ich war zu Hause … ich bekam Besuch von …«, sie bewegte stumm die Lippen. Elisabeth deutete es so, als wollte sie ihr sagen: »von der Polizei«. Atemlos fuhr sie fort: »Danach bin ich zu deiner Schwester Marina gefahren. Ich war in großer Sorge um dich. Weil …« Sie brach ab, rang nach Atem. »Großer Gott, Elisabeth, ich wusste doch nicht, wo du steckst. Ich konnte dich nicht einmal anrufen. Ich hab es auf deinem Handy versucht, aber es gab keine Verbindung. Du hast dich schon so lange nicht mehr bei uns gemeldet. Ich kannte ja nicht einmal deine neue Adresse. Also bin ich zu Marina gefahren, in der Hoffnung herauszufinden, wo du bist.«

»Warum hast du nach mir gesucht?«

Abermals bewegte sie stumm die Lippen. Es sollte wohl heißen: »Polizei.«

Ihre Mutter schlug die Augen nieder. »Marina konnte sich an deine aktuelle Adresse erinnern. Du warst ja wohl neulich in ihrer Praxis und hast sie erwähnt. Ich bin zu dem Haus in der Ossastraße gefahren und hab bei dir geklingelt. Mir wurde die Tür geöffnet. Und da … da war er.« Sie nickte zu dem Lautsprecher und der Neonröhre mit der eingebauten Kamera hinauf.

»Wer? Wer ist das?«

»Sag es ihr«, tönte die Stimme.

Doch ihre Mutter antwortete nicht.

Elisabeth betrachtete ihr bleiches Gesicht. Was verschwieg sie ihr? Warum war sie immer so überbehütend zu ihr gewesen? Stets hatte sie sich von ihrer Mutter bedrängt und eingeengt gefühlt. Diesem Klammergriff war sie nur entkommen, indem sie, kaum erwachsen geworden, den Kontakt zu ihren Eltern abgebrochen hatte. Irgendetwas stimmte doch in dieser Familie nicht.

Abermals meldete sich die Stimme aus dem Lautsprecher: »Na los, Natalie. Erzähl deiner Tochter, was passiert ist.«

Schweigen.

Elisabeth wischte sich den Schweiß von der Stirn. Ihr Herz raste vor Angst. Längst war ihr bewusst, dass sie hier nicht mehr lebend herauskommen würden. Verzweifelt schaute sie ihre Mutter an.

»Mama«, wisperte sie.

»Kein Flüstern«, kam es erneut von oben.

Elisabeths Blicke irrten durch das Verlies. Offenbar befanden sie sich in einem Keller. Zu ihrer Linken war die Tür zu den Nebenräumen mit den unheimlichen Fotos und den verstörenden Requisiten, zu ihrer Rechten eine zweite Tür, die verschlossen war. An der Decke war die Lampe mit der eingebauten Kameralinse montiert und ein Stück davon entfernt der Lautsprecher, in dem wohl ein Mikrofon integriert war. Direkt vor ihr stand das Stativ mit ihrer aufgeschraubten Panasonic.

Schaudernd betrachtete sie ein weiteres Mal die rätselhafte Aufschrift an der Längsseite des Kellerraums:

AM ANFANG WAR DAS LICHT.

Schließlich sprang sie auf und reckte den Kopf zu der Überwachungskamera: »Lassen Sie uns gehen. Ich flehe Sie an. Wer auch immer Sie sind, lassen Sie meine Mutter und mich hier raus.«

Es kam keine Antwort. Nichts geschah.

Auf einmal war es erschreckend still in dem fensterlosen Raum.

Nach einer Weile sagte ihre Mutter: »Also gut, mein Kind, ich will dir sagen, was geschehen ist. All die Jahre wollte ich dich davor beschützen.«

Elisabeth starrte sie an. »Beschützen? Wieso?«

»Ich war immerzu in Angst, dass er wiederkommt. Und ich bin mir bis heute nicht sicher, ob es stimmt, was dieser Wahnsinnige behauptet.«

»Was behauptet er denn? Und von wem sprichst du eigentlich?«

Tränen schimmerten in den Augen ihrer Mutter.

»Antworte, Mama.«

»Ich weiß, ich hab einen schrecklichen Fehler begangen. Aber du darfst mich deswegen nicht verurteilen.«

»Was für einen Fehler?«

In diesem Moment schnarrte das Schloss, und die Kellertür sprang auf.

FÜNFUNDVIERZIG

Der Mann, der sie im Haus im Umland überfallen hatte, betrat den Raum. Blutroter Kopf, ein Jagdmesser in der Hand. Elisabeth starrte auf die schimmernden Granatapfelkerne in seiner Fratze.

Die Tür fiel hinter ihm ins Schloss

Er wies auf die Kamera auf dem Stativ. »Schalt sie ein.«

Elisabeth war wie erstarrt.

»Na los. Drück auf den Aufnahmeknopf. Jetzt wird dein Horrorfilm gedreht. Und der wird richtig gut. Du musst dich gar nicht erst auf einer Hochschule bewerben, du kannst bei mir bleiben. Wir werden es gut haben. Ich werde mich um dich kümmern.«

Sie wich vor ihm zurück.

Als Natalie laut aufschrie, baute sich der Mann vor ihr auf und richtete das Messer auf sie. »Sei still.«

Ihre Mutter kniff die Lippen zusammen und wimmerte leise vor sich hin.

»Deine Tochter wird dich gleich mit sechs Stichen in die Brust töten, und währenddessen wird ihre Kamera laufen. Glaub mir, wenn sie erfährt, was du getan hast, wird sie es tun.«

Abermals stieß Natalie einen Schrei aus.

»Sei endlich still!«

Sie verstummte schlagartig.

Der Mann war dunkel gekleidet, trug rote Latexhandschuhe. Das Messer in seiner Hand hatte eine lange Klinge.

Natalie Kleinwald bebte vor Angst. »Hören Sie, das alles muss ein furchtbarer Irrtum sein. Ich denke, Sie reden sich das nur ein. Sie sind ja besessen von der Vorstellung, ich könnte …«

»Du könntest was?«

Sie brach in ein gedämpftes Schluchzen aus.

Danach beruhigte sie sich ein wenig.

Schließlich winkte er Elisabeth zu sich heran. »Komm her. Komm zu mir.«

Sie trat einen Schritt auf ihn zu.

»Wer sind Sie?«, fragte sie möglichst gefasst.

»Hast du es denn noch immer nicht begriffen? Woher kommt eigentlich dein Drang, Horrorfilme zu drehen? Warum bist du als Jugendliche von zu Hause weggelaufen?«

»Wer sind Sie?«, fragte sie erneut.

SECHSUNDVIERZIG

Marina Kleinwald nannte ihnen den Namen des Dorfs, in dessen Nähe sich die alte Eiche befand. Danach wurde sie zu ihrer Sicherheit von zwei Polizeibeamten nach Hause gefahren. Trojan wies an, dass ihre Wohnung über Nacht bewacht wurde.

Auf der A 111 verließ er mit Steffie die Stadt. Das Dorf befand sich in der Prignitz, es war nicht allzu weit von dem Haus entfernt, in dem sie Noah Baumgart gefunden hatten.

Diesmal saß Steffie am Steuer. Sie raste mit zweihundert Stundenkilometern über die Autobahn, während Trojan nachdenklich aus dem Seitenfenster blickte.

»Und du bist dir sicher, dass wir nicht unsere Zeit vergeuden, wenn wir dorthin fahren?«, fragte sie.

Er zuckte bloß mit den Schultern.

»Was erhoffst du dir eigentlich davon?«

»Ich will versuchen, mich ganz in die Welt von Elisabeth Kleinwald hineinzubegeben.«

»Um das Familiengeheimnis aufzuspüren?«

»Ja. Wir müssen herausfinden, was damals passiert ist.«

»Glaubst du, wir schaffen es noch rechtzeitig?«

»Ich weiß nicht, Steff.«

»Von Minute zu Minute verringert sich die Chance, dass wir Mutter und Tochter lebend finden.«

»Bleiben wir optimistisch, okay?«

»Haben wir denn eine andere Wahl?«

»Nein.«

Sie erreichten die A 10, dann die A 24. Schließlich nahmen sie den Abzweig Neuruppin und rasten auf der Bundesstraße dahin.

Trojan telefonierte mit Landsberg und informierte ihn über den Stand ihrer Ermittlungen. Danach verfiel er in tiefes Schweigen.

Das Dorf befand sich in einem Waldstück bei Kyritz. Es zählte gerade mal fünf Häuser. Steffie drosselte das Tempo und passierte die gedrungenen Backsteingebäude. Hinter keinem der Fenster brannte Licht. Die Straßenbeleuchtung war spärlich. Sie erreichten das Ende der Ortschaft und fuhren die nächtliche Landstraße entlang. Schließlich entdeckten sie den Forstweg, den Marina Kleinwald erwähnt hatte, und bogen ab. Nach etwa dreihundert Metern mussten sie an einem Schlagbaum Halt machen.

Sie stiegen aus, knipsten ihre Taschenlampen an und gingen zu Fuß weiter. Trojan fröstelte. Die Temperaturen lagen weit unter null. Der Weg war bald nur noch ein Trampelpfad. Immer wieder leuchtete Trojan ins Unterholz hinein.

»Ob wir hier richtig sind?«

»Keine Ahnung.«

Schließlich erfasste der Strahl seiner Maglite ein Schild, das zu dem Naturdenkmal wies.

»Da entlang«, murmelte er.

Ungefähr zehn Minuten später betraten sie eine Lichtung, in deren Mitte sich die Eiche befand. Sie ragte vor ihnen in die Höhe. Davor befanden sich eine Hinweistafel und eine Holzbank.

Ihre Lichtkegel glitten darüber hinweg.

Trojan betrachtete den Stamm der Eiche genauer. Verschiedene Initialen, Namen und Jahreszahlen waren in die Baumrinde eingeritzt.

Mit einem Mal sank all seine Hoffnung. Steffie hatte recht gehabt mit ihrer Frage. Was erhoffte er sich eigentlich hier? Ein vierzehnjähriges Mädchen hatte diesen Ort vor vielen Jahren aufgesucht, weil sie glaubte, er habe eine besondere Bedeutung für ihre Mutter und verberge ein Geheimnis. Doch reichte das als Anhaltspunkt aus?

»Vielleicht hat sich Natalie Kleinwald hier mit jemandem getroffen«, sagte Stefanie in die Stille hinein.

»Ja, das ist gut möglich.«

»Mal angenommen, bei demjenigen handelt es sich um den Täter ...«

»... dann müsste der Ort auch für ihn von Bedeutung sein.«

»So ist es.«

Gemeinsam leuchteten sie die eingeritzten Zahlen und Buchstaben in der Baumrinde ab.

Plötzlich bemerkte Trojan eine noch recht frisch aussehende Einkerbung. Sie war sehr klein, kaum sichtbar.

»Steff. Sieh dir das an.«

Er hielt den Strahl seiner Maglite auf die Stelle gerichtet:

7/14/21

»Er war hier«, raunte er.

Stefanie atmete hörbar aus. »Warum ist das Zeichen so winzig? Man könnte es glatt übersehen.«

»Möglich, dass es gar nicht für uns bestimmt ist.«

»Ja. Es hat weniger Signalcharakter als die anderen, die er hinterlassen hat.«

»Der Täter ist zwanghaft«, murmelte Nils. »Er kann zwar planend und vorausschauend handeln, aber diese Markierung wirkt auf mich, als habe er sie eher aus einem inneren Drang heraus, vielleicht sogar unbewusst, vorgenommen.«

»Wir müssen die Gegend absuchen.«

»Das Waldstück ist ziemlich groß. Fragen wir zunächst im Dorf nach, ob jemandem etwas aufgefallen ist.«

»Okay.«

Wortlos gingen sie zurück. Trojan wollte erneut mit dem Chef telefonieren, da stellte er fest, dass er auf seinem Handy keinen Empfang hatte.

»Wir sind in einem Funkloch«, sagte er.

»Das ist äußerst ungünstig.«

»Verdammt.«

»Versuch es am besten später noch einmal.«

»Hmm.«

Nach einer Weile erreichten sie den Dienstwagen, stiegen ein und fuhren in Richtung Dorf. Auf Trojans Smartphone waren noch immer keine Balken erkennbar.

Sie erreichten die Ortschaft. Erneut checkte er sein Display.

»Immer noch im Funkloch?«, fragte Stefanie.

»Leider ja.«

Sie hielt an. Um Zeit zu gewinnen, teilten sie sich auf. Stefanie nahm sich die linke, Trojan die rechte Straßenseite vor.

Er klingelte an der ersten Haustür.

Nichts geschah.

Er drückte ein zweites Mal auf den Klingelknopf.

Es dauerte lange, bis ihm endlich eine verschlafene Frau in den Sechzigern im Morgenmantel und mit Plüschpantoffeln öffnete.

»Trojan, Kriminalpolizei.« Er zückte seinen Dienstausweis. »Worum geht es?«

Er zeigte ihr Fotos der beiden Vermissten. »Haben Sie diese Frauen in letzter Zeit gesehen?«

Sie warf einen kurzen Blick auf die Aufnahmen. »Nein.«

»Ist Ihnen in der Gegend etwas Ungewöhnliches aufgefallen? An der alten Eiche vielleicht?«

Kopfschütteln.

Er bedankte sich und versuchte es im Nachbarhaus. Auch hier hatte er kein Glück.

Schließlich versuchte er es an der dritten Tür. Ein Hund schlug im Innern an. Als er ein zweites Mal klingelte, trat Steffie zu ihm.

»Hast du was rausgefunden?«

Sie schüttelte den Kopf. »Leider nicht.«

»Also ist das unser letzter Versuch.«

Trojan klingelte ein weiteres Mal.

Das Hundegebell wurde stärker. Schließlich hörten sie, wie hinter der Tür jemand beruhigend auf das Tier einsprach.

Danach war es still.

Ein weißhaariger Mann in den Achtzigern öffnete ihnen, einen Schäferhund am Halsband haltend.

»Ja, bitte?«

»Kriminalpolizei.« Trojan zeigte ihm erst seinen Dienstausweis, dann die Fotos. »Diese beiden Frauen sind gekidnappt worden. Es sind Mutter und Tochter. Wir haben den Verdacht, dass sich der Täter zeitweilig in dieser Gegend aufgehalten hat.«

»Wieso ausgerechnet bei uns?«

»Vermutlich hat er die alte Eiche, das Naturdenkmal hier in der Nähe, aufgesucht.«

Die Alte blickte ihn aus wässrigen Augen an. »Dort gehe ich oft mit meinem Hund spazieren.«

»Ach ja?«

»Es ist ein sehr schöner Baum.«

»Ist Ihnen dort kürzlich jemand aufgefallen?«, fragte Stefanie. »Eine verdächtige Person?«

Es entstand eine längere Pause. Sie warteten ungeduldig ab. Schließlich sagte der alte Mann: »Mir ist tatsächlich etwas komisch vorgekommen.«

Nils hob das Kinn. »Was?«

Der Schäferhund begann zu knurren. »Ruhig, Hasko.« Der Alte zerrte am Halsband, und das Tier verstummte.

»Sagen Sie schon.«

»Ich bin mit dem Hund beinahe täglich im Wald draußen. Und vor der alten Eiche hat sich in letzter Zeit öfter ein Junge herumgetrieben. Der ist nicht von hier. Nicht aus unserer Gegend. Keine Ahnung, zu wem der gehört.«

»Ein Junge? Wie alt?«

»Schwer zu schätzen. Vielleicht dreizehn, eventuell auch etwas älter.« Stefanie und Nils sahen sich kurz an.

»Was hat er gemacht?«, fragte Steff.

»Meistens saß er auf der Bank vor dem Baum. Völlig reglos. Wenn ich mit dem Hund näher kam, hat er nicht mal gegrüßt. Einmal hab ich ihn gefragt, was er hier zu suchen hat. Da starrte er mich nur an und gab mir keine Antwort.«

»Wie oft haben Sie ihn gesehen?«, fragte Trojan.

»Insgesamt vier- oder fünfmal. Ich kenne den nicht. Das ist bestimmt ein Fremder.«

»Können Sie ihn näher beschreiben?«

»Dunkelblond. Braune Augen. Einmal habe ich gesehen, dass er aus der Richtung von Rehfeld kam.«

»Rehfeld?«

»Ja, das ist ein Nachbardorf. Da gibt es ein Grundstück, das hat sich so ein Typ aus Westberlin gekauft.«

»Wissen Sie, wie der heißt?«

»Nein.«

Trojan wollte die Navi-App auf seinem Handy öffnen, doch ohne Empfang funktionierte das nicht. »Wie kommen wir dorthin?«

»Am besten fahren Sie zurück zu der Eiche und schlagen sich dann durch den Wald in südöstlicher Richtung.«

»Kommt man denn nicht mit dem Auto ran?«

»Nur wenn Sie einen Traktor oder einen Geländewagen haben. Das ist ein alter Bauernhof, ziemlich abseits gelegen.«

SIEBENUNDVIERZIG

Sie fuhren zurück bis zum Schlagbaum und stiegen aus. Sie schritten rasch durch die Dunkelheit, folgten dem Schein ihrer Stablampen. Es herrschte frostige Kälte. Trojan schlug den Kragen seiner Jacke hoch.

Nachdem sie die Lichtung mit der alten Eiche passiert hatten, orientierte er sich mithilfe des Kompasses auf seinem Smartphone. Die Navi-App funktionierte nach wie vor nicht. Sie waren weiterhin ohne Empfang.

Schweigend marschierten sie voran. Der Zeiger auf dem Kompass wies in Richtung Südost.

Nach einiger Zeit lichtete sich der Wald ein wenig, und kurz darauf erreichten sie einen hohen Maschendrahtzaun, offenbar die Grundstücksgrenze. Dahinter Fichten und Tannen in dichten Reihen. Von einem Gehöft war noch nichts zu sehen.

Sie kletterten hinüber und gingen auf der anderen Seite weiter, zögernder jetzt. Sie suchten Schutz hinter den Bäumen und achteten auf Sichtkontakt. Sie dimmten ihre Maglites ab und arbeiteten sich langsam vor.

Der Himmel war bedeckt. Ein eisiger Wind zog auf, strich rauschend durch die Tannen.

In diesem Moment blitzte das Mondlicht zwischen den Wolkenfetzen hervor.

Da erkannten sie in der Ferne den Bauernhof. Er bestand aus drei altertümlichen Gebäuden, alle dem Anschein nach sanierungsbedürftig. Ein Haupthaus mit überdachter Veranda, ein Schuppen und eine Scheune.

Nirgendwo brannte ein Licht, kein Laut drang zu ihnen herüber.

Vor ihnen tat sich eine Gruppe von Kiefern auf, gesäumt von wild wucherndem Gestrüpp. Etwa dreihundert Meter trennten sie noch von ihrem Ziel.

Schon verfinsterte sich der Himmel wieder.

Trojan und Steffie gaben sich Handzeichen. Dann schalteten sie ihre Maglites aus, zogen ihre Waffen aus den Holstern und luden sie durch.

So schlichen sie sich im Dunkeln voran.

Zweige knackten unter ihren Stiefeln.

Noch ungefähr hundert Meter.

Trojan wurde ungeduldig. Er ging etwas schneller. Plötzlich hörte er, wie Stefanie hinter ihm einen erschrockenen Laut ausstieß.

Er fuhr herum. Er sah sie nicht mehr.

Sie war wie vom Erdboden verschluckt.

»Steff?«, fragte er leise.

Ein verhaltenes Stöhnen.

Er knipste die Maglite wieder an. Da erkannte er die Grube. Am Rand ein Tarnnetz, das zur Hälfte hineingerutscht war. Laub war daran befestigt. Er trat näher. Leuchtete hinunter. Ungefähr drei Meter in der Tiefe lag Stefanie.

»Bist du verletzt?«, wisperte er.

»Ich fürchte, ja.«

»Kannst du aufstehen?«

Sie tat es unter Mühen. Ihr Gesicht war schmerzverzerrt.

Er legte seine Maglite und die Waffe ab, legte sich bäuchlings hin und schob seinen Arm in das Erdloch.

Sie verstaute die Waffe in ihrem Holster, steckte die Stablampe ein und streckte die Hand nach ihm aus.

Schließlich bekam er sie zu fassen.

Sie versuchte, sich hochzuziehen. Trojan packte ihren Arm mit beiden Händen. Langsam hievte er sie hinauf.

»Eine Falle«, murmelte sie. »Wahrscheinlich sind hier noch mehr.«

Er nahm seine Sig Sauer und die Stablampe auf. Er knipste das Licht wieder aus, damit sie nicht bemerkt wurden.

»Kannst du dich bewegen?«, fragte er.

Sie richtete sich halb auf. Dann schüttelte sie den Kopf. »Das linke Bein. Ich kann es nicht belasten. Und auch mit dem Knie stimmt was nicht.«

»Ist was gebrochen?«

»Womöglich.«

»Okay, du stützt dich bei mir ab, und ich bring dich zum Wagen zurück.«

»Nein«, raunte sie. »Wir dürfen jetzt nicht aufgeben. Wenn die beiden Frauen in dem Haus gefangen sind, zählt jede Sekunde.«

»Ich kann dich hier draußen nicht allein lassen.«

»Musst du aber.«

Er atmete durch. Abermals checkte er sein Handy. Kein Empfang. »Also gut. Ich werfe zumindest mal einen Blick hinein.«

»Sei vorsichtig.«

»Okay.« Er nickte ihr zu.

Sie stöhnte leise, kniff den Mund zusammen. Sie zückte ihre Waffe und nahm hinter einem Baumstamm Deckung.

Erneut brach das fahle Mondlicht hervor und erhellte die Szenerie. Trojan duckte sich weg und beobachtete das Haus.

Dann ging er auf die Knie.

Er robbte auf dem Boden entlang, die Hände ausgestreckt, den Untergrund abtastend, falls sich weitere mit Netzen getarnte Erdlöcher vor ihm befanden.

Mühsam arbeitete er sich vor.

Endlich war er an der Hauswand angelangt. Er erhob sich und drückte sich mit dem Rücken dagegen.

Der Wind heulte auf. Plötzlich schoben sich dichte Wolken vor den Mond. Es war mit einem Mal so finster, dass er keine Sicht mehr zu Steffie hatte. Sie war wie von der Dunkelheit verschluckt.

Und auch sie konnte ihn wohl nicht mehr erkennen.

Kurz entschlossen hangelte er sich über das Geländer der Veranda und schob sich, oben angelangt, weiter an der Wand vor.

Nur noch wenige Schritte bis zum Fenster.

Da vernahm er ein schwaches Geräusch.

Was war das?

Er hielt inne.

Nichts.

Lautlos tastete er sich weiter vor.

Doch da hörte er es wieder.

Es kam vom Verandadach. Eine schleichende Bewegung. An einer Stelle war die Holzkonstruktion eingebrochen, wie er erst jetzt bemerkte.

Er riss die Waffe hoch und zielte in die Schwärze hinauf.

Doch zu spät. Etwas wirbelte durch die Öffnung auf ihn zu. Eine Stange, die ihn am Kopf traf.

Trojan taumelte und verlor das Bewusstsein.

ACHTUNDVIERZIG

Es dröhnte in seinem Kopf. Er mühte sich, die Augen zu öffnen. Helligkeit, die ihn wie Nadelstiche traf. Sein Kinn sank auf die Brust.

Kurz darauf versuchte er es erneut. Er saß auf einem Stuhl. Die Handgelenke hinter seinem Rücken gefesselt. Kabelbinder an seinen Fußgelenken.

Trojan keuchte.

Wo war er? Sein Blick war verschwommen. Wieder driftete er eine Zeit lang weg. Schließlich riss er die Augen auf.

Das Schwindelgefühl kam in Wellen. Er hatte einen Würgereiz in der Kehle.

Blinzelnd schaute er sich um. Er befand sich in einem Kellerraum.

Ihm gegenüber saß jemand. Es war ein Junge. Weiche Gesichtszüge, braune Augen, dunkelblondes Haar. Schmale Schultern, schmächtige Statur. Er trug einen Pullover mit Rautenmuster, unter dem der Kragen eines weißen Hemds hervorschaute, dazu eine Jeans.

In seiner Hand hielt er ein Jagdmesser. Die Klinge war lang.

Vor ihm auf dem Boden lag die Dienstwaffe von Trojan.

Er sprach mit sehr leiser Stimme: »Herr Kommissar. Wie geht es Ihnen?«

Trojan spannte die Muskeln an. Die Kabelbinder schnitten in seine Haut.

»Kopfschmerzen?«

Wo war Steffie? War sie entdeckt worden? Oder lauerte sie noch immer draußen vorm Haus?

Der Junge stand auf und berührte seine Stirn. Seine Hand war kalt. »Tut es hier weh?«

Trojan versuchte zu sprechen. Abermals überkam ihn ein Schwindel.

Der Junge setzte sich wieder auf seinen Stuhl. Trojan musterte ihn. Etwas war mit seinem Gesicht nicht in Ordnung. Es wirkte so makellos. Nein, das traf es auch nicht. Was irritierte ihn nur daran?

Es war auf gespenstische Weise perfekt.

»Natalie Kleinwald«, brachte Trojan unter Anstrengung hervor. Seine Zunge war schwer, vermutlich hatte er eine Gehirnerschütterung. »Und ihre Tochter Elisabeth.«

»Ja?«

»Wo sind sie?«

»Ganz in der Nähe.« Eine vage Geste hin zur Kellerwand.

Trojan registrierte die verschlossene Eisentür.

»Wie haben Sie mich gefunden?«, fragte der Junge.

»Die alte Eiche.«

»Ein schöner Ort.«

Was stimmte nur mit seinem Gesicht nicht?

»Marta Giesner«, murmelte Trojan. »Sie hat dich an Natalie erinnert. Danach Karen Schneider. Auch sie hat Ähnlichkeit mit ihr. Schließlich Ernst Baumgart. Und um ein Haar auch sein Sohn Noah. Du hast bereits viele Menschen umgebracht, also lass die anderen beiden frei.«

»Warum sollte ich das tun?«

Die Stimme passte nicht zu dem Jungen. Er sprach extrem

leise, um sich nicht zu verraten. Das Gesicht war ein virtuos gestaltetes Kunstwerk. Es war nicht echt.

»Du bist kein Kind. Du bist weder dreizehn noch sechzehn Jahre alt.«

»Ach ja? Wie kommen Sie darauf?«

»Du hast dein Aussehen verändert.«

»Wirklich?«

»Wozu?«

»Was meinen Sie?«

»Warum willst du wieder ein Kind sein?«

»Ich bin ein Kind.«

»Bist du nicht. Du bist erwachsen. Und dein Spiel endet hier.«

»Aber Sie sind gefesselt und haben keine Waffe mehr.« Er berührte Trojans Sig Sauer mit der Fußspitze. »Ich denke eher, das Spiel ist für Sie aus.«

»Für mich ist es kein Spiel, sondern bitterer Ernst. Du hast Menschen getötet.«

»Wie schätzen Sie das ein, Kommissar? Bin ich strafmündig in meinem Alter?«

»Zeig mir dein wahres Gesicht. Na los.«

Der Junge verzog den Mund zu einem schiefen Grinsen.

»Du bist erwachsen. Du hast als Erwachsener getötet. Du musst endlich die Verantwortung übernehmen.«

»Wofür?«

»Für das, was du getan hast. Für die Morde, die du begangen hast.«

»Glauben Sie, dass Kinder nicht dazu in der Lage sind, Menschen umzubringen?«

»Doch, das glaube ich schon.«

»Na also. Man muss ein Kind nur lange genug quälen. Man

reißt ihm das letzte Stück Selbstbewusstsein heraus. So wird es zum Mörder.«

Trojan hob die Stimme. »Ich sage es noch einmal: Du bist kein Kind.«

»Sind Sie sicher?«

»Deine Geschichte liegt in der Vergangenheit. Du bist Natalie Kleinwald begegnet, und das ist viele Jahre her.«

»Ah. So weit sind Sie schon in Ihren Ermittlungen, Herr Kommissar. Wie beeindruckend.«

»Was hat Natalie Kleinwald mit dir angestellt?«

»Sie war nett zu mir. Sie hat mir zugehört.«

»Du hast sie in der Bibliothek kennengelernt, in der sie damals gearbeitet hat, nicht wahr?«

»Volltreffer.«

»Sie hat dich getröstet und gewärmt.«

»Auch das.«

»Erzähl mir deine Geschichte.«

»Warum wollen Sie die hören?« Er spielte mit dem Jagdmesser in der Hand. »Sie werden doch ohnehin gleich sterben. Ich werde Ihnen die Kehle durchschneiden, Kommissar.«

»Ich denke, du willst sie mir erzählen. Du musst sie loswerden. Du hast ein großes Mitteilungsbedürfnis.«

»Tatsächlich?«

»Wozu sonst diese Requisiten am Tatort? Kopien von Gegenständen, die Natalie Kleinwald mit ihren Händen geschaffen hat. Sie war es, die dir das Gedicht vorgelesen hat. Richtig?«

Der Junge stand abermals auf. Er drückte Trojan das Messer an den Hals.

»Von mir erfahren Sie nichts, denn ich bringe Sie jetzt um.«

Trojan spürte, wie die Klinge ihm die Haut aufritzte. Warm rann das Blut an ihm herab.

Er atmete gepresst. »Dann erzähle ich sie dir. Natalie Kleinwald hat dich missbraucht, als du ein Kind warst.«

Der Junge wich vor ihm zurück.

Einige Zeit lang trafen sie sich an jedem zweiten Wochenende bei ihr. Nur für ein paar Stunden. Natalie legte Wert darauf, dass die Nachbarn ihn nicht bemerkten. Er nahm den Weg durch den Garten, der von den anderen Grundstücken aus nicht einzusehen war.

Seinen Eltern erzählte er, dass er ausgedehnte Spaziergänge unternahm. Letztlich schien es ihnen egal zu sein, wo er sich herumtrieb. Wenn er nur aus ihren Augen verschwand.

Das Schlafzimmer der Bibliothekarin war lichtdurchflutet. Über dem Bett hing ein Aquarell. Wenn sie beide nackt auf dem Laken ausgestreckt lagen, sah er manchmal zu der kleinen Landschaft hinauf. Ein Seeufer, eine Gruppe von Bäumen, dahinter eine Wiese.

»Hast du das gemalt?«, fragte er sie.

»Ja, aber es ist mir nicht besonders gelungen. Die Malerei war ein Hobby von mir, bevor ich mich der Keramik zugewandt habe.«

»Ich finde es schön. Welcher See soll das sein?«

Sie drehte sich auf die Seite und schaute ihn an. »Erkennst du ihn nicht wieder?«

»Nein.«

Sie strich ihm das Haar aus der Stirn. »Vielleicht sollte ich das Bild lieber abhängen.«

»Wieso?«

Und dann verstand er. Es war der Schlachtensee. Dort, wo Zoe ertrunken war.

Für einen Moment verschlug es ihm den Atem.

Sie griff nach seiner Hand. »Stört es dich?«

»Nein. Es ist wie ein Zeichen. Was auf dem zugefrorenen See geschah, hat mich zu dir geführt. Das mit uns ist eine Bestimmung. Ich sollte dich finden. Dich aufspüren. In deiner Nähe sein.«

Sie zog ihre Hand weg. »Sag das nicht. Es macht mir Angst.«

»Aber es gefällt dir doch auch. Mit mir. Oder etwa nicht?«

»Geh jetzt lieber. Bitte.«

Doch zwei Wochen später durfte er wieder bei ihr sein. Sie hatte ihm vieles gezeigt. Anfangs sollte er vor ihr knien, während sie auf dem Bett lag. Sie presste ihre Schenkel gegen seine Wangen. Dann ließ sie ihn ganz zu sich. Sie dirigierte ihn.

Sie konnte es genießen, das sah er ihr an. Aber es machte sie auch nervös. Einmal riefen ihre Kinder an. Er verhielt sich still, während sie mit ihnen telefonierte.

Ein anderes Mal kam ihre Tochter überraschend vorbei, um sich ein Schulbuch für ihre Hausaufgaben zu holen, das sie vergessen hatte. Er musste sich im Garten verstecken, bis sie weg war.

Sie wären beinahe aufgeflogen.

Dennoch durfte er immer wieder zu ihr.

Hinterher waren sie völlig entspannt. Sie lagen nebeneinander auf dem Bett. Ihr Kopf ruhte auf seiner Brust.

»Ich höre dein Herz klopfen«, sagte sie.

Er lächelte. Er kam sich vor wie der Held aus einem Film.

Sie sprach immer seltener von ihrem Mann, doch wenn sie es tat, bildete sich eine Sorgenfalte auf ihrer Stirn.

An einem der Wochenenden sagte sie zu ihm: »Lass uns einen Ausflug machen.«

Sie verließen in ihrem Auto die Stadt. Es war im Januar, die Straßen waren zum Teil vereist.

»Wohin fahren wir?«

»Ich will dir etwas zeigen.«

Nach etwa einer Stunde passierten sie ein Dorf im Umland von Berlin. Kurz darauf bogen sie in einen Forstweg ein. Ein paar hundert Meter weiter hielten sie an, stiegen aus und gingen zu Fuß weiter.

Er fröstelte in seiner Winterjacke, die Temperaturen waren weit unter null.

Natalie führte ihn bis zu einer Lichtung, auf der eine alte Eiche stand. Hochgewachsen, ein breiter Stamm, die Äste schneebedeckt.

»Gefällt sie dir?«, fragte sie.

»Ja.«

»Sie ist mehr als hundertfünfzig Jahre alt. Im Frühling und im Sommer, manchmal auch an warmen Herbsttagen komme ich hierher, um zu lesen und nachzudenken.«

»Es ist wunderschön hier. Und so still.«

»Ich finde, jeder Mensch braucht einen Ort, der eine Bedeutung für ihn hat. An dem er Ruhe findet. Frieden.«

Sie traten näher an die Eiche heran. Ihre Schritte knirschten im Schnee.

»Im Winter war ich noch nie hier«, sagte sie.

Er blickte zu dem weiß überzogenen Baumwipfel hinauf. Sein Atem bildete kleine Wolken.

Schließlich schaute er sie an. »Darf ich dich küssen?«

»Nein.«

»Warum nicht?«

»Wenn uns jemand sieht.«

»Wir sind doch ganz allein. An unserem Ort.«

Sie ließ es geschehen.

Danach nahm sie seine Hand.

Schweigend fuhren sie zurück. Als sie wieder in ihrem Haus waren, entzündete sie ein Feuer im Kamin, und sie hatten es warm.

Dann kam der Samstag, an dem alles in ihm zersprang.

Das Laken war zerwühlt. Ihre Wangen waren gerötet. Schweigend erhob sie sich aus dem Bett und sammelte ihre Sachen auf. Sie verschwand im Bad.

Als sie zurückkam, war sie vollständig angekleidet.

»Steh auf und zieh dich an.«

Er tat es.

»Komm mit ins Wohnzimmer.«

Er folgte ihr.

»Setz dich.«

Sie nahmen beide auf dem Sofa Platz.

»Ich muss mit dir reden.«

Stille.

»Ich weiß nicht, wo ich anfangen soll.«

Sein Herz begann so schnell zu schlagen, dass er fürchtete, keine Luft mehr zu bekommen.

Sie schaute zu Boden, während sie sprach. »Wir dürfen das nicht wieder tun. Es war von Anfang an ein Fehler. Ich habe mich hinreißen lassen. Ich mochte dich. Ich hatte Mitleid mit dir. Ich habe es genossen, mit dir zu sprechen. Ich fühlte mich plötzlich wieder jung und begehrenswert. Aber was ich getan habe, ist ein Verbrechen.«

»Ich bin fast erwachsen.«

»Nein, das bist du nicht. Du bist beinahe noch ein Kind.«

»Ich bin sechzehn. Auch wenn ich jünger aussehe: Ich bin sechzehn.«

»Und ich bin fast zwanzig Jahre älter als du.«

»Das spielt für mich keine Rolle.«

»Für mich aber.« Sie blickte ihm in die Augen, jedoch nur sehr kurz. »Es ist meine Schuld. Ich trage die Verantwortung. Doch ich appelliere an deine Vernunft. Komm nie wieder hierher. Und verlier niemals ein Wort darüber, was geschehen ist. Mein Mann und ich wollen es noch einmal miteinander versuchen. Er zieht wieder hier ein.«

Noch ein Blick. Ein letzter.

Dann sagte sie: »Eines schwöre ich dir, solltest du dennoch zu irgendjemandem etwas sagen, werde ich alles ableugnen. Es ist nichts passiert. Rein gar nichts. Wir kennen uns nicht. Wir sind uns niemals begegnet. Ich werde immer behaupten, dass sich alles nur in deiner Fantasie abgespielt hat. Und jetzt geh.«

Er dachte an das Tier, das sein Vater damals angefahren hatte. An die Rehaugen, die ihn angestarrt hatten. Und er sah das Messer vor sich, das bis zum Schaft in den Eingeweiden verschwunden war.

Sie brachte ihn zur Tür und schloss hinter ihm ab.

NEUNUNDVIERZIG

Stille.

Der Junge starrte ihn an.

»Ja, sie hat dich missbraucht«, sagte Trojan.

»Halten Sie den Mund.«

»Aber es ist wahr. Du musst dich dem stellen.«

»Maul halten.«

»Und es ist noch etwas passiert.«

Der Junge richtete das Messer auf ihn. »Ich steche Sie jetzt ab.«

Doch Trojan sprach unbeirrt weiter: »Natalie wurde schwanger. Und zwar von dir. Du bist der Vater von Elisabeth. Sie ist deine Tochter.«

Der Junge schwieg. Die Hand, in der er das Messer hielt, zitterte.

»Du bist ihr Vater«, wiederholte Trojan.

Das Zittern wurde stärker. Der Junge bebte am ganzen Körper.

»Zeig dich mir als Mann. Wenn du endlich aufhörst, dich dafür zu schämen, was passiert ist, kann es Erlösung für dich geben. Denn für das, was damals geschah, trägst du keine Schuld. Aber du musst es akzeptieren. Du musst die Vergangenheit mitsamt dem Schmerz annehmen.«

Schweigen.

Trojan musterte ihn. »Dir ist großes Unrecht geschehen.

Du wurdest missbraucht. Natalie Kleinwald hat dich sexuell ausgebeutet. Du hast sie geliebt, und das macht es nur noch schlimmer. Für sie warst du bloß ein Spielzeug. Ein wehrloses Kind, das ihr half, über ihren Kummer hinwegzukommen.«

Der Junge kämpfte gegen das Zittern an. Allmählich schien er sich wieder unter Kontrolle zu haben.

»Du trägst eine Maske. Wie hast du sie angefertigt? Sie ist perfekt. Die Täuschung ist dir gut gelungen. Mit dieser Maskerade konntest du dir die Schlüssel zu den Wohnungen besorgen. Niemand schöpft Verdacht, wenn ein Junge, der aussieht wie dreizehn, freundlich um Hilfe bittet.«

Erneutes Schweigen.

»Komm schon. Ich will dich als Mann sehen.«

»Ich steche Sie ab, Kommissar.« Die Messerspitze kam ihm gefährlich nah.

»Respekt. Du hast es hervorragend angestellt. Deine Maske ist ein Kunstwerk. Wie machst du das? Sag mir, wie du dein Gesicht veränderst.«

Der Junge hob das Kinn. »Ich arbeite mit Silikon. Einer speziellen Art von Silikon.«

Trojan wusste, dass er nur diese eine Chance hatte. »Das ist großartig. Ich bin darauf reingefallen.«

»Es kommt auf den Übergang an. Das Silikon muss mit dem Gesicht verschmelzen. Die Maske muss die natürliche Mimik übernehmen.«

»Ja, das ist gut. Eine zweite Haut.«

»Genau.«

»Wie ist dir das gelungen? Wie konntest du dich in das Kind von damals verwandeln?«

Der Junge blickte ihn wortlos an.

Kurz nachdem ihn Natalie rausgeworfen hatte, zogen seine Eltern mit ihm weg. Sein Vater hatte Arbeit in einer anderen Stadt gefunden. Es half dem Jungen, mit seinem Schmerz fertigzuwerden, zumindest vorübergehend.

In der neuen Schule erging es ihm nicht anders als zuvor. Er war ein Außenseiter, aber seinen Abschluss schaffte er mühelos.

Als junger Mann kehrte er zurück nach Berlin. Knapp acht Jahre waren vergangen. Es war kurz vor seinem vierundzwanzigsten Geburtstag.

Er mied die Außenbezirke, besonders die vornehmen Villengegenden. Er schlich durch die Straßen wie schon als Jugendlicher. Den Blick gesenkt, die Schultern gekrümmt.

Doch eines Tages fand er sich vor ihrem Haus wieder. Ihr Nachname stand noch am Klingelschild. Er ging um das Grundstück herum, bis zu der gewissen Stelle am Zaun.

Er zögerte nur kurz, dann kletterte er hinüber.

Er suchte Schutz hinter einem Baum.

Und dann sah er dieses Mädchen im Garten. Es saß auf einer Schaukel, die es damals noch nicht gegeben hatte. Er beobachtete sie. Sie trug einen schwarzen Anorak. Sie war dunkelblond. So wie er.

Plötzlich tauchte Natalie an der Terrassentür auf und rief dem Mädchen etwas zu.

Die Kleine lachte, schwang sich höher und höher auf der Schaukel.

»Schätzchen, das Essen ist fertig.«

»Noch einen Moment, Mama.«

»Komm rein, Elisabeth, es wird kalt.«

Die Kleine sprang von der Schaukel. Plötzlich drehte sie sich in seine Richtung. Doch sie hatte ihn nicht bemerkt.

Sie hatte schmale Gesichtszüge und braune Augen. Ganz genau wie er.

Wer war das? Die andere Tochter von Natalie müsste doch mittlerweile volljährig sein.

Dieses Kind war schätzungsweise sieben Jahre alt.

Die kleine Elisabeth wandte sich um und verschwand mit ihrer Mutter im Haus.

Fortan war er öfter in der Gegend. Er passte höllisch auf, dass er nicht erkannt wurde. Er beobachtete das Grundstück von allen Seiten. Er stahl sich wieder zu der Stelle am Zaun und kletterte hinüber, doch diesmal war er noch vorsichtiger als zuvor. Er hatte eine Kamera mit Teleobjektiv dabei. Geschützt hinterm Baum machte er Aufnahmen.

Er zoomte heran. Durch das Panoramafenster hatte er Einblick ins Wohnzimmer. Die gesamte Familie war dort versammelt. Der hochgewachsene Kerl mit dem schütteren Haar war Natalies Mann. Er hieß Ulrich. Damals hatte er ein Foto von ihm und den Kindern im Haus gesehen. Von Natalie wusste er ihre Namen.

Marina, brünett wie ihre Mutter, war nun vermutlich achtzehn. Ihr Bruder Torsten war demnach sechzehn. Äußerlich kam dieser ganz nach dem Vater, hager, hohe Stirn, arrogante Mimik.

Elisabeth aber, gekleidet mit einem blauen Pullover und ausgewaschenen Jeans, benahm sich ganz anders als der Rest der Familie. Ihr dunkelblondes Haar war verzottelt, unruhig turnte sie auf der Sofakante herum.

Offenbar war sie das siebenjährige Nesthäkchen.

Sie hatte zwar ein wenig Ähnlichkeit mit Natalie, aber nicht die geringste mit Ulrich. Auch von ihren Geschwistern unterschied sie sich. Marina saß stocksteif da, weiße Strumpfhose, beigefarbener Rock, helle Bluse. Torsten trug ein gestärktes Hemd zu einer Bundfaltenhose und hatte die gleiche aufrechte Haltung wie seine große Schwester.

Nur Elisabeth zappelte in einem fort herum.

Vor ihr im Sessel thronte Natalie, sie war so schön wie eh und je.

Sie arbeitete nicht mehr in der Bibliothek, das hatte er herausgefunden. So konnte sie sich also völlig der Erziehung ihres dritten Kindes widmen.

An diesem Sonntagnachmittag schoss er Hunderte Fotos von der kleinen Elisabeth. Daheim am Rechner vergrößerte er sie.

Gesichtsform, Haarfarbe, Augen. Das Mädchen ähnelte ihm so sehr, dass es ihn erschütterte.

War Elisabeth wirklich sein Kind?

Zugegeben, das Haar könnte sie von Ulrich geerbt haben. Dieser schien einmal blond gewesen zu sein. Nun war er angegraut.

Ein Restzweifel blieb also.

Doch zeitlich würde es genau hinkommen. Er hatte es wieder und wieder durchgerechnet.

Er könnte der Vater sein.

Hatte Natalie die Schwangerschaft zu spät bemerkt?

War sie so unverfroren gewesen, das Kind einfach ihrem Mann unterzuschieben?

Hatte sie keine andere Möglichkeit gesehen? Hätte sie sich ansonsten offenbaren müssen?

Lieber Ulrich, ich habe einen Minderjährigen verführt. Es tut mir sehr leid. Aber für eine Abtreibung ist es nun zu spät.

Er spielte das Szenario in seinem Kopf durch. Kurz nachdem sie ihn rausgeworfen hat oder sogar noch in der Zeit davor, hat Natalie Versöhnungssex mit Ulrich. Sie wird schwanger. Es gibt ein paar zeitliche Ungereimtheiten, die sie verdrängt. Auch Ulrich kommen leise Zweifel. Doch letztlich rettet das Kind ihre Ehe.

Elisabeth. Seine Elisabeth. Er brauchte mehr Fotos. Mehr Beweise.

Er lauerte vor ihrem Schulhof. Er fotografierte sie durch das Seitenfenster seines Autos. Sie abzulichten und die Bilder zu Hause am Computer anzustarren wurde ihm zur Besessenheit.

Sogar die Art, wie sie sich bewegte, ähnelte ihm. Und gelegentlich neigte sie den Kopf auf eine Weise, die er von sich selbst kannte.

An einem Vormittag war er wild entschlossen, Natalie zur Rede zu stellen. Ihr Mann war zur Charité gefahren, wo er als Chefarzt arbeitete. Elisabeth war in ihrer

Grundschule, die beiden Geschwister hatten Unterricht am Gymnasium. Marina würde im Frühjahr ihr Abitur machen, sie wollte Medizin studieren. Torstens Abschluss war für zwei Jahre später geplant, er liebäugelte mit einem Jurastudium. Mittlerweile wusste er so gut wie alles über die Familie. Über die sozialen Medien hatte er Informationen über jeden Einzelnen von ihnen gesammelt.

Natalie war allein im Haus, die Gelegenheit war günstig.

Und doch zögerte er, als er sich dem Grundstück näherte. Sie hatten an der Haustür eine Videoüberwachung installiert. Er musste extrem vorsichtig sein.

Wieder und wieder spulte sich der mögliche Dialog mit ihr in seinem Kopf ab.

Hallo, Natalie. Erkennst du mich wieder?

Nein. Wer sind Sie? Was wollen Sie hier?

Ich bin es. Der Junge aus der Bibliothek. Der Junge, den du in dein Schlafzimmer gelassen hast.

Ich kenne Sie nicht.

Du weißt genau, wer ich bin. Soll ich deinem Mann alles erzählen? Und Elisabeth? Soll ich ihr verraten, wer in Wahrheit ihr Vater ist?

Verschwinden Sie, oder ich rufe die Polizei.

Es war merkwürdig. Er hatte Angst vor ihr. Er traute sich nicht, bei ihr zu klingeln.

Dafür schoss er umso mehr Fotos von Elisabeth. Er lauerte im Hintergrund, drückte sich verstohlen an Straßenecken herum. Unablässig klickte der Auslöser seiner Kamera.

Bei einer Märchenaufführung in ihrer Schule saß er in der letzten Reihe. Sie spielte Schneewittchen, man hatte ihr eine schwarze Perücke aufgesetzt. Doch eigentlich passte die Rolle nicht zu ihr.

Seine Elisabeth war mehr ein Irrwisch, ein Wildfang.

Dennoch war er von ihrer Darstellung gerührt, und seine Augen füllten sich mit Tränen.

Natalie saß mit ihrem Mann weiter vorne. Sie bemerkte ihn nicht.

Zur ersten Kontaktaufnahme kam es an einem sonnigen Frühlingstag. Elisabeth radelte auf ihrem roten Fahrrad den Gehsteig entlang, war auf dem Heimweg von der Schule, den Ranzen im Korb. Er fuhr langsam mit dem Auto an ihr vorbei.

Er wollte sie sehen, in ihrer Nähe sein. Heimlich ein paar Fotos von ihr schießen. Sie trug ein luftiges Kleid, was ihn überraschte, denn eigentlich war sie ein Jeans- und-T-Shirt-Mädchen. Vermutlich hatte sie Natalie zu dem Outfit überredet. Er stellte sich vor, dass es beim Frühstück Streit deswegen gegeben hatte.

Er bog links ab, fuhr einmal ums Karree, dann war er wieder auf ihrer Höhe. Auf einmal wandte sie den Kopf in seine Richtung. Sie verlor die Kontrolle über den Lenker und stürzte.

Er fuhr rechts heran, stieg aus und eilte zu ihr.

»Hast du dir wehgetan?«

Ihre Knie waren aufgeschürft. Sie erhob sich. Klopfte sich den Schmutz vom Kleid.

»Kann ich dir helfen?«

Sie gab keine Antwort.

Er hob ihr Fahrrad auf. Die Speichen waren verbogen. Das Schutzblech war verbeult.

Sie blickte ihn schweigend an. Sie war tapfer, hatte keine Tränen im Gesicht.

»Wir können das Rad in meinen Wagen laden, und ich fahre dich heim.«

Die kleine Elisabeth schüttelte den Kopf. »Ich gehe nicht mit Fremden mit.«

»Natürlich. Du hast ja recht.«

»Wer sind Sie?«

Er war perplex. Spürte, wie er errötete.

»Sie sind mir hinterhergefahren.«

»Bin ich nicht.«

»Doch.«

Sie war clever für ihr Alter.

Nach einer Weile sagte er: »Pass gut auf dich auf, ja?«

Er stieg ins Auto und fuhr davon.

Sein Studium langweilte ihn. Ihm fehlten die Herausforderungen. Hochkomplizierte Gleichungen zu lösen war für ihn nicht besonders schwer. Die Prüfungen in Geometrie, Algebra und Wahrscheinlichkeitstheorie gelangen ihm mühelos. Sollte es ihm etwa vorbestimmt sein, für den Rest seines Lebens als Mathematiklehrer in einem Klassenzimmer voller begriffsstutziger Schüler zu versauern?

Das musste er verhindern. Darum schmiss er zum Beginn des Hauptstudiums alles hin.

Er wollte etwas mit den Händen machen. Es drängte ihn, kreativ zu sein. Sich seine eigene Welt zu erschaffen.

Seitdem sich Natalie von ihm abgewandt hatte, war ihm die Literatur verhasst.

Statt zu lesen, verbrachte er halbe Nächte in den Kinos. Er schaute sich B-Movies an. Billig produzierte Horrorfilme. Ihn interessierten Verwandlungen. Menschen mit Tierschädeln. Werwölfe. Mordende Gestalten, in denen die Geister Verstorbener wüteten. Aufplatzende Hautflächen, hinter denen das wahre Gesicht des Bösen zum Vorschein trat.

Er begeisterte sich für die Spezialeffekte. Er fertigte Zeichnungen für seine eigene Verwandlung an.

Er bewarb sich an einer Maskenbildnerschule und wurde prompt angenommen. Er arbeitete mit einem für seine Zwecke besonders geeigneten Silikon, einem Material, das ihn faszinierte. Es war fest und dennoch elastisch. Zudem war es leicht durchscheinend.

Es sah aus wie menschliche Haut.

Damit experimentierte er bei sich zu Hause im Badezimmer, das er zu einer Werkstatt umfunktioniert hatte. Er war sehr ordentlich. Nach jedem Arbeitsprozess wurde der Raum penibel gereinigt.

Auch die übrigen Zimmer seiner Wohnung hielt er stets sauber. Reinlichkeit und Übersicht waren ihm wichtig. Er hielt sich an strenge Muster. Gegenstände sortierte er am liebsten nach Farbe und Größe.

Das Chaos in seinem Innern war erschreckend genug. Deshalb sollte wenigstens seine Umgebung aufgeräumt sein.

Sein erstes Meisterstück war das Abbild seines Gesichts als Kind. Er fertigte eine Silikonmaske an, die ihn selbst im Alter von sechzehn Jahren zeigte. Da er damals sehr viel jünger ausgesehen hatte, war es die Maske eines hübschen Jungen, den viele auf dreizehn schätzten.

Es dauerte fast drei Jahre, bis er mit dem Ergebnis zufrieden war. Etliche Versuche scheiterten. Tagsüber eignete er sich in den Werkstätten der Schule die nötigen Techniken an, nachts probierte er sie in seinem geheimen Labor aus.

Das Verfahren war sehr aufwendig. Zunächst musste er sich die Kopfhaare mit Gel zurückstreichen und abkleben. Danach bedeckte er sein Gesicht, den Hals und seinen Brustansatz mit Alginat, einem elastischen Material, das auch Zahnärzte für Gebissabdrücke benutzten. Selbst die Augen musste er damit verdecken. Nur die Nasenlöcher ließ er frei.

Normalerweise war ein Maskenbildner nicht gleichzeitig das Modell, das verwandelt werden sollte. Darum stellten sich diese Handgriffe für ihn als besonders schwierig heraus. Über das Alginat legte er mehrere Gipsbinden. Der Gips musste nun trocknen, etwa dreißig Minuten lang. Währenddessen durfte er sich nicht bewegen. Nur flach atmen. Nicht einmal mit den Wimpern zucken.

Danach konnte er die Form vorsichtig abnehmen. Nun füllte er sie mit Gips. So entstand ein perfekter Abdruck seines Gesichts, darauf jede Falte seiner Mimik, jede Pore seiner Haut.

Mit einer Wachsplatte baute er eine Schutzschicht. Auf dieser modellierte er mit flüssiger Knete sein neues Gesicht. Das war eine künstlerische Herausforderung. Er formte das Antlitz, das er als Teenager gehabt hatte. Als Vorlage benutzte er eine alte Fotografie.

Mit einer Nadel stach er jede einzelne Hautpore. Er arbeitete die winzigen Hautfalten heraus, die für das Mienenspiel entscheidend waren. Das menschliche Gesicht verfügt über dreiundvierzig Muskeln. Der Übergang von der Maske zum Gesicht war entscheidend. Nur wenn die eigene Mimik auf die Maske übertragen werden konnte, war die Täuschung perfekt.

Von dem modellierten Jungengesicht fertigte er eine Form aus einem schnell härtenden Kunststoff an. Diese war nur minimal größer als der Abdruck. In den schmalen Raum zwischen Form und Abdruck goss er das Silikon.

Dieses hatte er zuvor eingefärbt, mit Weiß, Gelb und Rot, den Grundtönen der Haut, und ihm mit einer Pumpe die Luft entzogen, damit es keine Blasen warf.

Nach fünf Stunden war das Silikon ausgehärtet. Jetzt konnte er die Form öffnen. Nun war das Silikon fest. Es hielt die Gesichtsform und war dennoch so weich wie echte Haut.

Er säuberte die Maske und färbte die Lippen rötlich. Er malte die feinen Äderchen auf, die auch bei einem echten Gesicht unter der Haut durchscheinen.

Danach knüpfte er die Augenbrauen und das Kopfhaar. Jedes einzelne Haar stach er in die Maske. Dafür verwendete er Menschenhaare in leicht unterschiedlichen Farbtönen. Denn jedes noch so winzige Detail sollte täuschend echt wirken.

Als er mit allem fertig war, setzte er sich die Maske auf. Durch den Hautschweiß wurde sie sanft an sein Gesicht gesogen. Noch war er nicht zufrieden. Er setzte sie wieder ab und benutzte hautschonenden Sekundenkleber. So schmiegte sich die Maske noch besser an.

Er schminkte die Übergänge zu den Augen und dem Mund.

Er betrachtete sich im Spiegel. Das Ergebnis war verblüffend.

Er war wieder ein Kind.

Das Kind, das man verletzt hatte.

Mit dieser Maske ging er durch die Straßen. Da er seit jeher von zierlicher Statur war, schmale Schultern, nicht besonders groß gewachsen, schienen die Passanten ihn tatsächlich für einen Dreizehnjährigen zu halten. Jedenfalls zog er keine verwunderten Blicke auf sich.

Versuchshalber stellte er sich in die Warteschlange vor einem Eisladen. Er fiel nicht auf zwischen den lärmenden Kindern. Auch die Mütter, die ihren Kleinen nach der Schule etwas Leckeres spendieren wollten, beachteten ihn nicht.

Als er an der Reihe war, lächelte ihn die Verkäuferin hinterm Tresen freundlich an. »Na, was möchtest du?«

Sie war brünett wie Natalie. Hatte eine gewisse Ähnlichkeit mit ihr.

Ich will dir mein Jagdmesser in die Brust rammen, dachte er. Ich möchte dich langsam abstechen.

Sie hob fragend die Augenbrauen.

Er deutete auf die bunte Auslage. »Drei Kugeln.« Er sprach sehr leise, verstellte seine Stimme.

»Welche Sorten?«

»Nur von den roten.«

»Himbeere? Erdbeere?«

»Haben Sie auch Eis mit Granatapfelgeschmack?«

»So etwas Ausgefallenes führen wir nicht.«

»Schade.«

Sie wurde ungeduldig. »Also, was willst du nun?«

»Himbeere, Erdbeere und Blutorange.«

»Wir haben nur Orange.«

»Dann eben so.«

Sie häufte ihm die Kugeln auf die Waffel.

Er zahlte, nahm das Eis und ging.

Sie hatte nichts bemerkt.

In der Gestalt des Jungen zu morden blieb eine Fantasie, die ihn in seinen unruhigen Nächten beschäftigte.

Die Jahre vergingen. Nach seinem Abschluss als Maskenbildner bekam er Arbeit an verschiedenen Filmsets. Seine Art, Gesichter zu verwandeln, wurde immer begehrter. Er verdiente viel Geld. Schließlich konnte er sich selbstständig machen. Er eröffnete eine eigene Werkstatt.

Elisabeth verlor er nie aus den Augen. Ihre Fotos häuften sich auf seiner Festplatte.

Wie ein Besessener zeichnete er Entwürfe. Er war auf der Suche nach einer weiteren Maske, doch noch fehlte ihm die zündende Idee.

Die Jungenmaske könnte ihm für andere Zwecke nützlich sein. Er malte sich aus, wie er sich in dieser Tarnung Wohnungsschlüssel verschaffte. Ihn erregte die Vorstellung, sich als hilflos wirkendes Kind einer Frau zu nähern, sie anzusprechen und ihr dabei kurz den Schlüssel zu entwenden, um davon einen Wachsabdruck zu machen. Auf diese Weise könnte er sich einen Zweitschlüssel anfertigen.

Er wollte ungehindert in die Schlafzimmer von Frauen eindringen, die Ähnlichkeit mit Natalie hatten.

Als Elisabeth älter wurde, entstanden Fantasien in

seinem Kopf, wie er sich an Männern rächte, die seiner Tochter zu nahe kamen.

Und natürlich sollte Natalie dafür büßen, was sie getan hatte.

Es war an einem Herbsttag. Er war mittlerweile einunddreißig, Elisabeth würde bald ihren vierzehnten Geburtstag feiern. Er stand im Supermarkt am Obst- und Gemüsestand, als ihm die ungewöhnlich großen roten Früchte auffielen. Es schien eine besonders gute Ernte gewesen zu sein.

Er dachte an Natalie. Wie sie damals mit ihm in der Küche gesessen hatte. Er dachte an den süßen Geschmack der Kerne, an ihr Lachen, als ihr der Saft über Lippen und Kinn gelaufen war. Einer spontanen Eingebung folgend, wählte er die sechs prächtigsten Exemplare aus.

Als er die Granatäpfel auf das Laufband legte, sagte die Kassiererin: »Das sind ja riesige Monster.«

Da war er nun, der Funke der Inspiration. Seine zündende Idee. Er versuchte zu lachen. Doch das hatte er verlernt.

»Ha-ha«, so drang es roboterhaft aus seiner Kehle. Und danach gleich noch einmal: »Ha-ha.«

Die Kassiererin blickte ihn irritiert an.

Er arbeitete sieben Tage und sieben Nächte an seinem Werk und gönnte sich in den Pausen nur wenig Schlaf.

Das Schwierigste war, die täuschend echt wirkenden Granatapfelkerne, die er aus Kunstharz fertigte, so am Silikon zu befestigen, dass er sie von seiner zweiten Haut abziehen und auch wieder hineinstecken konnte.

Als er sich die fertige Maske überstreifte und sich im Spiegel betrachtete, geschah etwas Seltsames.

Seine Knie wurden weich. Er erschrak vor seiner eigenen Fratze, dem Bösen in ihm.

Jetzt erst war die Verwandlung perfekt. Was im Alter von sechzehn Jahren begonnen hatte, war nun vollzogen.

Er war ein anderer.

Plötzlich hatte er Zeit. Er brauchte nichts zu überstürzen. Sollte er warten, bis Elisabeth erwachsen war?

Er betrachtete ihre Fotos auf dem Rechner.

Sein Kind. Seine Tochter.

Wie um sich zu beruhigen, begann er zu töpfern. Er eignete sich Techniken an, über die Natalie verfügte. Er wollte gewissermaßen in ihre Haut schlüpfen, mit den Händen Dinge tun, die sie getan hatte. So konnte er seine Tötungsfantasien vorübergehend bändigen.

Er schuf mehrere Keramikschalen, die aussahen, als hätte sie sie kreiert.

Er versuchte sich sogar in der Aquarellmalerei. Er kopierte mehrmals das Motiv, das sie gewählt hatte. Ausgerechnet der See, in dem Zoe ertrunken war.

Stets gab er sich nur zufrieden, wenn er so lange geübt hatte, bis das Ergebnis seinem Perfektionismus entsprach.

Er hing seinen Erinnerungen nach. Die Zeit mit Natalie hatte sich in sein Gedächtnis eingebrannt. Jede Einzelheit konnte er heraufbeschwören. Ihr Lächeln, den Glanz ihrer Augen, ihre Stimme.

Immer wieder schrieb er die Gedichtzeilen ab, die sie

ihm vorgelesen hatte. Dafür benutzte er den Saft eines Granatapfels.

Schließlich traf er eine Entscheidung. Er würde abwarten. Er wollte das Töten hinauszögern wie einen Orgasmus. Mehr Lust dadurch gewinnen, dass er sich Zeit ließ.

Womöglich war er ruhiger geworden, seitdem er mit Betty schlief, einer Kostümbildnerin, Ende zwanzig. Sie waren sich an einem Filmset begegnet, trafen sich regelmäßig bei ihr zu Hause, nur für Sex. Seltener bei ihm, weil ihn das nervös machte.

Er war ein Eigenbrötler. Und er hasste es, wenn jemand die Ordnung in seiner Wohnung durcheinanderbrachte.

Natürlich wusste Betty nicht, dass er eine Tochter hatte.

Kein Mensch wusste das.

Außer ihm selbst und Natalie.

Kurz darauf erkrankte Elisabeth an einer schweren Grippe. Von seinen Beobachtungen her wusste er, dass sie mit Fieber im Bett lag.

Er wollte zu ihr. Er war in Sorge um sie. Sein Plan war, ins Haus einzudringen und ihr ein Geschenk ins Zimmer zu legen, während sie schlief.

Es war im Winter. Natalie war zu dieser Zeit mit einer Freundin auf Skireise. Marina und Torsten wohnten nicht mehr bei ihren Eltern.

Ulrich hatte die Pflege von Elisabeth übernommen. Er ließ sich in der Charité vertreten und war die ganze Zeit zu Hause.

Mit ihm war also zu rechnen. Falls er ihm in die Quere kam, würde er ihn abstechen.

Er tarnte sich mit seiner neuen Maske, dem Granatapfelkopf mit der eingeschnitzten Fratze. So fühlte er sich sicherer.

Er lauerte im Garten. Früher Abend. Die Außenbeleuchtung war eingeschaltet. Schnee auf der Wiese. Ein schmaler Pfad war freigeschaufelt, von der Terrasse bis zum Zaun, den musste er nehmen, sonst würden ihn seine Fußspuren verraten.

Das Haus war hell erleuchtet. Durch das Panoramafenster hatte er Einblick bis zur Treppe, die sowohl ins Obergeschoss als auch in den Keller führte. Er kannte Ulrichs Gewohnheiten genau. Er wusste, wann dieser unten in seinem Fitnessraum verschwand, um sich auf sein Rudergerät zu setzen.

Danach musste es schnell gehen.

Jetzt.

Er rannte los.

Das Schloss der Terrassentür zu knacken war kein Problem für ihn. Die Alarmanlage war um diese Zeit nicht eingeschaltet. Im Nu war er im Innern. Er schlich die Treppe hinauf.

Der Flur. Die zweite Tür links war nur angelehnt. Ein Streifen Licht. Er spähte durch den Türspalt.

Da war sie. Seine Tochter. Sie lag auf dem Bett, die Augen geschlossen. Mit fiebrig geröteten Wangen.

Ihre Lider zitterten.

Schlief sie?

Wie hoch war ihr Fieber?

Gott, sie wusste nichts von ihm.

Entzückend sah sie aus.

Er wollte ihre Stirn kühlen. Ihr alles über sich erzählen.

Rasch schlich er sich hinein, das weiße Kleid in der Hand, das er in einem Modegeschäft für sie ausgesucht hatte. Es war in ihrer Größe, er hatte es auf einem Drahtbügel drapiert und auf die Spitze einen Granatapfel gespießt. Sein Geschenk für sie.

Plötzlich schlug sie die Augen auf und schaute ihn an.

Für einen Moment waren sie beide wie erstarrt.

Dann setzte sie sich auf. Ihr Blick war glasig. Sie schien irgendwo auf der Schwelle zwischen Wachen und Schlafen zu sein.

Er wollte das Kleid an den Knauf ihrer Schranktür hängen. Aber da hing bereits eines.

Auf einmal wurde er panisch. Er stürmte aus dem Zimmer, sein Geschenk in der Hand. Er raste die Treppenstufen hinunter, hörte, wie sie nach ihrem Vater rief.

Schon war er draußen im Garten. Er hastete über den freigeschaufelten Weg und nahm Deckung hinter einem Baum.

Da sah er sie. Barfuß, nur mit ihrem Nachthemd bekleidet, wankte sie hinaus in den Schnee.

Sie sprach wirr im Fieber, dann sank sie hin.

Nach einer Weile trat Ulrich aus der Terrassentür. Er hatte seine Fitnesskluft an.

»Lisa, was ist passiert? Um Himmels willen, du holst dir hier draußen den Tod.«

Er hob das Kind auf und trug es ins Haus.

Mit Betty blieb er weitere sieben Jahre zusammen. Es überraschte ihn, dass es funktionierte. Manchmal überlegte er, ob er sie lieben könnte.

Doch kaum glaubte er, sein Herz könnte sich erweichen, verspürte er wieder diese Kälte in seinem Innern. Er kam gegen das Zittern nicht an.

Er beobachtete seine Tochter aus der Ferne. Nach und nach fand er heraus, dass er ihr dieses Kälteempfinden vererbt hatte. Auch sie begann zuweilen zu zittern. Urplötzlich. Wie aus dem Nichts heraus.

Aber es gab Gründe dafür. Es geschah, wenn sie Angst hatte. Wenn ihr jemand zu nahe trat, sie bedrohte.

Er musste sie beschützen.

Kurz nach Elisabeths einundzwanzigstem Geburtstag verbrachte Betty eine Nacht bei ihm. Er konnte nicht schlafen. Also stand er wieder auf und setzte sich an seinen Rechner.

Er schaute sich die Fotos seiner Tochter an.

Er wusste alles über sie, sie nichts über ihn.

Über eine E-Mail an ihren Account hatte er eine Stalker-Software auf ihrem Handy installiert. So war er stets darüber informiert, wo sie sich befand. Er kannte ihr Bewegungsprofil, wusste, was sie studierte, welche Pläne sie hatte, mit wem sie telefonierte und Textnachrichten austauschte.

Es überraschte ihn nicht, dass sie vorhatte, einen Horrorfilm zu drehen. Schließlich kam sie ganz nach ihm. Sie war sein Fleisch und Blut.

Er klickte sich durch die Dateien. Verträumt betrachtete er die Bilder, die er seit so vielen Jahren heimlich von ihr geschossen hatte.

Plötzlich stand Betty in seinem Rücken. Er hatte sie nicht kommen hören.

»Wer ist das?«, fragte sie erstaunt.

Eine Fotogalerie. Annähernd ein Terabyte groß. Wie sollte er ihr das erklären?

»Wer ist dieses Mädchen?«

Sag's ihr.

Gestehe endlich.

Sag ihr, dass du eine Tochter hast.

Erzähl ihr, dass du als Junge missbraucht wurdest.

Sprich mit ihr über deine Scham.

Sag ihr, was passiert ist.

Erzähl ihr auch von deinen Hassfantasien.

Rede es dir von der Seele.

Mach schon.

Vielleicht wird noch alles gut.

Doch er schwieg.

Und Betty verschwand für immer aus seinem Leben.

FÜNFZIG

Stille in dem Kellerraum. Kein Wort war gesprochen worden. Sein Gegenüber hatte ihn nur eiskalt beobachtet.

Trojan spürte, wie das Adrenalin durch seine Adern jagte. Wo war Steffie? Würde sie es trotz ihrer Verletzung schaffen, in das Haus und den Keller einzudringen? Er musste noch mehr Zeit gewinnen. In seinem Kopf überschlugen sich die Gedanken.

Erneut verschwamm alles vor seinen Augen. Der Schlag auf seinen Kopf war heftig gewesen.

Er wartete ab, bis die Konturen seines Gegenübers schärfer wurden.

»Setz deine Maske ab«, sagte er zu ihm.

Erneutes Schweigen.

»Na los. Setz sie ab. Ich weiß, wie du dich fühlst.«

»Ach ja? Wie fühle ich mich denn?«

»Das Silikon auf deiner Haut gibt dir Schutz. Du musst dich dahinter verstecken. Du willst wieder das unschuldige Kind sein, das du einmal warst. Bevor dein Verhängnis begann. Du möchtest die Zeit zurückdrehen. Aber das geht nicht. Du musst dich der Vergangenheit stellen. Du musst dich deinem ganzen Schmerz ausliefern. Nimm ihn an. Er gehört zu dir. Vielleicht kannst du ihn eines Tages verwandeln.«

»In was sollte ich ihn verwandeln?«

»Jedenfalls nicht in Hass. Solange du wütest, wird er nur stärker. Er überwältigt dich. Er nimmt dir die Kraft.«

»Was bist du? Ein verdammter Psychologe? Oder ein Prediger?«

»Ich bin nur ein Polizist, der versucht, den Hass zu überwinden. Und das Morden zu beenden.«

Ich versuche es immer wieder, dachte er bitter. Und auch wenn es mir schwerfällt, ich gebe nicht auf.

Abermals entstand ein längeres Schweigen.

Schließlich fragte Trojan: »Wie heißt du?«

»Hast du das noch nicht rausgefunden?«

»Nein. Tut mir leid. Ich weiß lediglich, wer du bist und was dich umtreibt. Du hast dir diesen Hof gekauft, um in der Nähe von dem Ort zu sein, an dem du mit Natalie glücklich warst. Du hast dir gedacht, hier würde man dich nicht finden. Hier könntest du allein sein mit deiner Tochter. Was macht sie eigentlich gerade?«

Der Mann mit der Jungenmaske stieß sein roboterhaftes Lachen aus. »Ha-ha. Sie ist nebenan bei Natalie. Ich hab ihr ein Messer gegeben. Es sieht ganz genauso aus wie das hier.« Er hob die Waffe mit der langen Klinge. »Sie soll ihre Mutter abstechen. Ich filme sie dabei.«

»Warum tust du das?«

»Weil es mir Spaß macht.« Er trat auf ihn zu und setzte ihm erneut das Messer an die Kehle. »So, wie es mir Freude bereitet zu sehen, wie du stirbst, Trojan.«

»Woher kennst du meinen Namen?«

»Aus der Presse. Ist zwar schon eine Weile her, aber ich hab dich gleich wiedererkannt. Da war nämlich auch ein Foto von dir. Du hast ja schon für Furore gesorgt. Hauptkommissar Nils Trojan. Erfolgreicher Mordermittler. Hier endet deine Karriere. In diesem Keller.«

Ein stechender Schmerz. Trojan verlor viel Blut. Noch war

der Stich nicht tief, doch er ahnte, dass seine Zeit gekommen war. Er dachte an Dennis Holbrecht, seinen Kollegen, den er verloren hatte.

»Tut das weh? Ja? Ich mache es ganz langsam. Ich will jede Sekunde genießen, während du krepierst.«

Trojan bäumte sich in seinen Fesseln auf. »Okay, du weißt, wie ich heiße, also verrate mir wenigstens deinen Namen.«

»Du meinst, wenn du schon umgebracht wirst, willst du wissen, von wem?« Wieder dieses mechanische Lachen. »Ha-ha. Ha-ha.«

»Ja, das wäre hilfreich.«

»Was bringt dir das? Du nimmst den Namen doch mit ins Grab.«

Doch dann sagte Trojan etwas, das ihn zu beeindrucken schien. »Weil du genial bist. Darum will ich es wissen. Ich finde dich als Künstler genial. Dein Silikon ist wie eine zweite Haut. Du stellst diese Masken professionell her, hab ich recht?«

»Ja. Und ich habe noch eine andere für mich angefertigt. Die ist mindestens so genial wie diese. Ich trug sie, als ich gemordet habe.«

»Würdest du sie mir zeigen? Wie sieht sie aus? Oder nein, lass mich raten.« Trojan holte tief Luft. »Ein Granatapfelkopf mit eingeritzter Fratze?«

»Richtig.«

»Wie hast du das mit den Kernen hingekriegt?«

»Die sind aus Kunstharz. Man kann sie einzeln rausnehmen und wieder reinstecken.«

»Großartig.«

»Eine Horrormaske.«

»Umwerfend.«

»Die Frauen haben vor Angst gewinselt.«

»Jetzt verstehe ich. Einerseits das Monster und andererseits der Junge, den man verletzt hat. Da sind die beiden Pole, zwischen denen du dich bewegst.«

Der andere baute sich vor ihm auf. »Anton Dorst. So heiße ich. Ich habe zunächst Mathematik studiert. Aber das hat mich gelangweilt. Jetzt arbeite ich in der Filmbranche. Ich besitze in Berlin ein eigenes Maskenbildner-Studio. Meine Arbeiten sind begehrt und bringen mir eine Menge Geld ein.«

»Das ist gut. Das gefällt mir. Ich würde mir deine Kreationen gerne anschauen, Anton.«

Dorst neigte den Kopf. »Ha-ha. Allmählich begreife ich, was du vorhast, Trojan. Du glaubst, du kannst mich auf deine Seite ziehen.«

Ein kalter Blick, und Trojan verließ jeglicher Mut. Er würde hier unten sterben.

Doch da zerrte Dorst an seinem Gesicht, und die Maske verschwand. Reste eines Klebstoffs befanden sich auf seiner Haut. Er rieb sie sich mit dem Handrücken weg.

Ein Mann Ende dreißig stand vor ihm. Schmale Gesichtszüge. Dunkle Augen.

Eigentlich sah er noch immer aus wie ein Junge. Ein erwachsenes Kind, das verlernt hatte zu lachen.

»Komm. Ich will dir was zeigen. Nicht meine Masken. Noch viel besser als das.«

Er legte die Silikonmaske weg, hob die Pistole auf und löste mit dem Jagdmesser die Kabelbinder an Trojans Fußgelenken.

Ihm war so schwindlig, dass er Mühe hatte aufzustehen. Dorst griff ihm unter die Arme.

»Ganz langsam. Du schaffst das schon.«

Trojan sah für einen Moment doppelt, als sie auf die Eisentür zugingen. Seine Hände waren noch immer auf dem Rücken zusammengebunden.

Dorst schloss auf und betrat mit ihm den Nebenraum.

Auf einem Tisch war ein Monitor aufgebaut. Daneben befand sich ein Mikrofon.

Er legte Trojans Dienstwaffe und das Jagdmesser auf den Tisch. »Schau es dir an. Sie wird es jetzt tun.«

Auf dem Bildschirm waren die beiden Frauen zu erkennen. Natalie Kleinwald kauerte gefesselt am Boden. Ihre Tochter Elisabeth hielt ein Messer in der Hand. Vor ihnen stand eine Videokamera, die auf ein Stativ geschraubt war.

Dorst beugte sich über das Mikro und sprach hinein: »Okay, Lisa. Nun ist es so weit. Du darfst den Kellerraum verlassen, wenn du sie tötest. Andernfalls siehst du das Tageslicht nie wieder.«

Entsetzt starrte Trojan auf den Monitor.

»Mach schon«, sagte Dorst, »stich sie ab. Sie hat es verdient. Danach können wir beide viel Zeit miteinander verbringen. Ich lasse das Haus für dich renovieren. Dir soll es an nichts fehlen.«

Trojans Blicke wanderten umher. Eine verschlossene Tür befand sich in der Nähe des Tischs. Dahinter war vermutlich der Raum, in dem die beiden Frauen gefangen gehalten wurden.

Er schaute in die andere Richtung. Eine Treppe. Am Absatz eine weitere Eisentür. Wie kam er hier raus? Gab es noch eine Chance?

Er sah wieder zu dem Monitor hin. Elisabeth näherte sich mit dem Messer ihrer Mutter.

Dorst drehte sich zu ihm. Sein Gesicht verzog sich zu einer hässlichen Fratze.

»Erst Natalie. Dann du, Trojan. Hier ist dein Ende.«

EINUNDFÜNFZIG

Stefanie kämpfte gegen die Schmerzen an. Ihr linkes Knie und der Unterschenkel waren dick angeschwollen. Jeder Meter kostete sie Mühe. Sie kam nur sehr langsam voran.

Endlich hatte sie die Hauswand erreicht.

Was war mit Nils passiert?

Sie hatte im Dunkeln nichts erkennen können. Auch jetzt wagte sie es nicht, ihre Maglite einzuschalten.

Sie duckte sich und schlich bis zur Verandatreppe. Es dauerte quälend lange, bis sie die drei Stufen geschafft hatte. Die Sig Sauer im Anschlag nahm sie Deckung neben der Tür. Versuchshalber streckte sie die Hand nach dem Türknauf aus und drückte dagegen.

Verschlossen. Etwas anderes hatte sie auch nicht erwartet.

Sie überlegte kurz, dann arbeitete sie sich bis zum Fenster vor. Es musste sehr schnell gehen. Sie zählte bis drei, dann schlug sie mit dem Waffenkolben die Scheibe ein.

Das Glas klirrte. Ihr Herz schlug heftig.

Sie lauschte. Nichts geschah.

Mit der Linken tastete sie nach dem Riegel im Innern und sperrte das Fenster auf.

Sie kauerte sich unterhalb des Fensters zusammen und horchte.

Nichts.

Schließlich reckte sie den Kopf und spähte über den Fensterrand. Das Zimmer war dunkel. Sie erkannte die Schemen eines Sofas und eine Wanduhr.

Sie zog sich hoch und versuchte hineinzuklettern. Das linke Bein konnte sie kaum beugen, darum brauchte sie lange, bis sie es geschafft hatte. Endlich konnte sie an der Zimmerwand Deckung nehmen.

Schließlich schaltete sie ihre Stablampe ein und ließ den Lichtkegel umherschweifen.

Behutsam näherte sie sich der nächsten Tür.

Sie sicherte das Nebenzimmer, in dem sich außer einem zerschlissenen Sessel nichts weiter befand als Gerümpel.

Langsam strich sie an der Wand entlang.

Noch eine Tür.

Sie klinkte sie auf, sicherte nach vorn, rechts und links, die Sig Sauer auf dem Unterarm abgestützt.

Nun war sie in einem Flur. Ihre Taschenlampe erhellte eine stockfleckige Tapete. Mit jedem Schritt, den sie vorwärtshinkte, brüllte der Schmerz in ihr auf.

Eine Treppe ins Obergeschoss. Sie verharrte.

Wo war Trojan? Was war geschehen?

Da bemerkte sie ein schwaches Geräusch. Es kam vom Ende des Flurs. Der Strahl ihrer Maglite erfasste eine Eisentür. Sie knipste die Lampe kurz aus. Gleich darauf registrierte sie einen schmalen Lichtstreifen unterhalb der Tür.

Sie schaltete die Maglite wieder ein, trat einige Schritte vor, bis sie an der Tür war. Sie lauschte.

Ein kaum wahrnehmbares Stimmengewirr. Es kam von unten. Offenbar war das die Kellertür.

Stefanie holte tief Luft. Dann drückte sie möglichst lautlos die Klinke.

Verriegelt.

Glühende Nägel schienen in ihrem verletzten Unterschenkel zu stecken. Sie presste die Lippen zusammen.

Für das, was sie nun vorhatte, brauchte sie einen festen Stand. Versuchshalber verlagerte sie das Gewicht auf beide Beine. Der Schmerz nahm ihr den Atem.

Die Sekunden verstrichen.

Erneut versuchte sie es.

Schließlich baute sie sich breitbeinig vor der Tür auf und zielte.

Sie musste sofort treffen. Mit einem einzigen Schuss das Schloss aufsprengen. Danach blitzartig die Tür aufreißen.

Auf den Überraschungseffekt setzen.

Und das Beste hoffen.

Die Schmerzen waren höllisch. Der Lauf ihrer Waffe zitterte. Ihre Augen tränten.

Sie zählte innerlich. Eins. Zwei. Drei. Vier.

Bei Fünf drückte sie ab.

Ein Schuss knallte hinter ihm. Trojan wirbelte herum. Die Tür sprang auf.

Er sah Stefanie am Treppenabsatz, ihre Sig Sauer im Anschlag.

Dorst schrie auf.

Trojan duckte sich und hechtete auf ihn zu. Die Hände hinterm Rücken gefesselt, traf er ihn mit dem Kopf am Kinn.

Doch Dorst hatte blitzschnell nach Trojans Pistole gegriffen und presste ihm den Lauf an die Schläfe.

»Waffe fallen lassen«, brüllte er Stefanie an.

Trojan rang nach Luft. Entsetzt blickte er zu Stefanie hinauf.

»Runter mit der Waffe«, schrie Dorst.

Stefanies Augen weiteten sich.

»Ich knall ihn ab«, schrie er.

Trojan sah, wie Stefanie zögerte. Ihr Gesicht war schmerzverzerrt. Die Hand, in der sie die Pistole hielt, zitterte.

»Ich schwöre, gleich ist er tot.«

Trojans Fingerspitzen bewegten sich. Der Kabelbinder schnitt sich in seine Haut.

»Ich drücke ab.«

Stefanie war eine gute Schützin.

»Du lässt die Waffe fallen, oder ich tu's.«

Sie konnte sich kaum auf den Beinen halten, das sah er ihr an. Unter diesen Umständen könnte sie leicht ihr Ziel verfehlen.

»Na schön. Du hast es so gewollt.«

Dorst hatte den Finger am Abzug. Ein leises Klicken. Die tödliche Mechanik der Waffe.

Eine Sekunde verging.

Noch eine.

Die dritte Sekunde verstrich.

Trojan schwitzte.

Schließlich ließ Stefanie die Pistole sinken.

»Wirf sie weg«, schrie Dorst.

Krachend fiel die Sig Sauer auf die Treppe.

Trojans Hand fühlte das Jagdmesser, das er mit den Fingern unbemerkt vom Tisch gezogen hatte.

Dorst hob die Stimme. »Na also. Leg die Hände hinter den Kopf.«

Sie tat es.

»Gut. Sehr gut. Jetzt haben wir mehr Zeit. Du kannst dir alles in Ruhe anschauen. Schau dir an, wie ich deinen Kollegen abknalle.«

Die Klinge des Messers zog über den Kabelbinder. Lautlos. Versteckt hinter seinem Rücken.

»Sieh genau hin.«

Stefanie starrte Nils an. Der Waffenlauf drückte sich an seine Schläfe. Das Schwindelgefühl kam zurück. Sein Blick verschwamm.

»Nein«, sagte sie.

»Was?«, rief Dorst.

»Erschießen Sie mich zuerst.«

»Warum?«

»Na los.«

»Wieso sollte ich das tun?«

»Erst mich, dann ihn.«

Er war offenbar irritiert.

»Ha-ha«, machte er. Und wieder: »Ha-ha.«

Der Kabelbinder sprang auf. Trojans Hände waren frei. Er hielt sie hinterm Rücken verschränkt, das Messer in der Rechten.

Ein Ruck ging durch seinen Angreifer. Allem Anschein nach wollte er tatsächlich auf Stefanie schießen.

»Also gut. Wie du willst.«

Der Pistolenlauf glitt von Trojans Schläfe.

Jetzt.

Eine heftige Bewegung, und Nils jagte ihm das Messer in den Oberschenkel. So tief, dass es stecken blieb.

Anton Dorst krümmte sich.

Die Waffe fiel aus seiner Hand. Ein Schuss löste sich. Der Querschläger jaulte durch den Keller.

Trojan holte zu einem Handkantenschlag aus. Er traf ihn im Genick.

Dorst brach vor ihm zusammen. Er wimmerte wie ein kleines Kind.

EPILOG

In der ersten Dezemberwoche schneite es. Kurz darauf setzte Tauwetter ein. Schneematsch lag auf den Straßen, zu allem Überfluss regnete es. Die Stadt war so grau und trist, dass sich Trojan zurück auf die Kanaren sehnte. Doch seine Urlaubsansprüche waren vorerst aufgebraucht.

Nach sieben Tagen hatte er sich von seiner Gehirnerschütterung erholt und nahm die Arbeit im Kommissariat wieder auf. Steffie hingegen war mit ihrem Schienbeinbruch bis auf Weiteres krankgeschrieben.

Zu seiner Erleichterung erfuhr er, dass Noah Baumgart wieder bei Bewusstsein war und keine bleibenden Schäden davontragen würde, zumindest keine körperlichen. Wie es in der Seele des Jungen aussah, wagte sich Trojan kaum auszumalen. Er besuchte ihn in der Klinik und stellte ihm behutsam einige Fragen. Wie sich herausstellte, hatte er Anton Dorst nicht zu Gesicht bekommen, sondern war von ihm hinterrücks auf der Straße überfallen und in den Kofferraum eines Wagens gesperrt worden. In der Kiste auf dem Dachboden des verlassenen Hauses war er, gefesselt und geknebelt, wieder zu sich gekommen und hatte Todesängste ausgestanden.

Auch Elisabeth Kleinwald stand sichtlich noch unter Schock, als er sie zu einer Vernehmung traf. Mit bleicher Miene erklärte sie ihm, dass sie vorhabe, den Kontakt zu ihrer Mutter für immer abzubrechen.

Im Fall von Natalie Kleinwald war eine Verjährungsfrist bei sexuellem Missbrauch eines Jugendlichen bereits verstrichen. Darum konnte sie juristisch nicht mehr belangt werden.

Trojan sprach lange mit Elisabeths Mutter. Es erschütterte ihn zu sehen, wie sehr sie sich noch immer ihrer Selbsttäuschung hingab. Selbst als das Ergebnis des DNA-Tests vorlag, der eindeutig Anton Dorsts Vaterschaft belegte, versuchte sie, ihre Schuld abzuleugnen.

Ihr Ehemann reichte unterdessen die Scheidung ein.

In einer Vernehmungspause traf Trojan den neuen Kollegen am Kaffeeautomaten. Er hatte ihn zu spät bemerkt, sonst wäre er ihm aus dem Weg gegangen.

Maas nahm gerade seinen dampfenden Becher entgegen, während Trojan nach Kleingeld in der Hosentasche suchte.

»Nils.«

»Olaf.«

»Glückwunsch zu deinem Ermittlungserfolg.«

»Hast du das Siezen endlich aufgegeben?«

»Fein beobachtet. Aus Gründen der Symmetrie erscheint es mir angebrachter.«

»Da bin ich aber froh.«

Ein schmales Lächeln. »Du und Stefanie im Alleingang. Hätte ja auch schiefgehen können.«

»Wie meinst du das?«

»Zwei Polizisten im Funkloch. Ich hab während meiner Ausbildung gelernt, dass man unter diesen Umständen zunächst dafür sorgt, wieder empfangsbereit zu sein, um Verstärkung anzufordern.«

»Als guter Mordermittler musst du dich auf deinen Instinkt verlassen können.«

»Ach ja?«

»Sonst wären die beiden Frauen nicht mehr am Leben.«

»Konntest du Stefanie mit deiner waghalsigen Aktion beeindrucken?«

»Was soll denn das schon wieder?«

»Wie geht es ihr eigentlich?«

Trojan warf eine Münze in den Schlitz. »Ruf sie an und frag sie selbst.«

»Du bist doch täglich bei ihr.«

Nils hielt für eine Sekunde inne. Dann drückte er den Knopf für Espresso.

Er zog es vor zu schweigen.

Maas spitzte die Lippen. »Ich hatte zufällig in Friedrichshain was zu erledigen. Da sah ich dich aus ihrem Hauseingang kommen.«

»Du kennst ihre Privatadresse?«

»Steht im Telefonverzeichnis.«

Trojan baute sich vor ihm auf. »Was willst du von mir?«

»Ich möchte mich nur vergewissern, ob alles korrekt läuft. Eine intime Beziehung innerhalb des Teams müsste dem Chef gemeldet werden.«

»Weißt du, Olaf, wir halten hier zusammen. Wir ziehen an einem Strang. Dazu gehören auch Krankenbesuche.«

»Das ist gut.«

»Und wem das nicht passt, der kann gehen.«

Maas hielt seinem Blick stand. »Wer sich nicht an Vorschriften hält, auch.«

Trojan wartete, bis sein Pappbecher gefüllt war. Dann verschüttete er absichtlich etwas Espresso vor Olafs blank gewienerten Schuhspitzen und ging.

Als er nach der Arbeit zu ihr fuhr, ertappte er sich dabei, wie er sich an der Eingangstür verstohlen umdrehte, um sicherzugehen, dass Maas nicht in der Nähe war.

Er eilte die Stufen im Treppenhaus hinauf. Stefanie, auf Krücken gestützt, den linken Unterschenkel geschient, erwartete ihn mit einem Lächeln an der Wohnungstür.

»Komm rein, Nils.«

Sie aßen zusammen zu Abend in der Küche ihrer kleinen, aber äußerst gemütlichen Dreizimmerwohnung. Sie hatte ein Risotto mit Lachs gekocht, dazu tranken sie einen gekühlten Chablis.

»Was sagt der Orthopäde?«, fragte er. »Du warst doch heute bei ihm?«

»Es ist zum Glück kein komplizierter Bruch. Der Arzt ist zuversichtlich.«

»Wann kannst du diese komische Schiene abnehmen? Sieht ja aus wie ein Skistiefel.«

»Das nennt sich Orthese. Die muss noch eine Weile dranbleiben. Aber in spätestens sechs Wochen will ich wieder voll einsatzfähig sein.«

Er lächelte. »Das ist meine Steffie.«

Sie schmunzelte. »Mit kleinen Einschränkungen bin ich übrigens schon recht beweglich.«

»Tatsächlich?«

»Hmm.«

»Wie ist denn die Einschätzung deines Physiotherapeuten?«

»Das würde ich auch gern mal wissen.«

Er stellte sein Glas ab. »Hat er deine Belastbarkeit getestet?«

»Bisher noch nicht.«

Trojan stand auf und nahm ihre Hand. »Wie nachlässig von ihm.«

»Ja.« Sie erhob sich vorsichtig und blickte ihn an. Plötzlich wurde sie ernst. »Hätte ich schießen sollen?«

»Nein, Steff.«

»Aber ich wusste nicht, dass du das Messer hinterm Rücken hattest.«

»Woher solltest du auch.«

»Dafür hab ich dein Blinzeln bemerkt. Du hast mir ein Zeichen gegeben.«

»Wir verstehen uns. Auch ohne Worte.«

»Und wenn ich es nicht ins Haus geschafft hätte?«

»Nicht zu viel darüber nachdenken. Das ist doch der Rat, den du mir immer gibst.«

»Ja, du hast recht. Aber wenn …«

»Schsch.« Er legte den Finger auf ihre Lippen. Dann küsste er sie.

In ihrem Schlafzimmer flackerte eine Kerze auf der Kommode. In der Heizung gluckerte es leise.

Sie lag in seinem Arm.

Er wollte nicht den Frieden stören. Andererseits musste er ihr von seinem Gespräch mit Olaf Maas erzählen und suchte nach einem Anfang. »Es gab im Kommissariat Ärger mit dem Neuen.«

»Du nennst ihn noch immer so? Den Neuen?«

»Hmm. Er scheint öfter vor deiner Tür gelauert zu haben.«

»Nein«, erwiderte sie entrüstet.

»Doch. Jedenfalls hat er mich beobachtet, wie ich bei dir war. Heute drohte er mir ziemlich unverhohlen damit, uns bei Landsberg anzuschwärzen.«

»Soll er doch. Es ist nicht verboten, eine Kollegin zu besuchen.«

»Das sagte ich ihm auch. Aber damit wird er sich nicht zufriedengeben. Wer weiß, ob der Kerl nicht schon heimlich Fotos von uns geschossen hat.«

»Damit macht er sich beim Chef nicht gerade beliebt.«

»Das ist ihm egal. Er hat was gegen mich.«

»Du schüchterst ihn ein. Der Kerl hat ein schwaches Selbstwertgefühl.«

»Schon möglich. Aber vielleicht dreht es sich letztlich um dich.«

»Wie meinst du das?«

»Er findet dich attraktiv. Er sucht deine Nähe. Ich bin ihm im Weg.«

»Das sind doch alles nur Projektionen. Wir wissen nicht viel über ihn.«

»Er macht es uns nicht gerade leicht, ihn besser kennenzulernen.«

Stefanie schwieg eine Weile. »Wir finden eine Lösung für das Problem. Ich hab in letzter Zeit viel darüber nachgedacht.«

»Mit welchem Ergebnis?«

»Vertrau mir. Alles braucht seine Zeit.«

Am nächsten Abend saß er wieder beim Essen in ihrer Küche. Sie fragte ihn, was er Weihnachten vorhabe.

»Eigentlich wollte Emily für zehn Tage aus Kanada anreisen. Ich hab ihr den Flug spendiert. Aber sie hat kurzfristig abgesagt.«

»Wieso?«

»Ich glaube, sie braucht mal Abstand von der Familie. Einen Feiertag bei mir, einen bei ihrer Mutter. So war es in den letzten Jahren immer für sie. Diesmal hat sie wohl keine Lust darauf.«

»Bist du sehr traurig deswegen?«

»Ja. Es ist das erste Weihnachten ohne mein Kind.«

»Sie ist jetzt erwachsen.«

»Und das geht so verdammt schnell. Ich vermute, dass sie sich in Kanada verliebt hat. Womöglich unglücklich verliebt. Doch wenn ich sie darauf anspreche, weicht sie mir aus.«

»Sie wird den Kontakt zu dir nicht aufgeben. Ihr habt eine sehr enge Bindung.«

»Ich denke oft, dass ich als Vater versagt habe.«

»Du hast immer dein Bestes gegeben. Davon bin ich überzeugt.«

»Reicht das Beste aus?«

»Mehr ist nicht zu schaffen.«

»Wie auch immer. Keine Pläne für Weihnachten. Und du? Soll ich für uns was kochen?«

Sie lachte. »Bloß nicht.«

Er knuffte in ihren Arm. »Bin ich so schlecht als Koch?«

»Du gibst dir Mühe.«

»Nein, im Ernst. Was hast du vor?«

»Ich wüsste da was. Sollte eigentlich eine Weihnachtsüberraschung werden. Aber vielleicht ist es besser, wenn ich es dir gleich heute zeige.«

»Jetzt bin ich aber neugierig.«

Stefanie blickte ihn an. »Bin mir nicht sicher, ob es dir gefällt. Musste mich ziemlich schnell entscheiden.«

»Wofür denn?«

Sie griff nach ihren Krücken und erhob sich. »Komm mit.«

Sie nahm ihren Schlüsselbund und führte ihn durch den Flur ins Treppenhaus.

Zu seinem Erstaunen schloss sie die Nachbartür auf. Die Wohnung war leer geräumt und komplett renoviert.

Trojan schaute sich verblüfft um.

»Vier Zimmer«, sagte sie. »Hundertzwanzig Quadratmeter.«

»Du ziehst um?«

»Na ja. Meine Wohnung ist ja recht klein. Die Räume sind nicht besonders großzügig geschnitten. Und die Gelegenheit hier war günstig. Du weißt ja, wie angespannt der Wohnungsmarkt ist. Meine Nachbarn haben mich gefragt, ob ich interessiert sei. Daraufhin hab ich gleich den Vermieter kontaktiert und den Vertrag unterschrieben.«

»Das ist toll, Steff. Herzlichen Glückwunsch.«

»Es ist nur …« In ihrem Gesicht zeigte sich etwas Verletzbares. »Nils, ich dachte … Okay, das kommt jetzt vielleicht ein wenig überstürzt, aber ich meine … wenn du magst … Wir können hier zusammen einziehen.«

Es brauchte einige Zeit, bis er antworten konnte. »Was ist mit dem Chef? Wenn wir zusammenwohnen, dann ist unsere Beziehung offiziell.«

»Ich lass mich versetzen.«

Pause.

»Wie bitte?«

»Im Sittendezernat ist noch eine Stelle frei. Ich hab mich erkundigt.«

»Steff.« Er war so perplex, dass er für einen Moment zu atmen vergaß. »Du bist eine hervorragende Mordermittlerin. Du gehörst in unser Team.«

»Die anderen Mordkommissionen sind voll besetzt. Und Stellen zu tauschen ist äußerst kompliziert. Die Kommissionsleiter machen das nicht mit.«

»Ja, aber ...«

»Wenn wir unsere Beziehung nicht mehr geheim halten wollen, muss einer von uns beiden in einer anderen Dienststelle arbeiten. Und wie gesagt, die Sitte braucht noch jemanden.«

»Nichts gegen die Kollegen dort. Aber du würdest deine Fähigkeiten verschwenden. Willst du dich für den Rest deines Lebens mit diesem Aufgabengebiet beschäftigen? Straßenstrich, Sexualdelikte, Kinderpornografie?«

Ihre Miene verfinsterte sich. »Nils, begreifst du denn nicht, was ich mir wünsche?«

Er schwieg.

»Ich würde das für uns auf mich nehmen. Diese ganze Heimlichtuerei mag ja am Anfang aufregend sein. Aber auf Dauer ist das keine Lösung. Landsberg hat uns ohnehin schon im Verdacht. Und jetzt auch noch Olaf Maas.«

Er senkte die Stimme. »Müssen wir deswegen gleich zusammenziehen? Ich meine ... bitte, versteh mich nicht falsch. Du würdest deine derzeitige Position vermissen. Ja, es ist ein harter und gefährlicher Job. Aber es verschafft dir doch auch einen Kick, wenn du wieder einen Serienmörder zu Fall gebracht hast, oder? Du liebst es, den Kampf aufzunehmen, immer und immer wieder, und dafür zu sorgen, dass am Ende die alte Ordnung wiederhergestellt wird.«

»Noch im letzten Sommer wolltest du kündigen. Schon vergessen?«

»Nein.«

»Woher dann plötzlich diese Begeisterung?«

»Es ist keine Begeisterung, es ist ...«

»... Sucht? Bist du süchtig nach dem Erfolg?«

»Steff. Ich möchte dich doch nur ...«

»Was?«

»…vor einem Fehler bewahren. Du gehörst ins Team. Ganz unabhängig von dem, was zwischen uns ist. Die fünfte Mordkommission wäre nichts mehr ohne dich.«

»Und was ist mit uns?«

»Wir finden einen Weg.«

»Was willst du, Nils? Was willst du wirklich?«

»Ich möchte mit dir zusammen sein. Aber ich brauche ein bisschen Zeit. Ich muss es langsam angehen. Erst meine Scheidung, danach…«

»…Jana Michels, ich weiß. Hängst du noch an ihr?«

»Nein. Entschieden nein.«

Wieder entstand eine Pause.

Er streckte die Hand nach ihr aus.

Doch dann sagte sie: »Ich denke, es ist besser, wenn du jetzt gehst.«

Im strömenden Regen radelte er über die Oberbaumbrücke zurück nach Kreuzberg. In seinem Kopf war nur noch Leere.

In der Nacht schrieb er ihr eine Nachricht.

Es kam keine Antwort.

Er versuchte zu schlafen. Es gelang ihm nicht.

Im Büro musste er den Abschlussbericht schreiben. Die Tage bis Weihnachten vergingen.

Mehrmals rief er Steffie an, sprach ihr auf die Mailbox.

Sie rief nicht zurück.

Heiligabend skypte er mit seiner Tochter. Sie war fröhlich und ausgelassen, dennoch wirkte sie zurückhaltender als sonst. Sie sagte, sie würde mit Freunden in Vancouver feiern. Näheres verriet sie ihm nicht. Er suchte in ihren Augen nach

Erklärungen. Ein paarmal riss die Internetverbindung ab, und ihr Bild gefror.

Als sie wieder Empfang hatten, fragte sie: »Wie wirst du die Feiertage verbringen?«

»Keine Ahnung.«

»Nicht mit Steffie? Muss sie denn arbeiten?«

»Nein. Sie ist krankgeschrieben.«

»Was ist passiert?«

»Lange Geschichte. Sie hat sich das Bein gebrochen.«

»Das tut mir sehr leid. Warum fährst du nicht zu ihr?«

»Wir sind ... wir haben ...« Er brach ab.

»Paps. Du sagst mir jetzt nicht, ihr habt euch getrennt.«

»Weiß nicht. Es gab massive Probleme.«

»Weswegen?«

»Es geht ums Zusammenziehen.«

Sie ließ die Luft zwischen den Zähnen entweichen. »Eine Steilvorlage von ihr, die du nicht erwidern konntest?«

»Ja, Emily. Du bist sehr klug.«

»Hör zu, Pa. Du wirst das nicht vermasseln.«

»Ich versuch's ja, aber ... sie geht nicht ans Telefon.«

»Fahr zu ihr und rede mit ihr.«

»Sie will die Dienststelle verlassen.«

»Was spricht dagegen?«

»Sie tut sich damit keinen Gefallen.«

»Sie würde es nur für dich tun?«

»So sieht's aus.«

»Ein echtes Dilemma, oder?«

»Ja.«

»Fahr hin. Sofort. Lass das nicht über Weihnachten anbrennen. Versprichst du mir das?«

»Okay.«

Abends um acht klingelte er bei Steffie. Er hatte Blumen und ein eingewickeltes Geschenk dabei. Sie öffnete nicht. Er wartete, bis ein Bewohner den Hauseingang verließ, und betrat nach ihm das Treppenhaus.

An ihrer Tür steckte ein Zettel.

BIN NEBENAN.
STEFANIE.

Er läutete an der Nachbartür.

Er vernahm leise Musik aus dem Innern. Dann das Pochen der Gummipfropfen an ihren Krücken.

Schließlich öffnete sie ihm.

»Frohe Weihnachten«, sagte er.

»Frohe Weihnachten.« Kaum ein Lächeln, aber sie ließ ihn herein.

Sie hatte einen Tisch für zwei in der ansonsten leeren Wohnung gedeckt.

»Ich dachte mir, dass du eventuell kommst. Ich hab Pizza bestellt.«

»Ich liebe Pizza.«

Schweigen.

»Wann musst du drüben raus?«, fragte er.

»Noch vor Neujahr.«

»Einen Möbelwagen brauchst du nicht, oder?«

»Nein. Vielleicht hilft mir ja der eine oder andere Kollege.«

»Natürlich. Und auch dein Freund.«

Erneutes Schweigen.

»Wie denkst du über …?«

Sie fiel ihm ins Wort: »Über meine neue Wohnung?« Sie

zuckte mit den Achseln. »Ein Zimmer mehr kann nicht schaden.«

»Du bleibst also in der Mordkommission?«

»Klar.«

»Und was ist mit uns?«

Ihr Blick war ernst. »Wir sind ein Team, Nils.«

»Daran hab ich nie gezweifelt.«

»Aber sind wir auch unschlagbar?«

Er holte tief Luft. »Das sind wir, Stefanie. Ganz bestimmt.«

Nach einer Pause lächelte sie. »Gib mir die Blumen. Ich stell sie ins Wasser.«

Unsere Leseempfehlung

592 Seiten
Auch als
Hörbuch und
E-Book erhältlich

Mitten in den brisanten Ermittlungen um einen Verräter in den eigenen Reihen werden BKA-Profiler Maarten S. Sneijder und sein Team nach Norwegen geschickt, um den Mord an der deutschen Botschafterin aufzuklären. Doch das Motiv bleibt rätselhaft, und die norwegische Polizei verweigert die Zusammenarbeit. Sneijder muss kreativ werden – und macht damit einen besonders mächtigen Gegner auf sich aufmerksam. Als dann noch ein erstes Mitglied von Sneijders Team einem kaltblütigen Killer zum Opfer fällt, steht Sneijder vor seiner bisher größten Herausforderung ...

Unsere Leseempfehlung

Unsere Leseempfehlung

544 Seiten
Auch als E-Book
erhältlich

Der New Yorker Strafverteidiger Eddie Flynn soll Amerikas prominentesten Mordverdächtigen vor Gericht vertreten: Robert »Bobby« Solomon – jung, attraktiv und der Liebling von ganz Hollywood. Eddies Klienten zählen normalerweise nicht zu den Reichen und Schönen. Aber wenn er von der Unschuld eines Angeklagten überzeugt ist, tut Eddie alles, um ihn freizubekommen. Und er glaubt Bobby, dass dieser seine Frau und deren Liebhaber nicht ermordet hat, obwohl alle Beweise gegen ihn sprechen. Der Fall scheint aussichtslos, bis Eddie erkennt: Der wahre Killer sitzt in der Jury …

goldmann-verlag.de

Unsere Leseempfehlung

416 Seiten
Auch als E-Book
erhältlich

Coastal Airways Flug 416 hat den Flughafen von Los Angeles gerade verlassen, als Kapitän Bill Hoffman einen Anruf erhält. Ein Entführer hat seine Frau und Kinder in seine Gewalt gebracht und stellt Bill vor eine schreckliche Wahl: Entweder bringt er das Flugzeug mit 149 Menschen an Bord zum Absturz, oder seine Familie wird getötet. Zwar gelingt es Bill, die Crew über die Lage zu informieren, doch irgendwo in der Maschine befindet sich noch ein Komplize des Entführers. Und Bill weiß nicht, wem er vertrauen kann. In 10 000 Meter Höhe entbrennt ein Kampf um Leben und Tod, während sich die Maschine unaufhaltsam New York nähert ...